山西师范大学文学院学术著作出版基金资助
山西师范大学学科攀升计划中国语言文学学科点经费资助

"尧都学堂"青年学者论丛

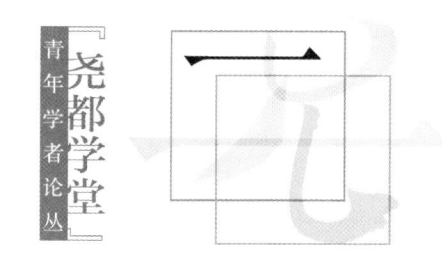

雅努斯的面孔：
中国现代"乡愁小说"论

Yanusi De Miankong: Zhongguo Xiandai Xiangchou Xiaoshuo Lun

冯 波 著

中国社会科学出版社

图书在版编目（CIP）数据

雅努斯的面孔：中国现代"乡愁小说"论/冯波著. —北京：中国社会科学出版社，2019.2

ISBN 978-7-5203-4007-6

Ⅰ.①雅… Ⅱ.①冯… Ⅲ.①小说研究—中国—现代 Ⅳ.①I207.42

中国版本图书馆 CIP 数据核字（2019）第 021966 号

出 版 人	赵剑英
责任编辑	刘　艳
责任校对	陈　晨
责任印制	戴　宽

出　　版	中国社会科学出版社
社　　址	北京鼓楼西大街甲 158 号
邮　　编	100720
网　　址	http://www.csspw.cn
发 行 部	010-84083685
门 市 部	010-84029450
经　　销	新华书店及其他书店
印　　刷	北京明恒达印务有限公司
装　　订	廊坊市广阳区广增装订厂
版　　次	2019 年 2 月第 1 版
印　　次	2019 年 2 月第 1 次印刷
开　　本	710×1000　1/16
印　　张	18.75
插　　页	2
字　　数	293 千字
定　　价	88.00 元

凡购买中国社会科学出版社图书，如有质量问题请与本社营销中心联系调换
电话：010-84083683
版权所有　侵权必究

总　序

亭林先生顾炎武"古人之所未及就，后世之所不可无"已成著述者孜孜以求之境界，虽不能，亦向往之。著述辛劳，非亲历者不能体会，于青年学者、学术后进尤为如是。山西师范大学作为山西省人文学科研究的重要阵地，对弘扬山西文化，推动山西人文学科演进发挥了重要作用，文学院作为山西师范大学最大的文科学院之一，集聚了来自海内多所知名高校、科研院所的优秀博士，特别是最近几年，同师大一道，文学院步入快速发展轨道，一批批青年学者来此执教。师大幸甚、学院幸甚！

作为地方高师院校，教学任务繁重，然教师以教书育人、著文立言为要务，著文立言为教书育人之总结和升华，二者不可偏废。丛书的作者们大多初登杏坛，大部分时间都给予了课堂、学生，教学之余对或在即有研究基础上锐意进取，或于教学之中笔记碰撞、感悟，终有所获。经年累月，终成此中国语言文学系列著作，内容囊括音韵、文字、艺术、小说、文化、诗歌等领域，为文学院学科建设一大功效。观其书，皆以已精力成之，虽小有舛漏，但不碍达其言，读之"足以长才"，足矣！

文学院向以鼓励、资助教师学术研究、学术出版为任，2018年适逢山西师范大学、山西师范大学文学院六十周年庆典，在学校的大力支持下，学院前后奔走，幸蒙中国社会科学出版社大力支持，促成此系列著作的出版。该丛书不仅是学院教师学术研究的一次总结和集中呈现，也是学院学科建设的阶段性成果，更是学院教师们送给学校、学院六十周年庆典的一份不腆之仪。

山西师范大学地处临汾，为上古尧王建都之所，董仲舒注《周礼》

"掌成均之法，以治建国之学政，而合国之子弟焉"条，曰：成均，五帝之学。可知尧时已有学堂。文学院追慕上古先贤，设"尧都大讲堂"为学院系列学术讲座、学术活动之共名，"'尧都学堂'青年学者论丛"亦由是得名。书成，为小序，以继往而开来。

赵变亲

2018 年 5 月 16 日

序

　　中国古代文学以诗文为正宗，相对而言诗歌的艺术性和审美价值更高。文有"用"的成分，诗则纯粹是抒情写意的玩意儿。从现代意义上的"文学性"角度分析，中国古代诗歌积淀和形成了一些独具特色的审美类型、情感意象、写作范式，这些都是中华民族宝贵的文学传统，是绚丽多彩的古代东方文明的重要组成部分。一个不容忽视的事实是，中国古代文学以文言为写作工具，中国古代文学传统也主要建立在文言书写基础之上。从某种意义上说，文言长于写意抒情，白话长于陈事说理。这样一来，当中国现代文学意向萌生之初，立志革新的先辈们，想要突破传统文学拘囿，开拓属于现代文学的远大未来时，传统的文学表意类型、情感意象、写作范式就有可能被有意无意地遮蔽了。一方面，传统是无法割裂的，而另一方面，传统又失去了顺利转接的条件。相对于以文言书写为基础的主流中国古代文学传统，白话文学创作资源并不充分，审美意象积淀也不够深厚。那么，怎样把主要建立在文言写作基础之上的宝贵文学传统用现代白话写作方式承续过来，在整个中国现代文学发展历程中都是一个值得谨慎对待和认真琢磨的问题，现代文学的发展与成熟某种程度上就与对这个问题的认识和辨析联系在一起。

　　鲁迅的小说创作，对于中国现代文学意向的萌生和发展，具有里程碑式的意义。然而是什么原因促成了鲁迅创作对中国现代文学的特殊价值，人们的评价视角和关注点又有所不同。鲁迅对外国文学经验的借鉴，历来受人瞩目，鲁迅与传统文学的关系，特别是在小说创作上与文学传统有什么联系，还一直少有人问津；不是说没有人考虑过相关问题，而是说缺少切入具体研究的有效通道。不只是鲁迅研究，整个中国现代文学研究在面对古代文学传统时都或多或少有些"不自然"。就我们关心的问题而言，中国古代诗歌有许多经典的怀乡之作，与其相关中国古代的怀乡作品也总是那么诗意盎然。受其影响，或者说因写作类型的制约，中国现当代诗歌创作在有关故乡的题材中也有这种倾向。虽然"乡愁"的提法直到当代社会人们关注某些文学现象时才被发掘出来，但其主导倾向在中国文学传统中一直不绝如缕。现在，我们要思考的问题是：对中国现当代的一些诗歌创作我们可以称之为"乡愁"作品，却很少会说是乡土作品，如果一定要这样说，其表意倾向会发生某种微妙的迁移。可在中国现当代小说的研究中则恰恰相反，乡土文学研究大行其道，却很少有人从"乡愁"的角度去说理论事。这是什么原因？小说与诗歌的写作类型不同是一个方面，另一方面，中国白话文学写作意象积淀不足也是一个原因。二者都指向了一个问题，即从什么角度切入文学研究。"乡愁"更多关注于情感意象，"乡土"更多注目于写作题材，二者虽然相互融通，但也有区隔和侧重。诗歌的抒情意向让它倾向于前者，小说的叙事意识让它倾向于后者。中国古代文学以诗文为正宗，诗的情感更成熟，古代文学传统更多从诗歌传统中流泻出来，这一点也不奇怪。现代文学小说创作已经从边缘体裁进入到文学意念的核心区，此时所谓继承古代文学传统，不仅要跨越古今意识的鸿沟——文言传统与白话写作的区隔就是这样，还要跨越文类写作范式的界限：小说、诗歌是两种不同文学样式，在它们之间发生审美意象衔接，困难自然不少。正是在这个意义上，从"乡愁"的角度研究中国现代小说，可能会牵连起更多的"文学"问题，对于中国现代文学研究整体意识的推进也会具有一定启示。

众所周知，乡土小说研究是中国现代文学研究的一个热门话题。可当人们提到乡土小说时，更多与乡间、乡下、乡村意念发生联想；正因如此，都市、城市文学意念也相应而生。不容否认，乡间、乡下、乡村意念确实给了中国现代文化转型更多的情感依托，但却不能因此把具有同样的情感倾向的创作从乡间、乡下、乡村的文学意念中分离出去，这既不符合事实，也难以做到。鲁迅是中国现代乡土小说创作的鼻祖，可鲁迅小说的题材并非是真正意义上的乡间、乡下和乡村，而是独具特色的"小城镇"。这样一来，当我们说鲁迅小说是乡土文学代表时，所谓

"乡土"的具体所指是什么？它也包括了"小城镇"甚至"都市"吗？在中国现代文学发轫期，老舍的长篇小说创作与鲁迅的小说创作在某种程度上有情感倾向的相通，也有大致相同的写作意向，比如对国民性的批判，对阿Q式人物的剖析，对故乡、故国、故里人事的"哀其不幸、怒其不争"，等等，二者都有某种一致性。可当人们研究中国现代小说时，很少会把老舍算作乡土文学写作者，也很少能把鲁迅小说算作城市文学作品。原因就是人们小说研究中的题材意识压过了情感意识，乡土文学意念有意无意地排斥了对城市题材的思考。而乡愁小说的意念似乎没有这种顾虑。不管是乡野村俗，还是市井人生，都可能是抚育作家成长、给予他灵魂和肉体的故乡，而当他们有机会接触更大的外面世界——在中国现代这更多指的是作家对理想世界的憧憬——旧有情感与新进的向往就会发生冲突，怀乡与怨乡、祈望与痛惜，种种复杂情感都会作为某种写作意向，追随对现实的批判一起进入到作家的写作现实中来。带着这种人生的轨迹、打下了鲜明时代印记的作品，仅从乡间、乡下、乡村为显性思考的乡土文学意念来解说，就显得有些狭厌了。虽然乡愁小说的意念不能囊括全部乡土文学作品，但却能够保证自己言说的确实和可靠。

冯波博士攻读硕士学位期间就致力于"乡下人进城"的文学现象研究，在此基础上从"乡愁"的视角切入到了现代文学小说研究，可谓是水到渠成、无缝衔接。他在本书中对乡愁小说研究的理论根基做了深入开掘，对乡愁小说情感意识形成的内在机缘、乡愁小说写作范式及不同历史时期乡愁小说形塑的迁移都做了深入剖析。作为一个文学研究的新视角，取得怎样的理论拓进固然重要，研究对象是否确实也十分重要。冯波博士的书稿对1915—1948年三十余年可以称之为乡愁小说的作品做了整体爬梳。附录里所陈乡愁小说目录涉及作品众多，要在浩如烟海的中国现代小说作品中认定这些作品的乡愁质地，所要阅读的作品显然不止这些；虽然现有目录不能保证全备或没有疏漏，但已为乡愁小说研究提供了一个可靠的依据。在学术风气越显浮躁的今天，肯于下这种功夫，勇气和心志都值得肯定。难能可贵的是，冯波博士的乡愁小说研究没有仅仅停留在中国域内，还在日本、欧洲的同类文学创作倾向中，提供了一个不可或缺的异域参照系。众所周知，中国现代文学的发展是整个世界文学发展不可或缺的一部分,中外文学的交流和影响,对于中国现代文学发展具有特殊意义。认识到这一点,相对来说还容易一些,可是要把这种意向在乡愁小说研究中体现出来,对作者的学识和能力都提出了更高的要求。冯波博士肯于这样做,能够这样做,在这方面探索出一个路径,是不容易的,也是能够显示自己研究志向和能力的。

　　本书是冯波博士在自己学位论文的基础上进一步研究的成果,作为他的博士论文指导教师,我对他的努力和取得的成绩,感到格外欣喜。愿他在此基础上能有更大的学术进展。

袁国兴

2018年3月于广州

人们在或开或关一扇门的时候,
无不想起守门的双面神明。
我的目光直抵茫茫汪洋的边际,
也包容着坚实大地的险域佳境。
我的两张面孔凝注着过去与未来。
我阅尽了一成不变的干戈纷争,
更有那有人本该荡除却未能荡除
并且永远不可能荡除的祸殃不平。
我缺少的是两只应该有的手臂,
而且还是由岩石雕琢而成形。
我无法确切地知道眼前的景象
属于将来还是很久以前就已发生。
我看到了自己的无奈:残断的躯体
和两张永远都无缘相见的面孔。
———[阿根廷]博尔赫斯:《雅努斯胸像的独白》[1]

---

[1] [阿根廷]豪尔赫·路易斯·博尔赫斯:《博尔赫斯全集·老虎的金黄》,林之木译,上海译文出版社2016年版,第56—57页。

目 录

导论 ……………………………………………………………… (1)
 第一节 乡土？乡愁？ ……………………………………… (3)
 第二节 "乡土文学"与"乡愁小说" ……………………… (11)
 第三节 所谓中国现代"乡愁小说" ……………………… (20)

第一章 时空虚构下的故乡 …………………………………… (30)
 第一节 时序预设下的故乡 ……………………………… (31)
 第二节 故乡空间的"剧场化"设置与乡愁聚焦 ………… (46)
 第三节 故乡空间的"对位"虚构与乡愁多义性 ………… (57)

第二章 时空流动中的乡愁 …………………………………… (75)
 第一节 现代症候：城"乡"互动中的乡愁 ……………… (75)
 第二节 流亡的乡愁：抗战时期东北作家的怀旧修辞 …… (89)
 第三节 "卧游故乡"：京派小说的故乡重绘 …………… (102)
 小 结 ……………………………………………………… (112)

第三章 怀旧的现代书写 ……………………………………… (115)
 第一节 怀旧中精神原乡的追忆 ………………………… (117)
 第二节 怀旧中性别意识的表达 ………………………… (132)
 第三节 怀旧中主体意识的萌发 ………………………… (143)

第四章　怀旧与革命想象 ………………………………… (157)
 第一节　"代沟"内的忧郁：叶紫的怀旧与革命的自觉………… (158)
 第二节　"内讧"中的焦虑：《一千八百担》中的故乡伦理危机 … (169)
 第三节　怀旧的消解：从苦难意识到革命乐观主义…………… (182)
 小　结 …………………………………………………………… (193)

第五章　中国现代"乡愁小说"的互文观察 ……………… (195)
 第一节　"抒情传统"与中国现代"乡愁小说"………………… (196)
 第二节　日本"乡愁小说"在二十世纪三十年代前后的译介 … (213)
 第三节　欧洲"乡愁小说"在二十世纪三十年代前后的译介 … (226)
 小　结 …………………………………………………………… (238)

结论 ……………………………………………………………… (241)
 第一节　中国现代"乡愁小说"的"差异"之美 ………………… (242)
 第二节　"乡愁史诗"：话语模式、情感功能与社会政治想象 …… (251)

主要参考文献 …………………………………………………… (259)

附录 ……………………………………………………………… (270)

后记 ……………………………………………………………… (286)

导 论

乡愁是最高贵的痛苦。

——[德] 赫尔德（Johann Gottfried von Herder）

在人类发展的历史长河之中，羁旅他乡的游子无数次回望故乡的执着，已然穿越了历史的风尘成为一种永恒的生命诗学。文学作为人类精神情感的备忘录自然也留下生动、多样的诗意想象。诚如苏珊·朗格在《情感与形式》中所说："艺术，是人类情感的符号形式的创造。"① 换言之，文学就是人类情感的艺术化形式，作为世界文学重要组成部分的中国现代文学当然概莫能外。

纵览中国文学的发展历程不难发现，事关故乡的想象可谓浩大繁复，然而文学史著作及当下学界对此类文学作品的指称，大都以相对简单粗疏的"乡土"二字概括。我们看到，虽然研究者大都在谈"乡土文学"，其实对于"乡土文学"的理论表述并不相同。譬如严家炎在《中国大百科全书·中国文学》中说，"乡土文学""通常指的是以农村生活为题材，具有较浓的乡土气息与地方色彩的一部分小说创作"②。但在孙犁看来，"就文学艺术来说，微观言之，则所有文学作品，皆可称为乡土文学；而宏观言之，则所谓乡土文学，实不存在。文学形态，包括内容和形式，不能长久不变，历史流传的文学作品，并没有一种可以永远称之为乡土

---

① [美] 苏珊·朗格（Langer, S. K.）：《情感与形式》，刘大基等译，中国社会科学出版社1986年版，第51页。
② 严家炎：《中国大百科全书·中国文学》，中国大百科全书出版社1986年版，第1077页。

文学"①。与孙犁"乡土文学"说相呼应的是学界对"乡土文学"概念的各自表述。譬如"侨寓文学"、"乡土文学"、"农村小说"、"为工农兵的文学"、"都市乡土小说"等难以尽述。这种以文学批评概念命名的"乱象"显示了研究者在阐析"乡土文学"时，在概念的内涵、外延上的含混或犹疑。研究者越是想廓清"乡土"概念，反倒使得概念越发模糊化。譬如陈继会就注意到"乡土文学"作为一种批评概念"在近一个世纪的研究实践中，起伏消长，沉浮盛衰，走过了一个经历了近似圆形的轨迹：乡土文学——农村题材文学——乡土文学"②。陈继会对"乡土文学"概念变迁的省察，印证了如上学界在表述"乡土文学"概念时所遭遇的困窘。"乡土文学——农村题材文学——乡土文学"，看似研究又回到了原点，实则并不尽然。换言之，与其说这是个"近似圆形的轨迹"，毋宁说是个螺旋上升的理论阶梯。重要的是，从概念生成之初到其整个发展过程都充满了发生理论转向的可能性。这种可能性与理论产生的语境是密不可分的，也正因如此，在不同的"背景"下能够生成多样的、复杂的事关"乡土文学"的各种概念表述。譬如，二十世纪之初的"乡土文学"与当下回归的"乡土文学"概念内涵定然是不同的，此"乡土"已非彼"乡土"也，因为当下的社会政治生活与二十世纪之初显然无法同日而语。虽然同为社会重要转型期，但是"五四"知识阶层基于科学、民众精神视域下的"乡土"定然与当下城市现代化投影之下的"乡土"有不少差别。所谓"乡土文学"，其内涵已经不仅涉及侨寓怀乡、地域特点、风俗描绘，还包容着革命、民族、国家等现代意识。

既如此，"乡土文学"的概念框定能否得力地将具体历史文化语境中，人类对故乡情感的复杂性予以彰显？能否恰如其分地成为衡量人类深切、复杂情感艺术化形式的批评标尺？"乡土文学"在具体的批评实践中，对于文学作品的阐释是否仍存在着不能完全概括、尚存歧义或未能尽言之处？因此，在纷繁的乡土命名中，去寻找到包蕴在各种概念表述

---

① 孙犁：《关于"乡土文学"》，载《孙犁文论集》，人民文学出版社1983年版，第157页。

② 陈继会：《乡土文学研究的甲子之辩——兼及20世纪乡土文学研究历史的学术考察》，《深圳大学学报》（人文社会科学版）2009年第6期。

之中的,具有普遍意义的,且能将不同历史语境中独特"乡土"意念呈现的合理视角就显得尤为重要了。如前所述,文学的本质在于它是人类情感的艺术化形式,"乡土文学"、"农村文学"、"侨寓文学"等批评概念都不能否认这些文学形式本身就是人类对于故乡的一种复杂情感的反映。无论在何种历史语境中,人类对于故乡的"一往情深"都在提示我们"情"对于杼思形构文学的重要意义。更重要的是,这种"愁"的情态作为一种生命个体之于故乡的"精神折磨",显然比"乡土"更为直接而生动,以"乡愁"取代"乡土"的研究视角不仅在一定程度上避免了拘泥于"乡土"的写实视域,而且能够将生命的现代化历程予以动态呈现。

但遗憾的是,在具体的文学批评实践中,我们看到,研究者往往不愿或不屑于对批评概念的合理性予以质疑,而宁愿相信它的有效与可靠。对于使用"乡土文学"概念可能造成的批评重心偏颇,"乡土文学"的模糊、笼统性与故乡想象的个人化、复杂性存在龃龉的现实,以及由"乡土文学"而派生出"乡土小说"、"乡土散文"、"乡土诗歌"概念的合理性、缜密性,并没有得到研究者足够的省察与深思。而更令人感到担忧的是,如果我们一味以"乡土文学"的现实主义批评视角去观照人类对故乡复杂多义的想象,是否在照亮"乡土"的同时也会因投下的影子而遮蔽了作品中隐在的现代因子,进而使我们无法看到文学现代转型的草蛇灰线?

第一节 乡土?乡愁?

"乡"在人类发展史上是一个被不断提及然而又无法言尽的词语。以"乡"字为词根的词语不胜枚举,譬如"故乡"、"乡音"、"乡村"、"乡愁"、"乡丁"、"乡巴佬"等等。但是,在语言的能指与所指的切换间,在概念的归纳与演绎的逻辑穿梭中,语言之下深层的人类心理更不容忽视。因为人类在创造并运用语言时,正是以语言作为载体将人类内部的心理经验转换为了具象的图案与声音的形态。语言并非仅仅指示事物,而是表现事物。苏珊·朗格在《哲学新解》中说:"语言在严格意义上说，基本上是推论的。"① 也就是说，"乡"字本身所潜隐的人类的心理情感特点以及这种情感的承袭、嬗变乃至转义的具体过程，需要在它的所指谱系中明察秋毫。那么，在这一所指谱系之中，出现频率较高，甚至往往被人们所通用的"乡土"与"乡愁"潜隐的人类心理经验是否有着微妙的差异呢？要回答这个问题，我们就需要首先回到语言的图案与声音层面去辨析二者的异同。

"乡"字最早在甲骨文中已经出现。《甲骨文编》里的"乡"字为"🐛"，其形态是两人相对而坐，共食一簋，主要表示"相对"之义。《六书通》里的篆体字"𩰤"、《说文解字》里的篆体字"鄉"，也都延续了甲骨文中的字形。《说文解字》中对"乡"的注解为："国离邑民所封乡也，啬夫别治封圻之内六乡六卿治之，从㠱声。"② "乡"字已经从"相向"之义，假借为行政区域的意思，譬如"五州为乡"（《周礼·大司徒》）、"十邑为乡，是三千六百家为一乡"（《广雅》）、"习乡尚齿"（《礼记·王制》）、"行比一乡"（《庄子·逍遥游》）等。虽然"乡"字的释义已经发生了较大的改变，但是甲骨文中"相向共食"的字形并未有太大的改变。也就是说，字形隐含的人类心理并未随着字义指涉范围的扩大而全然褪去。我们知道，在生产力并不发达的古代社会，"食"对于劳动人民而言是头等大事，即所谓"民以食为天"。而百姓主要的饮食场所还是以家中居多，因此甲骨文"🐛"的字形其实隐含着人类对于"家"的共同心理经验，所以当我们说到"乡"的时候，自然会联想到"家"，所谓"家乡"就是这种隐在心理的显在表述。从以上的分析来看，"乡"作为"乡土"与"乡愁"的词根，使二者共同具有了"家"的情感底色。

我们再来看"土"与"愁"的字形演变。甲骨文中的"⬭"（土），表示地面上生长着植物，《说文解字》里的篆体字"土"和我们现在的简化字基本相同。《说文解字》对"土"的解释为："地之吐生物者也，二象地之下地之中物出形也，凡土之属皆从土。"③ "土"在古代劳动人民

---

① 赵宪章主编：《20世纪外国美学文艺学名著精义》（增订版），北京大学出版社2008年版，第33页。
② （东汉）许慎：《说文解字》，江苏古籍出版社2001年版，第136页。
③ 同上书，第286页。

的心中是能够"吐生物"的神奇之物。在科学技术并不发达的古代社会，"土"是满足人们基本物质需求的保障，是古代人民生存的命脉。因此，在人类集体无意识深处，对"土"是有着一种近乎神性的崇拜的，"土"也因多产的特性而具有了母性的意义。因此，"土"是人类物质与精神的依赖，"土"是人类的脐带。将"乡"与"土"合而观之，我们发现，"乡土"的语义层面就包蕴了家、母亲及超自然的神性崇拜等意念。从文献典籍来看，"乡土"大致在秦汉时就多与"故乡"通用来指代家乡。譬如《列子·天瑞》中云："有人去乡土，离六亲，废家业。"① 这里的"乡土"指的就是家乡，这与《七谏·自悲》中"过故乡而一顾兮，泣歔欷而沾衿"②的"故乡"意思是相近的。

"愁"在《说文解字》里可见篆体字"愁"，并解释为"忧也从心秋声"③。"愁"字是会意的构字方法，"愁"为秋之心，是古代劳动人民在时光荏苒、季节更替时，面对着秋日里景物的兴衰而在内心产生的一种对时间、生命的感慨或忧郁之情。比如，在《左传·襄公二十九年》中有"哀而不愁，乐而不荒"④，杜甫的《和裴迪登蜀州东亭送客逢早梅相忆见寄》中有"幸不折来伤岁暮，若为看去乱乡愁"⑤的名句。"愁"字的形态暗含着中国人的情感表达方式：借景抒情。即通过人对自然的观照来参悟自己的人生，所谓"一切景语皆情语"。这与中国古代"天人合一"的哲学观念有内在的关联，人类不过是天地万物中的一部分而已，人与自然是息息相通的一体。由此，"乡愁"其实可以看作是中国人主动地"以人生观察宇宙"的一种方式，是人与自然（时空）的双向互动。

"乡土"、"乡愁"在中国文字本身的表意功能之下有微妙的心理差异，在外文词源中，"乡愁"所指涉的人类心理内涵则更为丰富。首先，"乡愁"不仅仅是人类对家乡的不可遽然接近的思念，它的情感被泛化为一种痛苦感。在《无知》一书中，米兰·昆德拉煞费苦心地考据了不同语言中"乡愁"的语义差异。

---

① （战国）列御寇：《列子》，（晋）张湛注，中华书局1985年版，第9页。
② （汉）刘向辑：《楚辞》，（汉）王逸注，上海古籍出版社2015年版，第322页。
③ （东汉）许慎：《说文解字》，江苏古籍出版社2001年版，第222页。
④ （春秋）左丘明：《左传》，蒋冀骋标点，岳麓书社1988年版，第252页。
⑤ （清）彭定求编：《全唐诗》（第7册），中华书局2008年版，第2437页。

回归（retour）一词，希腊语为 nostos。Algos 意为"痛苦"。由此，nostalgie 一词的意思即是由未满足的回归欲望引起的痛苦。就此基本概念而言，大多数欧洲人都可使用一个源于希腊语的词（nostalgie, nostalgia），另外也可使用源于民族语言的其他词：如西班牙人说 añoranza；葡萄牙人则说 saudade。在每一门语言中，这些词都有着某种细微的语义差别。它们往往只是表示因不能回到故乡而勾起的悲伤之情。Mal du pays（思乡病）。Mal du chezsoi（思家病）。英语叫 homesickness。德语为 Heimweh。荷兰语为 heimwee。但是却将这一大的概念限于空间。然而，欧洲最古老的语言之一冰岛语却明确地区分了两种说法：一个为 söknudur，另一个为 heimfra，意即"思乡病"。捷克人则除源于希腊语的 nostalgie 外，表达这一概念的还有名词 stesk 和他们的动词；捷克最感人的情话是：stýská se mi po tobě，即法语 j'ai la nostalgie de toi，意思是："我不能承受你不在身边的痛苦。"西班牙语中，añoranza 源自动词 añorar（相思），añorar 又源自加泰罗尼亚语的 enyorar，而该词又由拉丁语的 ignorare（ignorer）派生而来。通过这番词源学的启迪，nostalgie 即可视作不知情造成的痛苦。

（米兰·昆德拉：《无知》①）

由上而观，不同语言中的"乡愁"其实都隐含着一种"不知情造成的痛苦"之感，痛苦是由"不知情"或者"未满足"造成的，其根源正是一种"无根"的痛苦感。一方面，人们对于故乡美好、纯真的记忆不可复得，于是希冀还乡"寻根"；另一方面，人们希望挣脱故土之"根"的束缚，但心灵却难以在他乡"扎根"，只能在故乡与他乡间无奈徘徊，成为"无根"的精神流浪者。无根的痛苦是一种"甜蜜的痛苦"：故乡既给客居他乡的游子寂寞、失落、迷茫的心理带来甜蜜的补偿与慰藉，也使得他们深陷寻根的困苦而不可自拔，且宿命般地永远无法摆脱。因此，

---

① ［捷克］昆德拉（Kundera, M.）：《无知》，许钧译，上海译文出版社 2011 年版，第 4—5 页。

"乡愁"其实指向了人类的终极归宿,并成为一个哲学问题,在西方的文学作品中表现得尤其突出。譬如在希腊史诗《奥德赛》中,奥德修斯的回家之路就是一种寻找自我灵魂安宁的皈依之途。德国诗人诺瓦利斯(Novalis)直言,"哲学是真正的乡愁,一种无论在哪里都想要在家的冲动"[1]。哲学家赫德(Johann Gottfried von Herder)更是认为"乡愁是最高贵的痛苦"[2]。在这些哲学表述中,"乡愁"作为人类原初精神家园的意念得到了广泛的认可,并被上升为"绝对理性精神"。而伴随着近代意识哲学的兴起,"乡愁"又再次被阐释为确定主体自身"存在"的精神路径。在对荷尔德林、黑贝尔等诗作的评述中,海德格尔直言"诗人的天职是还乡",但是"诗并不飞翔凌越大地之上以逃避大地的羁绊,盘旋其上。正是诗,首次将人带回大地,使人属于这大地,并因此使他安居"[3]。这种回到大地(还乡)的途径便是"乡愁"。"乡愁"被看作"在者"与确立自身存在所经历的"他者"之间的艰苦激烈的争斗,是对自身之"在"的某种领会与反省,即所谓"此在"。从笛卡尔"我思故我在"的开创命题到海德格尔"人诗意地栖居"的表述,我们看到,存在主义视域内的"乡愁"成为生命主体能动地认知世界,并以此实现生命存在价值的一种方式。

通过以上的辨析可见,"乡愁"与"乡土"并不是对立的语义范畴,而是"你中有我"、"我中有你"彼此互生的关系,对于"家"的皈依感是二者共同的文化心理。谈及"乡土"人们自然会流露出一缕"乡愁",游子心中涌动的"乡愁"也无不指向心中那方熟悉的"乡土"。但是,全然写实的"乡土"并不能充分与现代人的意识空间吻合,"乡土"其实说的主要是"土","土"之执着于现实,是为局限。"土"虽然为情之根

---

[1] Novalis, *Novalis' Werke in vier Teilen*: *Dritter Teil*, Berlin—Leipzig—Wien—Stuttgart: Deulsches Verlagshaus Bong & Co., 1920, S.28. 转引自孙斌《审美与救赎:从德国浪漫派到T·W·阿多诺》,复旦大学出版社2014年版,第34页。诺瓦利斯(Novalis)原名格奥尔格·菲利普·弗里德里希·弗莱赫尔·冯·哈登贝格(Georg Philipp Friedrich Freiherr von Hardenberg),德国浪漫主义诗人。

[2] 参见[美]本尼迪克特·安德森《想象的共同体:民族主义的起源与散布》(导读),吴叡人译,上海人民出版社2011年版,第14页。

[3] 参见[德]海德格尔《人,诗意地安居:海德格尔语要》,告阮宝译,广西师范大学出版社2000年版,第93页。

苗的寄托，但是"乡"在现代乃有多重方向，"乡"之渺不可寻是现代人更大的悲剧，因此，以"乡愁"作为现代人的精神漫游被牵制的方式较之"乡土"更为妥帖。尤其是当我们将"乡土"与"乡愁"的概念纳入对生命现代化过程动态追索的话语场域时，"乡愁"的症候性、哲学性更是"乡土"这一语义概念所不能完全容纳的，而这正集中体现在"乡愁"与作为"自我意识"的哲学的内在一致性。柯林伍德曾在《精神镜像：或知识地图》中对哲学的自我意识的特征有详细的阐述：

> 哲学是自我意识……自我及其世界是相关的。我之所以是我所是的自我，仅在于该世界的本质：通过研究某一特定世界以及把它作为我的环境生活于其中，我以一种确定的方式发展我的心灵。反之，我的世界是关于我的心灵的世界：我在这个世界中看到自己能够看到的东西，追踪我的能力准许我追踪的某种结构，因而像这个世界决定着我一样决定着我的世界。……所以，作为自我意识的哲学包括所有可能的知识本身：指导我是什么包括我思考什么。
>
> ……
>
> 但哲学的具体生命并不是静止的休息港湾，而是不断获得整体平衡的过程："达到这种平衡所依靠的不是以心灵自身所固有的本质进行冥想（心灵也并不具备什么固有的天性），而是依靠在对事实的不断发现中获得自我创造的本质的心灵来完成，而事实的发现同时也是事实的创造。"
>
> （柯林伍德：《精神镜像：或知识地图》[①]）

而"乡愁"的情感本质决定了它也是一种自我意识的呈现，如上论及"乡愁"的哲学思辨性，使我们更倾向于将"乡愁"看作是生命个体对自我意识的寻找与完善的过程。换言之，"乡愁"更关注的是如何在虚无中挣脱，显现自身存在的动态过程，是在自我与世界之间相互构建、

[①] ［英］柯林伍德（Collingwood, R. G.）：《精神镜像：或知识地图》，赵志义、朱宁嘉译，广西师范大学出版社2006年版，第241、9页。

修正，使得人类的心灵、生命得以发展、完善的一种形式。因此，当我们把这一主体放在西方工业革命以来的现代语境中时，作为"自我意识"的"乡愁"，它的感性与理性的矛盾纠葛就更大程度地体现了生命个体与历史、世界的交互过程。此时我们发现，在这一现代人格的生成过程中，"乡土"已然失效。因为，当现代性这枚石子投入人们原本平静的心湖时，心中激起的涟漪已经无法清晰地"倒映"故乡的影像，留存的唯有那些变形的、颤动的、吉光片羽的情感波纹——"乡愁"。"乡土"的语义已经多少有些言不由衷或者言不尽意的味道。由上而论，抽象的"乡愁"倒是比具象的"乡土"更为真实。而从更为真实的"乡愁"切入，我们方能更真切地体验到人类永恒、动态的情感成长历程。基于这样的理解，我们与其将故乡理解为现代人的出生地，毋宁将之看作一种虚实相间的时空经验更为恰切。因为从"乡愁"作为主观能动的自我意识来看，故乡只是一种虚构。人们不过是把他曾有的、在某地较长一段的时空体验（这段时空体验足以促使他在心里产生一种怀念的冲动）投射在了虚构的想象中罢了。故乡的风景、风物其实都是被这种时空虚拟过了的影像。而伴随着他乡时空体验的更新，又将再次修正以往的故乡体验。因此，"故乡"成为了一个现在进行时态下的词语，一个不断变动着并经过故乡与他乡经验共同浸染之后的情感投影。这一点，在现代性冲击所造成的频繁时空差异中体现得尤为突出。

那么，当二者进入文学审美层面时，我们就必须审慎地省察文学审美心理的微妙差异。无论是分而治之还是混为一谈的批评方式，都有可能遮蔽文学作品中某些微妙而重要的审美内蕴。

我们知道，"乡土"与"乡愁"进入文学审美的主要方式是首先成为一种"经验"。这种"经验便是有机体与环境那种相互作用的结果"[①]，而环境亦即"非我"由我们的自我"规定"（创造、产生）。"乡土"与"乡愁"正是通过一整套系统化的意象、惯常性的叙述编码形式呈现出的、具有普遍意义的一般性符号。诚如德国哲学家卡西尔所说，"一切人类的文化现象和精神活动，如语言、神话、艺术和科学，都是在运用符

[①] 赵宪章主编：《20世纪外国美学文艺学名著精义》（增订版），北京大学出版社2008年版，第3页。

号的方式来表达人类的种种经验,正是对符号形式的研究,才给人类探讨一般概念形式提供了一把钥匙。各种符号形式的生成,就是一部人类精神成长的史诗"①。虽然"乡土"与"乡愁"作为审美层面的符号化特征有很大的相似性,但是"乡愁"因为"愁"的情感特质,其对感性与理性经验的呈现显然要更鲜明一些,因为"经验本身即是感性与理性的统一"②。因此,"乡愁"的交互性、主体意识性在对人类真实、复杂的生命感受的呈现上比单向、写实的"乡土"更为直观、生动。"乡土"所凸显的是人类对于家乡(出生地)根性般的崇拜与向往,是生命个体心灵深处时常皈依的冲动;而"乡愁"则倚重于人与自然、社会、历史动态的生命交互过程。诚如乔纳森·卡勒在《为"过度诠释"一辩》中所说:"在文学研究中人们实际上不只是得到对具体作品的诠释(使用),而且还会获得对文学运行机制——其可能性范围及其独特的结构——的总体理解。"③ 而"乡愁"的双向、动态的研究视角正是发现作品意义得以生成的系统和机制的有效途径之一。

因此,我们以"乡愁"置换"乡土"的研究视角正是基于如下五方面考虑:一是以"乡愁"的虚构性替代"乡土"的写实性,赋予"乡"更为丰富的文化空间。二是以"乡愁"的主观情感性替代"乡土"的客观物质性。在"人的文学"的基本艺术价值判断下,去看待人的"愁"———一种"近乡情更怯"、欲拒还迎的尴尬、两难,从探微故乡想象的生成方式中,折射人与时代、政治的互动过程。三是以"乡愁"中人与"乡"的双向互动性替代"乡土"中侧重"乡"的现实描摹方式,进而展现人与"乡"的共生过程。四是以"乡愁"的主观能动性替代以往"乡土"批评的"反映"、"再现"方式,从而去烛照人在精神文化层面对现代性冲击的回应。五是以"乡愁"隐含的抒情意念替代"乡土"

---

① 赵宪章主编:《20世纪外国美学文艺学名著精义》(增订版),北京大学出版社2008年版,第35页。

② 同上书,第3页。

③ [美]乔纳森·卡勒:《为"过度诠释"一辩》,载[意]艾柯(Umberto Eco)等著,[英]柯里尼(Stefan Collini)编《诠释与过度诠释》,王宇根译,生活·读书·新知三联书店1997年版,第145页。

侧重叙事的内在文质，从而对中国传统抒情方式之于小说的叙事流程的干预或容纳情形有所启迪。

第二节 "乡土文学"与"乡愁小说"

"乡土"与"乡愁"审美内涵的辨析恰恰提醒我们，一旦"乡土"作为一种批评，这种微妙的差异也许会对文学作品、思潮乃至文学史的书写带来"差之毫厘，谬以千里"的隐忧。此刻，重估作为文学研究与批评的"乡土文学"就显得尤为迫切了。

爬梳"乡土文学"概念的谱系可见，早在1923年3月周作人在《地方与文艺》一文中针对问题小说的弊端，就提出要描写地方生活的"乡土文艺"，强调作品的"土气息与泥滋味"、"地方性"。张定璜于1925年1月24日在《现代评论》第1卷第7期发表《鲁迅先生》（上），称鲁迅为"乡土文艺家"，指出鲁迅的作品"满熏着中国的土气"。苏雪林在1934年11月5日《国闻周报》第11卷第4期发表文章《〈阿Q正传〉及鲁迅的创作艺术》，文中提出鲁迅作品中具有"地方土彩（local color）"的特点，并指出"乡土文学家"的创作"至今尚成为文坛一派势力"。以上以"乡土"来评述现代作家作品的文献，其"乡土"内涵还是在于"土"，即作品所体现的地方特色。但是鲁迅在1935年《中国新文学大系·小说二集》的"导言"中则揭示了"乡土文学"的审美内核——"隐现着的乡愁"。

> 蹇先艾叙述过贵州，裴文中关心着榆关，凡在北京用笔写出他的胸臆来的人们，无论他自称为用主观或客观，其实往往是乡土文学，从北京这方面说，则是侨寓文学的作者。但这又非如勃兰兑斯（G. Brandes）所说的"侨民文学"，侨寓的只是作者自己，却不是这作者所写的文章，因此也只见隐现着乡愁，很难有异域情调来开拓读者的心胸，或者眩（炫）耀他的眼界。许钦文自名他的第一本短篇小说集为《故乡》，也就是在不知不觉中，自招为乡土文学的作者，不过在还未开手来写乡土文学之前，他却已被故乡所放逐，生活驱逐他到异地去了，他只好回忆"父亲的花园"，而且是已不存在

的花园,因为回忆故乡的已不存在的事物,是比明明存在,而只有自己不能接近的事物较为舒适,也更能自慰的——

(鲁迅:《中国新文学大系·小说二集·导言》①)

鲁迅对"乡土文学"与"乡愁"关系的理解是很复杂的。一方面,对于那些"侨寓"在北京的作者而言,鲁迅认为他们的创作主要是"乡土文学",他们是"侨寓文学"的作者。也就是说,在鲁迅看来,"乡土文学"与"侨寓文学"在一定的条件下,概念的内涵具有一致性,但同时鲁迅又指出这不是勃兰兑斯所谓的"侨民文学"。从山口守在《刘绍棠与鲁迅——"乡土文学"论中的断绝》一文对鲁迅使用勃兰兑斯作品版本的考证看,鲁迅所引的"侨民文学"应当主要指的是勃兰兑斯对法国"流亡文学"的论述。② 勃兰兑斯认为这些流亡到瑞士、德国、英国或是北美的创作活动的重要特点是"反抗",他们的共同之处"就是憎恨恐怖统治和拿破仑的专制","因此作为一个整体,他们带有一些先驱的味道:他们身上体现着新时代的精神"③。这显然与"只见隐现着乡愁"的作品不同,所以鲁迅说"侨寓的只是作者自己,却不是这作者所写的文章"。但是,如果在流亡者寄寓反抗与新时代精神的作品中也隐现着"乡愁","侨民文学"还与"乡土文学"无涉吗?在此段文字中,鲁迅并未深究。但有一点可以肯定,无论"乡土文学"、"侨寓文学"抑或"侨民文学",鲁迅都注意到了空间迁徙对作家思想情感与创作产生的重要影响。

另一方面,我们发现鲁迅对"乡土文学"的认知是在与"侨寓文学"、"侨民文学"的辨析中加以界定的。因为"侨寓"的暂时性、不稳定性,使得作者未能对异域情调有深刻的体验,所以他们的文章"也只见隐现着乡愁,很难有异域情调来开拓读者的心胸"。可见,鲁迅将"隐现的乡愁"视作"乡土文学"的表征是明确的,同时也并未将"异域情

---

① 鲁迅:《中国新文学大系·小说二集·导言》,载赵家璧主编,鲁迅选编《中国新文学大系·小说二集》,上海良友图书印刷公司1935年版,第9页。
② 参见[日]山口守《刘绍棠与鲁迅——"乡土文学"论中的断绝》,载[日]藤井省三主编《日本鲁迅研究精选集》,中央编译出版社2016年版,第308—326页。
③ [丹麦]勃兰兑斯:《十九世纪文学主流》(第一分册 流亡文学),张道真译,人民文学出版社2009年版,第1—2页。

调"作为"乡土文学"的要件。

如此一来,我们发现,鲁迅对"乡土文学"的特质有如下两点认识:一是"乡土文学"的一个重要的特点就是"隐现的乡愁",但同时他又把那些表现"被压迫者反抗与新时代精神"的文学与"乡土文学"有意区分开来。对此,鲁迅虽无褒贬,但情感上更倾向于前者。这其实对于三十年代前后更具有阶级意味的"农民文学"之于"乡土文学"的某种游离是有着深刻影响的,限于篇幅,在此不再详述。① 二是鲁迅注意到空间变迁对人的精神世界及其创作的重要影响,但他对这种情感的复杂性并未深究。鲁迅虽然并没有完全将"乡土"与"乡愁"细致甄别,但鲁迅显然更倾向于将"乡愁"视作此类文学创作的共性,广言之即"人情",而非"风土"。即"愁"的情感体验在空间变迁中的多样呈现、嬗递。而这恰恰是以往的文学批评实践中研究者所忽视的。

论及此处,我们不难发现"乡土文学"本身是缺乏系统理论表述的。无怪乎,四十九年后蹇先艾这位当年"乡土文学"的当事人依然对所谓"乡土文学"不敢苟同:

> 早期的"乡土文学"和后来发展了的"乡土文学"是有所异趣的。据我所知,"五四"时期的乡土文学作者,大都是在北京求学或者被生活驱逐到那里,想找个职业来糊口的青年;他们热爱他们的故乡……不免引起一番对土生土长的地方的回忆和怀念。
>
> 把"乡土文学"列为现代小说流派之一,我觉得是值得商兑的。因为一个小说流派,起码要有它的理论或者主张,早期"乡土文学"是没有什么理论的,三十年代似乎也没有,这是一方面;另一方面,"乡土文学"遍及全国,几乎每一个作家都写过他的故乡……谁都知道,作家创作的题材是多种多样的,涉及的地域也很广阔,作家不应当局限于一隅,长期打深井,还需要扩大他的视野,把点和面结合起来……
>
> (蹇先艾:《我所理解的"乡土文学"》②)

---

① 关于"农民文学"概念的源起及其与"乡土文学"的复杂关系,可参见冯波《三十年代多元理论资源的选择与"农民文学"之辩》,《文学评论》2017年第2期。

② 蹇先艾:《我所理解的"乡土文学"》,《文艺报》1984年第1期。

显然，鲁迅对"乡土文学"概念的理论阐述的多维性，是造成同期或此后研究者对"乡土文学"个性化解读的主因。譬如，1936年茅盾在评论马子华的小说《他的子民们》时也谈到了自己对于"乡土文学"的理解。在茅盾看来，"乡土文学"不应该满足于"风土人情的描写"，而要写出"我们共同的对于运命的挣扎"[1]。茅盾的"乡土"观显然更倾向于阶级和革命的意涵。到了二十世纪四十年代末，这一理论意涵又被"为工农兵的文学"、"农村文学"、"农民文学"等不同概念替代，其与"乡土文学"的概念边界也愈加模糊。"乡土文学"内涵的阐述开始显示出细化、窄化的倾向。此间雷达与刘绍棠的通信也颇值得关注，从二人对"乡土文学"的相关讨论看，"乡土文学"已被逐步限定在写农村、写故乡的题材范围内，并强调"乡土文学"的党性原则、社会主义性质以及国家民族风格。[2] 这一影响对当代乡土文学的影响是深远的，直至二十世纪九十年代仍有学者认为"乡土文学""必定是描写生养哺育过作家的故乡农村生活的作品"[3]。不过，此时"乡土文学"内涵的多义性已经引起了学界的关注。譬如，丁帆就认为"乡土文学"具有鲜明的地域性、深刻的民族性、性格的立体性与题材的局限性。[4]

反观学界事关"乡愁"的研究则与"乡土文学"研究的壮观形成了鲜明反差，不仅研究对象多注目于表现"乡愁"的诗歌、散文，而且其研究领域也多集中在古代文学、文论方面，譬如张叹凤的《中国乡愁文学研究》（巴蜀书社2011年版）、张放的《中国古代文论话语中的"乡愁"及其诗学特征》（《江西社会科学》2010年第11期）。而在中国现当代小说研究领域，"乡愁小说"的研究则显得很薄弱，即便研究者偶有涉猎也大多是对个别作家、作品的艺术风格的考察，并未形成严密、系统的理论体系。袁国兴是对"乡愁小说"做出较为充分、具体论述的学者。

---

[1] 蒲（茅盾）：《关于乡土文学》，《文学》1936年第6卷第2号。
[2] 参见刘绍棠、雷达《关于乡土文学的通信》，载刘绍棠《乡土与创作》，吉林人民出版社1982年版。
[3] 参见陈昭明《乡土文学：一个独具审美特质的文种》，《小说评论》1993年第2期。
[4] 参见丁帆《论当代中国乡土文学的现状与趋势》，载丁帆《文学的玄览：1979—1997》，北京出版社1998年版。

在《乡愁小说的"做旧故乡"与"城里想象"》一文中,作者指出,"在20世纪二三十年代,文坛产生了一批字里行间体现着鲁迅所谓的'隐现着乡愁'的小说,'乡愁小说'即指的是这些作家的小说以及那些与其有相同或相近倾向的小说。乡愁小说的主要创作倾向是对过去、对故乡,既义无反顾地质疑,又充满了深情的眷恋;对现在、对都市,既倾情向往,又倍感疏离和不能遽然接近"①。此外,有关"乡愁小说"研究成果就很鲜见了。不过,"乡愁"与"乡土"原本即是一体两面的关系。因此,梳理中国现代文学研究重镇的"乡土文学"研究,显然对中国现代"乡愁小说"的研究不无裨益。从以往学界的相关成果看,"乡土文学"的研究大致是在三个层面展开的。

一是对中国现代"乡土文学"的整体面貌的研究。研究者往往从整个中国现代文学史的发展脉络中,单独挈出一支"乡土文学"的发展路线,尝试以史笔勾勒出中国"乡土文学"的发展概貌。这主要在五个方面展开:第一方面是在多种版本的文学史中,研究者为"乡土小说"单辟章节予以介绍,并将之人为划归为文学流派或作家群体。例如:严家炎在《中国现代小说流派史》中将"乡土小说"归入1923年后形成的文学创作流派,同样的例子还有钱理群、温儒敏、吴福辉的《中国现代文学三十年》中对"乡土小说"的评价;杨义的《中国现代小说史》中对"四川乡土小说群"章节的专门论述;等等。这突出了"乡土文学"在中国文学史中的地位。第二方面是对"乡土文学"单独论述,从宏观上呈现"乡土文学"在题材内容、创作意旨、美学风格等方面的"常"与"变"。首先,就论著而言可谓汗牛充栋。譬如,刘绍棠的《乡土文学四十年》,陈继会的《理性的消长——中国乡土小说综论》,刘绍棠、宋志明编的《中国乡土文学大系》,陈继会的《20世纪中国乡土小说史》,丁帆的《中国乡土小说史论》《中国乡土小说史》,罗关德的《乡土记忆的审美视阈——20世纪文化乡土小说八家》,杨剑龙的《放逐与回归:中国现代乡土文学论》,赵园的《艰难的选择》和《地之子》,庄汉新、邵明波主编的《中国20世纪乡土小说论评》等。而近年来的学术研究则大都

---

① 袁国兴:《乡愁小说的"做旧故乡"与"城里想象"》,《中国现代文学研究丛刊》2010年第5期。

将"乡土文学"的发展放在中国社会、思想的现代化进程中来考察,采取的研究视角也逐步突破了文学艺术本身。社会学、文化学、人类学、叙事学、民俗学与文学的跨学科交叉研究拓展了"乡土文学"研究的视野。譬如,余荣虎的《凝眸乡土世界的现代情怀——中国现代乡土文学理论研究与文本阐释》,禹建湘的《乡土想象:现代性与表意的焦虑》,张丽军的《乡土中国现代性的文学想象:现代作家的农民观与农民形象嬗变研究》,王建仓的《中国现代乡土文学的叙事诗学》,吴海清的《乡土世界的现代性想象:中国现当代文学乡土叙事思想研究》等。其次,就论文来说更是不胜枚举,其对"乡土文学"的研究同样关涉现代性、启蒙、革命,大都力图在"诗学"的层面使"乡土文学"的研究系统化。值得注意的是,近年来研究者对现代与当代"乡土文学"的复杂关联注目颇多,显示出试图打通现当代文学脉络,以期构建中国现代文论的冲动。譬如吴晓东对废名的《桥》与阎连科的《受活》的个案比较,透视中国文学的乡土乌托邦的幻灭〔吴晓东:《中国文学的乡土乌托邦的幻灭》,《北京大学学报》(哲学社会科学版),2006年第1期〕。再比如熊权论述叶紫的"乡土小说"对当下底层文学创作的影响,所采取的也是这一研究路径(熊权:《论叶紫创作"无产阶级文学"的意义及启示》,《文学理论与批评》2010年第4期)。第三方面的研究侧重对不同时期的"乡土文学"创作予以文本细读,力图呈现"乡土文学"特有的时代性与审美特质。譬如,赵学勇注意到二十年代"乡土文学"概念中蕴含的现代意识(赵学勇:《二十年代乡土文学与现代意识》,《兰州大学学报》1990年第3期)。杨剑龙提出二十年代"乡土文学"的悲剧风格(杨剑龙:《二十年代乡土文学的悲剧风格》,《中国现代文学丛刊》1988年第4期),许志英和倪婷婷对二十世纪二十年代"乡土文学"的"管窥"(许志英、倪婷婷:《中国农村的面影——二十年代"乡土文学"管窥》,《文学评论》1984年第5期),凌宇对二三十年代"乡土小说"中乡土意识的关注等(凌宇:《二三十年代乡土小说中的乡土意识》,《文学评论》2000年第4期)。此类研究成果之多,难以尽述。第四方面的研究是关注流派或作家群体创作中的"乡土文学"创作,在阐述"乡土文学"的特质的同时,对该流派或创作群体的文学创作价值以及在中国现代文学中的地位予以评述。譬如,较早的有代表性的研究有舒芜、钱理群、吴福辉、凌宇的京派研究，沈卫威、逄增玉关于东北流亡作家群的"乡土文学"的系列研究等。此外，也有不少新见值得关注。譬如，张鸿声对新感觉派乡土想象的研究（张鸿声：《新感觉派小说的乡土想象——兼论上海文学中乡土性叙述的几种现象》，《学术论坛》2007年第12期），丁帆、李兴阳对"七月派"、"乡土小说"的研究等（丁帆、李兴阳：《论"七月派"的乡土小说》，《河南社会科学》2007年第2期）。而有的研究则逐步突破了"乡土"的传统概念指涉，并将之作为一个更广阔的美学范畴予以观照。譬如范伯群认为"乡土"可以泛指一种地方特色，他将现代通俗作家在侨寓地的城市生活描写称之为一种"都市乡土"（范伯群：《论"都市乡土小说"》，《文学评论》2002年第3期）。最后一方面的研究主要是"乡土文学"中风俗人情、地域特色的研究。自二十世纪八十年代以来地域文化研究方兴未艾，齐鲁文化、吴越文化、荆楚文化、中原文化、岭南文化等名目繁多，这些对"乡土文学"的影响是显而易见的。研究者从民族地域特色切近"乡土文学"，以透视"乡土中国"的生存本貌、民族文化的历史变迁。譬如，王嘉良的《民俗风情：透视"乡土中国"的生存本貌——"风俗文化"视阈中的现代中国文学》（《天津社会科学》2007年第5期），逄增玉的《黑土地文化与东北作家群》，崔志远的《乡土文学与地缘文化——新时期乡土小说论》，张瑞英的《地域文化与现代乡土小说生命主题》等。

二是对个别"乡土文学"作家作品的挖掘整理与文本细读研究。这一研究早在"乡土文学"概念提出之时就已经展开了，譬如前述张定璜、苏雪林对鲁迅小说的评价等。从这一方面研究概况来说，成果颇丰。在此不可能将所有"乡土文学"作家的研究一并展现，主要谈几个相对集中的研究领域。从以往的研究来看，鲁迅、茅盾、老舍、沈从文、赵树理等传统意义上的文学大师的"乡土文学"创作得到了充分的挖掘。譬如，王富仁、汪晖的鲁迅研究，孙中田的茅盾研究，陈思和、王光东等围绕"赵树理方向"的相关讨论，樊骏、吴小美等的老舍研究，凌宇的沈从文研究等，都取得了突出的成绩，即便在今天，这些大师的"乡土文学"依旧是研究的热点。同时，研究者的兴趣也开始转向那些并不知名或被忽视的作家创作，或者试图对所谓"已有定论"的作品予以再解读，这显示了研究者对作家、作品研究的反思和深入。这些研究或从多个角度对作家作品细读，概括其艺术特点；或通过作家生平史料来探寻作家文艺思想；或从与之交往密切、文风相近的作家的比较中解读作品及其对中国现代文学的贡献；或从传统文学的渊源中寻找作家文艺思想的根基；或以比较文学的视角从域外文论的反照下阐释作家对外来思想的容纳情况。应该说，近年来"乡土文学"作家作品的研究已不再满足对作家作品的评介，论述有逐渐疏离"乡土"本身艺术形式批评的倾向，论述的重心更多转向现代性、民族国家想象等思想研究层面。

三是对台港澳及海外华文文学中的"乡土文学"研究。其中，台湾"乡土文学"的研究尤为突出，譬如叶石涛的《台湾乡土作家论集》、丁帆的《中国大陆和台湾乡土小说比较史论》等。台湾学者叶石涛的论述颇有代表性，其对台湾"乡土文学"中的本土意识、民族意识、传统与现代的抗衡、被殖民经验的独特表达等可谓洞见。研究对象多集中于赖和、吴浊流、林海音、钟肇政、钟理和等颇具影响力的台湾"乡土文学"作家。在海外华文文学的"乡土文学"研究领域中，黄万华的《乡愁是一种美学》一文值得关注。作者颇有见地地指出："在海外华人作家笔下，乡愁是个体心灵的回忆美学，它以个人化的记忆展开生命感觉，在'遥远'的多种指向中产生审美的心境距离，呈现'甜蜜折磨'的审美形态，将'可望而不可欲'的历史记忆转化为不受时间侵蚀的艺术情怀，并最终指向了精神原乡。古典而乡土的乡愁意象中融入现代的、世界的因素，使海外华人文学中乡愁的美学形态丰富而深刻。"[①] 作者以美学的理论高度涵盖海外华人的乡愁书写，已然舍弃了"乡土"的传统概念指涉而以"乡愁"二字指称，并敏锐而准确地察觉到"乡愁"所包容的"甜蜜折磨"、"可望而不可欲"的心理品质及现代的、世界的因素，并将"乡愁"上升为一种"丰富而深刻的美学形态"，论点很有启发意义。此外，胡勇 2001 年的博士论文《论美国华裔文学对文化中国的认同》也在此领域做了可贵的尝试。

从近年来的博士论文看，研究的方式也大都在以上三个方面展开。比如，张永的博士论文从民俗学视角观照中国二十世纪二三十年代的乡

---

① 黄万华：《乡愁是一种美学》，《广东社会科学》2007 年第 4 期。

土小说，张志平的博士论文对二十世纪四十年代乡土小说的研究等。其中，2006年中山大学卢建红的博士论文《文化的乡愁：论中国现代作家的"故乡"想像与叙事》注意到了故乡"想象"方式，作者在第三章"抵达'故乡'的方法"中提出了"回忆"、"儿童视角"、"传记：自传/城传"三种生成方式；然而此三种方式各自的逻辑层面之间是否有交叉、重叠，值得商榷。2007年东北师范大学张云峰的博士论文《乡愁与中国现代生命诗学——以鲁迅、萧红、穆旦为中心》认为"因为现代中国人精神信仰的缺失，造成了无所不在的乡愁。而作家们远离故土、漂泊异乡的生存状况愈加强化了这种乡愁，并由此产生了现代乡愁文学。乡愁是中国现代文学中的创作母题。童年、故乡与大地是乡愁文化的三个主要组成部分"。2009年苏州大学韩玉洁的博士论文《作家的生态位与20世纪中国乡土小说的生态意识》从跨学科研究入手，在人与自然关系的视域内提出"乡土小说"具有生态意识。以上论文大都意在阐述"乡愁"的诗学品格，不乏新意，但是对"乡愁"的具体言说方式、文本的形式特点等并未深入阐述。

从以上研究成果来看，"乡土文学"的研究可谓相当充分，研究成果突出地表现在以下三个方面：一是"乡土文学"的现代性研究（启蒙、现代化进程等）；二是对"乡土文学"的文化反思研究（如对文化心理的深层结构、对传统文化的再发现、对地域文化的强调等）；三是对"乡土文学"的意识形态性的阐发（如革命、救亡意识、文化权力、工农兵文学、人民文艺等）。其中禹建湘的研究值得重视，作者并没有依循以往"乡土文学"现实主义的文学批评视角，而是抓住"乡土想象的文化机制"，用意在"乡土想象"的虚构性质，并从文化研究的角度把"乡土"与现代性问题联系起来考察，具有一定启发意义。然而作者在统摄近百年"乡土文学"发展流变时并未就这种所谓"文化机制"的文本想象方式条分缕析，进而演绎、归纳"乡土"文学想象与现代性之间密切的联系。此外，尤其值得一提的是，王德威在《写实主义小说的虚构：茅盾，老舍，沈从文》一书中的第七章以"想象的乡愁"评述沈从文的小说创作，进而提出"想象的乡愁：构思一种诗学"的观点。作者对此进一步论述道："我想说明'乡土文学'在实践与修辞两方面其实都是'无根'的文学；这种文学的意义恰恰系于我们对'故乡'这个美好意象的同步（再）发现与抹消。乡土作家写出的，不论好坏，恰是他们在现实生活中所不再能体验的。他们的想象与他们实际的经验其实同样重要；他们追忆往事的姿态与那些被追忆的往事往往互为表里。既然逝水流年只能通过写作行为才能追回，追忆的形式本身或许才是乡土文学的重点。"① 而本书提出中国现代"乡愁小说"研究即意在这种追忆形式——"乡愁"的言说方式上展开深入探讨。并在情节结构、话语及文类的层面逐渐将"乡愁小说"立体化，进而管窥中国文学的现代转型过程。

第三节　所谓中国现代"乡愁小说"

前述我们已经讨论了"乡土"、"乡愁"之间的差异，"乡愁小说"以及"乡土文学"的研究概况，那么本节要着重讨论的则是中国现代"乡愁小说"的民族品格。任何一个对中国文学中的故乡想象有所不察者，都是无视、忽视中国文学审美特质、中国人文化情感特点的隔膜者。在中国文学的发展历程中，作家的乡思从未中断，无论是诗词歌赋抑或古文小品，乡情乡愁不绝如缕。那么，随着近代封建政治制度的终结，现代民主科学精神的深入人心，现代中国知识精英再次回溯故乡时涌动的乡愁是否还可与古代知识分子的乡愁同日而语？是有所承继，还是有所嬗变？又在哪里体现着迥异于传统乡愁的特质呢？

从所谓知识分子的历史流变来看，"卜人"、"士"或"读书人"是一个特定的阶层或稳定的知识群体。在心理上，他们感到自己与下层的蒙昧无知的庸众是有区别的。这种"文化权利"赋予了他们在伦理道德和政治文化层面的精英姿态。科举制度的实施使得"读书人"得以进阶统治阶级的管理层，知识分子与平头百姓在拥有文化知识多寡的差异被转化为统治阶级与被统治阶级的不平等关系。知识、道德和政治理想的若合符契，同时构成了知识分子自我的人生设计。"学而优则仕"、"士志于道"、"士尚志"、"士不可以不弘毅，任重而道远"等都是这种文化心

---

① 王德威：《写实主义小说的虚构：茅盾，老舍，沈从文》，复旦大学出版社2011年版，第273页。

理的表述。而这种心理的深层缘由与儒家文化的深远影响不无关系。譬如儒家对于"仁"这一完满道德的追求,恪守"穷则独善其身,达则兼济天下"的自律,都显示了儒家文化对于中国传统知识分子的巨大影响力。需要着重指出的是,忧国忧民的政治化理想在中国古今知识分子的心里从未间断,并表现为自觉地实现自身价值的需要。这与早期受到教会权威束缚,直到近代启蒙运动之后才逐渐崛起的,代表"社会良心"的西方近代知识分子实有差异。

众所周知,知识分子的内心是敏感的,人常言"迎风流泪、对月伤怀"就是对酸腐书生的揶揄。中国古代知识分子很少从事劳动生产,他们在日常生活中自我调适和独立生活的能力不强,对于生活的挫折更敏感。这也使得他们较之普通百姓更乐于、擅于留心观察周围事物的变化。他们或以吟咏山川河流、日月星辰、花鸟鱼虫等自然景物来借景抒情;或托物言志,书写着自己的诗样人生;或将自我对人情世故、悲欢离合的体认,付与"辞"、"歌"以"咏怀"。因此,当文学被用来表达中国人的"感情本体世界"时,"抒情"就成为古今知识分子习以为常的表现手法,其作品也多是情之所至的产物。从中国文学的发展来看,"诗"是重要的文学体裁,自唐代高峰后一直绵延不绝,即使是宋元戏曲小说中也可见到抒情诗的影子。抒情可谓中国文学的"道统",甚至有学者认为"所有的文学传统'统统'是抒情传统"[1]。姑且不论这一说法是否有偏颇之嫌,不可否认,中国文学确实有着典型的抒情气质。中国古今知识分子将笔墨倾注于故乡,来抒发思乡念旧之情并不难以理解。进言之,"乡愁"自古以来就是中国古代抑或当下知识分子熟稔地将生命与乡土演绎为艺术化人生的方式。在农耕文明繁盛的中国,土地在中国人的精神世界中有着神圣的地位。土地不仅提供了中国人生存的基本物质条件,而且也因地缘而形成了中国传统结构中的"差序格局"。"从基层上看去,中国社会是乡土性的。……在我们乡土社会里,不但亲属关系如此,地缘关系也是如此。"[2] 这种特殊的社会文化结构与西方迥异有别,这也造成了中国人对于故乡特殊的感情。中国人的乡愁具有更多俗常的日常生

---

[1] 陈世骧:《陈世骧文存》,志文出版社1972年版,第37页。
[2] 费孝通:《乡土中国》,生活·读书·新知三联书店1985年版,第24页。

活气息,它并不一定走向对于人之归宿的哲理化沉思。乡愁中大多是家长里短、亲朋好友,弥漫着浓浓的怀旧味道,而这些怀旧的东西又是片段化的,每一段的核心大多是"人",段与段之间的空白形成"情"的跳跃,看似形断,实则意连,连起来就是"诗意化"的乡愁;而在西方的文化中对故乡的情怀体现为连续地、固执地追忆,从而体现为一种钟情于斯、不可自拔的情感。这种强行灌注、不可逆的叙述方式将乡愁与人的生存困境联系起来,强调的是乡愁的宗教意味。

那么,从以上对中国知识分子文化心理的分析看,"乡愁"在古代抑或现代知识分子的内心都是一种恒定的美感经验。古代政治社会阶层的先天优势使得部分知识分子过着衣食无忧的优渥生活,他们有条件纵情山水、疏解闲愁。即便穷困潦倒、生活窘迫,也不愿或难以放下清高,流于世俗,他们的生活是具有理想化色彩的。这种理想化的人生态度与现实的龃龉就在他们的内心世界形成一种普遍的矛盾感。一方面,将"明道救世"作为人生的政治理想;另一方面,又在自我的精神世界中徜徉。因此,他们内心对于故乡既有发乎于"根"的皈依感,又有着止乎于"理"的担当之责。但是,封建政治制度的终结,科举制度的废止,使读书人失去了进入统治阶级的渠道。对于"四体不勤、五谷不分"的书生而言,如何在社会谋生就是一个不得不面对的窘迫话题。现代稿费制度的诞生与中国近现代出版业的勃兴一定程度上缓解了知识分子的生活压力。随着近代机器工业的飞速发展,现代城市的迅速崛起,城市中现代教育制度的普及,市民文化水平的提高,大众对于文化产品的消费需要也变得更为迫切,于是越来越多的知识分子开始选择城市作为活动中心。那么此时,当这些大多来自乡村的现代知识分子再次回望故乡时,他们的内心就有了城市与乡村的两种经验,这两种经验势必会激起作家内心的冲突并最终指向对现代性的反思。当然,反思的对象不仅是日渐凋敝的乡下(故乡),也有繁华的城市,而反思的焦点正是传统乡土地缘结构之上的政治、经济、文化制度,以及在这种制度之下形成的僵化的乡土意识。但请注意,此时的乡土意识已非封建帝制下的乡土意识可以涵盖了。

当历史的车轮驶入二十世纪的门槛,中国的社会形态正经历着从封建帝制蜕变为半殖民地半封建社会的特殊转型。晚清关乎乡土的重大历史事件，已经逐步影响到中国人传统的乡土意识。此处有两点颇为重要：一是封建土地所有制已经发生了动摇。从太平天国的《天朝田亩制度》到中华民国"平均地权"的政治主张，都显示了政治统治者对于以往土地制度变革的强烈愿望。冯自由在回忆孙中山提出"三民主义"的缘起时说，"在乙亥庚子间（一八九八至一八九九），与章太炎、梁启超及留东学界之余等晤谈时，恒以我国未来之社会问题及土地问题为资料。如三代之井田，王莽之王田与禁奴，王安石之青苗，洪秀全之公仓，均在讨论之列。其对于欧美学者之经济思想，最服膺者为亨利佐治（Henry George）之单税论，即平均地权之思想所由起也"①。可见，"平均地权"的思想已经有了对中西土地制度的衡量。二是晚清民间的扶清灭洋运动，对中国人的乡土意识的影响也是不容忽视的。陈独秀曾全面分析了义和团运动在五个根本方面反时代潮流的特征，认识到义和团的文化渊源及其与现代文明发展方向的根本冲突，并痛陈"义和拳就是全社会种种迷信种种邪说的结晶"②。然而陈独秀将道教、佛教与孔教作为蛊惑民乱的原因还是有些偏颇。譬如，义和拳虽然在具体的运动中利用"殉道"、"殉教"的宗教精神愚弄了农民，将道教歪曲为带有妖术色彩的"左道"，但实际上道教本身也是有一些合理成分的。譬如《太平经》中就有要求财富共有，反对剥削兼并的思想。"物者，中和之有，使可推行，浮而往来，职当主周穷救急也。"③诚然，关于陈独秀的对于宗教、儒学的态度并非是笔者要讨论的重点，笔者关心的是，陈独秀的论述中透露出来的对于义和团运动中宗教因素的关注。虽然陈独秀并没有明确说"国民"主要指的是农民，但我们知道义和团运动的主要成员大都是农民。因此，我们可以将陈独秀的论述视作现代知识分子对于晚清农民乡土意识中宗教因素的觉察，也就是说"作为贫苦农民和士绅地主联合'灭洋'这一政治现实的反映，义和团运动中广泛流传的民间宗教式的信仰，同封建伦理、佛道教义等正统意识形态庞杂地交错在一起"④。晚清农民对于乡

---

① 冯自由：《革命逸史》（第二集），商务印书馆1945年版，第143—144页。
② 陈独秀：《克林德碑》，《新青年》1918年第5卷第5号。
③ 王明编：《太平经合校》，中华书局1960年版，第246页。
④ 程歗：《晚清乡土意识》，中国人民大学出版社1990年版，第325页。

土的观念既有狭隘民族主义复杂、保守的一面,又具有宗教般的神秘主义色彩。

现代知识分子除了对于晚清乡土意识的反思与洞察外,其自身现代意识的自觉同样引人注目。晚清民初的留学风潮是不容忽视的重要历史、文化事件。从晚清政府公派学童出洋留学到民初的留学风潮,中国知识分子已经开始走出国门,逐步接触、接受西方的政治、经济、文化、教育等。以日本为例,"计自1896年首派留日学生起至1937年抗日战争爆发全面停派止,四十二年间,国人留学日本者总数不下五万人,蔚成中国史上空前的留学运动。……这大批留学生中间有缠足的妇女,甚至有的还拥有进士、举人、秀才各种头衔"①。异国他乡的生活习惯、语言文化的差异使他们倍感不适,这时在他们的内心自然就有了将异域与故乡相较而观的动因,这不仅是对日常生活方式甚至是民族文化意识层面的比较,更是在全球民主、科学的时代潮流之中生发的思考。此外,由于中国的贫弱,那些留洋海外的知识分子总难免有一种屈辱感,并进而发展为强烈的民族主义情绪。譬如,在郭沫若的自传体小说《行路难》中,留日学生爱牟就感到,"我们单听着'支那人'三字的声音,便觉得头皮有点吃紧"②。在夏衍的剧作《法西斯细菌》中留日学生赵安涛"觉得每一个日本人的眼光,都是一根刺……"③。那么,当这些经历了欧风美雨的现代知识分子再次回到故乡时,民主科学的现代意识势必会和保守、愚昧的乡土意识构成尖锐的冲突。虽然,他们仍深爱着自己的故乡,但是已经觉醒的知识精英已无法沉浸于个人的"温暖乡",他们开始逐步将传统"明道救世"的政治诉求转移到底层民众身上,并最终上升为改造国民性的命题。譬如,1895年严复提出"鼓民力、开民智、兴民德"的主张,1902年梁启超提出"新民说",并将"新民"作为现代政治社会建立的必要条件。梁启超说,"苟有新民,何患无新制度,无新政府,无

---

① [日]实藤惠秀:《中国人留学日本史》,谭汝谦、林启彦译,生活·读书·新知三联书店1983年版,第1、40页。
② 郭沫若:《行路难》,载《沫若文集》(5),人民文学出版社1958年版,第178页。
③ 夏衍:《夏衍剧作选》,人民文学出版社1953年版,第152页。

新国家"①，甚至他还设想了未来社会理想的土地制度，"土地国有后，必能耕者而后授以田，直纳若干之租于国，而无复有一层地主从中胺削之，则农民可以大苏"②。类似这样的表述在现代知识分子的政治社会设计中屡见不鲜。从这个方面来说，晚清民初知识分子的启蒙意识"既取决于资产阶级的民权思潮在几十年发展过程中的认识积累，也是下层民众运动中相异于民权意向的社会压力所致"③。诚然，另有一些现代知识分子在留学中并未感到多少不适。"此心安处是吾乡"，他们没有变革政治制度、启蒙广大民众的强烈诉求。在中西文化差异的比较中，他们反倒深感中国文化的优越。当然，他们对于异域文化并非是完全排斥，而是批判地接受，他们的政治理想大多倾向于改良。那么，这些知识分子的乡愁就显得批判色彩较弱，传统怀旧恋乡的感情比较浓郁，个人化色彩是比较强烈的。他们的思想虽然在中国政治、经济、文化的特殊转型期并未成为主流，但是却从另一个方面丰富了中国现代知识分子的精神世界，以一种"反现代性"的现代姿态彰显着知识分子的独立性，这同样不容忽视。

如此看来，古代士子大夫的乡愁大多还是着意于对故土、亲人的眷恋，抒发时光荏苒、沧海桑田，时过境迁的感慨。在传统诗词歌赋中，故土风貌的描摹多是意象隐喻或比兴抒情，乡野风物的描绘也大多有着传统文人的风雅色彩，田园牧歌式的故土想象将乡土魅化为罢黜归隐的避风港或是聊以慰藉、荡涤心垢的灵药。从两晋以降的山水游记，到唐宋古文、唐末及至明代的小品文大都是这样的主题。古代乡愁文学作品中弥漫的乡愁相对而言是单一、澄澈的，比较多地体现为中国人在传统乡土地缘结构之上形成的超稳态的乡土意识。传统的乡愁是被动地束缚于传统乡土意识，其对乡土意识的反思是肤浅甚至是阙如的。而中国现代知识分子的乡愁实则是西方民主科学精神的革命性与中国传统乡土意识的保守性之间的龃龉。现代乡愁是主动、努力地摆脱传统意识牵制的一种精神漫游方式，其对传统乡土意识的反思则是彻底而深刻的，但是

---

① 梁启超：《新民说》，载《饮冰室合集》（第6册专集之四），中华书局1989年版，第2页。
② 李华兴、吴嘉勋编：《梁启超选集》，上海人民出版社1984年版，第515页。
③ 程歗：《晚清乡土意识》，中国人民大学出版社1990年版，第336页。

它同样不可能彻底摆脱这种集体无意识的羁绊。因此，中国现代知识分子的乡愁即是以上诸种意识杂糅抵牾的复杂形态，而这正是现代性在中国人的精神层面造成的波澜。简言之，现代乡愁是打破乡土地缘结构以后的中国现代人的情感特点。作为中国乡土地缘结构中的重要文化因子，它折射了中国人一个世纪的漫长的精神蜕变过程，这个过程至今没有终结。从抒情上说，它和传统中国抒情方式一脉相承；从现代人的生活空间和意识内容看，它不拘于乡土、农村；从创作方法上说，它不受现实主义一家之约束。愁中的文化之根，其现代忧思既是前瞻的，又是回观的，更是自我反思的。

中国现代"乡愁小说"就是这样一种带有鲜明时代印记与民族品格，具有独特抒情气质的艺术样态。通过对 1915—1948 年间 276 种期刊刊发小说的研读，笔者发现有 346 篇[①]小说都将故乡与他乡（显在/隐在）作为叙事框架，并在这一框架内隐现着一种"对过去、对故乡，既义无反顾地质疑，又充满了深情的眷恋；对现在、对都市，既倾情向往，又倍感疏离和不能遽然接近"[②]的复杂情感。虽然在不同时期的作品中，"乡愁"本身所携带的时代印记不尽相同，但是在乡愁的精神情感层面则是相通的。从调查数据来看，中国现代"乡愁小说"在 1927 年大革命失败和 1937 年抗战全面爆发前后形成两次创作高峰，其中 1926 年为 23 篇、1927 年为 25 篇、1933 年为 29 篇、1936 年为 36 篇，之后创作走向式微，在四十年代末基本消失。大革命失败的阴霾，抗战前的疑惧、焦灼，显然一定程度上驱使作家更多地将情感投向了故乡。

---

① 所统计数目不包括单行本中所涉的小说创作。期刊目录主要根据中国社会科学院文学研究所总纂的《中国现代文学期刊目录汇编》（一至五卷）（知识产权出版社 2010 年版），由于笔者资料收集上的困难，仍有待增补。虽然所考察的小说不能完全涵盖中国现代"乡愁小说"的所有刊发情况，但以上数据仍可给我们提供一个客观的观察视角。对乡愁小说择取的标准首先是小说应当具有他乡与故乡的显在/隐在的叙事框架；其次，复杂多义的乡愁是小说主要的情绪表达内容或作品主旨的主要表达方式；最后，厘清乡愁小说与小说中的乡愁描写的差异，二者的分野主要是文学形式与情节描写的关系。乡愁小说一定有乡愁书写，但有乡愁书写并不一定是乡愁小说。

② 袁国兴：《乡愁小说的"做旧故乡"和"城里想象"》，《中国现代文学研究丛刊》2010 年第 5 期。

中国现代"乡愁小说"创作情况

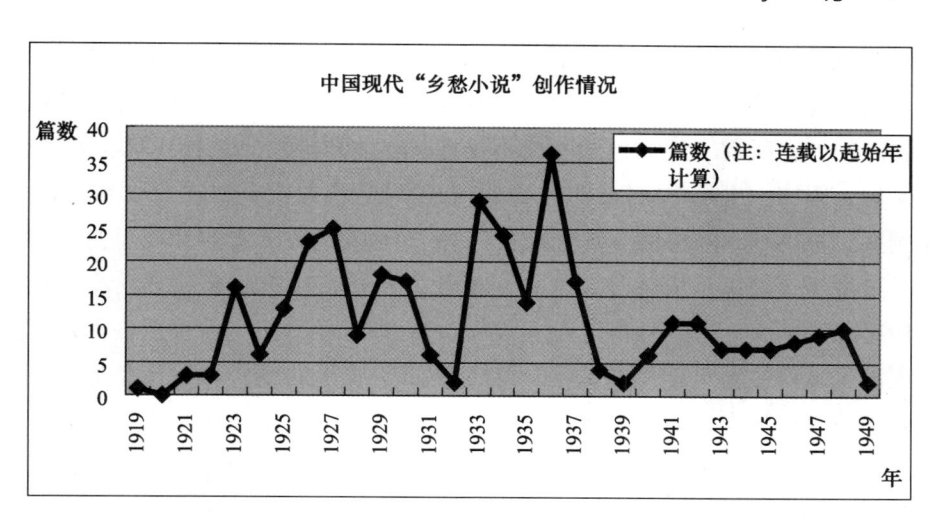

那么，为什么常见于古典诗词领域的"乡愁"在古代小说或者散文中鲜有表现，而在现代小说中又层出不穷呢？从以上的分析来看，笔者以为有如下两个原因：其一，清末民初，中国在政治、经济、文化的重大转型加剧了时空的迁移，加之战争匪患、政局动荡等因素，使得现代人的生活变得更为不稳定，造成了知识分子精神意识层面的巨大波动。现代知识分子在民主科学思想的影响下，个人的情感变得更为矛盾、复杂，内心冲突更为激烈，乡愁自然愈加浓烈。其二，梁任公对小说功利性的提倡使得原本集中在诗词歌赋中的乡愁题材逐渐成为知识分子诉诸政治、道德理想的一种便捷、得意的方式，这与中国知识分子特有的抒情气质和儒家文化价值观相关。反过来，要想将中国传统诗词中的乡愁书写方式移植于现代小说中也绝非易事。这就迫使作家不得不去寻找一种熟络而高效的叙事套路来抒发他们如鲠在喉的乡愁。诚然，也许作家并不一定有这种创作的自觉，但是他们有意无意总是运用的某种想象方式，恰恰反映了这种艺术构思的行之有效。即便有争相效仿大家的原因（如鲁迅、茅盾等的影响），但他们为何要效仿此种形式而非其他？这只能解释为这种艺术形式的便捷与应手。即使他们自觉地要有意避开这种效仿可能出现的人云亦云，但是他们无意、无形中已将这种套路的核心模块或意念拓在自己的作品中了。

而就笔者的研究而论，笔者以为"时空"与"怀旧"正是这种行之有效的套路的关键词。因为，无论古今中外，乡愁是因时空变动而产生对既往故乡的怀恋，中国现代"乡愁小说"同样概莫能外。就"时空"来说，与其将"时空"理解为一种物质存在，毋宁将之视为一种情感经验。譬如，所谓"地方色彩"就不仅指某个地方特色的背景环境、方言、风俗、服饰，也是作家以特有的思维方式与情感方式来叙述的故乡经验。例如，鲁迅笔下的鲁镇、魏金枝的曹娥江流域、沈从文的湘西世界。而时过境迁实则也是情感经验的更新换代，乡愁本质上就是差异时空内的情感经验冲突。从"怀旧"的角度谈，乡愁主要还是一种对逝去而难以或不可复得的逝水年华的追忆。怀旧是回望故里的精神仪式，类似于摄影中的双重曝光，即对过去与现在的双重映现，生命个体就是在这种差异并置中寻求心灵的归宿。怀旧而非守旧，对"旧"的怀恋恰是引向对"新"的忧思，即谓之"现代怀旧"。这同样是传统乡土情怀所不能涵盖的。那么，现代意识对中国现代知识分子的"怀旧"意识进行了怎样的瓦解、改造，或者促使作家的"怀旧"意识产生了怎样的嬗变呢？这样的探讨对中国现代知识分子的精神史研究显然是更有价值和意义的。因此，在本书中，笔者将"时空"与"怀旧"作为中国现代"乡愁小说"研究的二维，并进一步从中国抒情传统与外国"乡愁小说"的译介两方面，对中国"乡愁小说"的文体作互文观察。在本书的第一章，将探讨时空虚构下的故乡形态与乡愁的关系。第一节主要谈时序预设与故乡想象之间的喻指关系；第二节从故乡空间的剧场化设置来看乡愁的聚焦；第三节阐析作家对自我的故乡空间与角色人物的故乡空间采取的双重虚构方式与作品中乡愁的多义性表达。第二章关注时空流动中的乡愁。本章主要从"乡愁小说"中故乡与他乡的双向差异、时空流动来考察作家"乡愁"的言说方式，进而折射生命个体自我身份认同的焦虑感。一是"乡愁小说"中的"进城"与"还乡"模式；二是三十年代京派小说中"卧游故乡"形成虚幻的时空流动，从而使故乡呈现永恒且相对封闭的时空经验以及乡愁的理想化色彩；三是东北流亡作家群因流亡而形成现实的时空流动，造成双重乡愁与"双语"怀旧修辞。第三章是怀旧的现代书写。分别从怀旧中的精神原乡的追忆、性别意识的表达、主体意识的萌发等方面将现代怀旧的多元面向呈现。第四章是怀旧与革命想象。本章从乡愁的情感空间与革命的时空经验之间相互渗透、抵牾来考察怀旧的现代嬗变过程。一是以叶紫乡愁的"代沟"言说方式来探微左翼"乡愁小说"熔铸革命意识与怀旧意识的途径；二是从吴组缃的《一千八百担》中族人内讧的乡愁言说方式，来深入解读故乡伦理、精神危机，以及呈现的革命色彩；三是从苦难叙述到革命乐观主义的心理嬗变来透视现代乡愁的式微，进而从整体上把握乡愁在革命想象中逐步边缘化，乃至消解的原因。本章探寻乡愁在个人心理至族群关系的心灵空间拓展路径，力图呈现中国现代"乡愁小说"创作在乡愁的私人化与革命的公共性上的不同选择。第五章对中国现代"乡愁小说"予以互文观察。这里一方面浅谈中国现代"乡愁小说"与中国抒情传统的密切关系；另一方面探讨中国现代"乡愁小说"与域外译介"乡愁小说"的互文关系，以期逐步还原中国现代"乡愁小说"的发生、发展过程。

第 一 章

时空虚构下的故乡

　　这证明就是塔拉斯·布尔巴，这部用勇敢而豪放的画笔写成的瑰丽的叙事诗，这关于幼年民族的英雄生活的明晰的素描，这足与荷马媲美的，装在狭小框子里的巨大的图画。

　　——［俄］别林斯基（Виссарио́н Григо́рьевич Бели́нский）

　　巴赫金在《小说的时间形式和时空体形式》中说，"在文学中的艺术时空体里，空间和时间标志融合在一个被认识了的具体的整体中。时间在这里浓缩、凝聚，变成艺术上可见的东西；空间则趋向紧张，被卷入时间、情节、历史的运动之中。时间的标志要展现在空间里，而空间则要通过时间来理解和衡量。这种不同系列的交叉和不同标志的融合，正是艺术时空体的特征所在"①。中国现代"乡愁小说"作为一种把"故乡"与"他乡"作为显在/隐在叙事结构，以书写"乡愁"作为主要情感倾向的小说文类，尤其突出地彰显了这种"时空体形式"。因为很显然，从乡愁产生的机理而言，时空是个绕不开的话题。然而有必要指出的是，不同于"乡土"大多倚重写实的时空描写，在"乡愁"的情感视域内，小说"时空体"的虚构性更为突出，这与乡愁本身所具有的个人性、主观性密切相关。虽然，这一时空形式是个人化的虚构，然而其中所满贮的生命体验（情感）则是真实的。

　　由此而观，故乡不过是作家以生命的真切感受去努力获得记忆的物

---

　　① ［俄］巴赫金：《小说的时间形式和时空体形式》，载钱中文主编《巴赫金全集》（第3卷），白春仁、晓河译，河北教育出版社1998年版，第274—275页。

质证据，它是以情感的真实来确证的可靠虚构。因此，从虚构的时空阐析为路径，我们依然能够到达乡愁的真实情感内核。反过来说，解密记忆这一隐含着时空经验的个人化虚构，仍旧需要回到时间、空间的经纬网格里，定位故乡的时空坐标，瞩目时空交叉组合的饶有趣味的故乡时空体，进而探寻蕴藉于其内的乡愁。

第一节　时序预设下的故乡

时间是一个分明察觉得到，却又难以尽述的物质存在，隐身于小说中的时间更是小说的生命。从叙述的意义上说，时间作为话语的逻辑结构方式，一定程度上决定了小说的艺术形式本身。鲍温就曾指出："时间是小说的一个主要组成部分。我认为时间同故事和人物具有同等重要的价值。凡是我能想到的真正懂得或者本能地懂得小说技巧的作家，很少有人不对时间因素加以戏剧性地利用的。"[①] 学界对小说时间的热衷探讨也从来都没有间断，譬如陈平原在《中国小说叙事模式的转变》一书中就对小说的时间问题专章论述。他认为，"中国古代作家与理论家，注重的主要是小说的'演述时间'而不是情节时间"。作者进一步分析了西方小说理论家对叙事时间的探讨，通过俄国形式主义、热拉尔·热奈特等人关于"故事"与"情节"、"史实"、"记述"、"叙述"、"阅读时间"与"情节时间"、"故事时间"与"演述时间"等概念的辨析，将叙事时间分为"情节时间"与"演述时间"，并以情节时间为视角对中国小说叙事模式的转变进行了颇有见地的论述。[②] 借用陈平原对于情节时间的概念，本节笔者所要讨论的也是体现在中国现代"乡愁小说"中的"情节时间"问题，也就是作家是如何处理／安排体现在虚构故乡中的时间，进而传达乡愁的。正如瓦特所说："小说与日常生活结构的密切关系直接依靠的是它对一种具有细致差别的时间尺度的运用，在这一点上，它远甚

[①] ［英］伊丽莎白·鲍温：《小说家的技巧》，傅惟慈译，《世界文学》（中译文刊）1979年第1期。

[②] 参见陈平原《中国小说叙事模式的转变》，北京大学出版社2010年版，第34页。

于先前的叙事文学。"①

一　传统时间经验的借镜

　　从乡愁的传统文化基因的角度来说，传统乡愁往往生发在特定的时域。譬如"日暮乡关何处是，烟波江上使人愁"（崔颢：《黄鹤楼》）。"年年春日异乡悲，杜曲黄莺可得知。更被夕阳江岸上，断肠烟柳一丝丝。"（韦庄：《江外思乡》）"人言落日是天涯，望极天涯不见家。已恨碧山相阻隔，碧山还被暮云遮。"（李觏：《乡思》）从这些思乡的诗句来看，黄昏成了诗人通常抒发乡愁的时间背景。黄昏为一日之末，光线逐渐昏暗、鸟雀大都归巢，白日里喧嚣的大自然此刻也开始安静下来，这些景、物的变化对诗人的影响是直观的。睹物思人，作家自然会从心底油然生起一种落寞之情。"羁鸟恋旧林，池鱼思故渊"，这些发生在黄昏中的情景很容易让他们与之产生共鸣。加之落日、落叶等景物本身所暗含的生命衰竭、循环的意念，都使得这些客居他乡的游子同样产生漂泊、凄凉、孤寂的心境，以及对家乡、亲人的思念。所谓"浮云游子意，落日故人情"（李白：《送友人》）是也。无独有偶，在中国现代"乡愁小说"中同样不乏黄昏中的故乡影像。在倪贻德《黄昏》中，故乡被浓缩为一个尽染黄昏的家园。母亲让小儿去码头探望，但昌儿却终究没来。新年临近、日暮西山，时间在始与终两个极点暗喻着日复一日、年复一年的无尽思念。在母亲的内心独白中，生命对于时间的抚触与黄昏、新年的视域酝酿息息相关。

　　　　——但是客居异乡，举目无亲，每多身世落寞之苦；何况到了残年暮冬，看见人家父母子女团圆相叙的时候，要不是全无心肠的人，多少总要想到他儿时住惯的家乡的吧！

　　　　　　　　　　　　　　　　　　　　（倪贻德：《黄昏》②）

---

① ［美］伊恩·P. 瓦特（Ian Watt）：《小说的兴起——笛福、理查逊、菲尔丁研究》，高原、董红钧译，生活·读书·新知三联书店1992年版，第17页。

② 倪贻德：《黄昏》，载倪贻德《玄武湖之秋》，泰东书局1924年版，第163页。

"残年暮冬"的孤寂成为昌儿必要归乡的因由，也是母亲心底涌起无法遏制的乡思的缘起。从这种时间的安置方式来说，其实更多的还是一种修辞的作用，确切地说不仅是黄昏，包括月夜、秋日等这些附着了中国文化心理的时间，都往往表意不在时间，而是意图营造一种抒情的意境。在此我们不能排除中国古典诗词中抒情意境营造对中国现代小说叙事的无意侵入或有意干预，这一点笔者将在第五章谈及中国现代"乡愁小说"的文体互文观察中再予以详述，此处暂不展开。但是对于打破中国地缘结构之后中国人心理特点的现代乡愁而言，黄昏等时间已并不单是作为乡愁书写的背景而存在，而是以"象征"的语用功能参与了现代启蒙话语的建构。魏金枝给我们描绘的那个黄昏中的留下镇可是一点儿都没有浪漫抒情的味道，倒是给人一种近乎窒息、烦闷的感觉。在小镇黄昏时分，人们无聊地围观小贩残忍地宰杀鳝鱼，故乡在黄昏黯淡的光线下越发显得沉重、沉滞。原本了无生气的故乡在黄昏的吞噬下更加惨淡，使人不忍卒读。黄昏不仅是作者力图书写乡愁时着意虚构的意境，更是象征着"乡下的沉滞的氛围气"①。往大了说，这种"沉滞的氛围气"就是作家故乡浙东曹娥江的忧郁。

故乡除了大多在黄昏的视界中出现外，农业文明的节庆成为作家言说乡愁时另一个得体且合理的时间符码。一方面，故乡与农业文明的亲缘依存关系可以最大程度地展现故土风貌；另一方面，作家可以便捷、自然地从节庆所蕴含的事关家、故乡的情感资源中汲取涌动乡愁的能量。对于现代作家而言，类似"独在异乡为异客，每逢佳节倍思亲"（王维：《九月九日忆山东兄弟》）、"乡心新岁切，天畔独潸然"（刘长卿：《新年作》）般的感时伤怀仍旧是现代作家言说乡愁的常见写作方式。譬如在倪贻德的《岁暮还乡记》中，临近新年的故乡更易使人涌起乡思：

> 北风把马路两旁的街树都吹尽了，层层的密云停留在都市的上空，一年又到尽头了。人们都忙着预备过新年，而我每逢这时候总要感到极度的无聊。……长久不见的老父，我是应当去看看他的了，

---

① 鲁迅：《中国新文学大系·小说二集·序》，载《鲁迅全集》（第6卷），人民文学出版社2005年版，第258页。

我的可怜的病姊,也应当去探望探望她的了。

(倪贻德:《岁暮还乡记》①)

然而在中国现代"乡愁小说"中我们难以觅见节庆的欢愉,更多的却是苦难。此时在故乡空间中安置的节庆类似"倒反"② 修辞。即:利用佳节团圆的传统意涵来反衬现实的离散;以热闹喜庆来反衬现实的孤独冷清;以节庆幸福美满的生活期待来反衬现实的艰辛苦难。所谓"以乐景写哀,以哀景写乐,一倍增其哀乐"③。但是,当时令佳节与现实的离散、孤独、苦难形成反差,并与腐朽的政治社会制度乃至人的落后文化心理构成因果,那么此时对故乡的时间预设就具有了某种启蒙的意味。因此,在中国现代"乡愁小说"中,以时序反差来反讽故乡现实的修辞方式就不难理解了。譬如,鲁迅在《祝福》中就以"除夕"来形塑故乡鲁镇。祥林嫂在除夕夜的悲剧最大化了时间的反讽功能,即:以年的丰稔来反衬祥林嫂的贫困;以年的富庶来反衬祥林嫂的贫穷;以年的快乐来反衬其悲哀;以年的希望来反衬其绝望。同样过年只会使老杨"从如干涸池沼的记忆中抽起伤心的回忆之丝"(高植:《除夕》④)。祥泰南货店的伙计阿福在新年里看不到"一点光,一点希望"(鲁彦:《新年》⑤)。不光是新年,即便是从端午到中秋也无不是谷贱伤农、丰收成灾,遍地都是饥荒和血泪(蒋牧良:《从端午到中秋》⑥)。端阳节里方玄绰为索薪而烦恼、无奈(鲁迅:《端午节》⑦)。即使传统的"赶韩林"也并不意在展现故乡风俗文化,而是夹杂着现实的血泪和对冥界的恐惧(艾芜:《端

---

① 倪贻德:《岁暮还乡记》,载倪贻德《画人行脚》,良友图书印刷公司1934年版,第85—86页。

② 所谓"倒反":"说者口头的意思和心里完全相反的。倒反辞可以分作两类:或因情深难言,或因嫌忌怕说,便将正意用了倒头的语言来表现,但又别无嘲弄讽刺等等意思包含在内的,是第一类,我们可以称为倒辞。"参见陈望道《修辞学发凡》,文史哲出版社1967年版,第136页。

③ (清)王夫之:《姜斋诗话》,戴鸿森笺注,人民文学出版社1981年版,第10页。

④ 高植:《除夕》,《新月》1930年第2卷第11期。

⑤ 鲁彦:《新年》,《文丛》1937年第1卷第1期。

⑥ 蒋牧良:《从端午到中秋》,《文艺春秋》1947年第4卷第6期。

⑦ 鲁迅:《端午节》,《小说月报》1922年第13卷第9期。

阳节》①）。这些呈现在故乡空间中的节庆安排不但没有给故乡的时空增添多少喜庆的气氛，反而愈加使得读者心里增添了许多不快、愤懑，而这也许正是作者的期待视野。放眼中国现代小说创作，不难发现节庆是作家常常乐于、擅于采用的时间预设方式。无论是"乡愁小说"还是非"乡愁小说"在艺术表达方式、效果上实有相通之处。所不同的是，节庆本身所隐含的故乡意念可能更加充分、得力地调动受众的审美储备，从而达到"心理唤醒"，进而强化了启蒙的功利诉求或批判力度。②

二　时光差异并置下的故乡

黄昏与节庆等传统的时间预设着眼的是具体的时间点或者说时间段，而在中国现代"乡愁小说"中时间的预设更多的还是一种时态的表达方式，即过去时态与现在时态的差异呈现。在这些"乡愁小说"中，作家大都采用将故乡置于往昔与今朝的时间向度上，并通过这一安排来传达生命对于时间磨碾的感触。譬如在许君远的《今昔》③中，作家就是通过仲瑜和表姐琴园曾经青梅竹马，而今琴园已成寡妇、仲瑜则守着一个自己不爱的女人的悲剧，来传达一种物是人非之感。这在中国古典文学中就有回音，譬如"昔我往矣，杨柳依依。今我来思，雨雪霏霏"（《诗经·小雅·采薇》）、"少小离家老大回，乡音无改鬓毛衰"（贺知章：《回乡偶书》）等。然而现代作家的乡愁并不止于对故乡的依恋之情，而是力图通过对时间的有意切割来传达自我对于社会政治的理性诉求，这一点在民国初年科学民主思潮背景之下，尤其得到了合理合法的逻辑论证。那就是作家往往将故乡置于过去完成时态，赋予时间以"既往"、"沉旧"等情感色彩，从而将故乡他者化。其相应的理论资源在于作家隐匿/宣示的维新意识，在于社会进化/进步的历史必然发展逻辑，即所谓的"做旧故乡"④。

---

① 艾芜：《端阳节》，《文学》1935年第4卷第6期。
② 参见［德］H. R. 姚斯、［美］R. C. 霍拉勃《接受美学与接受理论》，周宁、金元浦译，辽宁人民出版社1987年版，第291页。
③ 许君远：《今昔》，《现代评论》1926年第3卷第57期。
④ 参见袁国兴《乡愁小说的"做旧故乡"和"城里想象"》，《中国现代文学研究丛刊》2010年第5期。

回溯中国现代文学的发生语境可见，整个新文学运动无不是些"新"与"旧"的论争，而其根源在于自然进化论对文学艺术的影响。我们知道在新文学的发生期，严复"著译"《天演论》对"五四"时期的知识分子的影响是深刻的。但是赫胥黎的《进化论与伦理学》与严复的《天演论》还是有不少差异。赫胥黎将自然进化与人类伦理分而论之，而严复则有意地将二者合而为一，进而形成国民性改造诉求的理论主张。显然，后者在积贫积弱的中国更能得到热烈的响应。因此，"进化"这个包括了"过去"、"现在"及"未来"的时间概念，已经逐步脱离了时间的自然物质属性，而与国民思想的改造、民族国家的发展有了某种必然的逻辑关系。"过去"成为"旧"，也即是一种过时的，必然遭到淘汰的东西；反之，"新"即代表着"未来"，代表着文明的进步，民族国家发展的方向。于是，当浸染着社会进化论的时间观念渗入文学之际，必然指向文学的"新"与"旧"、"进步"与"落后"的论争。胡适在《文学改良刍议》中就指出，"然以今世历史进化的眼光观之，则白话文学之为中国文学之正宗，又为将来文学必用之利器，又断言也"①。而陈独秀则从欧洲文艺发展史的角度阐述文学的进化观念：

　　欧洲文艺思想之变迁。由古典主义（Classicalism）一变而为理想主义。……十九世纪之末。科学大兴，宇宙人生之真相，日益暴露。所谓赤裸时代，所谓揭开假面时代，宣传欧土自古相传之旧道德、旧思想、旧制度。一切破坏文学艺术，亦顺此潮流由理想主义再变而为写实主义（Realism），更进而为自然主义（Naturalism）。
　　　　　　　　　　　　　　　　（陈独秀：《现代欧洲文艺史谭》②）

那么，文学艺术的功用也便是如鲁迅在谈及文学创作动机时所说："我仍抱着十多年前的'启蒙主义'，以为必须是'为人生'，而且要改

---

① 胡适：《文学改良刍议》，《新青年》1917年第2卷第5号。
② 陈独秀：《现代欧洲文艺史谭》，《青年杂志》1915年第1卷第3号。

良这人生。"① 当然，对于文学的进化之论，也不乏质疑之声。譬如吴宓就清醒地看到："以学问言之，物质科学以积累而成，故其发达也循线以进，愈久愈详，晚出愈精妙。然人事之学，如历史、政治、文章、美术等，则或系于社会之实境，或由于个人之天才，其发达也无一定之轨辙。故后来者不必居上，晚出者不必胜前。因之，若论人事之学，则尤当分别研究，不能以新夺理也。"② 时隔多年，易峻也同样对文学的历史进化观念不予苟同：

> 胡君之倡文学革命论，其根本理论，即渊源于其所谓"文学的历史进化观念"。大意谓我国文学之流变，乃革命一次，进化一次。愈革命则愈进化，愈进化亦愈革命。今日之文学革命，亦文学的历史进化之趋势使然。旧文学应即从此淘汰以去，由新文学起而代之云云。一代新文学事业，殆即全由此错误观念出发焉。
>
> ……
>
> 文学之历史流变，非文学之递嬗进化，乃文学之推衍发展，非文学之器物的时代革新，乃文学之领土的随时扩大。非文学为适应其时代环境而新陈代谢，变化上进，乃文学之因缘其历史环境而推陈出新，积厚外伸也。文学为情感与艺术之产物，其身无历史进化之要求，而只有时代发展之可能。若生物之求适应环境以生存，斯有进取之要求。文学则惟随时代文人之创造冲动与情感冲动，及承袭其先代之遗产，而有发展之弹性耳。果何预于进化与退化哉！
>
> （易峻：《评文学革命与文学专制》③）

但是，这样的声音在"五四"狂飙突进的革命民主思潮中显然是微弱的，最终不免被淹没乃至遭遇批判的命运。而时间则在所谓"启蒙"的语境中逐渐转义为一种政治伦理。尤其是故乡，这个本身已经包含了

---

① 鲁迅：《我怎么做起小说来》，载《鲁迅全集》（第4卷），人民文学出版社2005年版，第526页。
② 吴宓：《论新文化运动》，《学衡》1922年第4期。
③ 易峻：《评文学革命与文学专制》，《学衡》1933年第79期。

过去时间意涵的语词更是理所当然地成为"五四"知识分子启蒙的标的。于是我们看到,中国现代"乡愁小说"中的故乡大都成为一种过去完成时态下的凝滞的空间意象。时间是过去的向度,同时也是停滞不前或回环往复、无始无终的死结。以鲁迅的小说为例,在《故乡》中,我们看到留存在"我"心里的是"别了二十余年"的故乡。"二十年前"的故乡果真是"我"的"脑里忽然闪出的那幅神异图画"吗?

> 深蓝的天空中挂着一轮金黄的圆月,下面是海边的沙地,都种着一望无际的碧绿的西瓜,其间有一个十一二岁的少年,项戴银圈,手捏一柄钢叉……

不!当"我"从船上向外望:

> 苍黄的天底下,远近横着几个萧索的荒村,没有一些活气。
>
> (鲁迅:《故乡》①)

那么,到底哪个才是真正的故乡呢?显然,应该是后者。因为这里有"我"的"亲眼所见"予以证实,那么前者在"我"脑际中出现的图画又该如何解释呢?对于这个问题的回答,仍需在时间的预设上予以辨析。毋庸置疑,"没有一些活气"的故乡显然是"我"归乡时确证的现状,即现时的状态。但"我"分明感到"我所记得的故乡全不如此"。那么,文中"我"曾记得的故乡到底是什么样子的呢?正是前文从"我"脑里"闪"过的神异图画。这个神异的故乡就是"没有一些活气"的故乡的过去。如果我们大胆假设,当"我"二十年后归乡时,所见的仍是那个"神异"般的故乡,作者还会感到时间的流逝,还会觉得故乡的不堪吗?显然不会,因为恒定的时间会消弭掉过去、现在乃至未来。因此,"神异的故乡"作为过去的同时也是一种未来,即过去的未来。那么,当阔别二十年后再次归乡时,"我"为什么对"二十年"这个时间感触如此

---

① 鲁迅:《故乡》,载《鲁迅全集》(第1卷),人民文学出版社2005年版,第502、501页。

之深？笔者以为，正是因为故乡物质环境之"变"，才会使"我"感到离开故乡已经二十载。这有些类似我们乘坐火车时的经验：当两列火车并列以相同的速度，朝同一个方向高速行驶的时候，透过车窗我们并不会觉得对面的火车行驶的快慢，而如果当对面的火车慢下来，或者停止下来的时候，我们就会觉察到了。对于《故乡》中的"我"而言，他已经坐在"异乡"这列火车上了，那么当他回首故乡时，只要"故乡"并未与"异乡"同步，他便会感到故乡之"变"。换言之，也许并不是故乡变了，而是跳出故乡的"我"受到了异乡的洗礼，已经不可能再如从前那般"不识庐山真面目，只缘身在此山中"了。进一步说，故乡之"变"实则未变，只是生命个体本身的经验更新使然。此时的"过去"或曰"旧"只是针对异乡经验而言的。作家有意"做旧"的故乡，并不是标示在时间的先后序列中居于其后，而是指在共时层面上的"新"、"旧"之别。也唯有在"旧"的意义上，故乡才能够满足启蒙的功利需要。而那个月夜故乡的恬静画面不过是毫无时间所指的"我"的心中愿景罢了。

因此我们看到在"旧"时预设下的故乡，大都陈旧而破败。在故乡风物的描写上，大都少有明丽的色彩，甚至是萧索而冰冷的。譬如，鲁迅笔下的故乡就是一个不折不扣的"冷乡"：

《故乡》中的鲁镇：

> 我冒了严寒，回到相隔二千余里，别了二十余年的故乡去。时候既然是深冬；渐近故乡时，天气又阴晦了，冷风吹进船舱中，呜呜的响，从篷隙向外一望，苍黄的天底下，远近横着几个萧索的荒村……①

《祝福》中的鲁镇：

> 天色愈阴暗了，下午竟下起雪来，雪花大的有梅花那么大，满天飞舞，夹着烟霭和忙碌的气色，将鲁镇乱成一团糟。②

---

① 鲁迅：《故乡》，载《鲁迅全集》（第1卷），人民文学出版社2005年版，第501页。
② 鲁迅：《祝福》，载《鲁迅全集》（第2卷），人民文学出版社2005年版，第6页。

《在酒楼上》中的 S 城：

> 我从北地向东南旅行，绕道访了我的家乡，就到 S 城。……深冬雪后，风景凄清，慵散和怀旧的心绪联接起来，我竟暂寓在 S 城的洛思旅馆里了；这旅馆是先前所没有的。①

再看故乡的风土人情也同样是野蛮而落后。譬如，许杰的《惨雾》、胡也频的《械斗》写故乡民风的野蛮与残忍②，罗淑的《生人妻》、柔石的《为奴隶的母亲》、许杰的《赌徒吉顺》中的典妻③，王鲁彦的《菊英的出嫁》中的冥婚④等。尤其是在二十年代所谓"乡土小说"创作中，凡是写到故乡大都离不开苦难。且看郎损（茅盾）在《小说月报》第 12 卷第 8 期的《评四、五、六月的创作》中所作的评述：

> 我们看见了描写学徒生活的《三天劳工底自述》（利民，《小说月报》十三卷六号），我们又看见了描写年青而好胜的农村木匠阿贵的悲哀的《乡心》（潘训，《小说月报》十三卷七号），我们又看见了很细腻地表现了卖儿女的贫农在骨肉之爱和饥饿的威胁两者之间挣扎的心理的《偏枯》（王思玷，《小说月报》十三卷十一号），我们又看见了巧妙地暴露世俗所谓孝道的虚伪的《两孝子》（朴园，见同上）。
>
> （茅盾：《中国新文学大系·小说一集·导言》）⑤

这里茅盾表面上看似在谈小说的题材，实际上他更为关心的是如何

---

① 鲁迅：《在酒楼上》，载《鲁迅全集》（第 2 卷），人民文学出版社 2005 年版，第 24 页。
② 参见许杰《惨雾》，《小说月报》1924 年第 15 卷第 8 期；胡也频《械斗》，《现代评论》1927 年第 5 卷第 116 期。
③ 罗淑：《生人妻》，《文季月刊》1936 年第 1 卷第 4 期；柔石：《为奴隶的母亲》，《萌芽月刊》1930 年第 1 卷第 3 期；许杰：《赌徒吉顺》，《东方杂志》1925 年第 22 卷第 23 期。
④ 王鲁彦：《菊英的出嫁》，载王鲁彦《柚子》，北新书局 1927 年版，第 124—144 页。
⑤ 茅盾选编：《中国新文学大系·小说一集·导言》，良友图书印刷公司 1935 年版，第 11 页。

将故乡面貌呈现的问题。茅盾肯定的是"不但在题材上是新的东西,就是在技巧上也完全摆脱了章回体旧小说的影响,他们用活人的口语,用'再现'的手法,给我们看一页真切的活的人生图画"①。至于如何"再现",茅盾没有说。其实从他的评述中,我们还是不难看出他对于"为人生"文学观的强调,而通过"做旧"后的故乡也许能更有效地实现这个目的。进言之,作家更关心经过"做旧"的故乡有着怎样的不同。譬如茅盾对于《惨雾》与《赌徒吉顺》中故乡的异同就有着精辟的见解,他说:"假使我们说《惨雾》所表现的是一个原始性的宗法的农村(在这里,个人主义是被宗法思想压住的),那么,《赌徒吉顺》所表现的就是一个经济势力超于封建思想以上的变形期的乡镇,而这经济力却不是生产的,是消费的,破坏的。"② 可见,前者是精神伦理方面的,后者则是经济生产层面的,这是两种"做旧"方式。由此看来,对故乡的"做旧"并不是力图在时序上将故乡推至既往,其目的在于强化"过去"这个时间概念之外的隐喻之义,即新与旧、进步与落后的云泥之别。所以唯有立在新城回望"故"乡才能使得"故乡"获得应有的现代之意。正如汪晖所言,虽然"现代性是一种时间观念,一种直线向前、不可重复的历史时间意识",但是现代性体现了"未来已经开始的信念。这是一个为未来而生存的时代,一个向未来的'新'敞开的时代。这种进化的、进步的、不可逆转的时间观不仅为我们提供了一个看待历史和现实的方式,而且也把我们自己的生存与奋斗的意义统统纳入这个时间的轨道、时代的位置和未来的目标之中"③。故乡在时序上的"做旧"不仅是一种现时的意义,更有一种未来的方向。这一点在谈到城乡间的空间流动以及怀旧的现代书写中,我们再予以详述。

三 "永恒"的故乡

如果说"做旧"故乡的功能意义主要在于现代性所隐含的时间的相

---

① 茅盾选编:《中国新文学大系·小说一集·导言》,良友图书印刷公司1935年版,第11页。
② 同上书,第31页。
③ 汪晖:《死火重温》,人民文学出版社2000年版,第3—4页。

对差异性，那么消弭掉故乡中时间的本体论意义，某种程度上可以看作是在现代性压迫之下的解脱策略。就此而言，他们的创作方式颇似福克纳。在福克纳的《喧哗与骚动》中，昆丁曾回忆起父亲把表交给他时说的那段颇有意思的话："我把表给你，不是要让你记住时间，而是让你可以偶尔忘掉时间，不把心力全部用在征服时间上面。"① 父亲对昆丁的告诫显示了人对于现时的焦虑与无奈。那么，从中国现代"乡愁小说"的发生语境来看，在现代性的步步紧逼之下，物质文明的飞速发展更使他们感到对当下的无从把握，对未来的不可预知。在现实中意图暂停时间只是砸碎钟表一般的愚蠢之举，显然时间并不会因为砸碎钟表而停止。而进入钟表刻度的时间只是一些时间的尸体，无法记录的才是时间的生命，因为我们根本就不知道时间的始终。那么依此逻辑，让时间貌似停止的方法唯有让时间不知起止，即定位于永恒的时间向度。在永恒的时间辐射之下的故乡自然也就是带有符号意义的永恒的故乡了。如果说在中国"现代乡愁"小说甫一而荣之时，"五四"所谓"乡土"作家书写故乡的策略是"做旧"故乡以资启蒙的话，那么三十年代以京派作家为代表的"乡愁小说"创作则大多将故乡纳入一个无法厘定时间的永恒之中了。

在对福克纳小说的经典批评《关于〈喧哗与骚动〉·福克纳小说中的时间》中，萨特认为"过去是可以有称谓、被叙述，并在某种程度上固定为概念或被心灵认出来的"，而"现在不过是没有规律可循的传闻，不过是过去将来时"②。萨特以坐在敞篷车里观风景来比拟过去与现在的关系，他说：

> 福克纳看到的世界似乎可以用一个坐在敞篷车里朝后看的人看到的东西来比拟。每一刹那都有形状不定的阴影在他左右出现，它们似闪烁、颤动的光点，当车子开过一段距离之后才变成树木、行

---

① ［美］威廉·福克纳（W. Faulkner）：《喧哗与骚动》，李文俊译，上海译文出版社 1984 年版，第 85 页。

② ［法］萨特（Jean-Paul Sartre）：《关于〈喧哗与骚动〉·福克纳小说中的时间》，载沈志明、艾珉主编《萨特文集》（第 7 卷），人民文学出版社 2005 年版，第 48—49 页。

人、车辆。在这一过程中过去成为一种凌驾于现实之上的现实：它轮廓分明、固定不变；现在则是无可名状的、躲闪不定的，它很难与这个过去抗衡；现在满是窟窿，通过这些窟窿，过去的事物是侵入现在，它们像法官或者像目光一样固定、不动、沉默。

于是时序就成为荒谬的，"时钟愚蠢地转圈子报时"也是荒谬的：因为过去的次序是情感的次序。我们切不要相信，现在一经过去就变成我们最切近的回忆。现在经历的变化可以把它沉到记忆最深处，也可以让它浮出水面；只有它本身的密度和我们生活的悲剧意义能决定它的浮沉。

（萨特：《关于〈喧哗与骚动〉·福克纳小说中的时间》①）

萨特的时间观闪现着存在主义的光彩，他意图强调的是现实的不可知，而过去是与"我们生活的悲剧意义"密切相关的、经过情感过滤的"过去"，这在某种程度上说具有永恒的意义。因为，只要"它本身的密度"和"我们生活的悲剧意义"同构，就会随时浮沉，这并不因为它是否属于"过去"。所谓"凌驾于现实之上的现实"就是一般的、永恒的时间意义。回过头我们再看三十年代京派"乡愁小说"中的时间也是这般有着"过去"色彩的永恒时间。譬如我们在阅读废名的《竹林的故事》《桃园》《菱荡》，饶孟侃的《螺蛳谷——一个传奇》，沈从文的《边城》《三三》《龙朱》，师陀的《果园城记》时，虽然大致能够感觉到写的是湖北黄梅、湘西或者豫南的风土人情，可是究竟故事发生在什么时候确实难以厘定，但是我们却分明可以感到应该是发生在过去。而这里的"过去"又并没有让我们感到时间距离的遥远，仿佛是存在于我们心灵深处的一种毫无时间所指的"原乡"意象。这与我们前述"做旧"的故乡中的过去是不同的。因为，这些"乡愁小说"中虚构的故乡中的时间，虽然也大多是"过去"的时间所指，但是它本身的"过去"意味并不浓烈，反而与萨特在评论福克纳小说中的"凌驾于现实之上的现实"很接近。那么，为何作家要将故乡安置在具有"过去"色彩却有永恒意义的

---

① ［法］萨特（Jean-Paul Sartre）：《关于〈喧哗与骚动〉·福克纳小说中的时间》，载沈志明、艾珉主编《萨特文集》（第7卷），人民文学出版社2005年版，第49页。

时间向度上呢？仍然回到萨特的论述，我们发现其实"过去"是一种与"现在"抗衡的策略。如果说前述"做旧"故乡是意图在"进化的、进步的、不可逆转的时间观"里嵌入"自己的生存和奋斗的意义"以回应现代性冲击的话，那么貌似"过去"的永恒时间则恰恰相反，它是力图在"永恒"的意义里消弭掉"现代"的优越感，从而彰显一种"反现代性的现代性"。

诚然，"永恒"的故乡在现实中并不存在，它只是作家的"心像"，是经过作家加工过的"记忆"。从文本的细节看，某些时间单元体现的"永恒"之感，也是作家暂时的心境，或者说是相对于另一个时间单元而言的"永恒"。譬如，张爱玲在《私语》中所说的："父亲的房间里永远是下午，在那里坐久了便觉得沉下去，沉下去。"① 在这里，"下午"对于张爱玲就是永恒不变的时间经验，也是父女间冰冷、乏味的情感体验。所以，"下午"不是时间而是记忆！然而，张爱玲也许并不相信"永恒"，从《倾城之恋》中那段关于"地老天荒"的经典对白，不难看出张爱玲对于"永恒"既向往又恐惧的复杂心态。从《倾城之恋》《沉香屑——第一炉香》《阿小悲秋》等"乡愁小说"来看，张爱玲虚构的故乡呈现的"过去"大都是这样一种相对的"永恒"。但是，在《倾城之恋》中的上海与白公馆中的时间则又是两个具有差异性质的、相对永恒的时间单元。

> 上海为了"节省天光"，将所有的时钟都拨快了一小时，然而白公馆里说："我们用的是老钟"，他们的十点钟是人家的十一点。他们唱歌唱走了板，跟不上生命的胡琴。
>
> （张爱玲：《倾城之恋》②）

在这些永恒的故乡中我们难以寻觅时光的刻度，但是倍感时光的飞逝。我们发现作家好像是在自如地拨弄着历史的指针，跟读者玩着时间

---

① 张爱玲：《私语》，载《张爱玲全集·流言》，北京十月文艺出版社2009年版，第113—114页。

② 张爱玲：《倾城之恋》，载《张爱玲全集·倾城之恋》，北京十月文艺出版社2009年版，第160页。

的游戏。然而故乡毕竟还是"记忆",还是脱不了"过去"的时间意涵。因此,我们仍可在这种姑且称之为"过去"的、不知起止的时间里,寻找到作家记录时光的足迹。笔者以为,当"永恒"作为故乡的修辞时,时间预设已经开始让位于空间设置了,作家是以"空间的时间"替代了线性的时间排序。即通过主体对空间的意识作为时间流动的脉络,每一个经过作家情感意识浸润的空间成为一个个有意义的"时间点","时间点"的跳跃构成了虚实相间的时间流。在此,笔者将之称为"风景意识流"的叙述方式。这将在谈到"卧游"的空间意识流动时予以详述,在此暂不展开。

无论是依循包蕴传统文化因子的时间点,或是"做旧"故乡来展示苦难以资启蒙,抑或依"旧"故乡消弭时间的确切所指而希求在永恒能指中以反现代性获得现代性,故乡中体现的时序预设总还是以"过去"的时态为主。然而令人费解的是,作家大都很少将故乡置于未来的时间向度中展望。是作家沉醉于对往昔故乡的醇厚乡情,还是作家心中缺少故乡蓝图,或者他们更愿意徜徉在记忆的流中去归隐现实的自我?笔者以为,与其说他们更痴迷怀旧,不如说更不愿/不忍正视故乡衰败的现实。大量发黄、残破的故乡图画证实着他们之于故乡的深深失望,那么远景/愿景是否可期?作家不愿给出预测却预测了精神之乡在未来的岌岌可危,因为旧的时间向度上的故乡其实已经隐含了未来的时间因子。但是倘若真把故乡纳入未来,他们多少还是有些底气不足,因为未来的故乡只有在"也许"的假设关系中方可登场,于是未来变得不可靠了。那么,远离未来的时间召唤,暂居现实应该还可苟安?不!因为他们在现时又不忍目睹现实撕咬盛满无尽思念与爱的故园,因此奉"现时"之名的"现实"同样不可靠。在"未来"与"现时"同时受挫的知识分子到底如何在时间的迷阵中突围?唯一的出路只剩下了"过去",在"过去"的时域内,他们既可逃离"现时"逼问的尴尬,又没有强制回答"未来"的心理负担。"过去"的视域安排给故乡一个充分自由、宽松,又不违自我理想诉求的想象空间,这里既有"过去"、"现时"也有"未来"。在现代社会急剧转型时,乡愁成了作家力图把握当下、抵御现代焦虑的恰当方式。

第二节 故乡空间的"剧场化"设置与乡愁聚焦

为一探"故乡"的究竟，我们还是暂时逃离作家布下的时间迷阵吧！可是当我们贸然闯入故乡的空间，却又仿佛一下子进入了戏院。虽说读的是小说，但总觉得仿佛是在看戏！这种阅读体验是笔者研究中一贯的感觉。而究其原因，正是在中国现代"乡愁小说"中有一种类似于"剧场"的空间存在。所谓"剧场"化的空间设置主要指的是：作者在虚构的故乡空间内又设置了一个虚构的空间。这个空间类似于戏剧表演的"剧场"，它具有舞台、布景、演员（主角、配角）等构成剧场所必备的基本要素。剧场之内"演员们"（人物）"唱、念、做、打"集中展现冲突，与之相关的事由或结果被推至剧场之外，成为对"戏"补充、完善的隐在叙述。剧场内外的互动使得作品产生了一种"剧场效应"。就中国现代"乡愁小说"而言，这种故乡空间中的剧场化设置并非个案，而是带有普遍意义的。

一 故乡中的"剧场"

篇目	"剧场"	发表期刊、单行本
王向辰：《棚匠》	庙棚	《现代评论》第3卷第64期
鲁迅：《孔乙己》	咸亨酒店	《呐喊》，北京北新书局1924年版
鲁迅：《在酒楼上》	一石居	《彷徨》，北京北新书局1926年版
鲁迅：《长明灯》	社庙	《彷徨》，北京北新书局1926年版
鲁迅：《风波》	临河的土场	《呐喊》，北京北新书局1924年版
杨振声：《瑞麦》	麦田	《现代评论》1926年一周年增刊
蹇先艾：《酒家》	福兴酒店	《酒家》，重庆万光书局1945年版
佃潮痕：《酒徒阿胡》	星记酒店	《真美善》1930年第6卷第6期
洪灵菲：《归家》	百禄叔家	《新流月报》1929年第3期
台静农：《天二哥》	王三饭店前	《莽原》1926年第18期
何德明：《研房庄》	研房	《文艺月刊》1934年第6卷第1期
端木蕻良：《雕鹗堡》	断崖	《文艺杂志》1942年第2卷第1期

续表

篇目	"剧场"	发表期刊、单行本
端木蕻良：《鹭鹭湖的忧郁》	湖边	《文学》1936年第7卷第2期
端木蕻良：《万岁钱》	小庙	《中流》1936年第1卷第7期
沙汀：《淘金记》	筲箕背	《淘金记》，上海文化生活出版社1947年版
沙汀：《航线》	船	《航线》，上海文化生活出版社1937年版
沙汀：《在其香居茶馆里》	其香居茶馆	《播种者》，上海华夏书店1946年版
沙汀：《在祠堂里》	祠堂	《文学界》1936年创刊号
沙汀：《合和乡的第一场电影》	火神庙	《文艺杂志》（桂林）1942年第1卷第3期
沈从文：《丈夫》	妓船	《小说月报》1930年第21卷第4号
吴组缃：《一千八百担》	宋氏宗祠	《西柳集》，上海生活书店1934年版

从上表所列中国现代"乡愁小说"来看，内置于故乡中的空间内都存在一种显著的"看与被看"的关系。人物的动作、行为冲突及语言、思想的交锋，都是通过"看与被看"（观看）得以实现的，这一故乡空间很像戏剧演出的剧场。因为戏剧是对现实抽象化的模仿，希腊语中戏剧（drama）一词，只是动作（action）的意思。戏剧就是模拟的动作、仿效的动作，或人的行为的再现。[①] 进一步说，这种抽象化的动作只有被观众所观看，才能得到理解，同时赋予表演以意义。因此，演员的表演与观众的观看只有在看与被看的动作完成之后，才能成为"戏"，否则就不能将之视为戏剧。

同样，剧场不仅是抽象化动作表演的场所，也是看与被看得以完成的空间。譬如，上表所列的中国现代"乡愁小说"中故乡的内置空间就颇似戏剧的"剧场"。这不仅是因为它们同样存在着构成剧场的基本要素，如背景、道具、舞台，更是因为在这一空间设置内存在着"看与被看"的动作。对此理解有两个层面：一是作品中的人物之间有着主演与旁观的"看与被看"关系。譬如，在沙汀的《合和乡的第一场电影》[②]中，"煤油桶"在火神庙放电影挣钱，却因为电影放映机的故障，屡次失

---

① 参见［英］马丁·艾思林（M. Esslin）《戏剧剖析》，罗婉华译，中国戏剧出版社1981年版，第6—16页。

② 沙汀：《合和乡的第一场电影》，《文艺杂志》（桂林）1942年第1卷第3期。

败,以致有人猜测是因为没有敬火神庙的菩萨,所以遭到了报应。表面上看,合和乡的百姓看电影就是一个"看与被看"的关系,实则不然。与其说观众看的是电影,倒不如说看的是"煤油桶"的笑话,看的是菩萨如何显灵。在这里,"煤油桶"是主演,而合和乡的百姓是旁观者,"火神庙"就是这场滑稽戏上演的剧场。沙汀颇费心思地将电影这一现代科技的符号嫁接在了迷信落后的"火神庙"上。从而使作品在二者显豁的反差下,呈现出巨大的张力。在"火神庙"这个剧场中,作者不仅挪揄了"煤油桶""为国家民族尽一把力"的虚伪,也毫不留情地批驳了合和乡各色人等的自私与愚昧。二是"看与被看"还应理解为读者的阅读行为。也就是说,读者在阅读(观看)时,也是一个旁观者。而不同读者通过"看"会对作品中的人物特点、冲突情节乃至作品主旨的审美、思想取向形成个性化的差异解读。譬如,在其香居茶馆(《在其香居茶馆里》)、火神庙(《合和乡的第一场电影》)、社庙(《长明灯》)里的闹剧,在咸亨酒店里(《孔乙己》)、鸳鸯湖边(《鸳鸯湖的忧郁》)、断崖上(《雕鹗堡》)的悲剧,都是读者对作品主旨解读的结果。即便是同一篇作品,在不同的读者"看"来,也是一出不同的戏,这是文学接受的常识问题,无须多言。而笔者所要强调的是,正是"剧场"化空间的存在,强化了读者之"看"!作品被阐释的差异性也相较于其他没有剧场化空间设置的作品更丰富、更突出。尤其是在中国现代"乡愁小说"中,故乡本身就是个空间概念,而剧场也是个虚构的空间,对剧场的强烈感受也就是对故乡空间的深刻体认,这显然是作家言说故乡的一种更有效的艺术形式。因此,我们阅读作品时强烈的"入戏"感,其实就是作家浓烈的乡愁。

但与戏剧的剧场不同的是,中国现代"乡愁小说"中的"剧场"并不局限于虚拟的三维立体场域,它大多指向精神、文化的层面,具有符号化的特点。它是叙事的中心,是整个"故事"脚本的主要"表演场",作品中人物、事件的冲突大多集中于此,并与作家的乡愁息息相关。同时,故乡中的"剧场化"空间因为集中了人物(演员)、情节的冲突,所以成为小说叙事的焦点,这样就给读者一种"凸显"的感觉。确切地说,剧场化的空间形态成为读者阅读的审美重点,而故乡的整体印象反倒变得虚化、模糊。譬如,在鲁迅的《孔乙己》中,鲁镇是鲁迅虚构的故乡空间。小镇与农村有别又与城市不同,是城市与乡村之间的缓冲带。小镇不仅集中了中国乡村的精神文化密码,而且也多少折射出城市现代性的光影。小镇的经济、文化、日常生活方式具有城乡混合杂糅的特点,因此,小镇往往成为表现中国现代转型期复杂矛盾性的典型的空间想象形态,鲁迅的"乡愁小说"大多就集中于这样的小镇。就鲁镇而言,小镇以"鲁"姓(鲁迅母亲姓氏)命名,一方面这是中国地名惯常的一种命名方式,譬如李家庄、刘村等;另一方面也让读者深感故乡在鲁迅心中的情感寄托,但这并不足以诠释鲁迅寄寓在作品中的复杂乡愁。换言之,鲁迅对故乡复杂多义的情感并非仅仅是思乡怀旧这般简单,在鲁迅温情的乡愁外衣之下实有着深切的忧虑,这种忧虑正集中在"孔乙己"这个虚构的"故人"身上。那么,鲁迅是如何借由"孔乙己"而言说乡愁的呢?让我们来看《孔乙己》中的"剧场"设置。《孔乙己》中的"舞台"是鲁镇的"咸亨酒店",这是一个存在于鲁镇(故乡)之内的虚构空间。"酒店"不仅是一个饮食交际的场所,还是一个相对自由自足的所在。在统治阶层文化精神封锁严苛的时代,"酒店"往往给庶民提供了一个有限的话语权利空间,这种言说方式往往难免要以"胡话"、"戏言"的方式,借助酒力的掩护而得以实现。而"酒店"聚散自如的"收发"功能更是能便捷地将诸色人等收拢或遣散。因此,在传统小说中"酒店"的空间设置对于人物关系的交代、故事情节的推动都多有助益。再者,"酒店"以"咸亨"命名不但有"品物咸亨"的市民趣味,而且与唐高宗年号巧合[1],这样一来,我们甚至也可将"咸亨酒店"视为一个"酒色财气"的历史文化符码。鲁迅就是在中国传统文化的语义空间中来审视生命在当下的困厄及其未来的可能存在形式,这是鲁迅乡愁的精神内核。同时我们也看到,作品中空间越来集中于"酒店",鲁镇的影像反倒变得越来越模糊了,如此一来,"咸亨酒店"的空间感仿佛更加突出了,并最终矗立为一种类似"舞台"的空间样态。鲁镇淡化为布景,曲尺形的柜台、茴香豆等变成了道具,孔乙己是主角,"我"与众人都成了配角。在"舞台"之上,"长衫"与"短衣"开始为不同的空间标示差异:

---

[1] "三月甲戌朔,大赦天下,改元为咸亨元年。"唐高宗于总章三年三月初一(670年3月27日)改元"咸亨"。参见(后晋)刘昫等撰《旧唐书》,中华书局1975年版,第94页。

长衫者往往在"店面隔壁的房子"里,而短衫们只能"靠柜外站着"。然而尴尬的是,孔乙己这个"站着喝酒而穿长衫的唯一的人"打破了原有的、似乎理所当然的空间归属形态。我们知道,长衫与短衣的差异不仅是服饰的差别,实则隐喻了贫/富、贵/贱的等级。那么,孔乙己的长衫似可引起的庙堂世界就与短衣的江湖世界又构成了显著的分野,并进而构成了种种显在与隐在的冲突,而冲突又无不是在孔乙己、众人、"我"的"观看"中产生的。在众人"看"孔乙己、"我""看"孔乙己,以及孔乙己"看"众人和"我"的不同读解中,在读者对"咸亨酒店"内"故"事的阅读中,延伸和丰富了鲁迅的乡愁,这正是"剧场化"的空间设置使然。

二 "剧场"聚焦的乡愁

中国现代"乡愁小说"中的"剧场化"设置是一种较为普遍的空间想象方式,这种方式之所以大量出现,究其原因还是"剧场化"的虚构空间对作家乡愁的聚焦作用。

我们知道"乡愁"产生的前提是故乡的"不可复得"。所谓"不可复得",是指由于空间位移而造成人与故乡分离时,人对曾经拥有、而今不再的故乡经验的追忆。它往往表现为对逝去的故乡时光的嗟叹,或试图再次接近故乡空间却又不可遽然实现的焦虑感。因为"不可复得"的是作家对故乡的记忆,所以就可能存在着不甚清晰或偶有讹误的现象。而乡愁又是人的主观情感投射,其中已经夹杂或涂染上了作家个人的情感色彩。加之,记忆往往又是一种过去完成的时态,是尚未更新的时空痕迹,这与现实故乡是有出入的。因此,故乡的时空经验的"真实"性就显得不那么可靠了。那么,当作家将这种模糊、驳杂、主观色彩较浓的情感诉诸文学艺术予以呈现时,如何避免情感的泛化与歧义就显得十分必要。较为简捷的做法应当是尽量将故乡的空间浓缩,选择(虚构)最能体现作家乡愁的空间形态将人物、情节等安排其中,从而凝练、集中地书写作家的乡愁。剧场化的空间设置恰好就能够实现这一目的,因为:

在艺术领域里,正象(像)在哲学里一样,"奥卡姆的剃刀"原则是永远有效的;就是说,最经济地、最节约时间地、最细致地表达思想，才最接近真理。对于表现那种难以捉摸的情绪，内心的紧张和同情，人与人之间微妙的关系和相互影响等等来说，戏剧是最最经济的表现手段。

（马丁·艾思林：《戏剧剖析》①）

这类似于短篇小说"横切面"的叙述策略，剧场化的空间设置是在"横切面"之上的再聚焦。就像摄影师在拍摄时，先用选景框选择景物，再对选定的景物对焦，从而表达出摄影者的思想与情感。中国现代"乡愁小说"中"剧场化"的空间设置也有类似摄影对焦的功能，所不同的是，小说的对焦并不是"典型化"的艺术尝试，而是通过"剧场化"空间的设置将读者的阅读期待限定在特定范畴内，并在这一空间中"人为地"把读者的想象纳入到作者事先已经设置好了的叙述焦点上，这样一来，作者也便能"最经济地"书写乡愁了。

在沙汀的《在其香居茶馆里》②，川西北的故乡空间被凝聚为回龙镇的一个茶馆。这不仅因为茶馆与四川百姓生活息息相关，"摆龙门阵"在某种程度上是他们典型的生活方式，还因为茶馆提供了相对自由的话语交锋的场域。在其香居茶馆里，冲突的主角是方治国和邢幺吵吵，其原因是方治国把邢幺吵吵的老二送了壮丁，而中途加入调停的退休团总陈新老爷则将冲突进一步复杂化，冲突最终以买通县长，老二被释放而结束。从作品来看，邢幺吵吵与方治国从动口到动手的冲突是小说的主线，作品中的戏剧化冲突集中指向国民政府的"役政问题"。读者的阅读焦点也相应地集中在邢幺吵吵、方治国、陈新老爷等之间的冲突，并自然而然地在冲突的"暗示"之下得以侦知作者对时弊的批判。因此沙汀的《在其香居茶馆里》被认为是一篇对抗战时期国民党黑暗腐败统治的讽刺之作已是学界的共识，这一点是没有异议的。但是令笔者感到困惑的是，既然作者要突出国民政府"役政"之弊，为何不让邢幺吵吵与方治国对簿公堂，或让县长老爷直接出马与之发生冲突，以突出国民党统治的腐

---

① ［英］马丁·艾思林（M. Esslin）：《戏剧剖析》，罗婉华译，中国戏剧出版社1981年版，第8—9页。

② 沙汀：《在其香居茶馆里》，《抗战文艺》1940年第6卷第4期。

朽,反倒让县长老爷退居幕后,还让一个退休的团总老爷来搅和?对于短篇小说而言,似乎用不着这样"兜圈子",因此,笔者觉得沙汀在"其香居茶馆"里给读者上演的这出好戏并不仅限于此。从作品来说,文中的三个头面人物的设置就颇耐人寻味,方治国是个基层的官方统治者,陈新老爷是曾经的地主武装团防的头目,邢幺吵吵是横行乡里的恶霸。他们分别以政治、暴力以及伦理的手段钳制着故乡百姓的生活。"这镇上是流行着这样一种风气的,凡是照规矩行事的,那就是平常人。重要人物都是站在一切规矩之外的。"① 可想而知,这个川西北的穷乡僻壤是何等的闭塞且了无生气!这些拥有权势的"重要人物"无比贪婪而残忍地榨取利益,并通过"规矩"来迫使"平常人"觉得理所当然,这便是故乡的现实。

我们知道,沙汀在三十年代对故乡尤为关切,1935年沙汀重回故乡,这一年冬,因母亲病故、料理丧事,他回安县住了一段时间。在1941年1月1日《抗战文艺》第7卷第1期,沙汀发表了《这三年来我的创作活动》,回顾了抗战时期自己的创作概况以及思想转变、困惑。在这篇文章中,沙汀声称要"将一切我所看见的新的和旧的痼疾,一切阻碍抗战,阻碍改革的不良现象指明出来,以期唤醒大家的注意,来一个清洁运动"②,并指出自己是在"这样的见解下"写了《防空——在堪察加的一角》《气包大爷的救亡运动》《到西北去》《联保主任的消遣》《从军记》等。但让人颇为不解的是,沙汀通篇未提《在其香居茶馆里》。我们知道这则短篇是沙汀的代表作,时隔一年,当作者总结近三年的创作时却只字未提,这似乎有些说不过去。那么,由此,我们似可揣测沙汀主观上并没有将《在其香居茶馆里》仅仅纳入到揭露时弊一类的作品中去的意图。

回过头再看作品,我们发现川西北的小城回龙镇与作家的故乡安县颇为相似。尤其重要的是,作家将三个头面人物的冲突凝练地集中于一个颇具文化、精神符号化的茶馆空间中展开。而茶馆类似剧场的空间设置则将读者的阅读有意地集中于冲突本身,而并不意在暗示读者冲突的深层指向。沙汀在谈及创作这篇作品的动机时,曾毫不讳言地指出作品是因为一则"役政"见闻,而使得"一些我所熟悉的小城、小镇上的

---

① 沙汀:《在其香居茶馆里》,《抗战文艺》1940年第6卷第4期。
② 沙汀:《这三年来我的创作活动》,《抗战文艺》1941年第7卷第1期。

'头面人物',都浮上脑际,似乎都准备为我的创作冲动服务。当然我也想起一般市民们的生活和对此类'土劣'的态度,以及城镇生活的规律和气氛"①。可见,"役政"不过是创作的"引子",城镇生活的某种"规律"和"气氛"才是创作的鹄的。从作品聚焦的冲突上来看,表面上这三个故乡的头面人物的毒舌讥讽、挖苦、谩骂可谓热闹,但是我们却总能感到他们外强中干,感到他们的可怜。小说的开头就弥漫着一种恐惧感,联保主任看到邢幺吵吵"简直立刻凉了半截,觉得身子快要坐不稳了"②。而往日飞扬跋扈的邢幺吵吵在自家老二被抓壮丁之后也同样无比沮丧,因为有人竟然要和他公事公办,这已经动摇了他的地位。连原本瘦小胆怯的联保主任竟然也不买陈新老爷的账,一句"我负不了这个责"让这个回龙镇最有权势的人物同样心头不快。故乡的规矩已经被打破了,原本僵化而难以撼动的阶层、思想意识结构和行为模式,如今都正在或即将分崩离析,这些平日里耀武扬威之徒如今人心惶惶、各怀鬼胎,一种末日即将到来的恐惧感充盈在其香居茶馆里,而这恰是故乡的希望。诚如王晓明所言:"川西北农村生活的没落阴影又一次从人物背后升起,而且比我们最初从幺吵吵的强横面目背后瞥见它的时候更加清楚。它一方面加剧普遍的道德混乱,煽引人们心中的邪恶心理,一方面又以更快的速度加剧整个生活的混乱,把那些刚刚还以为可以浑水摸鱼的人们推进更深广的恐惧。"③ 如此看来,作品的主旨不仅是对于时弊的讽刺,对回龙镇(虚构的故乡)中生命存在方式的深深忧虑以及愤怒才是作者创作的深层意指——而这正是作者的乡愁!这种乡愁被置于抗战之际,一个叫"其香居茶馆"的特定历史时空中,乡愁的情感指涉也自然与这个特定时代的审美期待相关。由此可见,沙汀不过是在抗战这样一个特定的历史语境中,把那个历史时代的审美期待与他对故乡川西北窒息、压抑、令人绝望的情感(乡愁)结合起来罢了。他的乡愁既带有鲜明的时代印记,也是富有永恒意义的。

---

① 沙汀:《生活是创作的源泉》,载《沙汀选集》,人民文学出版社2006年版,第215页。
② 沙汀:《在其香居茶馆里》,《抗战文艺》1940年第6卷第4期。
③ 王晓明:《在尖锐的抨击后面——读沙汀的〈在其香居茶馆里〉》,载王晓明《所罗门的瓶子》,浙江文艺出版社1989年版,第178页。

由此看来，在类似戏剧表演的"舞台"上集中展演戏剧化的冲突，将读者的审美集中于冲突本身，并通过具有文化、历史符号化性质的剧场空间来为作家的"乡愁"提供一个发酵的情境，进而引导读者对作品的戏剧化冲突予以解读、想象，是故乡中剧场化空间设置对乡愁的主要聚焦方式。

三 乡愁的"剧场化效应"

经过剧场化空间设置聚焦后的乡愁，不仅凝练而准确地表达了作家对于故乡的情感，同时也因为故乡空间的"剧场化效应"而得以变得浓郁而丰满。我们知道，在戏剧活动中"演员和观众是作为共同主体，构成戏剧活动的基本要素，而剧场则以场所和环境的身份具有了客体的意义。主体为了实现自己的目的，总要以各种方式影响、制约甚至创造、改造客体；同样，客体也要以其自在规定性影响、制约甚至创造、改造主体，后者就是我们常说的剧场效应。因此，剧场效应从本质上来说，就是剧场自在规定性对戏剧审美活动的主体（演员和观众）所产生的作用的结果"[1]。同理，在中国现代"乡愁小说"中，故乡的剧场化空间设置也会使得读者在阅读（观看）时，对作品中人物特点、冲突情节乃至作品主旨产生相异的审美、思想取向。读者不仅受到这种剧场化空间的影响、制约，而且在与作品、作者的互动中试图改造、创造主体，从而使得这一阅读接受过程也呈现出了一种类似于戏剧的"剧场效应"。

首先，在剧场化空间中，"舞台"往往处于剧场的中心，是"观看"的交汇点。环伺周围的"观众"视角各异，对"舞台"上的人物、冲突也就会有不同的解读。那么通过这些人物、冲突传达出来的作家的乡愁也就会产生差异，从而在以剧场化空间聚焦乡愁的同时，也丰富了作品中的乡愁。譬如，在端木蕻良的《雕鹗堡》中，小村中的断崖就是一个戏剧表演的"舞台"，"舞台"上演的是石龙爬上断崖抓雕鹗的好戏，人们奔走相告，"围住了是来看一场开心事"，看一个"坏透顶的孩子"是怎么找死的。而在代代的眼中则充满了焦急，她不住地呼喊："只要你下来，我永远喜欢你。"但是石龙没有停止攀爬，最终石龙"像一个倒挂着的小虫子似的，一失手就跌下去了"。但是"看的人都有点扫兴，大伙儿

---

[1] 孙宝林：《剧场效应：一个被忽视的研究对象》，《艺术百家》1999年第3期。

的眼睛一直看着那孩子的小小的身子跌落在山涧里去,才喘出一口气来,觉得他跌下去的太嫌早了一点儿"①。在整个剧场化的空间中,断崖是观众(代代和众人)视线的焦点,代代不断地向前、向上奔跑,期待自己的"声音更能接近他","石龙向上爬着,代代向上跑去"。代代的视角是随着石龙流动的。这就好比电影拍摄中用长镜头对一场戏(一个过程)进行连续的不间断的拍摄,从而再现了事件发展的真实过程和真实的现场气氛。这种对过程"真实"的关注,是代代焦急内心的写照;反之,众人的视角是固定、远望的,在这种泰然远观、漠然处之的视角下,石龙"像一个倒挂着的小虫子",显得无足轻重,甚至有点"可恶",因为他竟然要破坏这个村子的风水。从以上不同"观众"的视角差异,我们不难解读到生命之间的冷漠与悲戚。

那么由此而观,就不能简单地将《雕鹗堡》视为一个爱情故事,而应看作是具有浓郁象征意味的寓言,这同样与故乡空间的剧场化设置不无关系,因为戏剧本身就与仪式密切相关:

> 我们可以把仪式看作是一种戏剧性的、舞台上演出的事件,而且也可以把戏剧看作是一种仪式。仪式的戏剧性方面表现在以下的事实:所有的仪式都有摹拟的一面……其动作都具有一种高度象征的、隐喻的性质。
>
> (马丁·艾思林:《戏剧剖析》②)

雕鹗本身就象征着冥冥之中置于众生头顶的决定性力量——命运,纵使你如何反抗似乎永远无法摆脱命运的捉弄,这已被生活在这片土地上的人们所接受,并被认为是理所当然。石龙的举动显然是忤逆不道的,但对此僭越之举革除的快感并没有随着石龙的跌落而渐隐,而是在村民对代代的奚落与嘲弄中得以延续。石龙攀爬断崖抓雕鹗的行为是具有高度象征性和仪式感的,这里就饱含着客居桂林的端木蕻良深深的乡愁。

---

① 端木蕻良:《雕鹗堡》,《文艺杂志》1942年第2卷第1期。
② [英] 马丁·艾思林(M. Esslin):《戏剧剖析》,罗婉华译,中国戏剧出版社1981年版,第20页。

失去萧红的端木蕻良终日陷于对往事的回忆中,他常"独自坐在一张高背靠椅上,面对凌乱不堪的书桌,默默如有所思"①。有时智侣找他喝酒或应和一两首旧诗,端木蕻良的诗句也总是饱含着"那么忧郁,那么低沉,梦断缘铿,生离死别"②的情调。如此看来,《雕鹗堡》中将代代与石龙纯洁的爱情作为想象故乡的情感生发点便不难理解了。同样创作于桂林的《初吻》《早春》也有着相似的感伤情调,并且与强烈的故土情怀杂糅在了一起。但是,爱情不过是乡愁的外壳,对故乡百姓麻木、卑琐而冷酷的人性批判才是作家乡愁的核心。

其次,作品之外的读者也会对作品设置的剧场化空间内的冲突构成一个新的观看视角,并对这种冲突做出迥异或同一的审美判断,这就与作者本身的审美期待构成龃龉或共鸣,读者与作者、作品得以互动互生,乡愁也就有了一种"剧场化效应"。

马丁·艾思林曾说:"戏剧的表达形式让观众自己自由地去判断隐藏在公开的台词后面的潜台词——换句话说,它把观众放在跟听这些话的人物同样的情境之中。因此,这就使得他能直接体验到这个人物的感情,而不是只能接受关于这种感情的一番描写。"③ 在中国现代"乡愁小说"的剧场化空间中,作家有时就将人物(演员)之间的对话隐去,有意留待读者补白,从而使作品产生一种"剧场化效应"。譬如,沈从文的《丈夫》就有着这样一种"此处无声胜有声"的独特魅力。作品中的"剧场"是妻子卖淫的场所——妓船。为了谋生,夫妻私人性的乡下居室空间被无奈割弃,并与显在的"剧场"构成了尖锐的伦理冲突。皮肉生意不仅污辱了丈夫的尊严,也压迫着妻子的内心。异乡非法的妓船空间与故乡夫妻合法的空间诉求构成强烈的反讽。在"剧场"(妓船)内,丈夫被驱逐,成为看客,剧场化空间的设置使得人的生存与道德关系问题一下子变得极端尖锐起来。作品并没有明示丈夫的心理波澜,而是在无言中去引导读者补充潜隐在背后的情感价值空间。

---

① 智侣:《萧红与端木》,《文汇报》(香港)1957年8月2日。
② 同上。
③ [英]马丁·艾思林(M. Esslin):《戏剧剖析》,罗婉华译,中国戏剧出版社1981年版,第10页。

老七问他:"你不是昨晚答应过干爹,今天到他家吃中饭吗?"
"……"摇摇头,不作答。
"人家办了酒席特意为你!"
"……"
"戏也不看看么?"
"……"
"'满天红'的荤油包子,到半日才上笼,那是你欢喜的包子!"
"……"

(沈从文:《丈夫》[1])

妻子旁敲侧击的问询看似不着边际,实则是不愿丈夫离去的婉言,流露的是妻子不忍丈夫离去的爱恋,以及些许愧疚。丈夫的无言不是态度的模糊,而是无言的否定、无奈的痛苦,以及对妻子的理解。在此,剧场化空间作为一种审美场所与环境的特质,"迫使"读者去理解、领会他们在舞台上看到的一切。即读者不自觉地将虚构情节与现实对接,尝试设身处地地去"扮演"舞台上的角色,从而在角色代入的情境体验中生成自我的伦理价值判断。从心理机制的角度说,参与者暂时抛弃了日常生活态度,而具有了戏剧活动的审美态度——"一种超脱功利的非占有态度,亦即调动全部心理能力对其外部的形式和内部的含义进行知觉和欣赏的态度"[2]。读者被作品所召唤,角色发生了悄然的置换,在"入戏"般的感叹、唏嘘中,无论是否与作者的期待视野等同,读者显然都逐渐走进了作家的"乡愁"。

第三节 故乡空间的"对位"虚构与乡愁多义性

故乡内的剧场化空间设置是作家的二度虚构,剧场的中心占位使得虚构的故乡空间的主次差异呈现得更为直观、简捷。除此之外,我们在

---

[1] 沈从文:《丈夫》,《小说月报》1930年第21卷第4号。
[2] 滕守尧:《审美心理描述》,中国社会科学出版社1985年版,第335页。

阅读"乡愁小说"时也经常发现，故乡空间中往往会设置两个或多个空间，但这些空间并不具有前述剧场化的特点。甚至某些虚构的故乡空间越是努力地证明其存在，却越显得其虚无。我们感到作家所虚构的故乡似乎总有一个影子，如影随形般地不离左右，以致我们无法辨别真伪，无法判断作家乡愁的情感倾向，从而出现非此即彼的单一化误读或浅尝辄止的自我混乱。那么，需要追问的正是：其一，故乡的多重空间虚构是基于作家怎样的艺术设计？其二，虚构的故乡及其"影子空间"的存在是作家刻意为之，还是无意之举？更为重要的是，作品的这种空间虚构到底会对作家言说的乡愁造成怎样的影响？

从已阅读的"乡愁小说"来看，此类作品甚多，然限于篇幅，难以穷尽。不过，无论是频繁现身于短篇中的多个空间设置，还是屡次隐匿于长篇里的"影子空间"都与复调音乐创作的"对位法"[①] 比较相似。空间仿佛是音符般成对出现，并各自构成一定的叙述"曲调"，在横向上保持各"声部"的独立以及相互间的对比和联系，在纵向上又能形成和谐的叙述效果。不过，"和谐"是差异的和谐，空间的差异性保证了乡愁情感的多义面向。"对位"虚构的空间设置方式并不是简单地一一对应，在具体作品中的设置方式上比较复杂，常见的有并置、叠印与杂糅的空间形态。

一 并置

所谓"并置"，是指"在文本中并列地置放那些游离于叙述过程之外的各种意象和暗示、象征和联系，使它们在文本中取得连续的参照与前后参照，从而结成一个整体。换言之，并置就是'词的组合'，就是'对意象和短语的空间编织'"[②]。

---

① "对位法"（counterpoint）的名称来源于拉丁文 punctus contra punctus，意为音对音，但是，对位法并不是指单独的音符之间的和弦，而是指旋律之间的相互作用。对位法在巴洛克时期的音乐中得到了广泛的应用，其中以约翰·塞巴斯蒂安·巴赫所作的《赋格的艺术》以及《音乐的奉献》最为闻名。参见［美］该丘斯（P. Goetschius）：《音乐的构成》，缪天瑞编译，人民音乐出版社2001年版，第145—155页。

② ［美］约瑟夫·弗兰克等：《现代小说中的空间形式·译序》，秦林芳编译，北京大学出版社1991年版，第Ⅲ页。

徐转蓬的《磨坊》①就是一个"并置"虚构空间的范例。小说的题目就是一个空间，这是作者忆及故乡难以忽略、不愿抹消的情感印记。磨坊的主人德五伯伯是一位鳏居的老人，磨坊是他主要的经济来源。有了磨坊，村人也得以将收获的稻谷、荞麦、玉蜀黍进行深加工，磨坊成了小农经济生产纽带中不可缺少的重要一环。同时磨坊也是故乡百姓的交际之所，它为德五伯伯敞开了一扇与村人交流的门，老人收取的不仅是磨租，更有融化寂寞的温情。农忙时节，村人放心地将孩童交给德五伯伯照看，待到孩子们长大成亲，也总要请他多吃两杯。某种程度上说，磨坊已经成为德五伯伯及其村人日常生活必不可少的一部分。这不仅表现在经济上的依附性，更呈现于精神情感上的契合。可以说，磨坊即是作者的故乡代指：磨坊在经济上表征着故乡自足的小农经济，在精神上象征着故乡稳定而和谐的日常生活方式。而在磨坊旁边出现的坟墓，则进一步将故乡恒定的经济、生活、情感拓印于具有生命终极意义的形而上空间之中。之所谓："生于斯，死于斯，铭于斯，其魂气无不之也，其死而有不澌者矣。"②坟墓意象化地将"此在"的所有不舍都寄托于"彼岸"。当现世中的磨坊与通向来世的坟墓并置时，也就不经意地打通了生命的轮回，磨坊是生存空间的入口，坟墓则是死亡空间的出口，德五们穿行其间、人来人往，一如冰冷坚硬的磨盘，周而复始、生生不息。并置的空间不是数量上的简单叠加，而是循迹于空间共有的意义关联，并在隐伏于设定的空间秩序内，安置着以期读者破译的乡愁密码。并置的空间没有造成空间平面化复制的叙述风险，倒是巧妙地开辟了新的审美空间，使得平庸的物质空间得以升华。

当然，对并置空间的技术化处理不限于在深化意义上发挥功效，当并置多以"对比"的方式造成空间的强烈反差时，受众对作品的情感与主旨也就产生了多义的解读。在《磨坊》中，随着"一个可怕的时代"的到来，原本稳定、自足、安全的"磨坊"开始变得岌岌可危，因为在本属于磨坊的地方，"车站"出现了。"车站"是工业文明的空间符码，

---

① 徐转蓬：《磨坊》，《新月》1933年第4卷第7期。
② 刘岳申：《王遵墓志铭》，《申斋集》（卷九），载李修生主编《全元文》（第21册），江苏古籍出版社2001年版，第623页。

较之农业文明代表的"磨坊"而言,是一种"相对"的虚构。"车站"、"磨坊"起先的空间界限是明晰的。但是"车站"作为一种活跃的空间形态绝不会自足于固定、静止的时空拘囿,"铁路穿过房子,房子该拆;经过田,田要平;经过山,山也掘去!"① 工业文明以不可阻遏之势蛮横地侵吞着农业文明孱弱的生存空间,打乱了人们的日常生活节奏,甚至亵渎了他们精神文化的信仰。德五伯伯坟顶被插上的那面小旗骄傲地标示着工业文明对小农经济空间掠夺的胜利,彻底地击碎了德五们对于来世哪怕只是一点虚妄的精神安慰。"没有变通的办法吗?"的哀求,得到的唯有冷漠的拒绝。德五们最后举起手杖的反抗,只能以悲剧收场。在这场惨烈的空间争夺中,对峙的空间剑拔弩张,强势的工业文明的野蛮侵入注定要带来人的精神文化转型的阵痛。在这样的维度下,"磨坊"、"车站"的差异空间对比,实质就是传统与现代的抵牾。作家是力图阐释故乡转向现代之途的必然,还是反思现代性水土不服的"副作用"?也许二者兼而有之吧。读者的疑惑或者说纠葛恐怕也是作家的乡愁,而这种思考正是由差异对立的空间所激发,进而以读者自身的文化背景考量的结果。即便这与作家的乡愁指向有所疏远,也同样创造了属于读者的意义,这同样也为作家所乐见,小说的结尾有意设置的省略号,也许可以作为验证我们推断的依据。

> 小小的车站,终于在那松林背后,在从前磨坊的所在地出现了。
> 列车彻天彻夜的,从都市开来,都市的文化从车站涌泻了出来……
>
> (徐转蓬:《磨坊》②)

最终,"车站"吞并了"磨坊",然而空间的争夺并未就此停止,反倒与此同时又开拓了更新、更广阔的对峙空间:都市与乡村。文末的省略号意图省略却无法回避的恰是一个潘多拉的盒子,是"车站"悄然将它开启,于是一系列的城乡二元对立项便接踵而来,它们同样寄生于差

---

① 徐转蓬:《磨坊》,《新月》1933年第4卷第7期。
② 同上。

异对立的空间来争锋对垒,只要这样的空间对峙不结束,乡愁也就永不会终结。

类似《磨坊》这样的空间并置在"乡愁小说"中并不少见,譬如沙汀的《堪察加小景》中"坝子"与"公所"也是一个差异对比的空间设计。坝子是"赶场日子小贩们摆摊设市"的地方,公所是中国地方政治空间的缩影。公所与坝子的对立是统治与被统治空间的"对位"。流娼筱桂芬进入坝子空间的缘由颇为荒唐,她不是因为从事非法的性交易而被上了脚祚,却是"由于荒淫无度,乡长的性机能败坏了,于是他的太太硬把她的愤怒转注在所有的流娼身上"[1]。脚祚是扎入坝子的一根尖锐的刺儿,一如《磨坊》中插在德五坟头的小旗,傲慢地标示着统治权威的在场。法律被霸权替代,公理被私欲强奸,即便她没有犯罪,哪怕她没"偷人抢人",都不妨碍她成为欲望吞噬的对象。"坝子"与"公所"刺眼地并置,一扇"黑魆魆"的大门不仅是划定彼此空间的边界,也是唯一尚可通达的入口/出口。蹑足其内的通行证唯有"欲望"。所丁的意淫体现了流娼尚可消费的价值,也使得对立的空间得以沟通。值得注意的是,涉足或被驱离统治意识形态空间的僭越之举,都离不开伪善的道德掩护。班长的"拯救"之举不过是"想揩那流娼的油","五更锣响"需要离开的恫吓,也是怕"闹出误会"。空间的开放只是暂时的,壁垒森严的空间对立不容许异质的介入,因为这可能招致因既定秩序的混乱而带来的危险。即便空间被割裂开来,但是无论是被压抑的空间(坝子),还是压制的空间(公所)都是荒凉而寒冷的"堪察加小景"。"公所"一带冷僻、荒凉,有着"困人的寒气",残酷冰冷的地方统治令人不寒而栗,坝子上的故乡人情同样冷漠无情。一个被上了脚祚的流娼是个"颇为别致的示众,它把全市的男女老幼,一统召集来了,让他们各各替自己寂寞寡欢的生活撒上一点香料"[2]。稀里糊涂被钳制的苦命女人被同样束缚于苦难的乡人消遣,这不能不说是莫大的悲哀。可以想见,当故乡的面影在作家心头浮起之时是怎样的悲凉啊!

1982年7月12日,当病中的沙汀再次谈及《堪察加小景》时,他依

---

[1] 沙汀:《堪察加小景》,《青年文艺》1945年新第1卷第6期。
[2] 同上。

然不忘对小说题目再次作出解释:"'堪察加'原是苏联远东地区一个半岛,抗战时期,不少人借用它来代替四川,意思是说,即使我们败退到最偏远的四川,也一定抗战到底,决不妥协投降。"① 沙汀的解释固然有其合理之处,因为当时的报纸多把抗战的大后方戏称为"堪察加"。然而通过以上的分析,我们发现沙汀似乎并没有说出自己的"真心话"。因为,沙汀在"对位"虚构空间内流露出的乡愁与堪察加②的荒寒、闭锁是相契合的。这在《在其香居茶馆里》、《老烟的故事》、《磁力》、《公道》、《联保主任的消遣》(后改名为《消遣》)、《替身》、《模范县长》、《三斗小麦》、《小城风波》、《合和乡的第一场电影》等篇什中③,都不难寻其踪迹。早在1941年的《这三年来我的创作活动》中,沙汀就曾坦言:"写成《防空》以后,我却逐渐动摇起来,怀疑起来了,我问我自己:这样做下去,在抗战期中,真是一桩必要的工作么?我怀疑我是在泄气,而泄气却是不应该的。"④ 这三年来的自我"怀疑"甚至"泄气",倒是彼时沙汀心境的真实写照,这是如"堪察加"般冰冷荒寒的乡愁使然。然而时过境迁,新中国成立后,也许"堪察加"般的乡愁已经离沙汀远去,或者它与新生共和国的时代语境多少显得不够协调,《堪察加小景》也"顺理成章"地变成了《一个秋天晚上》,对于沙汀而言,想来也并非是无意之举吧。⑤

---

① 沙汀:《〈堪察加小景〉重印题记》,载《沙汀文集》(第7卷 文艺杂谈集),上海文艺出版社1992年版,第42—43页。

② 在俄语中,"堪察加"是"极遥远之地"的意思。在俄罗斯帝国时代,"堪察加"这个词令人闻之色变,甚至比西伯利亚流放地更加可怕。那些被罚到教室后排座位去的调皮学生常常被谑称为"堪察加人"。据历史记载,从未流放犯人到堪察加,因为没有一个看守愿意陪犯人到那寒冷、荒凉和充满危险的地方去生活。参见张翼《远东的半岛堪察加》,《世界博览》2007年第7期。

③ 以上作品先后交叉收入《磁力》《小城风波》和《播种者》三个集子,集中了沙汀主要的"乡愁小说"创作。

④ 沙汀:《这三年来我的创作活动》,《抗战文艺》1941年第7卷第1期。

⑤ 沙汀最早刊发于1938年11月1日《文艺突击》第1卷第2期的《堪察加小景》与本书所论小说并非同篇作品,本书所论《堪察加小景》在1945年2月15日的《青年文艺》新第1卷第6期和1945年8月20日的《书报精华》第8期同题发表。人民文学出版社1959年版的《沙汀短篇小说选》中以《一个秋天晚上》为题编入,篇末标注1944年11月24日。

二 叠印

并置抑或对比的空间差异设置其实着眼的还是文本内的情节形式,而如果我们跳出文本,就作家本身的创作活动来看,我们发现小说虚构的故乡空间之外,还有一个"影子"的存在,两个故乡影像同时相映出现,叠印在一起,其作品所传达的乡愁情感倾向也是复杂多义的。这就造成了读者在阅读作品时,似乎难以确认作品中虚构人物的"故乡"。那么,剥离虚构的故乡空间与"影子空间"的粘连,不仅是对作家乡愁情感内核的探疑,也是对话语生成现场的还原。

譬如,蒋光慈的《丽莎的哀怨》[①] 在当时是一个毁誉参半的作品。1930年10月20日,中共中央的机关报《红旗日报》上刊出了一篇题为《没落的小资产阶级蒋光赤被共产党开除党籍》的消息,文中指出蒋光慈被开除党籍的原因之一在于:

> 又,他曾写过一本小说,《丽莎的哀怨》,完全从小资产阶级的意识出发,来分析白俄,充分反映了白俄没落的悲哀,贪图几个版税,依然让书店继续出版,给读者的印象是同情白俄反革命后的哀怨,代白俄诉苦,诬蔑苏联无产阶级的统治。经党指出错误,叫他停止出版,他延不执行,因此党部早就要开除他,因手续未清,至今才正式执行。
>
> (《没落的小资产阶级蒋光赤被共产党开除党籍》[②])

文章中"同情白俄的哀怨"、"代白俄诉苦"以及"小资产阶级的意识"是蒋光慈获罪的主因。"同情"、"代"表述的是蒋光慈与白俄(反革命)阵营的趋近,而与无产阶级阵营的疏远,但同时也隐含着两种感情的叠印关系。从"同情"的角度谈,蒋光慈之于"革命"这种以暴力手段改变社会制度的重大事件所产生的情感波动,与小说中没落的白俄

[①] 1929年,蒋光慈的《丽莎的哀怨》连载于《新流月报》的第1—3期,未完,随后出版单行本(上海现代书局1929年版)。

[②] 《没落的小资产阶级蒋光赤被共产党开除党籍》,《红旗日报》1930年10月20日。

贵族丽莎的流亡感受是有相近之处的,也就是作品的情感基调:哀怨。作品中丽莎的哀怨是她不得不离开故乡(俄罗斯)所产生的。首先,在作品中关于故乡近乎童话般的描写不时在丽莎的眼中、心里浮现:

> 呵,我的祖国,我的伏尔加河,我的美丽的高加索,我的庄严的彼得格勒,我的……我是如何地想念它们!我是如何地渴望着再扑倒在它们的怀抱里!
>
> ……
>
> 从此我便听不见了那临海的花园中的鸟鸣,便离开了那海水的晶莹的,温柔的怀抱;从此那别有风趣的山丘上,便永消失了我的足迹,我再也不能立在那上边回顾彼得格勒,回顾我那美丽的乡园——伏尔加河畔……
>
> ……
>
> 夕阳渐渐地隐藏了自己的金影。夜幕渐渐地无声无嗅地展开了。公园中更加异常地静寂了。我觉得目前展开的,不是昏黑的夜幕,而是我的不可突破的乡愁的罗网……
>
> ……
>
> 别了,我的俄罗斯!别了,我的庄严的彼得格勒!别了,我的美丽的故乡——伏尔加河!别了,一切都永别了!……
>
> (蒋光慈:《丽莎的哀怨》[①])

伏尔加河、高加索、彼得格勒等故乡(故国)地域空间的不断提及,主要触及的其实是已逝的时空经验,这是一种安宁幸福的人生体验,原本并不关乎政治。但是当暴力革命终结了曾有的日常生活体验,并导致丽莎走向居无定所的流亡时,在丽莎心中浮现的故乡(俄罗斯)空间就会被"人为地"纳入政治抒情的范畴。因此,没落贵族丽莎的哀怨是真实合理的,并不能简单归于对"波尔雪委克"的憎恨。她自己就说:"这并不是由于我生了气,也不是由于恨日本人,而且也不是由于波尔雪委克……这是由于我感觉到了俄罗斯的悲哀的命运,也就是我自身的

---

① 蒋光慈:《丽莎的哀怨》,上海现代书局1929年版,第8、41、60、156页。

命运。"① 那么，同是"异乡零落人"的蒋光慈在心理上与丽莎靠近就不难理解了，他的《哭诉》同样是对于家园（祖国）的哀怨：

> 归国后，东西飘零，南北奔走，无所驻足；
> 祖国虽大，但是没有地方给予我以安稳的勾留，
> 我屡次想回来亲亲我那清净的美丽的家园，
> 看看那如黛的青山，幽雅的松竹，儿时游泳的河湾……
>
> 但是满目荒凉的祖国，而今到处是炮火烽烟，令人胆寒，
> 家园的归路久已不通，家园已非昔日的家园。
> 我的母亲呵，我虽然想回来看看你衰老的容颜，
> 但是我又怎么能够呢？我只空有这回家的心愿！
>
> （蒋光慈：《哭诉》②）

在该诗集的"后记"中作者说："去年八月从汉口回到上海，当时满腹牢骚，一腔悲愤，苦无发泄的机会，爱提笔写了这一首献给母亲的长诗……算起来，我已经有七八年未归家了。在这七八年流浪的生活中，我的心灵上也不知经受了许多创伤！"③ "后记"写于1928年3月12日，距离《丽莎的哀怨》发表仅有一年余，这种苦闷、悲愤的情绪对小说的创作应该是有影响的。尤其丽莎流落的上海，也是作者的客居之地，小说的主人公与作者同时拥有了一个他乡的时空。那么，当我们立于上海（他乡）再看丽莎魂牵梦绕的故国俄罗斯时，就会感到丽莎心中的"俄罗斯"似乎也有作者家园（祖国）的影子。但是读者也许并不能看到这一点，他们依然会直接将丽莎对俄罗斯的怀恋看作是蒋光慈在替白俄没落贵族诉苦，作品的被误读也就不可避免了。那么，为什么作者不直抒胸臆，反而要虚构这样一个流亡的白俄贵族来替自己诉说心中的哀怨（乡愁）呢？

---

① 蒋光慈：《丽莎的哀怨》，上海现代书局1929年版，第21页。
② 蒋光慈：《哭诉》，春野书店1928年版，第10页。
③ 同上书，第41页。

蒋光慈同期事关白俄的一系列小说创作与评论，可以给我们一些思考。1929年4月，在蒋光慈主编的《新流月报》的创刊号上，蒋光慈不仅发表了《丽莎的哀怨》，而且还翻译了苏联作家谢廖也夫的《都霞》。该小说同样是一个落魄的白俄贵族少女都霞在"布尔塞维克"华西礼的引导下，走向新生的故事。在本期的《编后》中，蒋光慈借钱杏邨读《都霞》的随笔来强调，小说通过白俄少女都霞的心理来表现革命巨大改造能量的写法"是万分值得普洛文学作家注意研究的"，并进一步指出：

> 由此可以想到我们自己试作的一些"抱着柱子固定的转"的笨拙的表现法的可笑。所以为着某一种的意义而去创作时，取材一定要绝对的"求自然"，绝对要避免"抱着"的病态。不过，都霞这一篇的技巧，还有值得我们注意的，那就是她在觉悟之后，在白色圈中所悟到的党人的崇高。这样的表现，当然也许是事实，是比写都霞在"红"的环境中觉悟的更有价值。这种从侧面表现的方法感动人的地方，是比从正面写来得深刻。
> 　　　　　　　　　　　　　　（蒋光慈：《编后》①）

此外，1929年2月至3月，蒋光慈在第1卷第8期和第9期的《海风周报》上连载其所翻译的苏联作家曹斯前珂的小说《最后的老爷》的主人公"朱宝夫"也是白俄贵族。1930年初，蒋光慈在第1卷第2期至第4期的《拓荒者》上翻译、连载苏联作家维列赛也夫的小说《此路不通》（未完成），从已译出的部分来看，小说也是以白俄人物——老医师沙尔坦诺夫及妻女一家人为主人公。从这些同题材的创作来说，"在白色圈中所悟到的党人的崇高"是蒋光慈力图改进叙述革命"公式化"的一种尝试，不过"他的'公式'反映了他作为个人所关心的事物，而不是按照意识形态虚构出来的"。诚如夏济安所说，蒋光慈尽管摆出了反叛者的"粗暴"姿态，"虚张声势作拜伦状"，但他"骨子里却是一个软弱的人"，"他渴望的乃是大多数'小布尔乔亚'（恕我借用这个名词）家庭似乎享有而他似乎不能享有的那种挚爱和温暖"。夏济安将《丽莎的哀

---

① 蒋光慈：《编后》，《新流月报》1929年第1卷第1期。

怨》视为蒋光慈再次发出的"求取感情的微弱的呼声"是颇有见地的。[①]从"蒋光慈"至"蒋光赤",作者笔名的变迁折射了侠僧在"粗暴"的革命激情与"柔弱"的个人感伤两端的徘徊。

因此,丽莎的故乡俄罗斯只是作者虚构的一个"革命"空间,丽莎某种程度上可以看作是蒋光慈的自况。丽莎的乡愁正是在云谲波诡的革命之下,知识分子彷徨而执着、坚定且犹疑的复杂矛盾心理。虽然他坦言:"我却生在这个暴风雨的时代,——我无法避免我的时代所给与我的使命,而且在事实上,我也从没起过避免的念头。"[②]但是,他却无法回避自我内心"柔弱的个人感伤",丽莎的乡愁其实就是身处大革命失败阴影下的蒋光慈的夫子自道。但是如果在革命文学中直陈自我内心的忧郁恐怕难以得到"组织"的宽宥,因此,在革命文学的编码法则中,此种"侧面表现的方法"就无意中将作者与丽莎的故国空间叠印在了一起。但令人遗憾的是,即便如此,以"反革命来叙述革命"的危险叙事方式终未能让蒋光慈这个"不合时宜的诗人"[③] 避免被挂上"残余的小资产阶级的心理"[④] 的标签。

三 杂糅[⑤]

如果说在《丽莎的哀怨》中,我们尚能将故乡空间的叠印关系剥离清晰的话,那么要想把老舍的《骆驼祥子》[⑥] 中的故乡空间看明白倒真不是件容易的事儿。因为,在这部经典之作中,故乡空间的设置不仅是"对位"出现、彼此叠印而且极为复杂地杂糅在了一起,这在作品中突出

---

① 参见夏济安《蒋光慈现象》,庄信正译,《现代中文学刊》2010 年第 1 期。
② 蒋光慈:《哭诉》,春野书店 1928 年版,第 43 页。
③ 蒋光慈:《过年》,载《蒋光慈文集》(第 3 卷),上海文艺出版社 1985 年版,第 400 页。
④ 钱杏邨:《蒋光慈与革命文学》,载钱杏邨《现代中国文学作家》(第 1 卷),泰东书局 1928 年版,第 186 页。
⑤ 此部分内容,笔者经修改曾以《〈骆驼祥子〉中的双重乡愁与老舍的跨文化焦虑》为题,发表于《东南大学学报》(哲学社会科学版)2017 年第 1 期。
⑥ 《骆驼祥子》1936 年写于青岛,同年发表在《宇宙风》。其出版情况如下:人间书屋 1939 年 3 月初版,文化生活出版社 1941 年 11 月重庆初版,晨光出版公司 1950 年校正本第 1 版,人民文学出版社 1955 年 1 月修订本第 1 版。

表现为显在与隐在的城乡空间与故乡空间的杂糅。从近年来的研究成果看,《骆驼祥子》是否具有城乡的叙事框架是争议的焦点。关乎于此的争论,从它一问世就没有停止过。譬如,邵宁宁认为《骆驼祥子》就是一个"农民进城的故事"。江腊生也认为应"将祥子的悲剧纳入农民进城的历史长河中加以考察"。而王桂妹则认为《骆驼祥子》中不过是虚假的城乡结构。① 以上的争论其实都是以"现实主义"的批评视角为前提的,如果我们以"故乡"来涵盖被割裂的城乡空间定位,就可以"乡愁"的情感触角去探微老舍文本之下的深沉思索。

那么,在《骆驼祥子》中是否存在着一个故乡的空间呢?答案显然是肯定的。首先,小说中祥子就时常忆起:

> 当在乡间的时候,他常看到老人们在冬日或者秋月下,叼着竹管烟袋一声不响的坐着,他虽然年岁还小,不能学这些老人,可是他爱看他们这样静静的坐着,必是——他揣摩着——有点什么滋味。现在,他虽是在城里,可是曹宅的清静足以让他想起乡间来,他真愿抽上个烟袋,咂摸着一点什么滋味。
>
> (老舍:《骆驼祥子》②)

这里的"乡下"是祥子的故乡,老舍没有告诉读者祥子是何方人氏,只含混地说祥子来自乡下。祥子的故乡似乎并不具备什么特点,它的地方特色是阙如的。这个恬静安逸的乡下与其说是农民的故乡,毋宁说更像是知识分子归隐的田园。这个"乡下"是老舍以祥子的虚拟身份站在城市人的角度虚拟的故乡,这里包含的情感并不能完全归之于祥子的乡愁,而更应看作是老舍对这种生活方式的向往,它是针对城市生活方式而言的。反之,作为祥子谋生之地的北平虽说是祥子的他乡,但我们总感到祥子对北平的感情有着一种命定的归属感。

---

① 参见邵宁宁《〈骆驼祥子〉:一个农民进城的故事》,《兰州大学学报》(社会科学版) 2006 年第 7 期;江腊生《〈骆驼祥子〉的还原性阐释》,《文学评论》2010 年第 4 期;王桂妹《〈骆驼祥子〉:虚假的城乡结构》,《文艺争鸣》2011 年第 15 期。

② 老舍:《骆驼祥子》,载《老舍全集》(第 3 卷),人民文学出版社 1999 年版,第 61 页。

最好是跺脚一走。祥子不能走。就是让他去看守北海的白塔去，他也乐意；就是不能下乡！上别的城市？他想不出比北平再好的地方。他不能走，他愿死在这儿。

……

有时候他也往远处想，譬如拿着手里的几十块钱到天津去；到了那里，碰巧还许改了行，不再拉车。虎妞还能追他天津去？在他的心里，凡是坐火车去的地方必是很远，无论怎样她也追不了去。想得很好，可是他自己良心上知道这只是万不得已的办法，再分能在北平，还是在北平！

（老舍：《骆驼祥子》①）

我们感到祥子对北平有种故土难离的感觉。古谚云："叶落归根。"连死都愿意死在北平，显然北平才更接近于祥子的故乡概念。对于一个进城谋生的青年人来说，不出多少时日便已经对北平有着如此强烈的向往与皈依之感，不能不令人生疑。是作者塑造人物的不甚真切还是这里的北平也许并不是祥子真正的故乡呢？我们暂且不表。且看老舍是如何《想北平》的：

可是，我真爱北平。这个爱几乎是要说而说不出的。我爱我的母亲。怎样爱？我说不出。在我想做一件讨她老人家喜欢的事的时候，我独自微微笑着；在我想到她的健康而不放心的时候，我欲落泪。言语是不够表现我的心情的，只有独自微笑或落泪才足以把内心揭露在外面一些来。我之爱北平也近乎这个。

……

因为我的最初的知识与印象都得自北平，它是在我的血里，我的性格与脾气里有许多地方是这古城所赐给的。我不能爱上海与天津，因为我心中有个北平。可是我说不出来！

（老舍：《想北平》②）

---

① 老舍：《骆驼祥子》，载《老舍全集》（第3卷），人民文学出版社1999年版，第82、84页。
② 老舍：《想北平》，载《老舍全集》（第14卷），人民文学出版社1999年版，第48—49页。

看得出来，老舍对于北平的思念是深入骨髓的，这一点与祥子"死都要死在北平"相通、相近。此外，1929年，相近于《骆驼祥子》所描写的年代，北平就爆发过人力车夫的暴动。在创作《骆驼祥子》之前，老舍在短篇《黑白李》中也写到过革命者组织人力车夫暴动的情节。我们知道《骆驼祥子》1936年创作于青岛，客居异地的老舍自然难免在作品中流露出自己的乡愁。老舍原本是想从乡下人的角度去塑造祥子的，然而因为乡间生活经验较少，于是在写作中自觉或不自觉地写出了自己的乡愁。于是相应地，作者虚构的祥子的故乡空间（乡下）与作者现实中的故乡北平是杂糅在一起的。那么，在这个认识基础之上，我们对于祥子亦城亦乡的人物性格就能得到合理的解释。譬如，在他眼里"那傻子似的乡下姑娘也许非常的清白，可是绝不会有小福子的本事与心路"①。他虽然喜欢蹲着跟人讲话，甚至"觉得满世界带着老婆逛是件可羞的事"②，但是他"殊异于群"，或许还有些"旗人青年"③的特质。这些看似复杂、矛盾的性格品质实际上都与作品中故乡空间的杂糅及其所产生的乡愁的多维指向有关。一方面是以健康、理想化的故乡空间反照城市空间的现代文明病；另一方面则是对故乡北平"爱之深，责之切"的复杂情感，但更多的还是对"祥子"只身闯北平，最终落得"堕落的，自私的，不幸的，社会病态里的产儿，个人主义的末路鬼！"④的悲哀。这是命定般的悲剧，仿佛就是那道永远也不能逃脱的"车辙"。诚如鲁迅所说："人们灭亡于英雄的特别的悲剧者少，消磨于极平常的，或者简直近于没有事情的悲剧者却多。"⑤ 无疑，老舍对于这种"消磨于极平常的，或者简直近于没有事情的悲剧者"是感到深深悲哀的。这个悲哀实际上

---

① 老舍：《骆驼祥子》，载《老舍全集》（第3卷），人民文学出版社1999年版，第204页。

② 同上书，第135页。

③ 关纪新：《满族伦理观念赋予老舍作品的精神烙印》，《中央民族大学学报》2007年第5期。

④ 老舍：《骆驼祥子》，载《老舍全集》（第3卷），人民文学出版社1999年版，第222页。

⑤ 鲁迅：《几乎无事的悲剧》，载《鲁迅全集》（第6卷），人民文学出版社2005年版，第383页。

就是一个"生命的寓言"①:"看到生活的大痛苦和风波;其结局是指示出一切人类的努力的虚幻。"②

老舍的悲哀就是乡愁,但是老舍的乡愁并不仅是悲哀。要想探微老舍乡愁的情感密码,仍然要以小说中故乡空间的杂糅为认识基础。从前面的论述我们知道,既然城市与乡村的"对位"空间虚构杂糅于祥子的性格之内,那么与城乡意识形态相关的传统/现代、落后/先进等二元对立项也就不可避免地进入到祥子(老舍)的乡愁之中。在此,《文博士》(《选民》)③ 就给我们提供了这样一个观察视角。《文博士》和《骆驼祥子》是老舍于1936年在青岛所写的两部长篇小说,并且是同年同地所写,是老舍在抗战初期创作的仅有的两部长篇小说。直到1943年老舍才创作长篇小说《火葬》,1944年完成《四世同堂》的第一部《惶惑》。同样是个人奋斗史,祥子希冀通过自己的诚实劳动来获得成功,而文博士垂涎于权钱。在一次次的失败中,祥子渐渐失望于这个城市与社会;在一次次的得逞后,文博士的发达之路也不断地巩固着他的权钱哲学。这一失一得,都指向"社会的腐臭"。祥子的奋斗之路充满了坎坷与无奈,他的一次次买车的强烈愿望显示着对社会外在压制的反抗;而文博士进阶之途中良心上的挣扎同样折射了社会流弊对道德的侵蚀。这一外一内,也直指"社会的腐臭"。从人物性格的特点而言,二者都是带有悲剧性的崇高与滑稽因素的组合。④ 祥子的性格变化历程偏重于崇高,而文博士则重在滑稽,人物性格的刻画并非平面的素描而是写出了"灵魂的深"。但无论是身处下层的贫民还是归国的博士,都在这"社会腐臭"之下成为社会的渣滓,一个氓流,一个官痞,不一样的人,却是一样的悲剧。从

---

① 参见徐德明《〈骆驼祥子〉和现实主义批评框架》,《中国现代文学研究丛刊》2007年第3期。

② 老舍转引叔本华之言。参见老舍《文学概论讲义》,载《老舍文集》(第15卷),人民文学出版社1995年版,第148页。

③ 《文博士》1936年写于青岛,发表在同年的《论语》上,名为《选民》。香港作者书社1940年11月初版,名为《文博士》。同时成都作家书屋初版。老舍:《老舍全集》(第3卷·小说3集),人民文学出版社1991年版。关于《文博士》是否有初版参见史承钧《〈选民〉(〈文博士〉) 应是未完成之作——兼论此作究竟有没有"初版"》,《中国现代文学研究丛刊》1991年第3期。

④ 参见刘再复《性格组合论》,安徽文艺出版社1999年版,第247—264页。

两篇合掌作品来看，文博士活动于"齐鲁"，祥子谋生在北平。无论是"他乡"还是"故乡"，这一时期老舍始终瞩目于城市空间对人的道德养成所造成的影响。在《猫城记》中老舍一针见血地指出小市民"处处是疑心，藐小，自利，残忍。没有一点诚实，大量，义气，慷慨！"① 在《离婚》中他甚至揶揄："北平除了风，没有硬东西！"②《文博士》与《骆驼祥子》在创作时间、创作内容的相似相关提醒我们：老舍试图以洋法儿（《文博士》）和土法儿（《骆驼祥子》）来治疗社会痼疾的努力。从这一点说，巴迪较早提出老舍在创作《骆驼祥子》时已经有着"关注政治"的思想倾向是颇有见地的。③ 循着这样的思路，我们发现老舍的乡愁中始终有着"土"与"洋"的辩证思考，并且这一思考总是在个人、社会与文化之间的关系中展开。

其一，就个人与社会而言，祥子与文博士殊途同归的"奋斗"历程，显示出老舍对个人奋斗之于社会的深深失望与无奈。无论"土"、"洋"，个人在面对强大的社会时，终将被社会所不断侵蚀。个人的奋斗是微不足道的，努力只是一种挣扎而已，终将被社会强大的规则、潜规则和陈腐的社会心理所俘获。一切努力都是白费！正如文博士所说："社会是这样的社会，谁能去单人匹马的（地）改造呢？"④ 个人的奋斗过程不是努力走向堕落，就是努力地堕落。其二，就社会与文化而言，无论是贫苦的农民还是留洋博士，都无法逃脱中国陈规旧制的约束。诸如"关系"、"面子"等深植于中国民众心中的爱慕虚荣、势利、官意识、关系哲学、看客心态等不仅盛行于庙堂，同样流行于江湖。这是一种强大的磁场，千百年来，难以撼动，并成为极具中国特色的"文化"，这种"文化"与社会建制紧密地捆绑在一起，为社会提供强大的稳定性，而社会建制又不断地强化这种文化意识，二者的共谋不断地扼杀着异己的思想文化。不管是目不识丁的祥子，还是海归的博士都不可能利用一点诚实善良或文化知识予以改变。祥子农民般的朴实不可能战胜城市"文明病"的腐

---

① 老舍：《猫城记》，载《老舍全集》（第2卷），人民文学出版社1999年版，第232页。
② 老舍：《离婚》，载《老舍全集》（第2卷），人民文学出版社1999年版，第360页。
③ 参见［法］保尔·巴迪《论〈骆驼祥子〉》，吴永祥译，载阎纯德主编《汉学研究》（第7集），中华书局2003年版，第612—627页。
④ 老舍：《文博士》，载《老舍全集》（第3卷），人民文学出版社1999年版，第241页。

化，同样内心沉积着浓厚封建意识的"文状元"，也只能顺应肮脏的权钱交易，同样难逃"关系"、"面子"罗织的大网。其三，就中西文化间的关系而言，老舍奉行的还是"拿来主义"。以西洋的法子来改造积贫积弱的中国，能否成功？老舍是持谨慎的怀疑态度的。在1935年7月他的两篇杂文《西红柿》和《再谈西红柿》关注的就是中西文化的问题。在后一篇中老舍谈道，"这年头儿，设若非洋化不足以强国，从饮食上，我倒得拥护西红柿，一来是味邪而不臭，二来是一毛钱可以买一堆，三来是真有养分，虽洋化而不受洋罪"①。而在另一篇《檀香扇》中他又说：

> 中华民族是好是坏，一言难尽，顶好不提。我们"老"，这说着似乎不至于有人挑眼，而且在事实上也许是正确的。谈到民族老不老的问题，自然也不便刨根问底，最好先点头咂嘴，横打鼻梁："我们老的多；你们是孙子！"于是，即使祖父被孙子揍了，到底孙子是年幼无知；爽性来个宽宏大量，连忤逆也不去告。这叫作"劲儿"。明白这点劲儿，莫谈国事乃更见通达……"老民族是香的！中华万岁！""檀香扇打倒帝国主义！"
>
> （老舍：《檀香扇》②）

从这些写于1935年的散文札记中，我们不难看出老舍对于中国传统文化是有感情的，并且相信传统的民族精神对国民之重要，但同时他又对盲目崇洋媚外，甚至打着爱国的幌子行不爱国之事的人深恶痛绝。在民族危亡时刻，老舍对本民族的个人、社会、文化与异族文化的理性审视与当时抗战时期极端激化的民族矛盾形成了互文。因此，老舍的乡愁就并非局限于故乡北平，在乡愁的悲哀外衣之下的悲观不是自怨自艾的哀怜，而是对于民族更为忧愤而深广的担当精神。"及接夷狄，又均善怀柔，陈礼乐，重揖让，唾面容自干。既干，仰面趋进复请惠唾；敌皆叹

---

① 老舍：《再谈西红柿》，载《老舍全集》（第15卷），人民文学出版社1999年版，第347页。

② 老舍：《檀香扇》，载《老舍全集》（第15卷），人民文学出版社1999年版，第350—351页。

服……"① 的汉奸嘴脸是老舍所唾弃的。但悲观还是难掩老舍的无奈，"悲观有一样好处，它能叫人把事情都看轻了一些。这个可也就是我的坏处，它不起劲，不积极。您看我挺爱笑不是？因为我悲观"②。即便如此，他的失望、忧愤、悲观仍是反抗！

　　在北平（故乡）至青岛（他乡）的空间漂泊中，我们逐步掀起了老舍乡愁的情感面纱：那就是在民族矛盾激化的语境中，老舍试图以本土与西洋的价值意念问诊中国社会时内心的矛盾与忧郁。这不仅指向个人与社会，也关涉传统与现代、本土与异域、中国与西洋、江湖与庙堂，而这些矛盾多义的内心冲突最终都落脚在悲观，或曰悲悯的大爱情怀上。但是，尤其需要指出的是，我们对老舍乡愁的情感阐析正是基于对作品中故乡"杂糅"空间的梳理。离开这个基本认识，我们也许就不能快捷地循迹到作品中乡愁的情感线索，进而真正走进作家以及那个时代的话语场域。

---

　　① 老舍：《天下太平》，载《老舍全集》（第 15 卷），人民文学出版社 1999 年版，第 255 页。

　　② 老舍：《又是一年芳草绿》，载《老舍全集》（第 15 卷），人民文学出版社 1999 年版，第 332 页。

第 二 章

时空流动中的乡愁

风景首先是通过身体运动而不是通过精致的画框形成的。
——[瑞典] 肯尼斯·奥尔维格:《社会史杂志》

前一章所谈的时空虚构下的故乡实际上是相对静止的时空虚构。然而我们知道,事物的根本属性是"运动","运动"是绝对的。就乡愁的生发机理来看,乡愁其实是一种"缺憾"的情感。身体没有离开故乡,心灵对故乡的情感经验就难以更新。因此"时过境迁"所造成的时空差异是产生乡愁充分而必要的条件。但是时空的流动并非只是割裂的、纯粹的时空变动,时间的流变会成为历史,而空间的转换有时会突破原有的物质属性而获得形而上的意义,这一切依赖的是人的实践,乡愁就是这样一种情感实践。那么,在被扩大了的、多义的时空能指的流动(发展)中,乡愁又因之呈现出怎样的情感色调,并折射了人与历史、语境怎样的对话方式呢?本章的讨论即在于努力回答上述问题。

第一节 现代症候:城"乡"互动中的乡愁

言及乡愁之"乡",自然指的是故乡,虽然故乡不一定是"乡",中国现代知识分子的故乡却大都是农村,书写乡愁的作家或作品人物大抵还是农家出身,有的原本就从事农业劳作,有的祖父辈生活在农村,还有的虽然生活在城市,但是他们的生活与"老家"还是有着密切的联系。一方面,中国是一个农业大国,士、农、工、商的职业划分本身就存在很多模糊、重叠的现象;另一方面,中国废除科举制度之后,知识分子的仕途中断了，如何在新的历史际遇中实现自身的人生理想成为他们不得不面对的棘手问题。加之，农村小农经济走向崩溃与城市现代工业的飞速发展，匪患、战乱、苛捐杂税以及动荡不安的政局都使得他们选择出国留洋或进城谋生。于是，大量的城乡流动在"乡愁小说"中开始活跃起来。就笔者所查阅刊发于1921年至1949年的文学期刊来说，以"进城"与"还乡"作为主要叙事内容的"乡愁小说"就有97篇，占所有已搜集的346篇"乡愁小说"的28%。

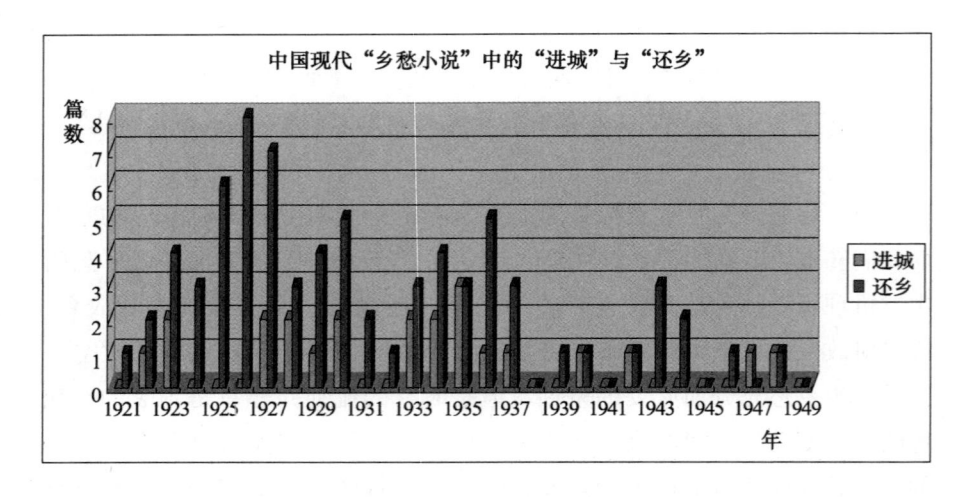

中国现代"乡愁小说"中的"进城"与"还乡"

从上图来看，从1921年到1949年，在"乡愁小说"的"进城"或"还乡"叙事中，以"还乡"为主的有74篇，占总篇数的76.3%，以"进城"为主的有23篇，占总篇数的23.7%。可见，"还乡"是城乡空间流动的主题，而"进城"并没有形成创作热潮。尤其从1921年到1930年的第一个十年形成了第一个创作的高峰，其中1925年、1926年、1927年三年，"还乡"叙事更是达到了顶峰。之后，在1936年和1943年又再次出现较为集中的"还乡"叙事。从图中不难看到，自"五四"以降，作家的乡愁不绝如缕，1926年、1936年前后的"还乡"潮与大革命失败后"五四"知识分子的迷茫、抗战时期生活的动荡不无关系。那么，中国现代"乡愁小说"中的乡下人因何进城，又为何要还乡呢？在"进"与"还"的时空流动中又隐含着作家怎样的乡愁呢？

一 "三个萝卜"引发的故事

鲁迅的《阿Q正传》较早为我们描绘了"乡下人进城"[①]的图景。阿Q离开未庄的进城之举实在是出于无奈,因为他不仅失去了给赵家帮工的机会,而且连小D、阿胡之流也不把他放在眼里了。于是在吃完了偷来的三个萝卜后,没有任何经济来源的阿Q只能踏上进城之路。在故乡百业凋零、食不果腹的现实逼迫下,"谋生"成为乡下人进城的主旋律。

从词源探析,"谋生"是手段、策略,是乡下人进城的指归。"谋"指手段,"生"是目的。"谋"并不一定早有筹划,但"谋"表示了一种主动的参与过程。"谋生"既有迫于现状的无奈,又有对未来不可把握的焦虑。纵览"乡下人进城"的历史谱系,"谋生"对乡下人而言并不陌生。古代"野人"、"草民"的称谓将乡下人"自我意识"首先他者化为臣服于下的草芥。而统治阶级对知识的掌控,使知识意识形态化为统治阶级霸权。"草民"对知识的景仰与服从,使得乡下人感到对统治霸权予以服从理所当然。加之科举"选秀"对乡下知识分子的安抚,阶级矛盾得到一定的缓解。除非走投无路,否则绝不揭竿而起。乡下人对统治规制的惊人隐忍力始终与"活着"的传统生存哲学紧密关联。那么,当这种超稳态结构一旦发生改变,乡下人的生计受到威胁,涌向城市"谋生"便成为了他们的首要选择。因为从中国城市的发展历史来看,城市不仅是统治机构的主要驻地,也是商贾纠合、名流麇集之所。城市相对于乡村的物质丰富性、现代性对乡下人有巨大的吸引力。然而城市果真能够给他们带来物质的富足吗?

1892年韩邦庆的《海上花列传》为我们讲述了乡下女子进入上海租界洋场上的妓家故事。这些来自苏北、安徽的农家姑娘进城无非也是为了"谋生",只不过与阿Q不同的是,她们谋生的工具是自己的身体。同

[①] 徐德明指出,"当下小说叙述中'乡下人进城'的书写关涉到中国现代化语境中最广大的个体生命的诸般复杂因素。它对农村与都市之间人的命运的表现,已成为当下小说叙述的亚主流表现方式。小说叙述者代乡下人传达心音,体现其在城市现代化的各种权力关系中挣扎的生存方式。叙述主体的多样性是不同地缘的乡下人进城之差异的表现。这种叙述与20世纪中国现代文学中乡下人进城的书写构成的对话,将会对重构中国现代化的历史书写发生影响"。参见徐德明《"乡下人进城"的文学叙述》,《文学评论》2005年第1期。

样，在草明的《倾跌》中，从故乡进城谋生的三个缫丝女工被工厂"倾倒"出来，她们没有生活的来源只能跌倒在城市肮脏污秽的泥途中。"我"和阿屈、阿七失去工作后，住在城里一间昏暗狭窄的房子里，闲居数月，难以为继。阿七每晚站在街头当暗娼。阿屈在化妆品公司装潢部做工，却因与克扣工钱的工头斗气而被开除，从而也走上了阿七的道路，并最终双双被警察抓走。她们被衰败的农村抛弃，又受到现代城市的凌辱。她们感到愤懑的是："为什么呢，我们愿意拿双手来劳动，却没有人给饭我们吃！谁抢了我们的饭？"①《倾跌》为我们描述的"乡下人进城"的苦难与焦虑是中国现代"乡愁小说"普遍的写作范式。同阿七一样，阿英离乡进城也沦为了娼妓（丁玲：《庆云里中的一间小房里》②）。张招笔下的陆家栋原本在故乡鹿鸣村是个坟工，无奈到广州打工，但是在城市却过着颠沛流离的生活，整日无家可归，只能睡在公园的长椅上（张招：《陆家栋》③）。在蒋牧良的《从端午到中秋》④ 中，申么胖在乡下生活难以为继，无奈只好和儿子毛头到城里谋生，可是到了城里一样难以生活，于是只能决计再次回到乡下。无论是"一个乡下女人"进城后的深深失望（谢冰莹：《一个乡下女人》⑤）还是张妈这个"都市里的乡下人"在青岛的局促与困窘（王余杞：《都市里的乡下人》⑥）以及在城市被欺骗，最终丢了性命的王洪顺（巴波：《王洪顺进城》⑦），这些为谋生而无奈涌入城市的"乡下人进城"故事无不证明了：乡下人在城市非但不能获得他们所期待的生活，反而只能或可悲或可笑地成为城市文本的注脚。虽然在这些"乡愁小说"中也有如《乡下小姑娘的春天》那样看西洋景一般的"乡下人进城"一日游，但作家的用意明显并不在于向读者展演城市的风光。在作品的结尾，四婶儿的怀孕就是因为那日进城后回去与同福出了问题，以致要被一起绑着送祠堂（赵慧深：《乡下小姑娘

---

① 草明女士：《倾跌》，《文艺》1933 年第 1 卷第 2 期。
② 丁玲：《庆云里中的一间小房里》，《红黑》1929 年第 1 期。
③ 张招：《陆家栋》，《文学新地》1934 年第 1 期。
④ 蒋牧良：《从端午到中秋》，《文艺春秋》1947 年第 4 卷第 6 期。
⑤ 冰莹：《一个乡下女人》，《现代》1934 年第 5 卷第 4 期。
⑥ 王余杞：《都市里的乡下人》，《星火》1935 年第 1 卷第 3 期。
⑦ 巴波：《王洪顺进城》，《文艺春秋》1948 年第 6 卷第 3 期。

的春天》①)。城乡的物质空间流动一下子和道德伦理建立了颇为隐晦的关系：城市成为开启欲望的诱因，乡下是封闭扼杀人性欲望的杀手，因偷情而被绑进祠堂便是乡下对城市"罪恶"的讨伐。在城乡空间的错动中，实则隐藏着乡下人心理的摩擦、龃龉，这种内心的纠结、斗争正是一种乡愁！那么乡下人是否就甘于"在物质的生活的鞭迫下，被'命生定的'一句格言所卖"② 呢？

草明的《进城日记》为我们提供了另一份"乡下人进城"的心理样本。在作品中，"我"进城住在四哥家里的所见，虽然仍是几个不同的女人梦想有所作为而终至"沉溺"的过程，但是所不同的是，面对着"生活"这具"坚硬而骄傲的铁模型"③，进城的乡下人已经开始萌发了试图改变自己去适应它或"准备力量去胀裂它"④ 的意识。在潘训的《乡心》中的木匠阿贵，虽然也是抱着"黄金梦"进城的，但是蜗居于城市、倔强好胜的阿贵也开始质疑："出乡来，也总如此住住，究竟有什么好呢？"⑤ 而在王平陵的《进城》⑥ 中，乡下的小职员李嘉宾进城偶遇部长以前的司机胡四海的经历，不仅挪揄了发了国难财的胡四海与骚狐狸徐爱娜，而且更为难得的是，在胡四海因要满足徐爱娜学洋话，欲聘请李嘉宾这个洋博士当家庭教师兼管账时，李嘉宾因倍感侮辱而选择了放弃。我们注意到，在城乡流动中，虽然因"谋生"而进城是文学叙述的主流，但是在部分"乡愁小说"中，进城并不一定是为了谋生。前面我们提及的赵慧深的《乡下小姑娘的春天》以及王平陵的《进城》都在不同的历史时期，传达出对于城市生活、文化的辩证认知。城乡流动中的乡愁已经逐渐脱离了以往的苦难焦虑，而显现出与时代对话的主动姿态。譬如在王平陵的《进城》中，我们就不难发现抗战文化语境对作品的影响。其实，在"乡愁小说"创作伊始，城乡流动所引发的乡愁就往往与城乡物质现代性所带来的日常生活方式的差异相关。譬如在《海上繁华梦》

---

① 赵慧深：《乡下小姑娘的春天》，《青年界》1936年第9卷第3期。
② 田言（潘训）：《雨点集·自序》，上海亚东图书馆1929年版，第1页。
③ 褚雅鸣（草明）：《进城日记》，《文学》（上海）1935年第4卷第5期。
④ 同上。
⑤ 潘训：《乡心》，《小说月报》1922年第13卷第7号。
⑥ 王平陵：《进城》，《文艺先锋》1942年第1卷第3期。

中，乡下财主钱守愚来到繁华的大上海,"举止衣履多是乡气,说起话来,掀着几根黄须,露出满口板牙,那牙黄一层一层的积了起来,肮脏到了极处"①(《初集》第30回)与那些时尚讲究、服饰笔挺的城里人相去实在不可以道理计。如此看来,"三个萝卜"引发的故事,恰恰反映了现代性渗入中国乡村的过程与结果,那就是城市物质现代性的飞涨与乡村小农经济的迅速破产的同步演进。在这一过程中生发的乡愁,既有"崇城抑乡"的心理又有"礼失求诸野"的道德期待,这两种矛盾心理时刻交织在现代人的内心深处。

二 "回乡偶书"的现代续写

从前述对城乡流动中涉及"进城"与"归乡"的"乡愁小说"考察可知,回到故乡一直是作家乡愁的主旋律。其实,因"进城"而生发的乡愁无时无刻不与"归乡"相关,因为只要他们的脚一踏出故乡的土地,乡愁就开始不可遏止地滋长开来。与乡下人之"进"的艰辛相较,退回乡土同样并不轻松。虽然故乡作为精神原乡的强大精神约束力,使得他们难以真正地剪断故乡的情感脐带,但是,现代性的耳濡目染已经使得曾经离乡的现代人,难以在乡下的物质、精神空间中找到自我的恰当定位。倪贻德在散文《岁暮还乡记》中就坦言：

> 有谁对于归返故乡这件事不感到欢慰喜悦的么？故乡有美丽的田园,故乡有亲爱的人儿,故乡有儿时旧游的迹踪,故乡即使是一草一木之微也是值得恋慕的。
>
> 但是我近来对于故乡却生了一种畏惧之念,故乡好像已经没有什么足以引起我怀念的地方了。杭州,是拥有西湖钱塘之胜,东南的和平安乐之乡,而且距离上海又那样的近,然而我自从一九三一年的冬天,暂时收起了我远游的倦足,重回到上海居住以来,已经有两个年头的久长了,这其间,却是一次也没有回去过。
>
> 其实说杭州是我的故乡,已经有点勉强了。所谓故乡,第一应当有一个家,一个可以永久安居的家。但是我的家又在那里？十年

---

① (清)孙家振：《海上繁华梦》,邹子鹤校点,齐鲁书社1985年版,第215页。

之前，我还有一个可爱的家，但这十年以来的变幻竟使我们家破人散，母亲死了，姊妹嫁了，到如今，我和我的弟弟各自漂泊在外面，剩下年老的父亲和病弱的二姊寄住在亲戚的家里。啊，我的家又在那里呢？第二，所谓故乡，应当有许多儿时的伴侣，值得依恋的人儿。但是自从我十八岁的时候离开了故乡之后，其间回去的时间，很少很少，所以即使有几个儿时的友朋，疏远的疏远了，离散的离散了。那么我回去又去和谁叙欢话旧呢？所以，我近来对于怀乡的情绪一天一天的淡薄起来，我好像已经成为一个没有故乡的人了。

（倪贻德：《岁暮还乡记》①）

幼时家庭的不睦使倪贻德对故乡甚至有些厌弃，但同时他又对家乡充满了负罪感。因为他一度认为正是自己挣脱家庭的远行，才使母亲患上了神经衰弱，以致五十多岁就早逝了。倪贻德矛盾的心理是"五四"知识分子的缩影，一方面他们不愿再沉溺于令人窒息的"温暖乡"，另一方面在异乡又感到自己仿佛一只"藏在败叶中待毙的秋蝉"。因此，回乡本身就成为一种两难的选择：回乡心有不甘，不回心生愧疚。那么，当他们带着复杂的心理再次踏上故土时，重述故情就成了"难言"之隐。于是我们看到，进城时，他们"不是坚定的，挺起胸膛朝前面看的，而是盲目的，悲哀的，低头着，忍住了眼泪苦笑的"②。回乡时，他们同样满腹悲愁，穷困潦倒，无法排解内心的愁苦。在王以仁的《还乡》③中，"我"回乡时衣衫褴褛，身无分文，到家时甚至被警察当作了小偷。见到了幼妹和母亲，"我"深深感到内疚和惭愧。即便如凤五那样虽然"他成功了"，但是依旧"满怀悔恨"，因为"他的故乡和青春也全盘失去了"（周全平：《荣归》④）。传统乡愁"近乡情更怯"的表达程式已经无法完全涵盖他们内心的矛盾。作为故乡的"逆子"，他们既担心不能得到故乡

---

① 倪贻德：《岁暮还乡记》，载倪贻德《画人行脚》，良友图书印刷公司1934年版，第84—85页。
② 茅盾选编：《中国新文学大系小说一集》（导言），良友图书印刷公司1935年版，第28页。
③ 王以仁：《还乡》，《小说月报》1926年第17卷第3号。
④ 周全平：《荣归》，《现代小说》1929年第3卷第2期。

的宽宥，又害怕果真回到故乡继续他们曾厌弃的沉滞的生活。他们实际上已经回不去了，因为异乡（城市）的现代经验已经置换了他们的故土认知，然而无法置换的情感体验又执拗地要把他们拉回到故乡。于是，乡愁不可避免地在城乡空间流动、蔓延，并将"还乡"这种"以退为进"的叙事策略演绎为现代性的另一表达方式。

如果以上"还乡"的空间流动尚且含蓄地以归乡者细腻的内心来为现代性素描的话，那么另一些"乡愁小说"中的"还乡"则可看作是一部中国现代社会发展史。在林守庄的《扫墓》中，从上海回乡的鹃姑娘看到已经离开八年的故乡：

> 故乡还是那么的败落荒凉，她起初听得轧轧的机声，以为故乡有了什么工厂了；但是注意一看，原来是很简陋的碾米厂，开设在河沿的两间草屋里，屋上露出一个烟突，在扑扑他（地）出烟。其余的一切比前没有什么不同。
>
> （林守庄：《扫墓》①）

鹃姑娘的回乡所见是现代工业文明在乡下的早期发展。碾米厂、烟囱等已经在乡镇出现。但是故乡荒凉依旧，现代工业并没有为中国的乡村带来实质性的物质生活改善。同样，凤姑回家带给父亲的"两包机器挂面"、"一包京东菜"、"一包榨菜"和"两瓶味精"是"乡下有钱也买不出这些东西来"的（丁玲：《团聚》②）。从他们的回乡故事中，我们不难解读到城乡物质现代性差异的显豁。除此之外，"乡愁小说"中的"海归"还为我们留下了中国人早年闯荡海外谋生的珍贵资料。洪灵菲的《归家》③为我们描绘了一幅广东农村地区的生活图景：苦于贫穷和负债的百禄叔，抱着挣钱养家的期望"过番"（到外洋去）。但"过番"并没有使他改变命运，多年后像"枯树枝"一样逃了回来。一文不名的他一回到家中，面临的却是妻子的哭号叫骂。缪崇群的《归客与鸟》写尽了

---

① 林守庄：《扫墓》，《小说月报》1926年第17卷第11号。
② 丁玲：《团聚》，《文季月刊》1936年第1卷第4期。
③ 洪灵菲：《归家》，《新流月报》1929年第3期。

山东人到海外埃及做生意的艰辛。唐锡如的《归航》中金盛鑫从南洋归来接妻子，可是妻子已嫁作他人妇。不管是衣锦还乡还是落魄回家，时空流动中的生命主体自身的情感轨迹已经被拓上了现代性的印迹。他们的"去国还乡"无论是自身生存的不得已之举，还是受到蛊惑心向往之，都是近代中国城市现代化的急剧变迁使然。现代性在城乡的物质/精神空间内留下了浓淡不一的笔墨，同时也因这种"浓淡"而使得城乡现代人在生活方式、精神文化层面的认知上有了高低贵贱的差别。这就像阿Q对城里"小乌龟子都能将'麻酱'叉得精熟"的艳羡一样，在城市浸润现代物质文明的回乡者再次看到的故乡又多是在城市现代性反照下的他者化的存在。然而依前所论，回乡者内心的矛盾与复杂使得他们并不可能完全将故乡置于"死地"。要论证"还乡"的合理性就需要在现代本身寻求情感的支点，那么故乡在现代链条上的可能性发展以及其所具备的自然、纯洁、朴实、善良等道德文化力量就成为还乡的因由。在丁玲的《田家冲》中，在城里住惯了的三小姐看到的小山冲，清幽宁静、平淡自然，远没有城市的喧嚣。在杜衡的《怀乡病》中，汽车使阿狗失去了世袭的职业、新办造纸厂的污水弄脏了全镇人的饮水，这一切都使得"我"渴望"世界保存起一个纯粹的乡村底样品"[1]。然而故乡只是进城的乡下人的某种心理补偿，一旦他们真正深入到故乡令人窒息的内部，再次离乡也就不可避免了。王西彦的《乡下朋友》[2]中，城里人庄道耕去看望一位乡下朋友刘乐能，席间二人还就城里人和乡下人的日常生活方式等差异，展开了一场颇有趣味的谈话。回到乡下的庄道耕不仅亲自参与收割，还与刘乐能辩论科学技术、农业问题。但是随着他日渐感到农民的辛劳，就再也不艳羡乡下的美景，倒留恋起都市的生活来，再也没有当初在城里时的归心似箭了。

但是，政治时代语境对作家创作的要求愈加急迫，越来越多的"乡愁小说"中的还乡，开始脱离城乡现代性的话语范畴，而呈现出较为突出的意识形态色彩。在巴金的《还乡》中，故乡"它是一个活泼的有机体。在它的每一个细胞里都显示着生命的活跃来。它在动，它在叫，它

---

[1] 杜衡：《怀乡病》，《现代》1932年第1卷第2期。
[2] 王西彦：《乡下朋友》，《文艺杂志》（桂林）1943年第2卷第5期。

在呼唤他"①。乡民争取政治权利的斗争是旨在拯救故乡的行为,那么在这个意义上,故乡相对于他乡就不仅是一个安抚流浪灵魂的所在,还是实现自我政治理想的策源地。这在抗战的历史语境中尤其突出地表现出来,譬如:鲁彦笔下"日夜颤栗着的"千家村(鲁彦:《千家村》②);在回乡的车上,司机对八路军战士与国民党少将泾渭分明的态度所折射出的人心向背(蒋牧良:《车上》③);李伯陶回乡发动群众参加救亡活动,组织抗日剧团等(蒋牧良:《故乡》④)。

　　上述时空流动中的"还乡"所投射出的故乡现代工业文明的暗夜微星、对城乡现代性的理性辨识,乃至还乡的政治理想表达都使得"还乡"在中国现代文学的发生发展中具有了独特的意义。原本立足于物质与情感层面的故乡与他乡的时空,就这样以现代性的维度在城乡间建构起了具有等次差异性质的叙事框架,并因之在不同的历史语境中使乡愁具有了意识形态的性质。在中国社会的现代化历程中,在中国民主革命的政治行动中,"还乡"中的乡愁以一种"亲力亲为"的"真实"情感姿态厕身其间,共同见证、建构着中国人心灵的现代裂变过程。

三　"假洋鬼子"的张力

　　无论是"进城"抑或"还乡",城乡时空流动中的生命主体实际上都没有真正在城市/乡村立足。回到鲁迅《阿Q正传》中,我们不难发现,那些在城市受到过教育,或是在城市短暂居住后又回到乡村者大多还是"异类"。譬如,"假洋鬼子"形象的典型性就在于"土"、"洋"混搭的滑稽与可笑。在中国现代"乡愁小说"中,在城乡流动中涌动的乡愁也多与这些富有张力的形象相关。反之,在城市人的眼中,乡巴佬的滑稽与可笑自然多是饭后的谈资或者揶揄的对象。城里人对乡下人的他者化与乡下人自我的他者化使得乡下人与城里人的通融成为郢书燕说。他者

---

① 巴金:《还乡》,《现代》1933年第3卷第5期。
② 鲁彦:《千家村》,《文艺杂志》(桂林)1942年第1卷第4期。
③ 参见蒋牧良《车上》,载《蒋牧良小说选》,湖南人民出版社1983年版,第463—472页。
④ 参见蒋牧良《故乡》,载《蒋牧良小说选》,湖南人民出版社1983年版,第396—408页。

化的伦理价值判断将城里人与乡下人的心理距离推至两极,即凝视与仰视的不平等的心理落差。乡下人与城里人的对视形成了荒诞的错位,凝视与仰视的目光永远不可能在平视中汇合,不能平视的目光必然会在彼此背后留下一个黑影,换言之,无论是凝视抑或仰视都无法照亮彼此背后那个巨大的主体黑洞,而其始作俑者仍是"现代"!

对此,茅盾在对王鲁彦的"乡愁小说"《黄金》和《许是不至于罢》评论时,就已经注意到了史伯伯、王阿虞财主与鲁迅作品人物的不同:

> 我总觉得他们和鲁迅作品里的人物有些差别:后者是本色的老中国的儿女,而前者却是多少已经感受着外来工业文明的波动。或者这正是我的偏见,但是我总觉得两者的色味有点不同;有一些本色中国人的天经地义的人生观念,曾是强烈的表现在鲁迅的乡村生活描写里的,我们在王鲁彦的作品里就看见已经褪落了。原始的悲哀,和humble生活着而仍又是极泰然自得的鲁迅的人物,为我们所热忱地同情而又忍痛地憎恨着的,在王鲁彦的作品里是没有的;他的是成了危疑扰乱的被物质欲支配着的人物(虽然也只是浅淡的痕迹),似乎正是工业文明打碎了乡村经济时应有的人们的心理状况。
>
> (方璧(茅盾):《王鲁彦论》[①])

茅盾的批评可谓洞见!在城乡流动中涌动的乡愁何尝不是这种"危疑扰乱的被物质欲支配着的人物"心理呢?乡下人进城"谋生"就是被物质欲支配,之所以"谋生"是因为乡下的贫困。"贫乡"被乡下人简单排斥,乡土精神也一并为乡下人所鄙夷。在贫乡与富城的差异并置下,乡下人"崇城抑乡"的心理定式不断得以强化。这一自我意识的偏颇使得乡下人未进城已然处于被动。对工业化大机器生产所需要技术的阙如,使得他们进城伊始便手足无措。城市契约化的社会经济关系与农村"差序格局"[②]的迥异,使得他们势必遭际社会关系的迷茫。更重要的是,在"谋生"的冲动之下,乡下人仅仅看到了都市中经济资本的决定力,却对

[①] 方璧(茅盾):《王鲁彦论》,《小说月报》1928年第19卷第1期。
[②] 参见费孝通《乡土中国 生育制度》,北京大学出版社1998年版。

于经济资本而带来的"文化资本"①的强大规约力估计不足。农村青年赵朴斋在上海的碰壁生动地呈现了"乡下人进城"时面对现代都市的唐突与无措（韩邦庆：《海上花列传》）。同阿Q将半土半洋的钱太爷的大儿子称为"假洋鬼子"一样，在城里人看来，这些进城的乡下人同样龌龊、可笑。校役老刘是一个为师范学校管校园，倒尿壶、马桶的乡下人。他的脸孔具有原始的粗糙，细眼、塌鼻、突嘴，被人讥为"好一个像尿壶的脸"②。田涛的《一人》中，破产的农民董子进城当旅馆伙计，满口土话，勤谨老实，房客打骂他，他还让"再打一下"解解气，即便如此，他还是无端地被账房和客人诬为偷手表的盗贼。乡下人在城里人的睥睨下可谓是出尽了"洋相"！然而反过来说，在乡下人的眼中，城里"人人都是鬼头鬼脑的，你一不留神就被咬一口，可不如家乡这人们老实呵"③。车上穿着毛儿朝外的皮大氅的城姑，在乡下人看来就是"洋狗"（王向辰：《城姑下乡记》④）。可实际上，当乡下人在城市"流离"（艾芜同名"乡愁小说"）时，城市人生活得同样艰辛。余慕陶的《春蚕》⑤中的刘伟森在上海为事业拼搏，当妻子生了孩子，却无力抚养只能回乡下送给瑜姊。在城乡流动中的乡愁既有"田野的忧郁"（艾芜同名"乡愁小说"），也有"都市的忧郁"（艾芜同名"乡愁小说"）。

  乡下人与城里人因何会误读？城乡又为何难以融通？笔者以为，一方面是城/乡日常生活方式的差异所致。乡村的日常生活方式是相对静态的封闭的回环结构，在日出而作日入而息、春种秋收的封闭的时空环形结构中，离土到归来，故乡是这一环形结构的起点/终点，是无意识深层的掣肘。而城市日常生活方式是动态的、开放的散射型结构，这一结构的中心是个人利益的最大化。以此为原点，城市生活方式分散成诸种形态，并因职业的更迭而变换其存在的方式。"乡下人进城"就是这两种差异明显的日常生活方式的接触、互动以及较量的过程。封闭相对开放，

---

① 参见［法］皮埃尔·布尔迪厄（Pierre Bourdieu）《文化资本与社会炼金术——布尔迪厄访谈录》，包亚明译，上海人民出版社1997年版，第189—211页。
② 魏金枝：《七封书信的自传》，湖风书局1931年版，第88页。
③ 田涛：《一人》，《新中华》1937年第5卷第7期。
④ 王向辰：《城姑下乡记》，《民间》1934年第1卷第2期。
⑤ 余慕陶：《春蚕》，《中国文学》1934年第2卷第1期。

环形之于散射，城乡融合必然充满艰辛。这一过程恐怕是需要几代甚至数代乡下人才能完成的。然而在城里的乡下人的乡村日常生活方式已然发生了改变，形成了一种"准城市"的日常生活方式。这使得乡下人不仅难以融入城市，同时也难以再次融入乡村。即便在原乡的召唤下暂时回到封闭环形的乡村日常生活方式中，他们也不可能安分随时，于是在内心深处又涌起溢出这一生活方式的冲动——进城！这时乡下人成了一只只在城乡间无奈飞行的候鸟。另一方面彰显现代性之"物"是城乡个体凝视与误读的借由。城里人对乡下人的凝视大都是建立在以"物"为标志的城市日常生活方式的优越性判断之上的。同样，乡下人对城里人的倾慕仍然是以城市"物"的丰饶、现代作为自卑自贱的依凭。在《都市里的乡下人》中，佣人张妈对大都市青岛的初识，首先便是"物"的新奇。

> 桌子椅子多光彩，靠近了照得出自个儿的影子；椅子和床都像有机关，一按往下让，手一放又起来。灯，不用上油，一拧就着了。桌上安放着一个木匣子，成天说着话。一会儿又唱了起来。
>
> （王余杞：《都市里的乡下人》[①])

城里人相信"物"能生情，而乡下人则认为因情而"物"，这种错位即是城里人以"物"（利）的价值判断为标准的日常生活方式与乡下人以原乡（情）为精神内核的日常生活方式的差异。乡下人未必不在意"物"，但乡下人之于"物"的情感反馈与城里人存在差异。对于乡下人而言，他们更注重的是"物"的使用价值，而并非倚重"物"的价值属性。乡下人在情感上对恒定的原乡精神的坚守，城里人以利益为鹄的的竞逐，内在地影响了乡下人的呆板与城里人的灵活的性格属性。呆板中的执着与灵活中的油滑，都不能简单地成为一种性格品质的优劣评判标准，而更应在其时空维度形成的日常生活方式的范畴内予以阐发。在乡下相对恒定、周而复始的日常生活方式中，乡下人形成了较为固执、不易变通的性格品质；而在城市日常生活中，"物"的更迭不仅是主体本

---

① 王余杞：《都市里的乡下人》，《星火》1935年第1卷第3期。

身，更重要的是"物"背后的现代性支持。尤其是当"物"进入个人的日常生活层面时，人们对物的"日常生活经验"往往建立在某种"文化的、亚文化的或超文化的系统上"，这一"文化"构成了日常生活中的某种"物体系"①，"物体系"规约了城市的日常生活方式。相对于乡下永恒稳定的原乡精神，城市以"物"为符码的日常生活方式呈现出不稳定性，而这恰恰显示了城市的现代化进程。在不稳定的"物体系"的更替中，现代性塑造了城里人的心理文化品格，形成了以"物/商品"的现代科学技术含量为标准的价值判断法则。在现代城市人的心理视域中的生命感觉是物质化和商品化的。因此，乡村的鄙陋、城市的繁华，城里人的精明、乡下人的愚钝，这些相应出现的差异项，不仅成为看/被看结构中城里人对乡下人凝视的内因，也显示了在日常生活方式背后城乡主体的心理隔膜及其消除差异走向融合的艰难。在城乡时空的流动中，生命主体的乡愁以凝视、误读的方式凸显了现代性冲击之下的伦理道德危机。乡愁所彰显的城乡主体心灵深处的差异与错位，又使得我们对现代化本身产生质疑。

在城乡时空流动中的乡愁是一种现代症候。它包蕴着乡下生命灵魂的自我搏斗与挣扎、传统乡土精神与城市现代化的博弈以及在当下中国特殊语境中对现代化本身的质疑与忧思。正如马歇尔·伯曼所说："所谓现代性，就是发现我们自己身处一种环境之中，这种环境允许我们去历险，去获得权力、快乐和成长，去改变我们自己和世界，但与此同时它又威胁要摧毁我们拥有的一切，摧毁我们所知的一切，摧毁我们表现出来的一切。……它将我们所有的人都倒进了一个不断崩溃与更新、斗争与冲突、模棱两可与痛苦的大漩涡。"② 近代中国的城乡众生就是这些身处"大漩涡"的人，他们在城乡时空流动中的乡愁既是痛失前现代乐园的怀旧性感受，又是一如既往地摆脱"大漩涡"的痛苦挣扎。在现代性逐步深入的中国，"乡愁"成了一种充满悖论和矛

---

① 参见［法］尚·布希亚（Jean Baudrillard）《物体系》，林志明译，上海人民出版社2001年版，第159—228页。

② ［美］马歇尔·伯曼（Marshall Berman）：《一切坚固的东西都烟消云散了——现代性体验》，徐大建、张辑译，商务印书馆2003年版，第15页。

盾的情感体验。然而同时他们也强烈地感到：一方面现代化从根本上威胁到了自己的历史与传统，而另一方面现代化又丰富与发展了自己的历史与传统。

第二节　流亡的乡愁：抗战时期东北作家的怀旧修辞[①]

> 大多数人主要知道一个文化、一个环境、一个家，流亡者至少知道两个；这个多重视野产生一种觉知：觉知同时并存的面向，而这种觉知——借用音乐的术语来说——是对位的（contrapuntal）。……流亡是过着习以为常的秩序之外的生活。它是游牧的、去中心的（decentered）、对位的；但每当一习惯了这种生活，它撼动的力量就再度爆发出来。
>
> ——萨义德：《寒冬心灵》（*The Mind of Winter*，1984，p. 55）

城乡时空间流动的乡愁是一种现代症候，而战争所造成的"流亡"是一种特殊的时空流动，在流亡中涌动的乡愁则是一种混杂着战争、怀旧、安全感缺失和不得不妥协自我个性的复杂情感。而此类"乡愁小说"则大多体现为一种沉重雄浑且充满自我矛盾的悲剧性抒情品格。我们知道，日本侵华战争给中国知识分子的物质生活与精神世界都带来了巨大冲击。相对于关内的作家而言，东北流亡作家群的苦难意识更为深切。面对动荡不安、居无定所的现实困境，作家大多将笔墨集中于故乡。此时的故乡既与一般作家笔下的故乡有相同的文化承担，又作为沦亡的国土具有民族国家认同的独特意义。这样我们看到，所谓东北流亡作家群的乡愁是一个复杂多义的文化现象。以往人们大都将其纳入以抗战为主旋律的笼统的东北作家群概念中来阐述，由于观照视角的限制，乡愁的独特性并不能得到充分的揭示。即使研究者对作品的流亡、怀乡意识偶有涉猎，也未能对流亡与乡愁之间复杂、密

---

① 本节内容，笔者曾以《抗战时期东北作家的流亡乡愁》为题，发表于《关东学刊》2016年第5期。

切的关系以及乡愁的言说方式展开进一步研究，而这正是本节需要讨论的问题。

一 "东北作家群"与"东北流亡作家群"

在蓝海编著的《中国抗战文艺史》中①，东北流亡作家及其创作第一次进入文学史，并成为抗战文艺的一部分。王瑶在《中国新文学史稿》（上）第二编《左联十年》的第八章第一次设专栏介绍，题目即是"东北作家群"。编著者对萧军的《八月的乡村》、萧红的《生死场》以及舒群的《没有祖国的孩子》等予以解读，并将之纳入左翼文学、抗战文学的范畴中来进行评述。② "东北作家群"开始作为集合概念逐步被人们接受，用以指称二十世纪三四十年代自关外流亡至关内的进步的东北籍作家及其创作。在此后的主要文学史著作中，对该流派的概念指称主要有"东北流亡作家群"或"东北作家群"两种提法。③ 同样，在早期代表性研究成果中也大多采用以上两种概念，比如白长青、王培元、逄增玉的相关研究论文。④ 从学界对流派概念的命名看，"东北作家群"和"东北流亡作家群"都对作家群体的地缘身份普遍关注，即他们大多来自"东北"。"东北"不仅是对作家地缘身份的限定，更隐含着超出地域概念之外的意义。也就是说，在日本侵华战争中，最先沦陷的"东北"又被赋予了国破家亡与民族屈辱的情感，作为来自东北的知识分子理应为"东北"代言，这不仅是作家自身的需要，也是时代的期待。于是"东北流亡作家群"被纳入到抗战文学一脉，并强调其创作实绩对抗战文学的

---

① 蓝海（田仲济）：《中国抗战文艺史》，现代出版社1947年版。

② 参见王瑶《中国新文学史稿》（上），开明书店1951年版。在《中国新文学史稿》（上）修订本（1953年8月由新文艺出版社出版）中，对左翼作家的较大删改是因"政治问题"删去了对"东北作家群"中的李辉英的评述。参见陈改玲《五十年代王瑶对〈中国新文学史稿〉的修改》，《新文学史料》2009年第4期。

③ 参见杨义《中国现代小说史》，人民文学出版社1986年版；孔范今《二十世纪中国文学史》，山东文艺出版社1997年版；张毓茂《东北现代文学史论》，沈阳出版社1996年版；钱理群、温儒敏、吴福辉《中国现代文学三十年》，北京大学出版社1998年版。

④ 参见白长青、王培元、逄增玉等人的研究成果。白长青：《论东北流亡作家群的创作特色》，《社会科学辑刊》1983年第4期；王培元：《论东北作家群小说创作的再认识》，《社会科学辑刊》1989年第4期；逄增玉：《流亡者的歌哭——论三十年代的东北作家群》，《文学评论》1986年第3期。

贡献。

诚然，东北流亡作家群的创作确是抗战文艺的重要创获。然而，我们也发现一些作品的情感倾向并非像人们想象的那样简捷单一，其中还存在不少模糊多义、耐人寻味的复杂现象。首先我们看到，东北流亡作家在抗战时域的创作并非一以贯之。如骆宾基抗战初期创作的《边陲线上》《东战场别动队》等作品大多与抗战时局密切呼应，而四十年代创作的《幼年》（即《混沌》）、《乡亲——康天刚》等作品却大多重返至"过去的时代"。① 那么，是什么原因导致作家追忆"过去"？一个作家的创作为什么会发生转向？如果说个中缘由是岁至抗战末期，国内抗战浪潮已近尾声，作家大多开始反思抗战之初激进、不成熟的创作心态，并转而追求审问内心的沉潜表达，那么在抗战风起云涌之时，萧军创作的《八月的乡村》与《第三代》的情感倾向却迥然不同，这又如何解释？② 如果我们将研究视域扩大到抗战初期整个流派的创作，不难发现萧红的《在牛车上》（1937 年）、端木蕻良的《科尔沁旗草原》（创作于 1933 年，完成于 1935 年）等作品，对抗战情绪的表达也都并不十分激烈。其次，从东北流亡作家群的整体创作来看，不同作家的创作倾向也不尽相同。比如萧红与萧军、舒群、白朗、李辉英等的差异就很明显，其作品的叙述重心大多集中于故乡百姓的日常生活。《生死场》③《呼兰河传》《小城三月》《桥》《放风筝》《手》等作品营造的战争氛围并不太浓烈，甚至有学者认为《马伯乐》是对抗战文艺予以消解的作品。④ 值得注意的是，萧红的部分作品并没有将故乡百姓在战争中的被侮辱、被损

---

① 《边陲线上》1936 年创作于上海，《东战场别动队》创作于 1938 年底至 1939 年春。《幼年》（即《混沌》）、《乡亲——康天刚》等大多创作于 1942 年初骆宾基自香港返回桂林，到 1946 年春由重庆北上之前，类似的作品还有《庄户人家的孩子》《北望园的春天》等。

② 《八月的乡村》完稿于 1934 年，1935 年初版，署名"田军"，由上海容光书局作为奴隶社的"奴隶丛书"之二出版。作品正面描写了在中国共产党领导下，东北抗日游击队的战斗生活。《第三代》原名《过去的时代》，1937 年由上海文化生活出版社初版。作品描写了上一辈人同地主阶级、官僚资本和帝国主义势力的斗争。

③ 《生死场》原名《麦场》，后由胡风改名为《生死场》，是张廼莹以萧红为笔名的第一部作品。《生死场》这一带有情感倾向、批判色彩的作品名称并非是萧红原创。

④ 参见陈洁仪《论萧红〈马伯乐〉对"抗战文艺"的消解方式》，《中国现代文学研究丛刊》1999 年第 2 期。

害与日本的侵略构成直接的因果关系。譬如在《生死场》中，金枝的孩子被丈夫摔死；金枝在城市被独身汉（中国人）强暴。金枝"'从前恨男人，现在恨小日本子。'最后她转到伤心的路上去。'我恨中国人呢！除外我什么也不恨'"①。金枝的苦难不仅有异族的欺辱，还有同胞的蹂躏。

  以上事实告诉我们，如果将东北流亡作家群的创作以"抗战文学"一言蔽之，我们可能无法洞见作家更为深刻复杂的情感世界。既然以笼统的抗战文学的意念来给他们定位有可能遮蔽了具体作品的个性，那么他们的作品到底有无共同的美学追求？或者说，是因为什么可以让人们把他们的创作看作是一个"流派"？内在质素又是什么？二十世纪八十年代后期，沈卫威曾指出"东北流亡作家群"的流派概念存在歧义，不同时期的文学创作倾向也存在差异，并注意到作家的流亡经历与作品中的怀乡意识之间有内在的联系。② 但此后学界并未就此展开更深入的研究。"东北作家群"和"东北流亡作家群"的区别主要在于"流亡"二字的有无。而"流亡"在"东北作家群"这一概念中又并非核心词汇，仅对"作家群"起限定修饰作用而已。作家的"流亡"事实并没有得到研究者的一致关注，而"流亡"二字，恰恰是理解流派创作倾向不容忽视的关键词。流亡所造成的流离失所、安全感与归属感的阙如，往往使得作家强烈渴望获得安定和平的生活，对于家/故乡的怀恋就时时在作家心底浮起，于是他们的文学想象大多聚焦于故乡，并试图通过乡愁来排遣心灵的寂寞，缓释流亡的痛苦。因此，"流亡"的心理品质成为激发东北作家创作冲动的内因。另外，作家走向流亡的原因也不尽相同，大致来说主要有两种情况：一是被迫离乡，即因战争、灾难等客观因素而流亡；二是主动出走，也就是自我对故乡主动拒绝，走向流亡。显然，后者对故乡的否定性判断更强烈。然而，在流亡的历程中他们对

---

  ① 萧红：《生死场》，载《萧红全集：呼兰河传——长篇小说（一）》，凤凰出版社2010年版，第101页。

  ② 他将十四年东北流亡文学比作"冰山"。"'抗日文学'作为'冰山'的显现性成分，并且由于它具备了强烈的艺术功利性，在过去和现在曾受过和正在受到青睐。而'怀乡文学'因潜隐于水下，则长期没有受到重视。"参见沈卫威《东北流亡文学史论》，河南人民出版社1992年版。

故乡的感受也是在不断变化的，这种变化可能是颠覆、修正或淡漠以往的故乡经验，所以，因流亡而生的乡愁也更加矛盾而复杂。因此，东北流亡作家群对故乡的想象实际是具有矛盾、复杂的流亡情绪的"乡愁小说"。

二 流亡的双重空间与乡愁的"双语型式"

东北流亡作家创作"乡愁小说"的矛盾复杂性与流亡的特点是密切相关的。

> 流亡的主要特征是一种双重的意识，对不同时间与空间的双重感受，一种经常的两分……对于一个被从故乡赶走的作家来说，流亡从来就不仅仅是一个主题或者比喻；一般地说，人在躯体上离开故乡和位移进入不同的文化语境的经历，会向艺术本身的概念和作者创作的形式提出挑战。
>
> （［美］斯维特兰娜·博伊姆：《怀旧的未来》[①]）

也就是说，流亡使作家由故乡进入他乡产生空间位移，既往的故乡经验与他乡的现时的故乡经验会产生重叠或交汇，在流亡的时间脉络内，这种双重感受也会影响到作家的创作心态和创作的形式。

在作家被迫离开故土流亡之时，自我与故乡在物质和精神空间上的距离就被拉开了。这使得他们有机会以旁观者的视角来审视故乡。这样，流亡的乡愁就同时包含了作家已有的对故乡的情感体验和进入新的文化语境后重新生成的对故乡的价值判断。那么，作家是如何将这两种情感凝聚到作品中的呢？我们先看端木蕻良在《我的创作经验》中对土地的体认：

> 在人类历史上，给我印象最深的是土地。仿佛我生下来的第一眼，我便看见了她，而且永远记起了她……土地传给我一种生命的

[①] ［美］斯维特兰娜·博伊姆（Boym S.）：《怀旧的未来》，杨德友译，译林出版社2010年版，第285页。

固执。土地的沉郁的忧郁性，猛烈的传染了我……土地使我有一种力量，也使我有一种悲伤……土地是一个巨大的影子，铺在我的面前，使我的感情重添了一层辽廓。

(端木蕻良：《我的创作经验》①)

土地是集体性、概括性的原型符号，是作者原乡情结的载体，对故乡根性的礼赞构成了作者"乡愁"的背景。然而，

这里，最崇高的财富，是土地。土地可以支配一切。官吏也要向土地飞眼的，因为土地是征收的财源。于是土地的握有者，便作了这社会的重心。地主是这里的重心，有许多的制度，罪恶，不成文法，是由他们制定的，发明的，强迫进行的……于是我就去找这最典型的地主。

(端木蕻良：《关于〈科尔沁旗草原〉》②)

由土地派生的地主谱系是具象化、典型化的阶级符号，对土地/故乡的理性审视被推至"乡愁"的前台，二者经由土地完成辩证性的嬗变。这就像是镜子的两面：对故乡土地的膜拜是镜面，对故乡稳态的阶级文化结构的批判是镜子背面灰色的镀膜。这两种情感在端木蕻良的"乡愁"中相互依存、难以分割，"镜子式"的乡愁成为作家审视故乡历史的主要方式。值得注意的是，"镜子"并非总是镜面朝上，也可相反。也就是说，作者对故乡的否定性情感是"乡愁"的表面情调，在看似表层灰色阴郁的批判之下，实则隐现着明亮的大爱光芒。譬如萧红的作品中对乡愁的双重感受就大多呈现为这种结合方式。在《呼兰河传》中"家"是荒凉的，萧红对家、故乡的感受是悲凉的。③ 但是作为一位流亡者来说，她的内心又不时受到故乡的羁绊。于是她说："家乡

---

① 端木蕻良：《我的创作经验》，《万象》1944年第4卷第5期。
② 端木蕻良：《关于〈科尔沁旗草原〉》，《文艺新潮》1939年第9期。
③ 在《呼兰河传》的第四章的第二、三、四、五部分的首段首句分别是："我家是荒凉的"、"我家的院子是荒凉的"、"我家的院子是很荒凉的"、"我家是荒凉的"。参见萧红《生死场》，载《萧红全集：呼兰河传——长篇小说（一）》，凤凰出版社2010年版，第34—46页。

这个观念，在我本不甚切，但当别人说起来的时候，我也就心慌了！虽然那块土地在没有成为日本的之前，'家'在我就等于没有了。"①萧红谈及故乡时内心的慌张，正是她对故乡双重情感的反映。她对故乡的百姓既充满深切的同情，又对他们麻木卑琐的人生感到愤懑，甚至对人永远无法摆脱生死轮回感到悲观，有着消极的宿命感。从这个意义上说，萧红的"乡愁"有着类似鲁迅"哀其不幸，怒其不争"的意味。

流亡不仅给予东北作家对故乡一体两面的情感体验，而且还赋予了他们一种特殊的时代话语身份和创作导向，这些如何与个人对故乡的感受结合到一起？从流亡的英文词源来看，流亡（英文 exile，来自 ex-salire），原意指"跳到外边去"。流亡既是流落中的痛苦，也是跳跃进入一种新的生活。②也就是说，当东北流亡作家跃入一个陌生的空间/语境中时，他们又不得不受到新的集体话语的影响、规约甚至束缚。但是"流亡是过着习以为常的秩序之外的生活，它是游牧的、去中心的（decentered）、对位的；但每当一习惯了这种生活，它撼动的力量就再度爆发出来"③。作为一个流亡的、独立的知识分子，他们在表达对故乡怀恋的同时，也不甘于主动放弃自我对故乡的独立解读。然而为获得话语权，他们又不得不放弃或者弱化个人话语，以应对新的语境中文艺批评标准的规约，他们的故乡想象势必在个人感受与集体经验之间调适。于是，东北作家群的"乡愁小说"就大多呈现出一种将个人话语和集体话语两相杂糅的"双语"文本形态。

在东北流亡作家的"乡愁小说"中，"双语"在作品内部形成张力，作家对"双语"采取的不同调适方式最终导致流派的松散化乃至走向分化。当东北流亡作家流亡至关内，面对"作家必须抓紧反帝国主义的题材"④的时代要求，一部分作家积极响应左翼批评的号召，作

---

① 萧红：《失眠之夜》，载《萧红全集：商市街——散文》，凤凰出版社 2010 年版，第 278 页。
② ［美］斯维特兰娜·博伊姆（Boym S.）：《怀旧的未来》，杨德友译，译林出版社 2010 年版，第 285 页。
③ ［美］萨义德（Said, E. W.）：《知识分子论》，单德兴译，生活·读书·新知三联书店 2002 年版，第 1 页。
④ 《中国无产阶级革命文学的新任务———一九三一年十一月中国左翼作家联盟执行委员会的决议》，《文学导报》1931 年第 8 期。

品的抗战色彩比较突出，个人话语相对较弱，比如《万宝山》《八月的乡村》等。这类作品在东北流亡作家群的创作中居多，在此不再赘述。另一部分作家的调整是被动的，他们更倾向于坚持自我对故乡的理性批判。这种"双语"杂糅的文本型式往往呈现出斧凿之痕，作品内部的矛盾性较明显，萧红是一个典型的个案。《呼兰河传》是萧红独具个性的故乡记忆，在浓郁、悲凉的怀旧情绪中，作家对故乡众生愚昧麻木的人生现状及其命运寄予了深切的思考。然而这种个人话语与左翼批评家强调抗战的文艺方针相左，在1938年的现实文艺活动与《七月》座谈会上，胡风就提出作品要从"战斗的意志、战斗的生活产出来"，如果"到战场上去跑跑，那一定比现在的工作活泼得多"，吴奚如甚至认为"（邱东平）直接参加了抗日战争，他的生活就是战斗着的，所以才能写出这样好的作品来"。而萧红则质疑是否"战场高于一切？还是为着应付抗战以来所听惯了的普遍的口号？"在她看来"作家不是属于某个阶级的，作家是属于人类的。现在或是过去，作家们写作的出发点是对着人类的愚昧！"① 从以上的争论我们可以看到，当个人话语与集体话语的要求发生冲突时，萧红并不情愿放弃自我对故乡的独特解读，这与萧红的个性以及在流亡中强烈的挫败感不无关系。② 流亡使她更渴望从过去的个人记忆中去寻找一种"家"的感觉，更急迫地要将个人悲苦倾吐，也更倾向于表达自我对故乡独异的洞见。然而为了获得言说的"合法性"，萧红只得被迫在个人对故乡独特的感受中生硬地加入有关"抗战"的情节描写。譬如有学者认为《生死场》出现了所谓"断裂"

---

① 以上相关争论参见《现时文艺活动与〈七月〉——座谈会记录》，《七月》1938年第3卷第3期。参加人：胡风、端木蕻良、鹿地亘、冯乃超、适夷、奚如、辛人、萧红、宋之的、艾青。

② 萧红相对于其他东北流亡作家而言，在流亡中辗转的次数、频率较多，加之自身的童年经历、女性身份，以及不幸婚姻等，使得她的挫败感、无助感更为强烈：1931年10月到哈尔滨；1934年逃离哈尔滨经大连至青岛；1934年到上海；1936年7月到日本；1937年1月回上海；1937年8月到武汉；1938年1月到山西临汾；1938年2月到西安；1938年4月在武汉与端木蕻良结婚；1938年9月由武汉流亡重庆；1940年春与端木蕻良到香港；1941年12月在香港病逝。

现象。① 然而从《生死场》所谓"断裂处"（第十章和十一章之间）分析，我们发现小说的前十章完成于哈尔滨（关外），第十一至十七章则完成于青岛（关内）。这看似巧合，实际是萧红流亡至关内后，为响应战时文艺要求而进行的话语策略调整。因此与其说文本发生了"断裂"，倒不如说是"双语"杂糅。值得一提的是，时隔一年余，在萧红给萧军的书信中依旧对《生死场》"发誓"一节是否出色不置可否②，而"发誓"恰是胡风在《生死场》"读后记"中对作品价值最为倚重之处③。萧红信中不提《生死场》整部作品，单提"发誓"一段，并且以"随便"二字显示出一种漠不关心的态度，这其中是否有弦外之音？我们不便猜测，但是显然萧红并不认定"发誓"一段为作品最佳，也就是说萧红并不完全认同胡风对作品的批评。从萧红客居香港给西园（华岗）的几封信中，我们仍可看到萧红对胡风有些许牢骚。④ 显然，萧红对胡风的文艺批评话语是有保留的。反观鲁迅在《序》中对作品凸显的"北方人民的对生的坚强，对于死的挣扎，却往往已经力透纸背"⑤的价值判断，我们可以看到，鲁迅肯定的是作品表现出来的强烈的生命意识，这与胡风对"发誓"决绝的抗战情绪的肯定不同。即使萧红从个人的角度认同鲁迅的观点，

---

① 摩罗曾指出，"萧红作为一个难民逃到了关内，回望备受日寇蹂躏的故乡和比平时更加苦难深重的父老乡亲，她很可能意识到自己的文学作品应该担负起某种与时局有关的责任，对日本侵略者进行谴责和控诉，表达一个具有亡国之忧的人收回故土的愿望。在这样的情感背景下，萧红把《生死场》的后三分之一尽力向抗日的方向上扭，这是可以理解的。这样，在小说前三分之二和后三分之一之间，内容有了一定程度的断裂"。参见摩罗《〈生死场〉的文本断裂及萧红的文学贡献》，《社会科学论坛》2003 年第 10 期。

② 1936 年 12 月 5 日萧红给萧军的书信，该信从日本发往上海。信中写道："不过说翻译小说那件事，只得由你选了，手里没有书，那一块喜欢和不喜欢也忘记了。我想《发誓》的那段好，还是最后的那段？不然就：《手》或者《家族以外的人》！作品少，也就不容易选择了。随便。"此信见萧红《八月天——诗歌、戏剧、书信》，载《萧红全集：八月天——诗歌、戏剧、书信》，凤凰出版社 2010 年版，第 172 页。

③ 该"读后记"写于"一九三五，一一，二二晨二时"；萧红给萧军的信写于"一九三六年十二月五日"。

④ 在 1940 年 7 月 7 日和同年 7 月 28 日给华岗的两封信中，萧红对胡风告知许广平"萧红秘密飞港，行止诡秘"的说法深感不满。参见萧红《八月天——诗歌、戏剧、书信》，载《萧红全集：八月天——诗歌、戏剧、书信》，凤凰出版社 2010 年版，第 203—207 页。

⑤ 萧红：《生死场》，载《萧红全集：呼兰河传——长篇小说（一）》，凤凰出版社 2010 年版，第 2 页。

也不可避免地受到胡风的影响。从作品几经波折才得以自费出版的艰难来看,这是萧红的无奈?抑或说作品的无奈?自《生死场》以降,萧红注定要在"鲁迅"与"胡风"间寻找调适的策略。然而即便如此,在萧红去世多年之后,茅盾依然对《生死场》没有充分表现"封建的剥削和压迫"、"日本帝国主义血腥的侵略"而感到不满,甚至质问:"而这两重的铁枷,在呼兰河人民生活的比重上,该也不会轻于他们自身的愚昧保守罢?"①

由上而观,东北流亡作家群在战时的分流乃至聚合,虽然有着不可抗力的客观因素,但是我们也不能排除,由于作家在主观心理上对"双语"的不同调适方式,从而导致了作家的麇集或离散的可能性。譬如上海沦陷后,武汉失守,致使文化中心变异,曾经流亡/群聚上海、武汉的东北作家,也向延安、重庆、桂林疏散,形成战时中国的文化三角。时值1941年"皖南事变"前后,流亡在成都、重庆、桂林的萧军、蔡天心、罗峰、白朗、舒群历尽艰辛,辗转到延安,与先到的东北作家塞克、耿耕(张棣庚)、马加(白晓光)、雷加、黑丁、师田手、张仃、李雷、高阳、梁彦等聚合,形成延安时期的东北作家群。②

三 怀旧作为一种修辞

"双语"的文学形式尽管复杂,然而它仍然不离乡愁的情域。乡愁的情感内核是"怀旧",也就是对既往记忆的复述,"时过境迁"的记忆本质是时间与空间经验的提纯。因此,我们发现,在这些作品中,仍然存在着某种对于时空的相似相关的想象方式。并且由于东北作家的流亡笼罩着战争阴霾,战争所带来的生灵涂炭、国破家亡以及自我的颠沛流徙都使得作家对于生命的体认尤为强烈。可以说,东北流亡作家的乡愁是极具生命感的时空想象方式。具体而言,生死两极是作家透视生命本体的两个时间基点,"故土"至"领土"的空间转义是将生命赋予国族意义的主要方式。

---

① 茅盾:《萧红的小说——〈呼兰河传〉》,《图书》(上海《文汇报》副刊)1946年第24期。

② 参见沈卫威《延安时期的东北作家群》,《辽宁师范大学学报》1987年第1期。

重在启蒙的"乡愁小说"侧重在生死的时间链条上去体察生命，以怀旧的方式将过去的生命记忆与现在的生存形态并置对比，在本体论的意义上阐释二者的关联，甚至在时间的逻辑上推演未来生命的可能性结局。战争使一部分作家强烈地感受到生死之须臾、生死之无常。在萧红的"乡愁小说"中，故乡就是一个"生死场"。作家凝视着生死瞬间生命的脆弱与荒谬。在婴儿出世的一刻，"窗外墙根下，不知谁家的猪也正在生小猪"。[①] 同时作品中也充斥了无数的死亡……杀婴、绝症、战争，以及瘟疫。人的生育与动物的繁殖并置矮化了人的生命的优越感，消解了生育/生命的崇高感。也就是说，人类与牲畜的生死只是生物意义上的繁殖与死亡，"生"的欢欣、"死"的悲伤被一并抹去了。于是，生死都是无关痛痒的麻木的生物现象。自然，无论是生日或死期，这些时间点都是荒谬而无意义的。在对生命在生死"一刻"重新体验之后，作家逐步将生命起点与终点的无意义感延伸至"四月的季节"、"十年前"。

> 十年前村中的山、山下的小河，而今依旧十年前，河水静静的在流，山坡随着季节而更换衣裳；大片的村庄生死轮回着和十年前一样。
>
> （萧红：《生死场》[②]）

在此"十年"作为一个时间能指又被无意义地重复，从而成为永远、永恒的时间所指。"十年"的周而复始与生命的生死轮回形成无意义的价值同构，人的生命过程就是和动物一起"忙着生，忙着死"。[③] 由此作者完成了由生命"一刻"追索"一生"意义之目的，作品的启蒙意味得以生成。萧红的生命体验已经超出了生命个体的物质形态（身体）本身，而是走向了对整个人类终极命运的关怀，以至于有学者认为"作者从女性身体出发，建立了一个特定的观察民族兴亡的角度，这一角度使得女

[①] 萧红：《生死场》，载《萧红全集：呼兰河传——长篇小说（一）》，凤凰出版社 2010 年版，第 56 页。
[②] 同上书，第 73 页。
[③] 同上书，第 56 页。

性的'身体'作为一个意义生产的场所和民族国家的空间之间有了激烈的交叉和冲突"①。同样是注目于生死之间的时间感,有的作家则关注于生命的实践所形成的人类活动进程的时间间隔。也就是将个人的生死与家族的存亡、民族的兴衰在时间上建立起必然的逻辑关系,进而赋予家族、民族以生命感;赋予时间、生命以历史感,并希冀以史为鉴使生命在有限的时间中获得永恒的意义。如端木蕻良的《科尔沁旗草原》中,丁宁是丁家由盛而衰的时间谱系中一个无奈的休止符,丁家当年的显赫构成往昔的时间向度,丁宁的理想憧憬指向未来。过去与将来同时在当下的生命——丁宁的身上交汇,过去与未来彼此激烈冲击、撕扯着当下的生命历程。丁宁的生命实践所形成的时间,既有过去的精神沉积又有着对未来时光的开垦,丁宁的生命成为具有历史感的生命形态,于是端木试图通过这个生命的时间窗口去追问土地的历史,"我活着好像是专门为了写出土地的历史而来的"②。同样骆宾基的《姜步畏家史》、萧军的《第三代》也都具有类似从时间的维度去体察生命的观察视角。于是,作家完成了从生命时间的重新体认,追索人类终极价值,致力于民族精神启蒙的演绎路径。怀旧最终升华为东北流亡作家群乡愁想象的现代因子,"乡愁小说"也成为中国文学现代转型的情感写真。

　　作家不仅注目于生死的两极,而且以拓展空间的方式,将生命纳入到国家这个宏大的民族精神空间中,赋予生命以阶级、国家属性,使之获得一种更为崇高的生命意义——拯救国家。狭义的"家"拓展为广义的"国家"概念,"故土"转义为"领土",生之命与国之运在民族共同想象的逻辑层面得到了统一。

　　"怀旧——英文词汇 nostalgia 来自两个希腊语词,nostos(返乡)和 algia(怀想),是对于某个不再存在或者从来就没有过的家园的向往。"③因此怀旧直接与流亡作家对"家"(精神空间)的强烈渴望相关。但是当战争捣毁了个体的家园时,流亡中的作家对家与故乡、国家的关系,有

---

① 刘禾:《重返〈生死场〉:妇女与民族国家》,载李小江、朱虹、董秀玉主编《性别与中国》,生活・读书・新知三联书店1994年版,第68页。
② 端木蕻良:《我的创作经验》,《万象》1944年第4卷第5期。
③ [美]斯维特兰娜・博伊姆(Boym S.):《怀旧的未来》,杨德友译,译林出版社2010年版,第2页。

了进一步切身的体会。于是在他们的乡愁中，怀旧绝不仅仅是回到故园那么简单，而是试图为流亡的生命重新构建一个更广泛意义上的庇护之所。在这个层面上生命不仅与故乡还与国家构成相互依存的关系，"皮之不存，毛将焉附"成为生命与国/家关系的生动譬喻。于是，在救亡的理性辐射之下故土/家的丧失被重塑为领土/国的沦陷。在《八月的乡村》中，在战争的阴霾下，飘浮的白云逐步变幻成一幅地图。

> 只是天西的云，被太阳燃烧着一样，云团分布着，形成一幅地图——两处云团伸长的尖对着，在两处尖对云团的环抱里面，还是海一般的天空。那象渤海湾，从上面探下的那样子正象辽东半岛，由下面伸向右上面的，那样子似山东半岛，沿岸全浸透在燃烧里。
>
> （萧军：《八月的乡村》①）

在此"燃烧的云朵"所构成的地图超越了一个具象的故土认知，并逐步上升为一个抽象的"领土"概念。于是"家"作为空间的私人性被剥离，从而形成"国家"这个更宽泛意义上的带有"家"的色彩的公共性政治空间。在这样一个空间中，对生命的重新审视就不能仅仅立足于生命本体的观照，更需要给生命赋予一个公共性的身份表述。于是，生命的个性逐渐模糊，集体性指称渐趋明确，即以"国"来修饰限定生命的身份归属，因此"人"被中国人、亡国奴、中国鬼等替代。"我是中国人……我要中国旗子，我不当亡国奴，生是中国人，死是中国鬼……不……不是亡……亡国奴……"② 最终，生命与空间的关系以"天下兴亡，匹夫有责"的仪式完成了合法诠释。个体生命的生死被放大为民族、国家的存亡，作品由此生成了"明道救世、抗日救亡"的理性诉求。在故土到领土的转义中，乡愁成为"国仇"，并成为构建民族想象共同体的一种叙事方式。

东北流亡作家的流亡乡愁是在战争语境中对生命的重温。其个别作

---

① 萧军：《八月的乡村》，人民文学出版社1980年版，第165页。
② 萧红：《生死场》，载《萧红全集：呼兰河传——长篇小说（一）》，凤凰出版社2010年版，第89页。

家的创作其实已经超越了战争、民族主义的范畴，而且触及了更为深广的人性问题。譬如，萧红对人的终极问题的追索、端木蕻良对人类集体无意识的关注、骆宾基对战争中人性温暖的忆述。可以说，东北流亡作家群的创作与其放置于抗战的语境中解读，毋宁将之视为一种致礼生命的文学想象。力图呈现这种生命感的"双语"形态凸显了在战争语境与集体话语的挟持下，作家对于个体生命意识表达的窘迫。诚然，文本的"双语"形态并不限于东北流亡者，譬如，三十年代左翼作家创作的复杂性，京派作家在辗转流徙中的创作多面性等。只不过，东北流亡作家群的创作，使我们尤其感到在战争——被动的现代化——的过程中，中国文学现代转型的艰难罢了。

第三节 "卧游故乡"：京派小说的故乡重绘

一 "卧游"故乡

如果说东北流亡作家群的时空流动是被动的话，那么二十世纪三十年代所谓京派作家回溯故乡的方式则多是主动的。他们中的多数人没有亲身经历家园毁于战火的苦难，他们离开故土到异域他乡的初衷，大都与故乡陈腐的宗法制度对个人自由的压制、束缚相关。主动出走去寻找爱情、自由与尊严或出国留洋去探求真理是多数京派作家早年离乡的主因。

他们中的相当一部分人是最早的一代"北漂"、"海归"。在二十世纪三十年代初政治、社会和文化的巨大变动中，他们"侨寓"在全国高等学府、文化机构集聚的北平，没有稳定生活和固定的居所，以北大红楼为中心形成了一个貌似松散，实则相对紧密的社交圈、文化圈。据沈从文回忆，当年迁居沙滩附近的"搞文学的朋友"就包括胡也频、刘梦苇、冯至、黎锦明、王辛三、陈炜谟、赵其文、蹇先艾、陈翔鹤等人。然而虽有同道中人的互勉，但是寓居北平的艰难以及对未来前途的茫然，还是让沈从文在"窄而霉小斋""深一层认识到，生长于大都市的翔鹤，出于性情上的熏染，受陶渊明、嵇康作品中反映的洒脱离俗影响实以较深；和我来自乡下，虽不喜欢城市却并不厌恶城市，入城虽再久又永远还像乡巴佬的情形，心情上似同实异的差别"①。沈从文的话应该算是"京派"作家心境的代表。沈从文与陈翔鹤的比较虽是自嘲，其实中间多少还是有点自卑的味道，不难看出，对于这个"乡巴佬"的身份，他们大都还是有着一些并不情愿，却又无可奈何的意味。所以，他们再也不愿回到令人窒息的故乡，即使他们并不喜欢城市，但是在心理上还不至于不能接受。随着近代工业文明的兴起、城市文化的繁荣，城乡文化伦理的冲突不可避免。这促使身居城市的"京派文人"在沐浴着城市的现代喧嚣时，总是一次次冥想着故乡的恬静。沈从文说："一切光景过分的幽美，会使人反而从这光景中忧愁。我如此，远也正如此。我们不能不去听那类乎魔笛的歌，我们也不能不有点儿念到渐渐远去的乡下所有各样的亲爱东西。这样歌，就是载着我们年青人离开家乡向另一个世界找寻知识希望的送别挽歌！"②

不想居于异乡却又不愿回归故乡，如何既在现实中享受现代工业文明的成果，又能在精神上得到故乡澄澈山水的慰藉？"卧游"使得二者兼得成为一种可能。"卧游"是中国绘画创作常用的方法，南宋时李公麟同乡的李姓画家所作《潇湘卧游图卷》用的就是这种方法。相传南宋的云谷禅师云游四海之后，隐居于浙江吴兴的金斗山中，想到自己尚未踏足的潇湘感到十分遗憾，于是请一位姓李的画家替他绘出山水美景，将画挂于房中，躺于床榻之上，就能欣赏美景，故称"潇湘卧游"。三十年代的京派作家似乎同时在中国古典绘画的技法中找到了亲近故乡的方式。虽然现实的拘囿使得他们不能遽然回乡，但是他们照样能在书桌前"神游"故土而乐此不疲。不过，与东北作家流徙逃亡的时空流动不同，他们的时空转移显得相对稳定得多。他乡是现实的时空经验，而故乡多是虚构。现实与虚构之间的时空流转实则就是一种精神漫游。更为重要的是，流亡的时空经验充满了无助、惊恐与苦难，而卧游的精神之旅则显得从容、洒脱而逍遥。因此，在东北作家群中普遍存在的异域的紧张感、

---

① 沈从文：《忆翔鹤——二十年代前期同在北京我们一段生活的点点滴滴》，载张兆和编《沈从文全集》（第12卷），北岳文艺出版社2002年版，第254、257、258页。

② 沈从文：《船上岸上》，载张兆和编《沈从文全集》（第2卷），北岳文艺出版社2002年版，第12页。

故土认知的苦难意识，以及迫于语境而调整写作策略的"双语型式"在京派作家中是难以觅到的。因为，他们要追寻的是曾经失去的故土慰藉，所以"卧游"而至的故乡时空则是梦幻的、神性的，甚至近乎是一种"独语"。

那么，"卧游"的精神回溯会带给我们怎样的故土风貌呢？我们都有这样的经验，当我们回忆起若干年前发生的事情时，大多是一些片段式的图景。譬如，村前小河里的嬉戏，母亲灯下的缝补等。也就是说，当作家如同画家一样著笔描绘他心中的故乡时，总有一些感觉强烈的时空经验跃然浮现在他的眼前，这种少数"强烈经验"的复现反倒使得多数关于故乡的记忆变得模糊起来了。譬如，湘西的那条河、黄梅的竹林、果园城里的果园、梦之谷中"银亮着一片黄昏的海"……然而也许正因为其明亮而遮蔽了我们的眼睛，这就好比是光照在物体上必然会留下影子一样。因此，"卧游"所至的故乡虚构空间实际上都是一些破碎的、或明或暗的时空碎片。对于京派作家而言，这并不会对他们追忆故乡构成困扰，因为他们本来就无意要呈现出连贯、整体的故乡影像，况且故乡已然阔别多年，也不可能对故乡进行事无巨细的描摹。因此，他们所希望的就是要抓住那转瞬即逝的记忆亮点。那么，他们会采取怎样的艺术手段来将这些之于故乡的"强烈经验"鲜明地呈现出来呢？这仍要从"卧游"这一中国绘画创作技法的精髓来谈。

二 "以心观景"

就中国绘画的创作技法而言，"卧游"的本质是"以心观景"，这是画家观察事物的重要原则。这就像我们在日常生活中观察事物一样，看到的东西往往是"见心之所见"，与自己的兴趣无关的往往被有意无意地忽视了。中国画家在选择艺术创作材料时，也是要进行艺术的取舍，如此一来，物象主体才明确、突出，给受众的印象才能深刻、清晰，所谓"触目横斜千万朵，赏心只有两三枝"、"大道至简"就是这个道理。再者，"以心观景"讲究的是"写意"，也就是对客观事物观察熟悉后，经过画家主观的概括、分析、提炼形成意象，然后进行艺术加工，所谓"遗貌取神"、"外师造化，中得心源"是也。因此画家的创作是浸染了较为浓厚的个人化色彩的，一幅画作可以说是画家以心观景、以心思物、应物象形的主客观交互作用的产物。这种创作方式能够给予画家充分的创作空间，他们可以不受视点、视域的限制，"竖划三寸，当千仞之高；横墨数尺，体百里之迥"①。文学艺术同样概莫能外，在三十年代所谓京派作家的创作中，我们同样可以发现类似绘画"以心观景"的艺术技法所留下的蛛丝马迹。

且看沈从文《边城》的开篇用笔就极其简括、传神。

>由四川过湖南去，靠东有一条官路。这官路将近湘西边境到了一个地方名为"茶峒"的小山城时，有一小溪，溪边有座白色小塔，塔下住了一户单独的人家。这人家只一个老人，一个女孩子，一只黄狗。
>
>（沈从文：《边城》②）

此处连用了七个"一"：一条路、一座城、一道溪、一座塔、一户人家、一个老人、一个女孩儿、一只黄狗。这七样事物通过"靠东"、"边"、"下"等方位词语的逻辑关联，又彼此相互紧密地联系在一起，构成了"故乡"的时空。"一"是个颇耐人寻味的数词，它看似最小，实则最大。"一"不仅有"一个"、"单一"的意思，也可表示"整体"、"整个"的概念。从"一个"的数量意义上说，沈从文删繁就简，择选的是构成故乡时空的基本要素。山、水构成了故乡的自然空间的框架，"小山城"即是依山傍水而形成的人居空间，这样一来"边城"实际上已经被赋予了造化自然的天然之美。而"塔"在一定意义上我们可以把它理解为一种"信仰符号"，这就又开拓出了故乡众生的精神空间，故乡也因之有了几分"神性"之美。而循着"溪边"、"塔下"的指引出现在读者面前的"一户人家"中的人（老幼）、畜（黄狗）则使得故乡的图卷"活"了起来，故乡充满了生命感。从以上分析来说，我们可以感到，沈从文

---

① （南朝宋）宗炳、王微：《画山水序 叙画》，陈传席译解，人民美术出版社1985年版，第5页。

② 沈从文：《边城》，载张兆和编《沈从文全集》（第8卷），北岳文艺出版社2002年版，第61页。

正是通过数量上的"单一",从而达到画面的简洁,并将这种简洁修饰于"人"、"物"之上,从而使得故乡的风物人情都有了一种意境的澄澈与纯净之感。从"整体"这个集体概念上来讲,我们甚至可以揣测"一"还具有"原初"、"太初"之意,而"道生一,一生二,二生三,三生万物,万物负阴而抱阳,冲气以为和"①,与"天人合一"在哲学意念上又有着某些偶合。于是我们似可感到,沈从文"一"字勾勒的故乡时空实际上有着"精神原乡"的意味,他是把这种近乎天然、神性,富有强健的生命力的故乡作为他供奉"人性"的"希腊小庙"。也许以上有"过度阐释"之嫌,然而不可否认的是,沈从文如此遣词造句绝非信手拈来。我们知道,1934年1月,沈从文离乡十余年后返回家乡,返京后随即开始继续小说《边城》的写作。② 笔者以为,当一位作家有着强烈的创作冲动时,总是迫切地想把自己纷繁的情绪以最为精简的语言来表达。这就要求作家将诸般复杂信息提炼加工,从而要言不烦地对客观事物作准确的把握。那么,当侨寓在北平西城达子营的沈从文无法再次踏上故乡凤凰的石板路做一次田野调查时,又该怎样精准地写出故乡之魂呢?"卧游"以一种"形而上"的时空流动方式实现了这种可能。也就是说,作家正是依循"官道"、"小城"、"小溪"、"白塔"这些还乡(幻想)之旅的路标,才最终将自我的乡愁安放在了"翠翠"(人性)的身上。"卧游"要求作家精心挑选印象最为深刻、感受最为深切的景物,这就不可避免地要进行艺术的取舍,一切同义重复的皆可删除,并且要"以一当十"地凝练对象,力求传神。这对在书画和古典文学方面颇有造诣的沈从文而言,想来并非难事。③ 譬如,在谈到徐志摩《巴黎的鳞爪》时,沈从文就对徐志摩"用极经济篇章"写出巴黎的繁华赞赏有加:

  在写作上想到下笔的便利,是以"我"为主,就官能感觉和印象温习来写随笔。或向内写心,或向外写物,或内外兼写,由心及

---

① (魏)王弼注,楼宇烈校:《老子道德经注》,中华书局2011年版,第120页。
② 吴世勇:《沈从文年谱》,天津人民出版社2006年版,第145—162页。
③ 1921年沈从文投奔颇有改革精神的湘西王陈渠珍,任军部书记,得以初识大量中国书画艺术,并在三姨爷聂仁德指导下,学习了大量中国传统典籍。参见吴世勇《沈从文年谱》,天津人民出版社2006年版,第14、15页。

物由物及心混成一片。方法上富于变化，包含多，体裁上更不拘文格文式。可以取例作参考的，现代作家中，徐志摩作品似乎最相宜。

……

对自然的感印下笔还容易，文字清而新，能凝眸动静光色，写下来即令人得到一种柔美印象。难的是对都市光景的捕捉，用极经济篇章，写一个繁华动荡、建筑物高耸、人群交流的都市。文字也俨然具建筑性，具流动性。如写巴黎。

（沈从文：《习作举例》①）

在这几段话中，沈从文将中国绘画"以心观景"的创作原理与文学写作技巧巧妙结合起来，强调的是以"我"为主、"由心及物"、"由物及心"，"物""心"交融的意境营造。而"由心及物"、"由物及心"的艺术心理正是"卧游"的虚构使然。通过"卧游"的虚构时空流动，自然不取客观现实的描摹，而用意在强调"神似"的意趣。这样，我们看到，"卧游"的故乡多少都带了些"符号化"的意味，作家言说乡愁的方式是"一种以把握对象的整体性特征为目标的古朴系统思维，表现为注重自然和谐、习惯于融会贯通，不从局部、细节上把握事物"②。这一点可以与明代张岱的《湖心亭看雪》的艺术技法等量齐观。选自《陶庵梦忆》的《湖心亭看雪》是张岱的代表作。文章写湖心雪景，抓住视觉中最突出的印象特征，以"长堤一痕，湖心亭一点，与余舟一芥，舟中人两三粒"③写出西湖神韵。文中"一痕"、"一点"、"一芥"、"两三粒"，生新灵动，点缀画面，映衬出雪野茫茫、万籁俱寂的意境。张岱在《石匮书自序》中曾谈及对文章写作的追求："不苟袭一字，不轻下一笔，银钩铁勒，简练之手，出以生涩。至其论赞，则淡淡数语，非颊上三毫，则睛中一画，墨汁斗许，亦将安所用之也。"④ 讲求简洁生动，凝练传神，诚为

---

① 本文发表于1940年8月16日《国文月刊》创刊号，为总题"习作举例"第一篇，署名沈从文。"习作举例"系列文章是作者担任西南联合大学师范学院"个体文习作"课程时，在语体组班上所用的讲义。同样性质的讲稿计10篇，在《国文月刊》上共发表3篇。
② 赖力行：《中国古代文学批评学》，华中师范大学出版社1998年版，第97页。
③ （明）张岱：《陶庵梦忆》，上海古籍出版社1982年版，第22页。
④ （明）张岱：《琅嬛文集》，岳麓书社1985年版，第17页。

点睛传神之笔。无怪乎友人祁彪佳在《西湖梦寻·序》中称许张岱之文"其一种空灵晶映之气,寻其笔墨又一无所有"①。张岱"阔别西湖二十八载",梦寻西湖,沈从文离家十余年,卧游"边城",古今文人在乡愁的情感层面来了一次时空"穿越"。这种讲究"以一当十"凸显作品意境的审美追求,并不限于沈从文,周作人就曾赞许"文坛上也有做得流畅或华丽的文章的小说家,但废名君那样简练的却很不多见"②。这看似偶然,实则也是一种必然。因为,中国文化的根脉并不会随着时间的流逝而消亡。

以"卧游"之法造成虚构的时空流动,进而以极精简的笔墨来为乡愁书写营构意境,使小说呈现出空灵与凝重并置的艺术风格。恰如刘西渭所说:"他在写一个文人学者内心的情态,犹如在《边城》之中,不是分析出来的,而是四面八方烘染出来的。……利用外在烘染内在,是作者一种本领,《边城》和《八骏图》同样得到完美的使用。"③

三 重绘故乡

"以心观景"的"卧游"之乡毕竟还是京派作家的愿景,其实他们心里也很明白这种梦乡的不切实情。沈从文就曾谈到这种"梦"与"现实"的关系。他说:

> 个人只把小说看成是"用文字很恰当记录下来的人事",这定义说它简单也并不十分简单。因为既然是人事,就容许包含了两个部分:一是社会现象,即是说人与人相互之间的种种关系;二是梦的现象,即是说人的心或意识的单独种种活动。单是第一部分不大够,它太容易成为日常报纸记事。单是第二部分也不够,它又容易成为诗歌。必需把"现实"和"梦"两种成分相混合,用语言文字来好好装饰、剪裁,处理得极其恰当,方可望成为一个小说。
>
> (沈从文:《小说作者和读者》④)

---

① (明)张岱:《西湖梦寻》,中华书局2011年版,第252页。
② 周作人:《桃园·跋》,载废名《桃园》,开明书店1930年版,第149页。
③ 刘西渭:《〈边城〉与〈八骏图〉》,《文学季刊》(北平)1935年第2卷第3期。
④ 沈从文:《小说作者和读者》,载张兆和编《沈从文全集》(第12卷),北岳文艺出版社2002年版,第65页。

如果说故乡"边城"是作家的梦乡的话,那么现实的湘西又是怎么一副模样呢?"湘西是个苗区,同时又是个匪区。妇人多会放蛊,男人特别欢喜杀人。"这里"地方文化水平极低,土地极贫瘠,人民蛮横而又十分愚蠢"。你"若眼福好,必有机会见到一群死尸在公路上行走,汽车近身时,还知道避让路旁,完全同活人一样!"[①] 湘西的"现实"与"梦"的差异不容回避。那么,如何在作品中弥合"现实"与"梦"的沟壑?沈从文给出的答案是"人性"。小说"必需以'人性'作为准则"。所谓"人性",就是"在时间和空间两方面都'共通处多差别处少'的共通人性"[②]。"共通人性"的被漠视或不可复得成了作家的乡愁。不过,沈从文模糊了时间的起讫、空间的边界,使乡愁成为历史和人的意识深层的文化密码,最终乡愁脱离了个人化的情感印痕,而成为民族的精神胎记。从这个视角考察,京派作家的"乡愁小说"中的"卧游"之乡与现实之乡的时空差异对比,实则为作家自己以及读者,提供了一个切入文化问题的途径:文化价值、文化延续以及文化身份的建构。然而沈从文是寂寞的,

> 沈先生的重造民族品德的思想,不知道为什么,多年来不被理解。"我作品能够在市场上流行,实际上近于买椟还珠,你们能欣赏我故事的清新,照例那作品背后蕴藏的热情却忽略了,你们能欣赏我文字的朴实,照例那作品背后隐伏的悲痛也忽略了。""寄意寒星荃不察",沈先生不能不感到寂寞。他的散文里一再提到屈原,不是偶然的。
>
> (汪曾祺:《沈从文的寂寞》[③])

---

① 沈从文:《〈湘西〉·引子》,载张兆和编《沈从文全集》(第11卷),北岳文艺出版社2002年版,第334页。
② 沈从文:《小说作者和读者》,载张兆和编《沈从文全集》(第12卷),北岳文艺出版社2002年版,第68页。
③ 汪曾祺:《沈从文的寂寞》,载《汪曾祺全集》(第3卷),北京师范大学出版社1998年版,第260页。

对沈从文的误解应该得到原宥，毕竟他的故乡之梦着实编织得太美妙了。这种美妙就在于故乡风景的"写意"与象征，正如达比所说，"人们在重要而富有象征意义的风景区休闲，以此建构自己的身份"①。而沈从文等大多数的京派作家也正是在现实的故乡与"卧游"故乡的差异风景中，来寻找和建构自己身份的。

"乡下人"是京派作家常常挂在嘴边的自喻。京派作家中自称是"乡下人"的不在少数，向培良的笔名就是"乡下人"，师陀、老向……都抢着把"乡下人"作为自己的金字招牌。然而大多居于北平，从事着体面工作，一不用种田，二不用纺花的京派作家，何谓"乡下人"？是京派作家矫情，还是有什么难言之隐？从前述沈从文对客居北平"窄而霉小斋"的回忆文字不难看出，"乡下人"不过是客居城市的异乡人的某种慰藉。在城市却自称"乡下人"，这些城里人或"准城里人"无非是有意拿"乡下人"的名号来对抗某种压迫。譬如，在萧乾《篱下集·题记》中，沈从文就不厌其烦地声明，这些都是"乡下人的意见"，言外之意似与城里人的意见不同。甚至，他们虽然"不忍把他们赤裸裸地摆出去示众"，但也要把自己看见的"弱点与缺陷""指给大家看"。② 可见，"乡下人"成为了沈从文们的一种文化身份与价值准则。这与西方"从19世纪20年代起，中产阶级'视宁静的农田为民族身份的代名词'（海明威1992：298）"③的思潮如出一辙。"乡下人"成为了京派作家针对"日益汹涌的分裂潜流和范围深广的社会动荡的各种表现的反驳"④，这是重构故乡的一条重要途径。

除却"乡下人"的自比，"京派"的文学身份也给予了他们另一种重构故乡的方式，即以文化观照的方式，来重建乡土中国的审美原则。曹聚仁就说："'京派'和'海派'本来是中国戏剧上的名词，京派不妨说

---

① ［英］达比（Darby, W. J.）：《风景与认同：英国民族与阶级地理》，张箭飞、赵红英译，译林出版社2011年版，第1页。

② 师陀：《野鸟集·前言》，文化生活出版社1938年版。

③ ［英］达比（Darby, W. J.）：《风景与认同：英国民族与阶级地理》，张箭飞、赵红英译，译林出版社2011年版，第128页。

④ 同上。

是古典的，海派也不妨说是浪漫的；京派如大家闺秀，海派则如摩登女郎。"① 1931年梁宗岱在给徐志摩的信中写道："我五六年来，几乎无日不和欧洲底大诗人和思想家过活，可是每次回到中国诗来，总无异于回到风光明媚的故乡，岂止，简直如发现了一个'芳草鲜美，落英缤纷'的桃源，一般地新鲜，一般地使你惊喜，使你销魂。"② 在某种程度上说，西方文明尤其是近代带有西方色彩的城市文明在京派文人看来，多少都显得有点不够"正宗"。"中国现在所切要的是一种新的自由与新的节制，去建造中国的新文明，也就是复兴千年前的旧文明，也就是与西方文化的基础之希腊文明相合一了。……舍此中国别无得救之道"③，这才是他们的文学理想。他们就是要从传统文化的根脉中去探求重建民族精神的路径。但是他们同时又对传统文化有所警觉，李健吾就声称："我回避那不健康的名士的性灵，我害怕那不严肃的个性的发扬。我走上了一条峻崄的栈道，一条未尝不是孤独的山道，我或将永远陷于阴暗的角落，星光只有我贫窭的理智和我小小的心。"④ 由此而观，京派的文化改造是在中国传统诗学与西方现代美学的场域内来进行的。需要指出的是，他们并非是书斋式的文化保守主义者。面对传统的审美标准，他们既亲睦又有意疏离，这是他们真实的文化困境，但是这并不能得到所谓"革命文学"阵营的理解。胡风就此批评道："所谓'京派'文人底生活大概是很'雅'的，或者在夕阳道上得得地骑着驴子到西山去看垂死的落日，听古松作龙吟或白杨底萧萧声，或者站在北海底高塔上望着层叠起伏的街树和屋顶做梦，或者到天坛上去看凉月……"⑤ 而北方的船民生活则是他们"看不到的世界"。京派作家果真看不到，还是胡风们不能理解这种基于本民族文化的内省？京派作家是想给老旧的中国来个"内科手术"。文学就是手术刀，不是"玩具"，是"一根杠杆，一个炸雷，一种符咒"，因

---

① 曹聚仁：《京派与海派》，载曹聚仁《笔端》，天马书店1935年版，第184—185页。
② 梁宗岱：《论诗》，载《梁宗岱批评文集》，珠海出版社1998年版，第20页。
③ 周作人：《生活之艺术》，《语丝》1924年第1期。
④ 李健吾：《〈以身作则〉后记》，载《李健吾批评文集》，珠海出版社1998年版，第102页。
⑤ 胡风：《〈蜈蚣船〉——"京派"看不到的世界》，载《胡风评论集》（上），人民文学出版社1984年版，第139页。

为"它影响到社会组织上的变动,恶习气的扫除,以及人生观的再造"[①]。他们所做的近似于一种"保守治疗",不是武断地否定,而是"扬弃"。他们致力于打破对于传统文化要么"抱残守阙,要不然就一笔勾销"的怪圈,以"超利害性"和"无私性"的科学精神来对待自己的文化系统。[②]

在京派作家为我们描绘的斑驳光影中,一个个带着几分"土气",有着几分"贵族气"的"乡下人"在故乡与他乡之间步履匆匆,他们在寻找回家的路。故乡在哪里?京派作家一闭眼,就踏上了归乡的路了。在来来往往的"卧游"之途中,"京派"的作家指指点点,他们温婉的笔刺痛的不仅是城市,还有他们深爱的故乡。然而最痛的恐怕是他们自己的心。京派作家不属于"京",他们只是"侨寓者",同样他们也不属于故乡,因为他们已经回不去了,城市文明的熏染明白地告诉他们"此路不通",因此,他们成了"边际人"[③]。还是"卧游"吧!好歹还能在梦乡找回点失去的东西。但是一睁眼,一切曾经寻得的东西又烟消云散了。因此,乡愁又来了,他们只能拿起笔写下他们在这个时代的精神备忘录,不仅是怀旧,还关乎他们自己,以及这个民族的未来。

小　结

中国现代"乡愁小说"的时空问题,实际上触及的是小说的形式问题。就小说这种叙事文体而言,线性的叙述体现为小说的时间性,而情节则是叙述事件链条上一种"叙述空间"的拓展。而"乡愁小说"中的"剧场"空间设置、"对位虚构"其实质都是一种空间的差异设计,而这又是包含在往昔差异向度的时间之流里的。而"乡愁"正是在时间、空

[①] 沈从文:《新文人与新文学》,载张兆和编《沈从文全集》(第17卷),北岳文艺出版社2002年版,第86页。

[②] 梁宗岱:《非古复古与科学精神》,载《梁宗岱批评文集》,珠海出版社1998年版,第205—208页。

[③] 参见叶南客《边际人——大过渡时代的转型人格》,上海人民出版社1996年版,第7—10页。

间的差异之间滋长，从而形成了一种矛盾统一的时空叙事形式。在这一形式中，空间的差异流转尤为重要。换言之，中国现代"乡愁小说"正是通过故乡与他乡的空间差异变迁来体现一种现代的时间感。这突出地表现在作品中情节的丰富性，以及小说线性叙事性的弱化这两个方面。作家的书写策略即是通过故人、故事的情节来塑造故乡，而非刻意要追求故事讲述的完整性与逻辑性，这在相对静止的故乡时空虚构中表现得比较突出。诚如约瑟夫·弗兰克所说："现代主义小说家都把他们的对象当作一个整体来表现，其对象的统一性不是存在于时间关系中，而是存在于空间关系中；正是这种统一的空间关系导致了空间形式的发生。"[1]

譬如，在相对静止的时空虚构下的故土重塑多是短篇小说。因为时空阈限的相对静止，使得作家难以动态地去形塑故乡的形态，那么故事叙述上的完整性与发展逻辑就受到损害。唯有将具体的人、事纳入到"典型"的时空，丰富其情节描写，方可在"典型"的美学意义上去呈现作品的时代和历史感。这恰如别林斯基在评论果戈理的中篇小说《塔拉斯·布尔巴》时所说，果戈理是"用勇敢而豪放的画笔写成的瑰丽的叙事诗，这关于幼年民族底英雄生活的明晰的素描，这足与荷马媲美的，装在狭小框子里的巨大的图画"[2]。"乡愁小说"中相对静止的时空虚构也有"狭小框子里的巨大的图画"的味道。只不过在"乡愁小说"中，故乡这个"狭小框子"里，与其说装的是巨大的图画，不如说盛满的是最浓烈的乡愁罢了。对此，胡适的论述很精彩，他说："短篇小说是用最经济的文学手段，描写事实中最精彩的一段，或一方面，而能使人充分满意的文章。……凡可以拉长演作章回小说的短篇，不是真正'短篇小说'；凡叙事不能畅尽，写情不能饱满的短篇，也不是真正'短篇小说'。"[3] 胡适强调的不仅仅是短篇小说"横截面"的形式问题，而是突出了短篇小说在叙事上的"畅尽"或抒情上的"饱满"。就"乡愁小说"

---

[1] [美]约瑟夫·弗兰克：《现代小说中的空间形式·译序》，秦林芳译，北京大学出版社1991年版，第Ⅱ页。

[2] [俄]别林斯基（В. Г. Белинский）：《别林斯基选集》（第1卷），满涛译，时代出版社1953年版，第246页。

[3] 胡适：《论短篇小说》，《新青年》1918年第4卷第5号。本文最初发表在《新青年》第4卷第5号，后收入《新文学大系》，两版本略有不同。

而言，就是最大限度地书写对故乡的情感。那么，从这一点来看，"乡愁小说"着力在时间与空间上的编织就不是无心点染，而确确实实是煞费苦心的艺术创造。

　　同样，时空流动中的乡愁书写也是在空间上做文章。这不限于现实的流动，虚拟的流动也概莫能外。流动的时空是通过空间的位移来体现时间感。也就是说，我们在这些"乡愁小说"中发现了一个个的空间，每个空间之间总是存在清晰或模糊的逻辑关联。这些空间从整体上构成了一种意识或情感的流动，而正是这种流动建构了时间的意识。当具有特定的时代特征的空间不断连缀在一起时，空间的流动链条也就具有了"历史感"。需要着重指出的是，这一链条的起点与终点都是故乡，乡愁不仅在于自始至终无尽循环的怅惘，而且在每个空间之间的间隙中滋长。譬如前面我们谈到城乡流动中的现代症候、战争中流亡所造成的"双语"以及京派作家神游故里的自我慰藉，都是乡愁在流动的差异空间内的书写方式。那么此时我们注意到，短篇小说似乎难以继任，因为相对恒定静止的时空确实难以长久地、动态地容纳人的精神情感的波动。因此时空流动中的乡愁书写主要以中篇或长篇小说为主。打个比方说，相对静止的故乡虚构下的"乡愁小说"形式就像一截树桩。在横截面上我们不仅可以测量树的直径、观察木质的纹理，还能辨识树的年轮，从而标示出它的历史刻度；而以时空流动来书写乡愁的"乡愁小说"则像一卷胶卷。在每一格底片上，我们不仅能够看到那个地方的环境、那个时代的风尚，以及那份难忘的记忆，而且当我们将胶卷不断拉长后，还能看到时代的变迁，生命的成长。

　　中国现代"乡愁小说"是一种具有差异性质的"时空体"，时空交错即是一种差异性的结构方式。也正因为时空的差异性状，才使得作家可以得心应手地使时空任意跳跃、颠倒，把现在、过去、将来、梦幻等不同时空单位复杂而巧妙地组合，也正是在差异时空之间的联系和对比中，中国人的价值生活与精神成长得到了有效的再现。

第三章

怀旧的现代书写

> 怀旧就是一种重复,它哀悼所有重复的非真实性,否定重复具有定义身份的能力。
>
> ——[美]斯图亚特(Susan Stewart)

时空经验不是一个孤立的、冰冷的时空知觉形态。当我们在谈到"经验"的时候,其实已经默认了它的个人化、能动性的本质特性。而经验的不断累积、重复又逐渐使得个别的经验最终生成为具有一般意义的人类情感,时空经验正是情感在时间和空间上的符号化。那么,从空间的横切面来谈,它可能更多地与个人化的成长经验相关;从时间的历时角度看,它或许更突出地呈现为集体的、民族的文化经验。

我们知道,时空及其变迁是现代中国人在社会现代转型中的必然阵痛,也是乡愁得以生发的充要条件。乡愁即是主体对时空及其变迁经验的主观情感化的产物。作为现代中国人的主观情感符号,乡愁与时空经验自然有紧密的对应关系。进一步说,文学作品中的乡愁也就是现代中国人将时空经验本质力量对象化的审美结果。从"愁"的情感品质来讲,感伤、纠结、不可自拔的负面心理活动的起因正是某种必要/重要东西的难以复得,于是才常常耿耿于"怀"。就乡愁而言,"故"乡的往昔向度将时空经验定格于挥之不去的"故"事,对"故"事(经验)的不可遏止的复述,即体现为对"故"土情怀难以忘"怀"的偎依感,即"怀旧"。这是乡愁的情感内核。

在现代社会日新月异的激烈变革中,难以把握当下的焦灼感愈加激发了人们怀旧的冲动。然而怀旧仅是一种手段却并非鹄的。传统思乡念旧所承载的皈依之感已经无法完全诠释他们在故乡与他乡间彷徨无地的无奈与两难。即便如此，怀旧依旧如一根永远扯不断的情线维系着一个个漂泊流浪的灵魂，这让他们多少还感到并非一无所依。在这个层面上说，怀旧所诉诸的故事（经验）的意义显然已经超越了记忆本身，尤其对于文学创作者而言，难以释"怀"的陈年旧事正是致礼当下、眺望未来的一个苍凉而温暖的手势，它是现代中国人精神成长的备忘录。诚如德里达所说："记忆是这样一种东西的名称，这种东西已经不只是转向现在三样式之一，即人们能够将其与现在的现在或将来的现在分离的过去的现在的一种心理'能力'。记忆投向将来，并构成现在的在场。"① 此时怀旧已不再是一种消遣式的精神旅行，而是现代人重温"故事"以期补偿内心某种"缺憾"或安全感的一种途径。那么，在这样的视角之下，怀旧的现代性也就体现为通过对既往"缺席"的追溯，来确认当下"在场"的能动性及未来"在场"的前瞻性。

然而试图解码怀旧的现代书写形式的路径仍需要借由"情感结构"（structure of feeling）的本体论视角。"情感结构"代表在一个历史情境里，主体经由公、私生活的律动，对现实赋予意义，并将此意义体现于感官与感性形式的过程。② 怀旧的现代书写正是主体在现代语境中，以主观情感投射来对现实赋予意义的感性过程（形式）。就乡愁中的怀旧而言，它恰如一个古旧的瓷瓶。纯净、洁白的泥胎是底层无意识的精神原乡记忆，这是怀旧的底色，它并不因为现代性的侵入而消亡。在这一底色之上的女性意识觉醒、主体意识萌发则是怀旧的"情感结构"中主要的现代因子，这恰如粉彩、青花不过是胎体之上的历史釉色一样。而这仍旧不能离开时空经验的考证，因为"怀旧是在时间上图示空间，在空间上图示时间，阻碍主体和客体之间的区分。它有亚努斯神的前后两张脸，就像一把双刃剑。为了挖掘出怀旧的碎片，需要一种记忆与地点的双重的考古学，有关幻想与实际操作的双重的历史"③。

---

① ［法］雅克·德里达（Jacques Derrida）：《多义的记忆——为保罗·德曼而作》，蒋梓骅译，中央编译出版社1999年版，第68页。
② Raymond Williams：*Marxism and Literature*, Oxford University Press, 1977, p. 131.
③ ［美］斯维特兰娜·博伊姆（Boym S.）：《怀旧的未来》（导言），杨德友译，译林出版社2010年版，第7页。

第一节　怀旧中精神原乡的追忆

"原乡"是个可以与故乡对应，却又异质于故乡的概念。通俗点讲，故乡是一个实实在在可以抚触的物质空间，而原乡则倚重于族群文化根源的"故土"。台湾、港澳文学及海外华文文学中的原乡意识某种意义上更接近于一种"大陆经验"，或者类似"中原"、"汉人"等"华裔"身份的认同与想象。这里的"大陆"、"中原"等地缘名称是文化层面的，但也不排除政治意识形态的指涉。这一点在台海地缘政治的现实割裂状态下，尤其突出地表现在当时及其后的乡愁文学中。在台湾现代"乡愁小说"中的"原乡"认同是随时空、政治、社会等因素不断变化、衍生、扩张的有机概念。"原乡"本是渡黑水沟、跨咸水迁移来台的客家人对"中国"故乡的称呼。它最早成为具备有更复杂的文化意义的词语，是因为日治时期作家钟理和的著名短篇小说《原乡人》。然而此处所谈的怀旧中的精神原乡与前述原乡的内涵是有差异的。首先，笔者的研究视域集中在共和国成立之前的中国现代"乡愁小说"的创作，从历史的角度看，并不存在现实的地缘政治的割裂问题，自然所谓"大陆经验"更是无从谈起了。其次，既然原乡是超越地域性的、族群根源的文化基因，那么在这里笔者所探讨的怀旧中的原乡就与政治是疏离的，或者说它更接近于一种普世的人伦价值，这与前面谈到的台湾、港澳文学及海外华文文学中的原乡意识也是有差异的。更准确地去表述的话，此处所论的原乡应该是一种原乡精神。因为虽然"原乡"的内容是无法复制的，但其精神是可以接续的。

而承载这种精神情感的总还是那些他们再熟悉不过的故土风物。故乡的山川河流、草木鱼虫就是他们梦回乡土，循迹原乡的精神路标。无论这些景物所蕴含的情感还是象征的诗意，都无法逾越被赋予母性、神性与拥有无穷无限力量的地母。尽管人类在形式上试图挣脱大地的束缚，但任何一个漂泊他乡的游子都无法彻底斩断魂牵土地的精神脐带。

一　寻找属于原乡的感动

精神流浪的现代文人对故乡的回眸难掩对家的依恋。感动首先自家园始：

> 吾家门外有青桐一株，高可三十尺，每岁实如繁星，儿童掷石落桐子，往往飞入书窗中，时或正击吾案，一石入，吾师秃先生辄走出斥之。桐叶径大盈尺，受夏日微瘁，得夜气而苏，如人舒其掌。家之阍人王叟，时汲水沃地去暑热，或掇破几椅，持烟筒，与李妪谈故事，每月落参横，仅见烟斗中一星火，而谈犹弗止。
>
> （鲁迅：《怀旧》①）

鲁迅创作于1913年的《怀旧》开篇便是一幅恬静的家园图画。门外高大的青桐，孩童顽皮的恶作剧以及阍人、老妪深夜闲谈不愿速归的怡然自乐都是萦绕在作者心间的一缕温暖的记忆。家园的景物并不新奇只是一些久远、熟知的旧物、故人，但是也正是这些陈酿的"旧"情一次次拨动着作者的心弦。这是属于土地的感动，感动的不仅是故人故事的重逢，更多的是对这种和谐恬静生活的向往。而动荡的时局，朝不保夕的经济收入、不适的城市生活节奏则使得他们倍感稳定、安宁、闲适生活的可贵。于是，我们可以看到，即使是流落异乡时短暂的旅居同样可以使他们寻觅到类似原乡的家园般的温暖。在何家槐的《怀旧》，骆宾基的《北望园的春天》②《贺大杰的家宅》③，王任叔的《故居》④ 中，属于原乡的感动一次次在作家的心谷回响。因为离开故土多年，身心都与现实的故乡拉开了距离。这种距离感一方面使得他们获得相对客观的回溯故乡的视角，另一方面也一定程度上给予了他们更为广阔的主观想象空间。因为要念怀的是故乡已经远逝的温馨故事，所以主观忆述的故土就有意或无意地过滤了那些并不愉快的记忆，并对这种旧情旧物有所附丽。于是，在属于原乡土地的感动的激发下，作家的原乡想象往往是一片乐土。饶孟侃笔下的螺蛳谷藏风聚气、四季如春：

---

① 周逴（鲁迅）：《怀旧》，《小说月报》1913年第4卷第1号。
② 骆宾基：《北望园的春天》，《文学创作》1943年第2卷第4期。
③ 骆宾基：《贺大杰的家宅》，《文讯》1946年第6卷第3期。
④ 王任叔：《故居》，《光明》1936年第1卷第8期。

这螺蛳谷虽不是什么所谓的仙境，有四时不谢之花，八节长春之草，但确是个藏风聚气的所在。一年中春秋两季特别的长；如火如荼的炎夏固然是很短；那仗冰雪风霜作武器的严冬，到这里也只能望一望翻着白眼，或是远远施着恐吓。因为冰雪只在外层的高峰上望得见，谷里的人平常只凭松针转着黯淡的墨绿色，和松鼠在枝头忙着搬运粮食，便算是交了冬令。

（饶孟侃：《螺蛳谷——一个传奇》①）

《怀旧》中怡然自乐的图画再次在《风波》中浮现：

老人男人坐在矮凳上，摇着大芭蕉扇闲谈，孩子飞也似的跑，或者蹲在乌桕树下赌玩石子。女人端出乌黑的蒸干菜和松花黄的米饭，热蓬蓬冒烟。河里驶过文人的酒船，文豪见了，大发诗兴，说，"无思无虑，这真是田家乐呵！"

（鲁迅：《风波》②）

对于以上作家描绘的原乡乐土，我们无法考证其有无。但是也正因为没有时空明确的标识，"乐土"才成为一种"永恒"的想象的真实，这恰如荣格所谓的"集体无意识"，或进而说是一种"原型"，作为种族的潜意识存在而遗留下来的思维模式或情感模式。"原型意象或原型是一种形象（无论这形象是魔鬼，是一个人，还是一个过程），它在历史过程中不断发生并且显现于创造性幻想得到自由表现的任何地方。因此，它本质上是一种神话形象。当我们进一步考察这些意象时，我们发现，它们为我们祖先的无数类型的经验提供形式。可以这样说，它们是同一类型的无数经验的心理残迹。它们为日常的、分化了的、被投射到神话中众神形象中去了的精神生活，提供了一幅图画。"③ 因此，"乐土"的原型

---

① 饶孟侃：《螺蛳谷——一个传奇》，《新月》1930 年第 3 卷第 1 期（特大号）。
② 鲁迅：《风波》，载《鲁迅全集》（第 1 卷），人民文学出版社 2005 年版，第 491 页。
③ ［瑞士］荣格（Jung, C. G）：《心理学与文学》，冯川、苏克译，译林出版社 2011 年版，第 84 页。

形象实则就是原始祖先无数典型经验的结晶,是普遍的心灵图景。而随着迁移行为中人与异域环境不断磨合,心里的波澜自然无可避免,"只要重新面临那种在漫长的时间中曾经帮助建立起原始意象的特殊情境,这种情形就会发生"①。于是一种强烈的追寻原乡的冲动,一种属于土地的感动就会从沉积的个人无意识深处再度浮起。需要指出的是,作为原型意义上的原乡乐土不仅是灵魂的庇护所,而且是具有召唤意义的"姆庇之家"②。那么,怀恋原乡所特有的温暖也是一种精神皈依的路径。譬如,在倪贻德看来:

> 家乡有亲爱的人儿,家乡有可爱的风物;家乡如婴儿的摇篮,铺就了温软的被褥。可以使困倦了的游子尽情地酣眠;家乡如梁上的窝巢,被满了轻松的羽毛。可以使飞劳了的燕儿欢畅地安憩;他倘若这样的想到了,一定会引起他的归思;他如今是一定可以想到的了!他也应该收拾起几年来的飘流生活归到故巢来安憩了吧!……
>
> (倪贻德:《黄昏》③)

反之,人们试图离开故土进入异域的行为,也会在无意识底层悄然转义为脱离族群、祖先的"离经叛道"之举。即使在现代社会的迁移行为中,人们也许并没有这种强烈的"负罪感",但并不妨碍集体无意识本身的存在。尤其在他乡的窘迫或屡次碰壁之后,这种"原罪"意识就更为强烈地表现出来。因此,踏上乡途便成了自我的救赎:

> 他的脚踏在地上时,好似一切罪恶都解除了。路两边有芳馥的

---

① [瑞士]荣格(Jung, C. G):《心理学与文学》,冯川、苏克译,译林出版社2011年版,第85页。
② "姆庇之家(House of Muumbi)"原指肯尼亚独立(1963年)后,掌权的基库尤族(Kikuyu)召集族人举行宣誓仪式,誓约:"誓死固守姆庇之家。""姆庇"是基库尤人共同的母亲,姆庇之家即孕育基库尤人的子宫与养育基库尤人的家园。此处指对深植于无意识深处的,对原乡的强烈皈依感。参见[美]哈罗德·伊罗生(Harold R. Isaacs)《群氓之族:群体认同与政治变迁》,邓伯宸译,广西师范大学出版社2008年版。
③ 倪贻德:《黄昏》,载《玄武湖之秋》,泰东书局1924年版,第5—6页。

稻香，他闻到了；树丛里有清越的鸟声，深山里有悠扬的歌声，他也听见了；玲珑的山色，迷蒙的云影，万顷田畴，几点茅屋，野花，青草，他都看到了。他深深地感着乡村的风味，人间的真趣，灵魂的安慰。……

他这样走着，一直走到家里。

（黎锦明：《乡途》①）

有时，游子之音也尽是忏悔：

……但像我这样不值钱的生命，死不死又有甚么重轻？到底为谁而死？为甚么而死？颓丧一死，她到（倒）快意了！然而还有脸面常此久留吗？……咳！不如归去！不如归去！

（绍虞：《"不如归去！"》②）

即便现实的故乡如何破败，我们依旧可以在他们的笔下寻觅到之于精神原乡的亏负：

四年前，我跑到家乡去住了三个月，到处都遇见的是陷落在泥潦中的老人、女人、穷人。他们的苦脸深刻地永远留在我的记忆里了。为什么我就应该逍遥在都市之中呢？我诅咒自己，我在笔下披露了他们可怜的小小一群。

（蹇先艾：《乡间的悲剧·序》③）

对此，赵园就曾觉察到现代知识分子的这种集体无意识。她认为，旅居城市的知识分子对于乡村可能存在一种隐秘的愧疚，"那种微妙的亏负感，可能要一直追溯到耕、学分离，士以'学'、以仕为事的时期。或许在当时，'不耕而食'、居住城镇以至高踞庙堂，在潜意识中就仿佛遗

---

① 黎锦明：《乡途》，《洪水》（半月刊）1926年第2卷第23、24合期。
② 绍虞（钟绍虞）：《"不如归去！"》，《泰东月刊》1927年第1卷第4期。
③ 蹇先艾：《乡间的悲剧·序》，商务印书馆1937年版，第3页。

弃。事实上，士在其自身漫长的历史上，一直在寻求补赎：由发愿解民倒悬、救民水火，到诉诸文学的悯农、伤农"①。由上而观，原乡所给予作家的是一体两面的不同感触：一方面，安宁和谐的理想化乐土想象是一种原型意象，它在无意识的心理深渊中真切地拨动着作家的心弦，召唤着游子回到他们心灵的原乡。另一方面，时常被原乡蛊惑而义无反顾的精神回潮（怀旧）又是带着先验的"原罪"意识的，歉疚、负罪之感尤其使得他们的原乡矗立为伦理的高地、道德的灵塔。也就是说，他们怀旧中追忆的原乡所带给他们的是既亲睦又愧疚的复杂情感。其实原乡并不是一个精神流浪者费尽周折需要到达的彼岸，而只是给这些离土的"地之子"提供一条皈依之路。换言之，原乡不是目地，原乡只是途径，而感动的正是路上的风景。

二 依循原乡的同命感

　　心怀愧疚却执着地追寻原乡正是打破传统地缘结构之后中国现代知识分子的情感特点。一旦离开了原乡就注定了永远的精神漂泊与流浪，作为出发地同时也是归宿的原乡永远渺不可寻，这是现代知识分子命定的悲剧。即便如此，他们依然执着于"在路上"去渴求原乡曾给予他们的温暖与感动。端木蕻良就说："在写作时，我对着故乡只有寄托着无比的怀念和泪。一个人对于故乡，'这是不由心中选择，只能爱的'。"② 在林如稷的《故乡的唱道情者》的开篇，作者坦言：

　　　　有很多的人，离了他们底故乡，时常思想着；消磨童时芳年的故乡中的景物，才真是一支箭，深深地射入远方游子底心底，使他在梦境之内也只是萦念怀恋，一日一夜间，神驰魂归地向往，也不知有多少遍。

　　　　这时，我还算不得离乡，只是随着一部分家人，在省城很住了几年。我们底儿时眠巢在距省城不过三百多里，乘轿四日可达的一个大县城外一里许的一个小镇。而我那时，就似有这一种偏心，对

---

① 赵园：《地之子》，北京大学出版社2007年版，第13页。
② 端木蕻良：《〈大地的海〉后记》，《中流》1937年第2卷第3期。

于在故乡的那一部分家人,要比较在省城同居的爱慕和想念强一点。

(林如稷:《故乡的唱道情者》①)

小说中的"我"之所以认为"自己算不得离乡",是因为在他看来省城与自己的故乡并不遥远。但是,为何作者对"儿时眠巢"的故乡的那一部分家人要"爱慕和想念的强一点呢"?答案或许正是那个"儿时眠巢"的故乡更接近于作者的"原乡"。童年净土与原乡乐土的暗合隐喻着人的生命与原乡意识的同构。在此,我们似可感到作家乡愁中追慕的原乡精神与作家或其作品中人物的生命是同一性的。反观中国现代"乡愁小说",我们发现乡愁的怀旧意识中不乏这种依循原乡的同命感。沈从文将沅水流域的"人事琐琐小处"一一道出:湖南境的最后一个码头茶峒(《边城》)、萝卜溪的橘园(《长河》)、风洞的槐花(《槐化镇》),一起织就他的原乡图像。他感到"这地方的人民爱恶哀乐,生活感情的式样,都各有鲜明特征。我的生命在这个环境中长成,因之和这一切分不开"②。李辉英在散文《故乡的思念》中也说:

爷爷死后,增加了我对他的思念,正如我离开家中愈远,愈容易想到故乡一样。在我的心目中,从儿时直到中年,甚而到了老年,一直会认为金家屯是个最美丽的屯子,金家屯是一首最完美的诗。……当地的山歌,尽管粗鄙,却永远生根在我的心田里。不但"月是故乡明",连故乡的太阳也比别处更温暖。故乡的山坡,故乡的羊群,故乡的河川,故乡的谷田,秋郊策马,夏夜摸鱼……这些,那些,不知不觉在午夜梦回时,勾出来沉重的相思。

(李辉英:《故乡的思念》③)

在这里,对故乡的思念缘于爷爷的离世,儿时、中年甚至老年无不

---

① 林如稷:《故乡的唱道情者》,《浅草》1925 年第 1 卷第 4 期。
② 沈从文:《序跋集·〈沈从文小说选集〉题记》,载张兆和编《沈从文全集》(第 12 卷),北岳文艺出版社 2002 年版,第 375 页。
③ 李辉英:《故乡的思念》,载马蹄疾编《李辉英散文选集》,百花文艺出版社 1986 年版,第 44 页。

与故乡金家屯相始终。端木蕻良更是坦言:"在我写《乡愁》的时候(那已是三年前的作品了),我在纪念一个死去的小灵魂和另外一个流离的孩子,在写《浑河的急流》的时候,我纪念着我已死的妹妹……"① 对罹难亲人的缅怀与对原乡的追忆已经无法理清。从时间的线性流程来讲,人的生死是短暂的,而原乡却是永恒的,个人的生死不过是原乡时光轴上的一个刻度罢了。每一个"刻度"就是自我的命运,也因这些"刻度"而生成了整个族群原乡命运的想象。这种借由个人无意识而至集体无意识的心理转变已经逐步脱离了原型的意义,在"乡愁小说"中的原乡想象已经被赋予了厚重的历史感、时代感,这与一般意义上的原型崇拜是有着显著的差异的。在中国现代"乡愁小说"的艺术长廊中,端木蕻良的科尔沁旗草原、魏金枝的浙东曹娥江、艾芜的岷沱流域、沙汀的川西北、吴组缃的皖南、老舍的北平、沈从文的湘西等都是一个个极具生命感、历史感的原乡。

诚然,力图将精神原乡在现实复活或者预言原乡在未来的可能形态都只是"一厢情愿"的徒劳之举,因为精神的原乡只能存在于圣洁的想象中。但是作家"一厢情愿"的对原乡的回溯,恰恰反证了个人在面对现实故乡时的困窘与无奈。譬如,在芦焚的乡愁书写中,我们发现:温馨的家庭和乐土只浮现于远方游子于死前的幻梦(《乌鸦》②);印迦的"牧歌"世界被强盗侵入(《牧歌》③);尤楚的"春梦"为被捕入狱的事实所击碎(《春梦》④);十二岁却已枯槁如老叟的孩童证明着美好的童年旧梦已经一去不复返了(《失乐园》⑤);希望找着空气中流着"蜜味的香同鲜乳的暖"的地方的行脚客,只得叼着他的烟斗向着不可知的未来永

---

① 端木蕻良:《〈大地的海〉后记》,《中流》1937 年第 2 卷第 3 期。
② 参见芦焚《病》,载芦焚《江湖集》,开明书店 1938 年版,第 6—10 页。《乌鸦》1937 年 3 月 2 日作,以《千里梦》为题目载 1937 年 3 月 21 日《大公报·文艺》第 313 期,署名芦焚。初收入 1938 年 11 月开明书店版《江湖集》时改为《病》。《病》中分列为三个小标题:"童年"、"乌鸦"、"灯笼"。
③ 参见芦焚《牧歌》,载芦焚《落日光》,开明书店 1937 年版,第 36—95 页。
④ 参见芦焚《春梦》,载芦焚《野鸟集》,文化生活出版社 1938 年版,第 53—102 页。
⑤ 参见芦焚《失乐园》,载芦焚《黄花台》,上海良友图书印刷出版公司 1937 年版,第 78—85 页。

远漂泊(《一片土》①)。芦焚在理想中对原乡的依恋,在现实中对原乡的哀痛,矛盾统一为历史的同时也是现实的原乡意识。芦焚没有也不愿预测他心中原乡的未来图景,对原乡的忧郁(悲观)就是他能够留给那个时代以及历史的情感"刻度"。

芦焚的原乡书写方式在中国现代"乡愁小说"中很有代表性。那就是,通过生命初始的童年书写和立足"废乡"的现实批判视角同步展开的差异叙述方式。一方面,童年纯净的记忆与原乡乐土的想象糅合是怀旧中原乡图景的重要情感书写形式。当部分作家无法在残酷现实的逼视下获得原乡的合法性言说时,他们便将原乡定格于童年的眸子里。因为"童年的观念也可以被看做一个虚幻的世界,通过这个虚幻的世界我们可以从成熟的压力与责任中逃逸出来,并退缩到这个虚幻的梦境里"②。在这一叙事策略下,大量的童"话"参与了原乡的语言建构。具象的、形象的、感性的语词一定程度上过滤了抽象的、理性的、形而上的理性意象。"所看即所得"的选择性遗忘虽然使故乡成为了带有个人化情感印记的片段,但是它同样难逃原乡的拘囿。个人的生命成长过程就是个体既受制于原乡巨大无意识精神场域的束缚,又力图挣脱这种束缚的过程。在此过程中,原乡不仅隐在地参与了个体成长的全过程,同时也书写了自己的命运程式。因此,如徐玉诺的《在摇篮里》、萧红的《呼兰河传》、许君远的《童时的伙伴》、鲁彦的《童年的悲哀》、骆宾基的《姜步畏家史》、艾芜的《我的幼年时代》、萧军的《第三代》等大量带有自传色彩的"乡愁小说"不仅是人物的成长史,也是那片原乡土地的精神史诗。另一方面,在现代工业文明的冲击下,传统的乡土地缘结构开始土崩瓦解,土地的神性已然祛魅,同时个体生命的价值也在现代社会中旁落。加之在现代社会日益频繁的族群迁移中,人们对于异质空间的不适,对于现代性凸显的时间意识的强烈体认,都使得他们的内心深处出现一些动摇(反思),依循原乡的同病相怜之感使得作家无法接受现实中的"废乡"。于是,他们势必以反思、批判现实故乡的方式来弥补或呵护精神的

---

① 参见芦焚《一片土》,载芦焚《落日光》,开明书店1937年版,第96—107页。
② [英]大卫·帕金翰(David Buckingham):《童年之死——在电子媒体时代成长的儿童》,张建中译,华夏出版社2005年版,第9页。

原乡。因为精神的原乡是他们最后尚可退守的庇护所,关乎他们在现实理性上的信仰合法性。原乡的命运与生命个体的命运是紧密联系在一起的,将"原乡"与"废乡"差异并置,进而反思现实之乡就是力图维护这种紧密关系的必要手段。我们看到那些不甘为厩中之马,终于别故土而谋新生的中国现代知识分子始终充满着感性与理性的冲突矛盾。在张天翼的《三天半的梦》中,主人公回杭省亲,备受父母温情脉脉的抚爱,自己也觉得有责任使父母暮年能过点像人的生活。但他同时也感到亲子之爱"却造了一所感情的监狱,拘禁我们","我们还应该履行我们那句话:赎出我们的身子。出一点相当的代价,买回自由"①。对于鲁迅来说,那个"深蓝天空"、"金黄圆月"、"绿色西瓜"、"紫色圆脸"、"银色项圈"的原乡已经连同闰土、"我"一并被现实的"废乡"所摧毁了。如今"故乡黯黯锁玄云,遥夜迢迢隔上春。岁暮何堪再惆怅,且持卮酒食河豚"②。忆起遥遥故乡唯有淡淡的血痕:

> 用废墟荒坟来衬托华屋,用时光来冲淡苦痛和血痕;日日斟出一杯微甘的苦酒,不太少,不太多,以能微醉为度,递给人间,使饮者可以哭,可以歌,也如醒,也如醉,若有知,若无知,也欲死,也欲生。他必须使一切也欲生;他还没有灭尽人类的勇气。
>
> (鲁迅:《淡淡的血痕中》③)

因此,《怀旧》中的恬静、《风波》中的田家乐多少都有些凄清的意味。怀旧忆的是"长毛故事",故乡的"风波"也不过是一场政治闹剧下的人性丑态。《孔乙己》《明天》《风波》《祝福》中的鲁镇,《阿Q正传》中的未庄,《社戏》中的赵庄,《在酒楼上》《孤独者》中的S城,《长明灯》中的吉光屯,《离婚》中的庞庄,乃至人来人往的茶馆、咸亨酒店、吉兆胡同中尽是无数卑微灵魂的彷徨。

---

① 张天翼:《三天半的梦》,《奔流》1929 年第 1 卷第 10 号。
② 鲁迅:《集外集拾遗·无题二首》,载《鲁迅全集》(第 7 卷),人民文学出版社 2005 年版,第 462 页。
③ 鲁迅:《野草·淡淡的血痕中》,载《鲁迅全集》(第 2 卷),人民文学出版社 2005 年版,第 226 页。

三 作为民族志的原乡风景

乡愁的怀旧意识中依循原乡的同命感体现了作家与原乡的依恋关系,而这种依恋的心理内质是崇拜且忏悔的,它类似宗教徒的虔诚信仰。我们知道,宗教主要体现为一种精神感化力量,那么,中国现代知识分子对精神原乡的追忆就可视为渴求获得这一力量的过程。因为借此力量,他们不仅可以对抗现代社会中自我内心的感伤、恐慌,而且还可希冀这种力量能够帮助他们拨开现代的迷雾,重新踏上皈依心灵家园的路途。因此,这是多数现代知识分子缅怀旧事、心系原乡的共同心理动因。而这一灵魂被牵制的方式也是他们在现代大潮涌动之时,力图确认自我在社会、精神、文化上的站位/身份的一种途径。那么,他们的笔下对于故乡不可自拔、魂牵梦绕的思念和爱恋就不能简单地理解为一种纯粹的怀乡,而应看作在他乡参照之下,通过对原乡的追溯来确认自我社会身份归属与文化身份认同的一种方式。

《秧歌》中月香的上海是张爱玲于战后回不去的上海,《沉香屑——第一炉香》中葛薇龙的上海则是张爱玲暂别的上海。在回与不回、念与想望中,厚实温暖的记忆原乡总能"使她想起人生中一切厚实的,靠得住的东西"[1]。在《到底是上海人》中,我们看到张爱玲对上海人身份的自觉:

> 谁都说上海人坏,可是坏得有分寸。上海人会奉承,会趋炎附势,会混水里摸鱼,然而,因为他们有处世艺术,他们演得不过火。关于"坏",别的我不知道,只知道一切的小说都离不了坏人。好人爱听坏人的故事,坏人可不爱听好人的故事。因此我写的故事里没有一个主角是个"完人"。只有一个女孩子可以说是合乎理想的,善良,慈悲,正大,但是……上海人不那么幼稚。
>
> ……
>
> 只有上海人能够懂得我的文不达意的地方。

---

[1] 张爱玲:《沉香屑——第一炉香》,载《传奇》(增订本),百新书店1946年版,第255页。

>我喜欢上海人，我希望上海人喜欢我的书。
>
>（张爱玲：《到底是上海人》[①]）

张爱玲对上海人的体察可谓入木三分！张爱玲的上海记忆没有囿于城市的环境、风俗，而全在一个"坏"字，这是上海人的思维与情感特点。虽然张爱玲并没有刻意宣示自己上海人的身份，但是从她对上海人的喜爱，以及对上海读者阅读自己作品的期待，不难看到张爱玲在心底对自己上海人身份的标榜，以及将自己作品定位于关于上海故事的企图。上海人对于张爱玲来说并不仅仅是一个地域归属地的身份限定，而是一个文化身份，一个浸润了上海情感与思维方式的上海人身份。无独有偶，老舍之于北平的热爱已无须赘述，无论是作为旗人的老舍、作为英国伦敦大学东方学院中文讲师的老舍、作为"人民艺术家"的老舍，尽管民族、社会、政治身份在老舍的身上不停流转，但本色上老舍写的、讲的都还是北京，都是一个老北京的家长里短。徐德明先生就曾注意到老舍着装的变化与其政治文化身份的呼应关系。他说："老舍几十年的照片，时而着中装（皮袍、长衫、大袄、小褂），但以西装和中山装为主。老舍着装，中装标志不了其社会身份，而西装、中山装体现其身份立场，而以中山装历史蕴涵更丰富。"但正如叶浅予给老舍画的那张像，画中的老舍穿中装，静穆安详。"穿中装，是老舍先生最不费心思的选择，似乎更适合他的身份。……他那身中装似乎在穿越了一个世纪的社会历史变迁与政治变动之后，一点不为所动。"[②] 在这里，中装就是一个文化符号，一个属于北京——这个民族国家首都——的文化符号。正如勒克来齐奥（J. M. G. Le Clézio）所言，老舍就是"一个北京人"。[③] 心理学家埃里克森（Erik Erikson）在《青年路德》中指出，"认同"应被理解为人的归

[①] 张爱玲：《到底是上海人》，载《流言》，五洲书报社1945年版，第42页。
[②] 徐德明：《图本老舍传》，舒济供图，长春出版社2012年版，第77、87页。
[③] 参见［法］勒克来齐奥（J. M. G. Le Clézio）《老舍，一个北京人》，刘阳译，载乐黛云、［法］李比雄主编《跨文化对话》（25辑"民主新思考"专号），江苏人民出版社2009年版，第191—193页。原文载法国《解放报》，1983年2月14日。

属感，确定某人与某个共同体意愿的关系。① 那么，以上张爱玲、老舍等执着于个人身份的表述实则就是在努力地确证他们自我与原乡所蕴藉的精神、文化的认同、归属关系。站在这个理解基础之上，我们再看所谓"地方色彩"，就不仅是某个有地方特色的背景环境、方言、风俗、服饰，更应该理解为这个地方所特有的思维方式与情感方式，同时这也是作家对自我身份的认同。

然而作为"历史重写本"（palimpsest）的地理景观并不是一个割裂的文化概念，地域文化同样不阻碍民族文化的整体认同。

> "palimpsest"一词源自中世纪书写用的印模，原先刻在印模上的文字可以擦去，然后在上面一次次地重新刻写文字。其实以前刻上的文字从未彻底擦掉，于是随着时间的流逝，新、旧文字就混合在一起：重写本反映了所有擦除及再次书写的总数。我们可以看到这与文化有着相似之处。文化在一个地区留下的痕迹间接表明了不同时期地理景观的消逝、增长、变异及重复的总数。
>
> （［英］迈克·克朗：《文化地理学》②）

无论地域文化如何迥异，其实它们都留存有民族共同的历史文化经验，这并不会随着文化的更新而消失。反之，地域文化在民族共同的语言、习俗、文化的制约下走向整合在所难免。二十世纪的上半叶是一个政治动荡、经济萧条、战祸频仍的多事之秋。成千上万的国人背井离乡、居无定所、流落异域。他们内心的惶惑、郁结可想而知。对于多数离开文化根源地③，迁移到异乡讨生活的流浪文人而言，他们远没有"此心安处是吾乡"的洒脱。追寻原乡的轮廓，探求原乡的定义，甚或踏上原乡

---

① 参见 Erik H. Erikson, *Young Man Luther: A Study in Psychoanalysis and History*, New York: Norton, 1993。

② ［英］迈克·克朗（Mike Crang）：《文化地理学》，杨淑华、宋慧敏译，南京大学出版社 2003 年版，第 28 页。

③ 此处所言"文化根源地"只是一个相对的说法，故乡作为出生地固然可以视作"文化根源地"，但是从文化寻根与文化认同的角度看，"文化根源地"并不仅限于故乡地域文化之一隅，或可称为"文化母体"。

的梦土,一直是他们思索与论辩的文化课题。诚如钟理和所说:"我不是爱国主义者,但是原乡人的血,必须流返原乡,才会停止沸腾!"① 流浪的文化群体的思乡怀旧所"怀"的与其说是"乡"、是"旧",倒不如说"怀"的是"文化"!而"一旦民族的文化传统遭受侵犯……文学之中'乡村'的语义往往会扩大为民族文化传统"②。即使作家本人也许并没有主观的故意,然而,

> 一旦原型的情境发生,我们会突然获得一种不寻常的轻松感,仿佛被一种强大的力量运载或超度。在这一瞬间,我们不再是个人,而是整个族类、全人类的声音一起在我们心中回响。个体的人不可能充分发挥它的力量,除非他从我们称之为理想的集体表象中得到援助。
>
> ……举例来说,故乡(mother country)显然是母亲(mother)的譬喻,正如祖国(fatherland)显然是父亲(father)的譬喻。那种激动我们的力量并不来自譬喻,而是来自我们故乡土地的象征性价值。
>
> ([瑞士]荣格:《心理学与文学》③)

譬如,在谢挺宇的《魂的乡愁》中,魂牵梦绕的乡愁已不是那个传统的原乡了。宇之吉临死前没有说出的那个"有意思的梦",在1983年5月初版的《雾夜紫灯》中被编者再次注明:"本文最初在1936年9月号的《作家》发表时,被编者削去了长约二千字的梦景,是描写宇之吉确信日本人民革命的胜利,反动分子的全部消灭。并联系到他的思想感情,从爱故乡出发,一直爱他的祖国,爱日本人民的神圣的革命事业,他自己即以身殉亦所不辞的高尚品质,故题目是《魂的乡愁》。"④

---

① 钟理和:《原乡人》,人民文学出版社1983年版,第12页。
② 南帆:《启蒙与大地崇拜:文学的乡村》,《文学评论》2005年第1期。
③ [瑞士]荣格(Jung, C.G):《心理学与文学》,冯川、苏克译,译林出版社2011年版,第85页。
④ 谢挺宇:《雾夜紫灯》,人民文学出版社1983年版,第45页。

由此而论，那个作者题记中所标注的"更善的故乡"① 已经不仅是蕴藉着整个民族精魂的集体文化记忆，而是如主人公"宇之吉"的名字所隐喻的，对于未来民族国家的政治展望。萦绕在宇之吉们心头的"魂的乡愁"已经是具有意识形态属性的、乌托邦式的政治理想。但请注意，情感主体确实是真诚而不伪饰地感到这种乌托邦理想的"自然"与"理所当然"，而其原因正在于这种情感的生发是依靠无意识本身的动力上升到意识的层面，并转义为与现实政治紧密关联的伦理与道德，从而以一种"政治无意识"的形式使"个别主体将完全意识到他或她的阶级决定，并能够借助纯粹澄明和思想摄取来实现不可能实现的意识形态制约"②。那么此时已没有什么怀旧可言，更谈不上去追溯那个记忆的原乡了。记忆的原乡已然渺不可寻，重新建构一个原乡愿景来暂时安置彷徨迷茫的灵魂倒不失为一种权宜之策。不可否认，在努力确认自我的地域/文化身份的同时，作家确实在历史中找到了自我的站位，而国家、民族所赋予的文化认同与归属感成为一个更广义的身份表述。在风起云涌的政治、文化风潮中，个体的、集体的原乡风景共同书写了一部厚重的民族志。那么，既然原乡在政治无意识的重塑之下已经成为一种乌托邦式的国族想象，那么怀旧是否还能成为念及故乡时重要的情感考量，乡愁是否会走向消解？这些将留待后面的章节再详细论述。

从个人无意识的原乡图景到集体无意识的原乡文化记忆，乃至政治无意识中的原乡重塑，在中国现代"乡愁小说"中，怀旧中的原乡追忆显然已经与传统乡愁对原乡皈依、原罪意识的倚重有了显著的差异。借由原乡集体无意识中的文化内蕴而生发的身份意识，则进一步凸显在"怀旧的未来"中原乡的身份建构功能上，这一自我认同方式也是中国现代知识分子出于本体安全与缓释现代性焦虑的必然选择。

---

① 作者在小说题目之下写道："柏拉图：'对于更善的故乡的冲动。'——温德尔旁特：《哲学概论》。"参见谢挺宇《魂的乡愁》，《作家》1936年第1卷第6期。
② [美] 詹姆逊（Jameson, F.）：《政治无意识：作为社会象征行为的叙事》，王逢振、陈永国译，中国社会科学出版社1999年版，第270页。

第二节　怀旧中性别意识的表达①

在中国古典乡愁文学中，作家缅怀故里之时将女性纳入视域是一件难以想象的事情。即使偶尔会有女性现身，也大多是贤妻良母，女性的形象是模糊的。并且怀旧中女性形象的出现也往往与作家羁旅落寞的孤独或者因罢黜而官场失意的愤激相关。譬如，杜甫《月夜》："今夜鄜州月，闺中只独看。遥怜小儿女，未解忆长安。香雾云鬟湿，清辉玉臂寒。何时倚虚幌，双照泪痕干。"② 这是杜甫被安史叛军所俘，困居长安时所作。诗中杜甫怀想了妻子在鄜州独自对月思夫的感人情景，然而云鬟、玉臂、泪痕的断片虚构仍不出"思妇"的形象范畴。在这里，妻子（女性）成为杜甫困厄之时怀旧的情感所指，但是她的形象是模糊的，或者说怀旧中的女性书写并没有溢出"妇德"的伦理畛域。

诚然，在诗歌的文体形式中要求作者去缜密地描写人物的形态与情态确实勉为其难，然而当"乡愁"越来越活跃于中国现代小说中时，充分地描摹女性形象或使之承载更多的情感寄托就变得更为便利了。于是我们看到在中国现代乡愁叙事中，乡土与女性的联姻就不是一种偶然。一方面推至既往的故土重温可以将旧情点燃，一定程度上纾缓了异乡游子孤独落寞的个人情怀；另一方面故乡与女性的同现又能够以主观情感化的认知方式言说作者的性别理想。于是我们看到，在乡愁的情感投射之下，怀旧中的女性形象往往是被强大的原乡精神所裹挟的、浸染的女性形象，是知识分子羁旅怀旧的对象与同情、反思乡土的载体，并因男女作家性别立场的差异而呈现出复杂的面貌。

一　怀旧中女性理想化与他者化

就大多数男性作家而言，女性与故乡往往是一体的，是承载作家乡

---

① 本节内容，笔者曾以《论现代乡愁中的女性想象》为题，发表在《山西师大学报》（社会科学版）2016 年第 5 期。
② （唐）杜甫：《月夜》，载（唐）杜甫《杜诗详注》（第 4 卷），（清）仇兆鳌注，中华书局 1979 年版，第 209 页。

愁的对象，作家对女性的想象与故乡的情感认知具有内在的一致性。但是作家之于故乡的情感其实是矛盾而复杂的。一方面，他们怀恋故乡，排斥异乡；另一方面，他们又立于异乡而不满于故乡的封闭、保守与落后。那么，在这两种不同情感的驱动下，故乡中的女性形象也就相应地呈现为带有理想化色彩的女性形象与具有典型落后国民性特征的女性形象。虽然这两类女性形象迥然有别，但是其实质都是对于女性的他者想象，只不过前者被完美化罢了。

理想化的女性形象是作家对于女性完美性的想象，其认知基础在于故乡相对于他乡先验的优越感。譬如客居北平"窄而霉小斋"的沈从文虽沐浴着城市的现代喧嚣，却时时以乡下人自居，而且还执拗地要坚持"乡下人的意见"。因为在作者看来，故乡健康、自然的人性相对于都市中人的"阉寺性"，有着显而易见的优越性。那么，当作家再次怀想故乡湘西时，一个浑身都充满了大自然的灵气，性格乖巧、内心无比纯净，"处处如一只小兽物"的翠翠就成了乡愁的情感对象物。然而值得注意的是，翠翠天真无邪的"孩子气"似乎覆盖了作为少女的"女人味"，我们难以觅得她作为女性的性别自主感。譬如就翠翠和天保、傩送的爱情叙事来说，翠翠大都缺乏独立性、主动性。诚然，作为一个情窦初开的少女，在初恋中的被动合乎情理。但是笔者所要追问的是，对翠翠爱情中的被动行为的书写到底是力图呈现爱情中少女的羞涩、矜持，还是突出翠翠不谙世事、纯真的孩童天性？然而对这一问题非此即彼的回答都将是一种偏颇，因为翠翠作为少女的性别感与其童真的纯洁感其实是一种互证关系。天真、纯洁的"孩子气"赋予了爱情以圣洁之感，反之圣洁的爱情唯有在健康、自然的人性中才能存在。沈从文并非要着意表现翠翠的"女人性"，而是力求呈现、印证故乡健康自然的"人性"的美好。翠翠在爱情中的被动姿态，恰恰最能充分展现故乡"优美，健康，自然，而又不悖乎人性的人生形式"[①]。由此可见，容貌乖巧、身体健康、心灵纯洁的翠翠不过是作家魂牵梦绕的故乡的化身，是沈从文的一种完美的、近乎理想化的想象。

理想化的女性形象的想象不仅在于塑造女性形态的优美、健康，更

[①] 沈从文：《习作选集代序》，《国闻周报》1936年第1期。

在于理想化女性所具有的完美无瑕的道德感。从乡愁的情感维度说,这种道德优越感的生成正源自作家对异乡现实女性的失望。因而,理想化女性形象的塑造包含了作家对理想人生、人情的述说,他们其实是希望通过这个理想异性的反照,来确认、寻找自我的身份。在《玄武湖之秋》中的"致读者诸君"里,倪贻德就不无解嘲地说自己这只"藏在败叶中待毙的秋蝉"甚至都没有资格称为失恋者,因为"失恋!这是多么幸福的一回事!既名为失恋,当然是已经经过一番甜蜜的恋爱过的;而且在失恋时的心境,是多么具有美妙的诗意呢?但像我这样一个一无可取的世界上所无用的人,试问那一个女子可和我发生恋爱,我又何从而能失恋呢?所以我这里面所描写的,与其说它是写实,到还不如说它是由我神经过敏而空想出来的好;与其说它是作者自身的经验,倒还不如说它是为着作者不能达到幸福的希望因而想像出来以安慰自己的好"①。倪贻德对"失恋"的自嘲多少还是与他对异乡爱情的失望相关。在《玄武湖之秋》中,作者再次踏上故土,正是要寻找精神皈依之地的安慰。因对爱情失望而涌起相思之情,女性也自然而然地与故乡有了情感的重叠。乡与女性成为一体,近乎圣洁的女性形象从原乡得天独厚、极富"道德营养"的土壤中汲取了本初的、圣洁的原型意念,从而成为了故乡一切美好价值的象征。

类似翠翠这样完美的女性形象在沈从文为代表的京派作家笔下其实并不鲜见。因为这些作家想象的故乡大都是一种超越现实生活,近乎乌托邦的田园世界,这就要求同样具有完美人格的女性形象代言。譬如,废名笔下的三姑娘、琴子、细竹等即可作如是观。即便这样的女性形象偶有瑕疵,仍不妨碍他们对理想化审美世界的想象。譬如,童养媳萧萧虽然和同村的男青年偷食禁果,有悖封建伦理纲常,但并未受到严酷的惩罚。因为,在沈从文看来,萧萧这个女性形象并不完全是批判封建童养媳恶俗的得力佐证,却恰是要肯定故乡生命形态的恒定与和谐,可以说,乡愁书写中理想化的女性想象是作家审美理想的一种载体。

与理想化女性同样缺乏性别自主感的女性群像还有大量在故乡具有典型落后国民性特征的乡下女人。我们知道,民国时期在城怀乡的现代

---

① 倪贻德:《玄武湖之秋》,泰东图书局1924年版,第2页。

知识分子，虽然并非全是农家子弟，但是他们中的多数还是来自乡村。当乡村作为狭义的故乡概念时，它是作为城市（现代性）的对立面而言的。从中国近现代的历史变革谈，乡下往往是因循守旧、苦难深重的所在。在历次的政权更迭、战争匪祸中，"乡下"也更多地承载了历史的剧痛。那么，走出"乡下"谋求民主自由的现代知识分子对故乡的凋敝是无法漠视的。而乡下女人则又是一个底层群体，她们的身份隐含着双重的压迫：其一，作为乡下的女人。她们被乡下闭塞的地理环境所囚禁，被三从四德的伦理纲常所形成的稳固、封闭的文化体系所拘囿。其二，作为乡下男人的女人。她们在小农经济中难以从事繁重的耕作，缺乏稳定的经济收入，以致在经济和社会关系等方面都不得不依附于男性。那么，当这些沐浴现代之风的知识分子哀悼着窒息而破败的故乡时，乡下女人也就成为他们不容回避、着力表现的对象，因为乡下女人本身所折射的废乡图景与承受的男权压迫能更为沉实有力地寄寓他们的乡愁。反之，对于乡下女人而言，她们的性别意识其实也是与这一身份的认知紧密关联在一起的，即对乡下地理空间的拘囿、文化空间的束缚与男性压迫的双重认知。

我们看到，在乡愁书写中乡下女人群像大都是命运多舛、怨大仇深的"苦主"。她们或被负心男人抛弃过着苦难的生活，如陆蠡的《嫁衣》①、前羽的《乡村一妇人》② 中的苏青；或沦为包办婚姻的牺牲品，如彭家煌的《喜期》③ 中的静姑、沈从文《贵生》④ 中的金凤。即使临近解放，女人的苦难仍然为作家所瞩目。艾芜创作于1948年底，刊于1949年香港出版的《小说》月刊一至三期的《一个女人的悲剧》⑤ 讲述的就是一个命运比石青嫂子、酉生嫂的命运还要悲惨的苦命女人。然而，在这些苦难叙事中，苦难大多来自阶级的剥削而非性别的压迫，即便有性别的压迫也往往是被置于阶级压迫的框架中予以阐释的。阶级剥削完成了对性别压迫的覆盖或替代，这就在一定程度上淹没了女性的性别自主

---

① 陆蠡：《嫁衣》，《中流》1936年第1卷第1期。
② 前羽：《乡村一妇人》，《东方杂志》1934年第34卷第14期。
③ 彭家煌：《喜期》，《文学周报》1927年第286、287期合刊。
④ 沈从文：《贵生》，《文学杂志》1937年创刊号。
⑤ 艾芜：《一个女人的悲剧》，《小说》（香港）1949年第2卷第2期。

意识的表达。即便这些女性最终摆脱苦难，走向抗争，也是在阶级、民族意识上走向觉悟，而非性别自主意识的生成。从乡愁书写中苦命女性的塑造上看，这些女性形象仍不过是作家实现启蒙、救亡的媒介而已，是一种他者想象。同理想化的女性形象类似，乡愁书写中带有典型国民落后特征或苦大怨深的女性仍然与故乡是一个难以分割的整体，与其说作家注目的是故乡的女性，毋宁说是对故乡众生"哀其不幸、怒其不争"的另一表达。

二 怀旧中女性"身体"的控诉与自我想象

理想化的女性形象、带有典型落后国民性的女性形象之所以性别意识是模糊的，究其根本是作家并不着力表现女性性别意识的创作意图使然。完美的女性形象是意在强调圣洁道德感与故乡的同构关系，而愚昧落后、苦大仇深的乡下女人则是力证启蒙革命的合法性。其实，道德、国民性本身并不具备先天的性别属性，性别的基础是人在生理上的不同性征，也就是首先在身体上呈现出有别于异性的特点。因此，身体对于人的自我意识而言是具有特殊意义的，它是自我存在和表现不可或缺的舞台。我们都有这样的生活经验，我们之所以感到自己与他人不同，首先便是我们发现自己的长相、个头与别人有差别，也就是身体上的不同。人对自己的认识也是从自我的身体开始的。譬如对一个孩子来说，每次的换牙、长个儿都是他们发现自己不断长大的证据。以身体的自我认知为基础，人们就会逐渐生成自我经验，而"自我经验是一种面对自己的内心态度，这种态度超越了感受，是一种立场"[①]。譬如当"男儿膝下有黄金"、"壮士断腕"等有关身体的词语出现在我们的脑际时，"膝盖"、"手腕"等就不能简单地理解为身体的一部分，而是承载了"尊严"、"奉献"等更为崇高的形而上的精神品格。同理，当一个女性开始注意到自己的身体，认识到作为女性的身体所承载的尊严与价值时，她显然已经逐步意识到自己与男性的差异，并开始对两性关系审视，并进而在生命的层面拷问女性如何获得和男性相当的尊严与价值。

较之男性作家，女性作家笔下的故乡女性大多就是这样一些"赤裸"

---

① ［德］费迪南·费尔曼：《生命哲学》，李健鸣译，华夏出版社2000年版，第9页。

地呈现自己身体的女人。这类充满纠结感、扭曲感的丑陋、痛苦的女性，大都源于女性作者一种控诉式的自我想象。作为女性作家，她们有着与故乡中女性形象共同的生理、心理基础，这使得她们对女性的身体体验能够感同身受。譬如，萧红就是一个典型的例子。在《生死场》中，女人生育的一幕让人触目惊心：

> 赤身的女人，她一点不能爬动，她不能为生死再挣扎最后的一刻。
> ……
> 一个男人撞进来，看形象是一个酒疯子。他的半面脸红而肿起，走到幔帐的地方，他吼叫：
> "快给我的靴子！"
> ……
> ……只见他怕人的手中举起大水盆向着帐子抛来。……
> 大肚子的女人，仍涨着肚子，带着满身冷水无言的坐在那里。她几乎一动不敢动，她仿佛是在父权下的孩子一般怕着她的男人。
> ……
> 这边孩子落产了，孩子当时就死去！用人拖着产妇站起来，立刻孩子掉在炕上，像投一块什么东西在炕上响着。女人横在血光中，用肉体来浸着血。
>
> （萧红：《生死场》①）

"赤身"、"涨着肚子"的产妇身体是女性对于生育的痛苦表白。而"肉体浸着血"的产妇身体并不是一个通常意义上的女性身体，而是一个受难的、遭受凌辱的控诉者。女性的痛苦直接源于男性的戕害，女性与男性在身体层面形成了一个不平等关系。女性身体被男性施暴者（丈夫）漠视与侵害，就是女性生命权利、尊严的被践踏。因此，这里的女性身体描写就是一个女性性别意识的彰显，它是在生命意识的层面对女性生

---

① 萧红：《生死场》，载《萧红全集：呼兰河传——长篇小说（一）》，凤凰出版社2010年版，第53—54页。

存与发展权利的吁求。再如在《呼兰河传》中，黑黑的、笑呵呵的小团圆媳妇是一个不断被作者提及的女性形象，其悲剧性的命运仍然是通过女性的身体变化来书写的。经历了跳大神之后，小团圆媳妇开始变得有点"黄"，没有夏天刚来的时候那么"黑"了，到了"我"与小团圆媳妇最后见面时，只见她"眼睛似睁非睁地，留着一条小缝，从小缝里边露着白眼珠"[①]。我们知道，肤色的变化与人的健康是息息相关的。黑色往往表征着健康与强壮，黄色已近病态，而眼珠的苍白则是病入膏肓的"死色"。皮肤、眼珠等身体的差异呈现，隐喻着女性生命被侮辱、被损害的现实。"供陈列的神秘怪异的病态或死亡的陌生形象"本身即是一种强烈的女性性别意识的表达，诚如埃莱娜·西苏所说，一旦"身体被压制的同时，呼吸和言论也就被抑制了"[②]。此时我们发现，大多女性作家乡愁中的女性形象已经显示出与故乡的某种分离，因为这种男权压迫之下的"体"认其实与故乡本身似乎没有太大的关系，它是一种普遍的、觉醒的性别意识表达。确切地说，女性并不完全与"乡"成为一体，身体成为女性作家感知故乡的媒介。

沿此思路不难发现，女性作家笔下的"身体叙事"成为表达女性自我主体意识的途径。来自身体的压迫而顺理成章生成的反抗意识，也因之有了不同的理性指向。这在某些不同性别作家的女性身体书写中就表现出迥异的政治诉求与伦理价值判断。譬如，罗淑的《生人妻》[③]与柔石的《为奴隶的母亲》[④]中的春宝娘就很不同。同样是写"典妻"的恶俗，柔石将春宝娘置于阶级斗争的叙述场域内展开，春宝娘的悲惨命运是地主对农民残酷压迫的铁证，春宝娘是服务于这一意识形态话语的注脚。但是，罗淑以女性作家感同身受的切身体验，将女主人公的悲惨痛苦的命运更多地放在了家庭关系中呈现。在这两篇作品中，皮贩子与卖草人虽然都将妻子的身体当作偿还债务的商品、工具，但是皮贩子与春宝娘

[①] 萧红：《呼兰河传》，载《萧红全集：呼兰河传——长篇小说（一）》，凤凰出版社2010年版，第263页。

[②] 参见［法］埃莱娜·西苏《美杜莎的笑声》，载张京媛编《当代女性主义批评》，北京大学出版社1992年版，第193—194页。

[③] 罗淑：《生人妻》，《文季月刊》1936年第1卷第4期。

[④] 柔石：《为奴隶的母亲》，《萌芽月刊》1930年第1卷第3期。

之间的夫妻情感的展现是十分薄弱的,柔石对"典妻"的批判,是意在揭露乡下封建伦理的伪善与残忍,而并非表现一个女性在生计与情感之间取舍的艰难。因此,春宝娘的自我主体意识是阙如的,她在被典卖后越逆来顺受,就越能够显示故乡残忍的伦理恶俗对人性的压迫。反观罗淑笔下的"生人妻"在得知自己被"典当"之后,与丈夫的斗争就更多地回到了人性的心理层面。譬如卖草人在"典当"妻子时,感到"内疚像毒虫的口,在他心上恶狠狠叮了一下"①,而当妻子上轿之前,他还拿出一个由别人那里赎回来的花纹都磨光了的银发簪要给妻子作陪嫁,这些行为都表现了卖草人的无奈、纠结的痛苦感。同时,对"生人妻"的悲剧命运描写也逐步转向了女性的精神、心理世界,具体而言,即作者将女性对"性"与"命"的逻辑关系拉回到了人性本身,强调了女性对于"性"不仅在肉体,更在情感维度的独立性。"生人妻"对于被"典当"的拒绝,对于胡大的反抗,也更应视为对于女性身体独立的强调,对于女性情感、尊严、价值立场的格外强调。

然而令人遗憾的是,在主流的男性话语中,作为女性性别独立意识表达的"身体"叙事毕竟还只是暗夜微星,但是即便如此,"作者从女性身体出发,建立了一个特定的观察民族兴亡的角度,这一角度使得女性的'身体'作为一个意义生产的场所和民族国家的空间之间有了激烈的交叉和冲突"②。

三 怀旧中女性自我主体意识表达的窘境

从如上乡愁中女性形象的他者化或是女性自我主体意识的萌发来看,我们都不难发现女性形象依附于意识形态的表达窘境,这一点突出地表现在女性想象在城乡意识形态与政治意识形态方面受到的束缚。从乡愁叙述中女性形象的生成语境谈,我们发现,乡愁中的男女两性关系其实并不是建立在性别本体意义基础之上的,而是被城乡意识形态所裹挟、浸染之后的性别表达程式。女性对男性的性别认知是附着了城市现代文

---

① 罗淑:《生人妻》,《文学季刊》1936年第1卷第4期。
② 刘禾:《重返〈生死场〉:妇女与民族国家》,载李小江、朱虹、董秀玉主编《性别与中国》,生活·读书·新知三联书店1994年版,第68页。

明意义的男性，其本身的所谓反抗也就缺乏应有的性别自主感。因此，女性的所谓反抗，也只能视作对于城乡关系而非男女两性关系的伦理价值判断。正如我们在前面所谈到的，如果女性从来都没有真正独立现身于故乡的话，那么某种程度上说，男性也同样没有真正脱身于城市现代文明的附丽。

从乡愁书写中的乡下女人谱系看，"始乱终弃"依旧是她们难言的苦衷。譬如在孙席珍的《阿娥》中，农村姑娘阿娥先被村里富人子弟阿鑫诱奸，后被赶出故乡，无奈出走到城里做女佣，却又被二少爷玩弄，最终落得被赶出郑太太家，流落街头的悲剧。阿娥姑娘寄望于城市男人来"拯救"自己，"报复"曾诱奸她的乡下纨绔子弟阿鑫，却再一次被城市阔少二少爷所玩弄。阿娥最终对男人的失望不仅指乡下男人，还包括城市男人。在小说的结尾，阿娥心里已打定了"誓遵母训"的主意。母亲的盼咐是"要争气"，这"要争气""便是做人的大道理；实行的手段是欺骗，是隐瞒，是说谎"。于是，

> 她决意要拿这些去获得男子的信仰，抵制人们的可怕，报复他们一切自私的行为……
>
> （孙席珍：《阿娥》①）

但是，阿娥要争的是什么"气"？是作为独立女性的骨气吗？显然不是。阿娥要争的不过是一个能够给她带来地位与身份的男人！她仍旧是希望寄生于男性来实现自己的私利，只不过在被男性屡次欺骗后，她捕获男性的方式变得同样不道德罢了。阿娥显然是戴着城乡意识形态的有色眼镜来看待男性的：男性已经是经过乡愚先验性的矮化或者被城市现代性附丽后的性别。再如在萧红的《小城三月》② 中的翠姨，她对堂哥的爱慕是否纯粹是两性相爱而没有夹杂其他的因素？对此，我们不便揣度，但是从翠姨屡次眺望哈尔滨的举动，我们不能无视翠姨对从哈尔滨回来的、会打网球的堂哥的爱情中所夹杂的对于城市日常生活方式的向往。

---

① 孙席珍：《阿娥》，载孙席珍《女人的心》，真美善书店1929年版，第77页。
② 萧红：《小城三月》，《时代文学》1941年第1卷第2期。

或者说，正是城市男性大约都比较绅士、有礼貌、见识广等附着于性别之上的先验的道德品质判断，很大程度上激发了艳羡城市的乡下女人的情感冲动，那么这就以崇城抑乡的现代性优劣思维遮蔽了男女两性关系的性别认知。如此，乡愁书写中乡下女人的性别自主意识的阙如也就不难理解了。

另一方面，近代中国的特殊语境也决定了女性主义思潮在其甫一而兴之时，并没有真正地成为一种独立的性别主张。中国女性主义思潮的滥觞不同于法国、美国女性主义思潮以男性霸权为标的的理论建构，它是伴随着或者说是裹挟于民主平等的政治吁求中而发声的。早在中国资产阶级革命最初倡言自由平等之时，政治理想已与女性解放思潮取得了内在的默契感。邹容早在《革命军》中就提出"人人当知平等自由之大义。有生之初，无人不自由，即无人不平等，初无所谓君也，无所谓臣也"。因此，"凡为国人，男女一律平等，无上下贵贱之分"①。1904年4月，丁初我的《女子家庭革命说》将反抗男尊女卑、夫为妻纲视为一种革命。② 陆秋心更是在《婚姻自由和德谟克拉西》一文中直言不讳地写道："我相信婚姻自由和德谟克拉西是在一条线上的，在德谟克拉西下面的婚制一定是完全自由的……要做民国国民，一定要婚姻自由，要拥护德谟克拉西，一定要拥护婚姻自由。"③ 在无政府主义者创办的《天义报》《新世纪》等刊物上也刊发了一些倡言女权的文章，譬如署名为"真"的《三纲革命》④、鞠普的《毁家谭》⑤ 等，这些文章虽然所论有些偏激，但对中国传统的礼教纲常的冲击仍不能忽视。此外，尤其值得一提的是，陈独秀将"媒妁之言、父母之命"的封建婚姻合法形式怒斥为"恶俗"之首，他不无讥讽道："开店的人请个伙计，还要两下里情投意合，才能相安。漫说是夫妇相处几十年的大事，就好不问青红皂白，硬

---

① 邹容：《革命军》，中华书局1971年版，第23、36页。
② 丁初我：《女子家庭革命说》，《女子世界》1904年第4期。
③ 陆秋心：《婚姻自由和德谟克拉西》，《新妇女》1920年第2卷第6号。
④ 真：《三纲革命》，《新世纪》1907年第11期。
⑤ 鞠普：《毁家谭》，《新世纪》1908年第49期。

将两不相识、毫无爱情的人，配为夫妇吗？"① 这些对封建婚姻制度的批驳、对女性的社会地位与权利的重视与强调，在二十世纪初成为中国新民主主义革命思潮的重要组成部分。当挪威作家易卜生的《玩偶之家》中的"娜拉"在现代之风初开的民国风靡之时，走出家园（故乡）的"娜拉"追求的不单是自己作为女性的权利，更有着力图实现民主、平等、自由社会的资产阶级政治理想。因此，乡愁书写中的女性也并没有获得真正意义上的话语权，她们只是作家宣示启蒙抑或救亡等政治意识形态话语的媒介而已。那么，当女性在这些杂糅着性别意识与政治意识的现代知识分子的笔下浮现之时，这一文学想象是否还可视为一种性别话语？那些在作品中挣脱家园（故乡）禁锢、毅然出走的现代女性凸显的是性别的觉醒，还是政治意识的萌发？一个不容否定的事实是，当我们谈到这些"娜拉"时，仍然还是把她们视作追求民主自由新生活的现代"新青年"，而并不是强调她们作为"新女性"所特有的、有别于"新男性"的独立性别意识。最终，她们仍不免与同道的男性进步者一并归拢、淹没于"五四"以来的民主革命思潮中。

现代乡愁叙述中建构的女性形象始终难以独立彰显女性独立、自主性别意识的窘境，其实还是和女性主义自身的主张相关。因为从女性独立、自主的性别表达来说，其实质正是女性不依傍于男性的独立性，但是这种独立性在中国"启蒙与救亡的双重变奏"的语境中，就会内在地衍生出坚忍、担当等强化的个人意识，并被赋予高蹈的美德意义，这不仅是外在的时代历史的客观要求，其实也是女性形象构建的主观倾向。但是不断被强化的坚忍、担当的性格品质和国族想象的对接则使得女性性别意识愈加意识形态化，其极端化的表现即是十七年文学中大量女性英"雄"形象的非理性化呈现。那么，纵观中国现代乡愁书写中的女性形象，其所蕴藉的性别意识是觉醒了，还是又一次的性别意识模糊呢？而对此问题的疑问恰恰说明：女性性别意识对政治意识形态的依附性注定了女性形象在中国现代文学想象建构中的艰难，同时也印证了"中国

---

① 陈独秀：《恶俗篇》，载任建树编《陈独秀著作选》（第1卷），上海人民出版社1984年版，第40页。

现代思想中的个人观念是作为所有普遍观念——如'公理'、'国家'、'团体',等等——的对立物来界定自己的,然而,如果我们把个人观念置于近代中国的语境中来观察它的起源和运用,我们会发现,这种对人的自主性、独立性和唯一性的强调恰恰以那些普遍性观念所要解决的问题为其目标"[1]。

第三节　怀旧中主体意识的萌发

上节我们谈到了怀旧中性别意识的表达,这是以女性形象的塑造为视角的,从本质来说,这也是女性主体意识的萌发,当然这只是性别一维。如果我们把视域扩大到男性,扩大到整个怀旧中的故人形象,是否还可作如是观呢？在回答这一问题之前,其实需要剥离清楚隐含在这个问题之下的人物的主体意识与作家创作的主体意识的关系问题。故人形象的主体意识与作者写作的主体性实际上彼此独立,并不存在必然逻辑关系,我们并不能仅凭作品中人物的蒙昧,就此得出作家创作主体意识的阙如。因此,作品中人物的塑造本身不过是作家实现审美期待的一种手段。因此没有必要也不可能条分缕析作品人物的主体意识与作家创作的主体意识是否若合符契。因此笔者以为,与其做细致的人物剖析,倒不如关注这种能够隐现主体意识的形式更有意义。笔者感兴趣的正是:作者是如何通过有意味的文学形式来呈现这种主体意识的?

对此问题的追索仍需将主体意识纳入到思乡怀旧的情感畛域予以考量。怀旧本身就是作家抒情达意的个人化写作,对故人的追忆以及故人的选择也是个人化的。那么,作家有限虚构的故人的个人意识,就是作家的主观意识和故事发展逻辑的客观需要同时赋予的。主体意识的萌发离不开个人意识的自觉,然而身份意识的自觉又是从个人意识到主体意识升华中的重要环节,因而怀旧中主体意识萌发的关键在于故人身份意识的自觉,在于从故乡怀旧中获得的方式与途径,这是一点。另一点是怀旧中的主体意识内涵应当理解为一种现代性的表达方式,这可从怀旧

---

[1] 汪晖:《个人观念的起源与中国现代认同》,载《汪晖自选集》,广西师范大学出版社1997年版,第43页。

中个体对自我情域的突破来理解。我们知道在传统乡愁中，思乡往往就是思亲，乡情实际上就是亲情。譬如，在《诗经·魏风·陟岵》中，全诗三章，重章叠句，每章开头两句直接抒发思亲之情："陟彼岵兮，瞻望父兮"、"陟彼屺兮，瞻望母兮"、"陟彼冈兮，瞻望兄兮"。《毛诗序》曰："《陟岵》，孝子行役，思念父母也。"① 东汉王粲在《登楼赋》中也喟叹："昔尼父之在陈兮，有'归欤'之叹音。钟仪幽而楚奏兮，庄舄显而越吟。人情同于怀土兮，岂穷达而异心？"② 故人大多局限于父母、兄弟、姊妹，怀旧也仅仅是"孝悌"的外衣。"人情同于怀土"的传统乡愁书写格式在现代"乡愁小说"中仍旧有它的回声。譬如葛有华的《小小的乡愁》对磨坊老板的无母之儿的乡思，冰庐的《心灵的漂泊》对汶妹的思念等。但这并非本文论述的重点，笔者更关心的是，在怀旧所搭建的情感平台上，大量突破传统思亲念故的个人意识而逐步彰显主体意识的现代书写范式。阅读经验告诉笔者：婚姻爱情中的自我认同、宗教道德中的理想寄托以及苦难焦虑中的他者化书写，是作家在怀旧中阐发故人主体意识较为普遍的现代书写范式。

一 婚姻爱情中的自我认同

上节在讨论怀旧中的性别意识时，我们其实已经涉及了婚姻与爱情中性别意识的觉醒。从爱情与婚姻的构成关系来说，无论是情感的还是社会的两性结合（一般而言，异性相爱和异性婚姻仍然是普遍的方式），都其实已经默认了对方异己的性别归属，也就是性别身份。而婚姻更是以法律的形式规制了两性在道德上、社会上所应该具有的身份，以及因之享有的权利与承担的义务。然而我们都知道爱情与婚姻并不总是恒定不变的，也正因为它的相对不稳定性，才越发凸显出个人对自我认同的犹疑且坚定的矛盾、复杂心理，也就是对自我身份的彷徨。正如勃兰兑斯所言："在文学表现的所有感情中，爱情最引人注意；而且，一般来说，给读者留下的印象最深。了解人们对爱情的看法及表现方式对理解

---

① 《毛诗正义》，载（清）阮元校刻《十三经注疏》（上）（卷五），中华书局1980年版，第358页。

② 俞绍初辑校：《建安七子集》，中华书局2005年版，第104页。

一个时代的精神是个重要因素。从一个时代对爱情的观念中我们可以得出一把尺子，可以用它来极其精确地量出该时代整个感情生活的强度、性质和温度。"①

我们知道，"爱情把人的自然本质和社会本质联结在一起，它是生物关系和社会关系、生理因素和心理因素的综合体，是物质和意识多面的、深刻的、有生命力的辩证体"②。乡愁与爱情的糅合并非偶然，从社会心理探源，爱情与乡愁都是具有较强私人化色彩的心理品质，又都是和社会关系紧密相关，综合了物质与意识的、多方面的、深刻的生命体验。从内在的情感层面分析，不难发现它们又都是一种"甜蜜的痛苦"。其本身的内在矛盾性、症候性都使得爱情或婚姻渗入乡愁成为可能。从故乡的原乡意义与近代中国的现代变革考察，故乡既往带有农业文明色彩的青梅竹马般的纯真爱恋，也是对在现代工业文明冲击之下失恋者的抚慰。于是我们看到，尤其是在"五四"退潮之后，作家书写的乡愁多与爱情婚姻杂糅在一起，作品呈现出浪漫哀伤的情调。这一方面因为此时的创作群体大多是受到过西方现代文明熏陶，思想相对开放的青年作家；另一方面也与作家本身的家庭背景、所处时代的审美取向以及大革命失败后理想受挫、精神迷茫有关。那么，此时的"乡愁小说"就不能简单视为作家思乡念故、对初恋的怀恋，而应看作是在彼时重新认识自我，寻找、确认自我人生定位的一种方式与途径。

1924年4月泰东图书局初版的《玄武湖之秋》③可以看作是倪贻德早年寻找"自我"的精神履历簿。《玄武湖之秋》除短序外，收录文章十篇，最后一篇《秦淮暮雨》是"跋"或者"代后记"，其余九篇均为短篇小说。其间所涉大多是青年人常见的人生经历，譬如求职、爱情、婚姻等。一个"蕙表妹"的故事贯穿于诸篇小说始末。《花影》写的是蕙表妹与"三哥"青梅竹马的感情经历，但因蕙表妹早有婚约，无奈终于"流水落花春去也"；在《寒士》中蕙表妹的故事也偶有出现，到了《归

---

① [丹麦]勃兰兑斯（G. Brandes）:《十九世纪文学主流》（第三分册 法国的反动），张道真译，人民文学出版社1986年版，第221页。
② [保加利亚]基·瓦西列夫（К. Василев）:《情爱论》，赵永穆、范国恩、陈行慧译，生活·读书·新知三联书店1997年版，第51页。
③ 参见倪贻德《玄武湖之秋》，泰东书局1924年版。

乡》时，蕙表妹已经嫁作他人妇，整日锦绣丝罗、金银珠宝，常常乘着光亮的车儿，与年轻的丈夫出入于戏院酒楼。连蕙表妹的侍女也觉得失业落魄的N表哥晦气，甚至斥其为穷鬼和想吃天鹅肉的癞蛤蟆，以致N表哥连表妹的面都没见就被撵出门外。《花影》和《归乡》是两篇"乡愁小说"，对二者的对读令人不免有世事沧桑之感。故乡留给N表哥的青梅竹马般的甜蜜回忆荡然无存，唯有苦涩与颓唐。N表哥对爱情的怅然若失成为了他的乡愁，联想到"N"或可视为"倪"字的缩写，我们又可将主人公的乡愁与作家的乡愁对接。"一只藏在败叶中待毙的秋蝉"是倪贻德对自我心境与身份的自喻。同样许君远的小说《今昔》①、卫萍菽的《归来》②、汪雪湄的《洋雀子又叫了》③也有着类似的怅惘。在《今昔》中，仲瑜和表姐琴园是青梅竹马的儿时伙伴，两人一同读书，一起玩耍，渐渐滋长了火热的恋情，但因祖父不同意而被活活拆散。时隔多年，当他们再次相见时，琴园已成寡妇，而仲瑜则守着一个自己不爱的女人。而高植笔下故乡的秋桥，也是一段令人动容的爱情传奇的见证。（高植：《秋桥》④）父亲与桂香相爱但遭到家庭的反对，父亲与桂香私奔时，因桥断二人落水，父亲虽然被救，但是桂香不幸溺亡。父亲因此修桥，命名"秋桥"以纪念秋天出生的桂香。在倪贻德青年时代的爱与哀愁中，在《今昔》天涯相隔、令人唏嘘的爱情悲剧中，在桥断即情断的爱情象征里，我们都不难发现爱情的命运与故乡的精神文化、道德伦理有着密切的逻辑关系。而N表哥爱情中夹杂的故乡人的市侩势利，《今昔》《秋桥》中被故乡宗法制所扼杀的爱情，也同样预示着婚姻大多不是什么喜事。譬如台静农的《拜堂》⑤中叔嫂的辛酸，鲁迅的《离婚》⑥中爱姑的悲哀。乡愁中流淌的爱情抑或婚姻成为了在道德层面切入故乡病灶的砭针，成为了人们对自我重审与沉思的一种方式。因为，"爱情是同一定社会结构中人的道德意识，同人的善恶观，同他对道德和不道德的

---

① 许君远：《今昔》，《现代评论》1926年第3卷第57期。
② 卫萍菽：《归来》，《莽原》1926年第1卷第20期。
③ 汪雪湄：《洋雀子又叫了》，《现代》1934年第5卷第3期。
④ 高植：《秋桥》，《东方杂志》1935年第32卷第19期。
⑤ 台静农：《拜堂》，《莽原》1927年第2卷第11期。
⑥ 参见鲁迅《离婚》，载《鲁迅全集》（2），人民文学出版社2005年版，第148—162页。

认识联系在一起的"①。同样"如果说只有以爱情为基础的婚姻才是合乎道德的，那么也只有继续保持爱情的婚姻才合乎道德"②。

在中国现代文学发生发展的特殊语境中，爱情、婚姻与道德在乡愁情域内彼此界限的某种模糊并不难理解，因为诉诸切身情爱体验的道德言说不仅少了些许说教的色彩，而且也更能得到同龄人的共鸣。而道德意识的自觉在爱情中不断延伸也使得"乡愁小说"逐渐具有了"主人公成长小说"③的性质，譬如滕固的《乡愁》④与萧乾的《梦之谷》⑤就可作如是观。滕固的《乡愁》是《银杏之果》的续篇，《银杏之果》中的H小姐瑞儿，到了《乡愁》中已是L夫人了。当她与秦舟再次重逢时方才明白，秦舟是故意发死亡电报好让她安心结婚。这个极富浪漫色彩的、超乎寻常的爱恋所包含的道德内省、自我审视已经超出了爱情本身，而这也是秦舟、瑞儿的成长中的必要经验。诚如朱寿桐先生所说，在创造社作家的创作实践中，作家常常通过"情绪的再度回视"即"恋旧情绪"来表现"忏悔"情绪。并"常将忏悔情绪夹杂在痛切的现实体验情绪及其表现之中，以造成自省间距，掺进一定的理性成份，使情绪显得更深沉"⑥。同样《梦之谷》不仅"是初恋，也是脆弱心灵上一次沉重的打击"⑦。这与作家自我成长经历形成了互文，萧乾就坦言："我仍想用漂泊解脱不爽快的现实的包围，但滚着的石头沾不上青苔……我还在设法把自己按住，如一个电话接线生那样专注地工作。"⑧那么从成长的角度来

---

① ［保加利亚］基·瓦西列夫（K. Василев）:《情爱论》，赵永穆、范国恩、陈行慧译，生活·读书·新知三联书店1997年版，第42页。

② 恩格斯:《家庭、私有制和国家的起源》，载《马克思恩格斯选集》（第4卷），人民出版社1995年版，第81页。

③ "Bildungsroman"和"Erziehungsroman"这两个德语术语表示"主人公成长小说"，或"教育小说"。这类小说的主题是主人公思想和性格的发展，叙述主人公从童年开始所经历的各种遭遇——通常要经历一场精神上的危机——然后长大成熟，认识到自己在世间的位置和作用。这类小说模式始于K. P. 莫里茨的《安东·赖绥》（1785—1790）和歌德的《威廉·迈斯特的学徒生涯》（1795—1796）。参见［美］M. H. 艾布拉姆斯（Meyer Howard Abrams）《文学术语词典》（第7版），吴松江等编译，北京大学出版社2009年版，第387页。

④ 滕固:《乡愁》，《创造周报》1923年第25、26期。

⑤ 萧乾:《梦之谷》，《文丛》1937年第1卷第1期。

⑥ 朱寿桐:《情绪：创作社的诗学宇宙》，上海文艺出版社1991年版，第128页。

⑦ 鲍霁编:《萧乾研究资料》，北京十月文艺出版社1988年版，第90页。

⑧ 萧乾:《我与文学》，载萧乾《小树叶》，商务印书馆1937年版，第44—45页。

说，爱情与故乡精神结构中的道德意识的关联，其实是内在地显现了生命主体在乡土中国，翻检、建构自我精神文化品格的主动意识，并在未来的向度上标示着自我主体建构的方向。因为，

> 人类爱情是有意识的，这一点不仅表现为预见、认识和按一定目的调整自己的行动，而且表现为富于幻想和殷切地渴望获得个人幸福。意识有三个向度：它从过去吸取教训，为现在建立一个思维方向，还能预见未来。意识把人的爱情改造成一种美好的、充满着情感联想的、令人激动的回忆，使人能充分地体验到幸福，赐予他将来再度获得享受的隐隐约约的希望。
> ……意识把过去、现在和将来连结起来，不断地深化和扩大两性关系中情感体验的范围。爱情永远不会是在它实现时的既有体验。爱情从来就既是令人激动的回忆，又是明快清澈的期待。
>
> （[保加利亚] 基·瓦西列夫：《情爱论》[①]）

而在有着"革命+恋爱"创作模式印迹的"乡愁小说"中，建构自我主体意识的方向则尤其突出地表现为革命的方向性选择。安置爱情的容器不再是温暖的原乡，而是同样充满激情的革命。恋爱让位于或内化于革命本身，革命与故乡苦难构成因果逻辑关系的同时，也剥离了附丽于浪漫的爱情传奇之上的怀乡情愫。乡愁被积极乐观的政治理想蓝图所消解，恋爱被他者化为一己私欲，并一次次服膺于更为博大的阶级情感。譬如，蒋光慈的《咆哮的土地》、碧野的《乌兰不浪的夜祭》等，当然这已超出了本节的论述范围，在此不再赘述。

二 道德、宗教中的理想寄托

如果说婚姻爱情中的自我认同是立足于道德内省来建构自我主体意识的话，在道德或者类似宗教的意识中来寄托自我理想，则可看作是通过外在的道德理性来约束自我情感，进而达到主体意识建构的途径。其实爱情

[①] [保加利亚] 基·瓦西列夫（К. Василев）：《情爱论》，赵永穆、范国恩、陈行慧译，生活·读书·新知三联书店1997年版，第41页。

和宗教、道德并不具有截然分明的概念边界，其理念内涵之间也存在互侵的现象。从心理的角度上说，对爱情的执着、对道德的恪守与宗教意识表现出来的笃信不疑的信仰心理有相似之处。爱情中凸显的道德问题，宗教中对完满道德的界说都立足于达到幸福人生的终极目标。回到新文学发生的历史文化语境中不难发现，伴随着他乡遇挫，内心孤寂的游子将孤寂诉诸爱情，某种程度上来讲，也是一种心灵寄托与补偿。同理，将故乡故事涂抹上道德、宗教的色彩，也无非是寻找自我、重塑自我的方式。

  以理想道德的目标来设计故乡，无论如何"不切实际"，但不可否认这确实是自我主体意识的萌发。承载理想道德的可能是作家的"梦乡（想）"，也可能是特立独行的某个故人。他们的存在虽说是暗夜微星，但至少让读者同时也是作家看到了故乡的希望。沙汀的《怀旧》[①]并没有让读者觉得故乡是如何的陈旧不堪，反倒有些清风扑面之感。诨名钟敖的故乡老汉，年轻行伍出身，用科学方法给孩子接生，却受到他人讪笑。后来老人坏了左眼，更是遭到了故乡百姓的讥讽，甚至被认为是报应。而老人却不以为然，依旧坚持行医，多年后作者离开故乡再未能与他相见。钟敖虽是故乡中的老人，但他身上并没有陈腐的旧思想，倒像是个受到过良好西学教养的医学家。况且钟敖看的是妇科，这对于封闭落后的故乡而言可谓是雷池。但是，他不畏乡人的讪笑讥讽，执着于为妇女接生，他所关注的是婴儿的高死亡率、政府的失职，以及作为有教养的人不能袖手旁观的责任感。钟敖显然是故乡中一个觉醒的人物形象，他身上体现出来的笃信科学的现代意识鲜明地有别于同乡的人们。《怀旧》发表于1948年2月的《文讯》，这已是共和国成立前的黎明时分。在新的国家政权建立前夕，沙汀没有去憧憬未来新生活的美好图画，却要"怀旧"，这多少有点讲不通。因此，唯一合理的解释就是沙汀是要在怀旧中眺望未来。钟敖身上所承载的现代意识或许正是沙汀的理想。对于这个无时无刻不眷恋故土的作家来说，故乡的未来定然让他最为牵挂。然而面对新政权带来的全新生活体验，沙汀没有盲目乐观。沙汀难以释怀的正是故乡百姓保守、封闭、落后意识的根深蒂固，沙汀的"怀旧"，"怀"的正是旧思想在新社会改造的艰难。他对故乡的乡愁是冷静的、具

---

  ① 沙汀：《怀旧》，《文讯》1948年第8卷第2期。

有前瞻意义的深沉情感。从《俄国煤油》到《航线》《土饼》，沙汀深感苏俄"同路人"创作对自己的影响，以"印象式的写法"的创作"只是一些点点斑斑的浮面现象，它还缺少一件主要东西：人物"①。因此，沙汀倚重的正是人物言传身教的示范作用，并将之作为树立自我政治理想的媒介。同样，巴金的《还乡》②中的唐义、唐英、唐敬的政治自觉难能可贵。梅南岭的《乡人梅悦》③也是寄希望以梅悦的质朴善良来唤醒人性的良知。正如沈从文在《美与爱》中所期望的："我们实需要一种美和爱的新的宗教，来煽起更年青一辈做人的热诚激发其生命的抽象搜寻，对人类明日未来向上合理的一切设计，都能产生一种崇高庄严感情。国家民族的重造问题，方不至于成为具文，为空话！"④

怀旧中故人自我主体意识的萌发不仅在于理想道德的强调与示范，一些"乡愁小说"还试图通过宗教来过滤心灵的尘矣，或依靠宗教来逐步搭建起自我主体意识的框架。许地山的小说在这方面表现得比较突出，并且相应的研究也很多。然而我们对许地山小说宗教色彩的研究却往往忽略了其作品宗教意味阐发的情境——乡愁。在他的"乡愁小说"中，故乡的时空印迹并不明显，它往往隐居于幕后，但读者在聆听作者为我们讲述的那些过去的故事时，却总能察觉到乡愁的存在。

如所周知，许地山祖籍广东揭阳，出生于台湾台南，回大陆后落籍福建龙溪。1912年任教于福建省立第二师范，次年便赴缅甸仰光中华学校任教师，1915年回国。此后，他还曾到过美国的哥伦比亚大学和英国的牛津大学，并在英国牛津大学曼斯菲尔学院研究宗教学、印度哲学、梵文等。1935年应聘为香港大学文学院主任教授，遂举家迁往香港，在港期间曾兼任香港中英文化协会主席。从作家履历来看，许地山的一生是漂泊不定的，异域他乡的经验对作家的影响比较大。尤其是他的青少年时期辗转多地：他生于台南，2岁离台避居汕头桃都围村，4岁迁居广州兴隆坊，9岁迁居徐闻，10岁迁回广州祝寿巷，11岁迁居阳江，13岁

---

① 沙汀：《纪念鲁迅先生，检查创作思想》，《新华日报》（重庆）1951年10月19日。
② 巴金：《还乡》，《现代》1933年第3卷第5期。
③ 梅南岭：《乡人梅悦》，《小说世界》1923年第4卷第3期。
④ 沈从文：《美与爱》，载张兆和编《沈从文全集》（第17卷），北岳文艺出版社2002年版，第362页。

迁回广州丹桂里，18岁迁福建海澄县海沧墟，后又迁龙溪县所属石美黄氏别庄。① 我们知道一个人的故乡概念的形成很大程度上与他的童年经验相关，而从许地山的成长经历来看，很难说哪个地方给他留下的印象难以磨灭。他的故土经验是间断的、片断的记忆，这也就造成了其作品对于故乡鲜有涉及。但是，我们就此否认他的乡愁是阙如的，则显然是武断的。因为，在许地山的作品中，家、国家的意识是两个常见的主题。尤其是前期的创作对于"家"的情结更为突出，譬如《黄昏后》② 中破碎的家，《商人妇》③ 中惜官多寒的家庭生活等。如果我们把作家辗转多地的时空经验看作是他的第二、第三……故乡的话，我们就会发现作家所关注的"家"不过是一种狭义的"故乡"罢了。身世飘零、孤独孤寂加上丧父、丧妻这些人生打击，都让作家感到"生本不乐"！由是而观，《黄昏后》《商人妇》仍可看作是一种"准乡愁"小说，之所以说它是"准乡愁"，还是因为作品中的人物本身对乡愁的消解作用。我以为，从乡愁的角度来看，许地山所塑造的人物形象，尤其是女性形象本质上是作家理想的载体。她们坚韧、大度、雍容、和善的品行并不应该局限于道、佛或基督的教义范畴，而更应从宗教的终极目标来看待，也就是一种理想化的人格，也是摆脱此岸痛苦，通向彼岸幸福极乐世界的模范。他乡的生活与多舛的命运不仅让作家时时涌起对家的依恋，也让他看到了芸芸众生的悲苦人生。于是，对于信奉宗教的许地山而言，也是希冀通过"神化"的人物及宗教化的道德意识来慈航普度。譬如，受尽磨难的惜官却总能笑对人生：

> 人间一切的事情本来没有什么苦乐底分别：你造作时是苦，希望时是乐；临事时是苦，回想时是乐。我换一句话说：眼前所遇底都是困苦；过去、未来的回想和希望都是快乐。
>
> （落华生：《商人妇》④

---

① 参见王盛《落华生新探》（附录：《许地山年谱》），南京大学出版社1998年版。
② 落华生：《黄昏后》，《小说月报》1921年第12卷第7号。
③ 落华生：《商人妇》，《小说月报》1921年第12卷第4号。
④ 同上。

再如春桃以自己为纽带构建成一女两男的别样家庭，也是许地山宗教人间化的理想结晶。诚如孙中田先生所言："当我们走向许地山的艺术世界时，宗教文化的氛围会扑面而来。它是自然的也是社会的景观，是作家的外部体验也是一种内部体验。它时时在变动着，从一个玄虚的彼岸世界，走向坚实的此岸的人生。"①

三 苦难焦虑中的他者化书写

在怀旧中依凭完满道德或宗教来逐步建构自我的主体意识，多少还是具有理想化的色彩，它与现实有意构成差异，也一定程度上削弱了作品在传播实践中的说服力。从整个"乡愁小说"的创作来看，在怀旧中着力塑造他者化的人物形象，是一种用意在建构主体意识的常见书写方式。因为，"主体"正是个体被一个大写的他者呼唤出来的。

与完满道德或理想化人物正好相反，他者化的故人形象往往是肉体或心灵异化的典型。譬如柔石在《人鬼和他的妻的故事》中为我们刻画了一个终日与"死尸"打交道的鬼魅式的农民形象："他是N镇的泥水匠，但他是从不会筑墙和盖瓦，就是掘黄泥与挑石子，他也做的笨极了。他只有一件最出色——就是将死人放入棺中，放的极灵巧，极妥帖，不白费一分钟的功夫。"② 他只顾自己饱食终日不管妻的死活，不圆夫妻房事却虐待母羊和母鸡，蛮横暴戾扼杀孩子使妻子吊死，但冷漠依旧。他没有"过去"和"将来"，也抓不住"现在"，"三分象人，七分象鬼"，大家都叫他"人鬼"。"人鬼"这个畸形人物无疑是个浑浑噩噩却不自知的他者形象，他所要呼唤的是对"人"的尊严与生活意义的重审。柔石对于"人鬼"亦人亦鬼的悲哀人生的批判，也是意图建构人的主体意识的努力。"人鬼"是可悲的，"活鬼"的谐趣闹剧也同样是为了揭示在封建礼教传统陋习戕害下的乡村妇女的婚姻悲剧。（彭家煌：《活鬼》③）而李健吾笔下那个生命就像一只坛子，没有任何欲望，只要活着就行，甘

---

① 孙中田：《此岸与彼岸之间——走进许地山的小说世界》，《北方论丛》1999 年第 5 期。
② 柔石：《人鬼和他的妻的故事》，《奔流》1928 年第 1 卷第 5 期。
③ 彭家煌：《活鬼》，《民众文学》1927 年第 15 卷第 19 期。

愿像醋坛子一样任人摆布的女人（李健吾：《坛子》①），艾芜描写的那个到夜深的时候便发出饿老鸦一样悲鸣的疯子（艾芜：《乌鸦之歌》②），以及"胡子阿五"、"阿卓呆子"、"酒徒阿胡"、"校役老刘"、"蜓蚰"等③，都是以故人他者化的方式抒发着普遍的、浓重的苦难焦虑的情感。诚如韩侍桁在评论徐转蓬的作品时所说："他的故事有的是属于极微细的，但不因为那事件的渺小而无意义，他的每一个故事表现出每一种生活的痛苦，这痛苦虽有时是遭在某一个人的身上，然而那是可以普遍地移转在活在那社会生活里一切的人的。"④

那么，当苦难成为作家怀旧中带有普遍意义的"表征"时，这种怀旧或者说乡愁就可能成为一种带有压迫力量的意识形态。阿尔都塞曾指出："意识形态是个体与其真实存在条件的想象性关系的一种'表征'。"⑤ 就上述故人他者化的塑造而言，我们可以感到作家在乡愁中是有意无意地将作品中的"苦人"与其"真实存在条件"建立起必然的"想象性关系"。也就是说，正是残酷的现实造就了这些在肉体或心灵上扭曲的"苦人"的悲惨命运。这样，我们就逐渐在他们乡愁的怀旧中发现了这种"想象性关系的表征"，也就是说，对故人他者化的书写方式逐步成为了一种意识形态的表达方式。而这一方式又是从对故乡浓郁而深沉的眷恋中生发出来的，我姑且将之称为"情感意识形态"的话语策略。而"主体的范畴是总体意识形态的构成要素，但同时……只有在总体的意识形态具有将具体的个体作为主体'构成'的（界定它的）功能的情况下，主体的范畴才是总体意识形态

---

① 李健吾：《坛子》，《东方杂志》1931 年第 28 卷第 1 期。
② 参见艾芜《乌鸦之歌》，载艾芜《逃荒》，文化生活出版社 1942 年版，第 18—31 页。
③ 参见姚方仁《胡子阿五》，《小说月报》1928 年第 19 卷 12 期；鲁彦《阿卓呆子》，《东方杂志》1925 年第 22 卷第 6 号；佃潮痕《酒徒阿胡》，《真美善》1930 年第 6 卷第 6 期；魏金枝《校役老刘》，载魏金枝《七封书信的自传》，湖风书局 1931 年版，第 87—198 页；魏金枝《蜓蚰》，《文艺春秋》1947 年第 5 卷第 4 期。
④ 侍桁：《参差集》，上海良友总公司 1935 年版，第 18—19 页。
⑤ ［法］路易·阿尔都塞：《意识形态与意识形态国家机器（一项研究的笔记）》，载［斯洛文尼亚］斯拉沃热·齐泽克、［德］泰奥德·阿多尔诺等《图绘意识形态》，方杰译，南京大学出版社 2002 年版，第 161 页。

的构成要素"①。简言之，主体——人——建构了自己的意识形态，同时，意识形态也使他们变成主体。此时的主体就是被"大写的他者"所呼唤出来的主体。它抽离了个体的苦难因子，而逐步上升为本不该如此的"主体意识"。这不仅得到了越来越多的个人的认同，而且还感到他者化人物的"真实"与"自然"，而这正是意识形态的作用。借用阿尔都塞的话，即意识形态"将具体的个体当作属民招呼或质询"②。其实前例艾芜的《乌鸦之歌》中那凄惨的叫声不但是被曲扭的、变形的反抗之声，也是对属民的召唤与质询。"人类在最古的时代，一定像乌鸦一样，不晓得容忍的；如果一开始就会对仇敌容忍，那人类绝不能活到现在！"③ 作者的卒章显志不仅是意识形态之下的主体意识表达，也是建构意识形态的主体意识自觉。

而论之"自觉"，自我解剖式的内省显然更为直接、彻底。同样是痛陈故乡百姓的苦难，艾芜的乡愁书写展现出了难得的自省意识。如果说前述他者化书写是侧重于警醒被压迫者对压迫者的认知，进而呼吁被压迫者反抗压迫、实现自我的主体权利与地位的话，那么对故乡百姓自身的、阻碍主体意识的心理品格的批驳则可视为一种内在的他者化方式。较之前者，它显然更为深刻、辩证。从抗战前的《春天》，抗战爆发后的《遥远的后方》《纺车复活的时候》《意外》，以及长篇《故乡》，一直到解放战争时期的《山野》《石青嫂子》《田野的忧郁》《流离》《落花时节》等，艾芜的笔触始终不离故乡百姓的生活、心理和命运，尤其是《春天》《落花时节》对故乡农人的"解剖"、"分析"更是一以贯之，并成为作家恒久的乡愁。在《〈春天〉改版后记》中，艾芜如是说：

> ……作了《春天》五年后的今天，重新再翻来读的时候，儿时亲切过的景物，又一度现在眼前了。我感到，我读这部《春天》一次，很像重归故乡一次似的喜悦。

---

① [法] 路易·阿尔都塞：《意识形态与意识形态国家机器（一项研究的笔记）》，载 [斯洛文尼亚] 斯拉沃热·齐泽克、[德] 泰奥德·阿多尔诺等《图绘意识形态》，方杰译，南京大学出版社 2002 年版，第 169 页。
② 同上书，第 171 页。
③ 艾芜：《艾芜选集》，人民文学出版社 2005 年版，第 57 页。

里面每一个人物，写到的时候，差不多都有一个熟悉的影子，晃在我的眼前。尤其是邵安娃同他认识最久，《春天》里面每个人物，都改名换姓，只有他我使用了他原来的名字，我对他印象太深了，他的名字和他的样子，他的性情，几乎连在一道，仿佛另换一个名字，就会分散他的印象似的。

……

这三个农人，写进作品的时候，也拿别人和他们相合的性格来补充过的，而且即使有些话，他们没有说过，有些事，他们没有作过，但按照他们的性格，再参照和他们性格相同的人所说的话，所作的事，我觉得在他们也是可能说那样的话，作那样的事的。因此，我在作品中，就渐渐感到我不是替这三个熟人，记他们的生活言行，而是把我们五千年来以农立国的奠基石——最劳苦的农民，拿来一刀一刀的解剖，分析。我在邵安娃身上看出奴性的服从；在刘老九身上，看出了坚决的反抗，在赵长生身上看出反抗和服从的二重性格。

（艾芜：《丰饶的原野·春天·改版后记》[①]）

邵安娃的奴性可以在鲁迅塑造的人物上找到影子，而赵长生则是在反抗斗争中的犹疑者，唯有刘老九真正走向了自觉。艾芜对邵安娃、赵长生自身内在心理的逼视，是对故乡百姓能否真正走向主体自觉的深深忧虑。邵安娃、赵长生需要反抗的也许不仅是冯七爷，更应该是他们自己。值得注意的是，刘老九提供的榜样作用将主体意识的自觉性与反抗的坚定性等量齐观，并且二者都与故乡百姓的命运建立了紧密的逻辑链，于是，主体意识的自觉也就指向了革"命"意识的萌发。革命的对象，革命的方式以及在革命中所应具备的心理品格或曰革命精神成为对个体自我主体意识新的考量标准。怀旧中的主体意识的形成过程也相应地表现为个体向集体、自省向革命的滑动。

艾芜的创作并非个案，在中国现代"乡愁小说"中，怀旧中主体意识逐步革命化，成为较为普遍的、典范的创作趋势。那么，当革命再次

[①] 艾芜：《丰饶的原野·春天》，今日文艺社1942年版，第92—93页。

代替苦难成为"个体与其真实存在条件的想象性关系的一种'表征'"①时，这一内在他者化的书写也具有了意识形态的性质。那么此时的主体意识则是个体在意识形态之中升华的主体意识。然而怀旧抑或乡愁从本质上来说还是一种个人化或者说带有私人性质的情感，而革命则更多地体现为集体的、公共性的思潮或社会运动方式。但是"在许多时候，隐私被视为一个与政治或者公共领域相对立的范畴"②。那么，当怀旧中涌动着革命抑或当革命渗入乡愁时，二者是否还能共融呢？

---

① ［法］路易·阿尔都塞：《意识形态与意识形态国家机器（一项研究的笔记）》，载［斯洛文尼亚］斯拉沃热·齐泽克、［德］泰奥德·阿多尔诺等《图绘意识形态》，方杰译，南京大学出版社2002年版，第161页。

② ［英］史蒂文·卢克斯（Lukes, Steven）：《个人主义》，阎克文译，江苏人民出版社2001年版，第45页。

第四章

怀旧与革命想象

> 忧郁情结就像一个没有愈合的伤口,一直在吸吮着自我,直到把它吸干。
>
> ——[奥地利] 西格蒙特·弗洛伊德(Sigmund Freud)

对陈年旧事的怀想,本身就是一种记忆的回溯,怀旧是回顾。回顾也许更多的是期望弥补或修复曾经失去的东西,譬如,前一章我们谈到的遥远的精神原乡、青梅竹马的初恋时光。而弥补与修复的目的就是希冀在时下完成自我身份、精神情感的建构,这也是怀旧在现代人身上不可遏止地发作的原因。然而怀旧也许并不全都是为了弥补或修复,它同时也意在反思与自省。进一步说,弥补与修复本身就包含着反思与自省,二者实则是一体两面的关系。但所不同的是,回溯往昔、寻求慰藉的乡情重温或许只是一种私人的、自足的精神旅行,而理性的反思、省察却是要剥离个人的、感性的故土认知。这种怀旧已经不再满足于个人的感性抒怀,而是努力要在更具普遍意义的、集体的意识形态领域获得认可。就像《圣经旧约》中逃离罪恶之地索多玛时,罗得的妻子因为回头看而化作了盐柱。当个人的怀旧踏入集体的家园记忆框架时,其实已经隐含着失去自我的危险。因为"集体框架的作用常常和屏幕记忆一样,决定着个人动情回忆的语境"[①]。

然而集体记忆并不总是个人记忆的墓园,个人记忆依旧以其独特的

[①] [美]斯维特兰娜·博伊姆(Boym. S.):《怀旧的未来》,杨德友译,译林出版社2010年版,第62页。

姿态表达着既是个人也属于集体的情绪，怀旧仍然是二者的中介，因为怀旧毕竟还是一种历史的心绪。从这个角度说，怀旧中的反思功能不仅在个人的情感畛域内滋长，而且在时代与历史的情绪范畴里活跃，这一点尤其突出地表现在怀旧与革命的辩证关系中。怀旧的反思品格与革命的理性精神并不矛盾，对"旧"的辩证认知，对"新"的远景展望是怀旧与革命在理论上能够熔铸的基础，加之乡土中国特定的历史文化语境更促使了二者在精神情感内核上的趋近与融合。不过，怀旧毕竟还是一种个人化的情感体验，而革命是大众化的公共性价值吁求。当中国的新文化知识分子将目光投向故乡时，他们的精英视角也许并不能得到革命价值理念的认同。怀旧与革命和而不同的裂隙或曰差异指向的是两种不同的意识形态。正如杰罗姆·B. 格里德尔所说："新文化知识分子坚持精英价值的社会意义；革命者则对知识精英主义表示怀疑，而且把大众的价值作为出发点，或认为精英价值必须包括在整个社会价值体系中。新文化知识分子并非对社会问题漠不关心，但总的来说，他们对以根本性的阶级斗争和矛盾观念为基础的社会变革战略不表同情，而宁愿强调他们断定具有普遍性的个性品质。"[①] 随着二者裂隙的扩大，怀旧中忧郁、自我、感性的情愫就会在革命坚韧、大众、理性的乐观期待中愈加他者化，并最终不免成为"盐柱"，因为这些负面的情绪对革命目标的实现显然是有害的。

怀旧不再，乡愁被消解，在二十世纪四十年代末，中国现代"乡愁小说"最终在风起云涌的革命狂欢中归于沉寂。当国族想象最终完成对个人乡愁的全面覆盖后，我们是应该欢欣于国家民族共同体想象宏伟话语的最终建构，还是要为个人乡愁的式微而惋惜？这其中孰轻孰重，孰优孰劣？

第一节 "代沟"内的忧郁：叶紫的怀旧与革命的自觉

怀旧并不总是迂缓、闲适的精神消遣，尤其是在苦难深重的乡土中

[①] [美] 杰罗姆·B. 格里德尔：《知识分子与现代中国：他们与国家关系的历史叙述》，单正平译，南开大学出版社2002年版，第329页。

国，对故乡往昔的怀旧多是对痛苦的反刍。"无名青年"叶紫及其创作即是典范。与同期其他左翼青年作家相较，叶紫作为革命遗属的悲惨身世以及对于革命残酷性的切身体认都使得他在回顾故乡时，有着与其他革命文艺青年不一样的感触。叶紫对故乡以及故乡过去革命风暴、人情世故的缅怀具有极其鲜明的个性色彩。因此，走进叶紫的乡愁，对于我们深入刹发怀旧与革命想象之间的关系当有助益。

一 "从喷泉里出来的都是水，从血管里出来的都是血"

鲁迅在《革命文学》中曾写下一句颇有意味的话："从喷泉里出来的都是水，从血管里出来的都是血。"① 鲁迅此言看似言不及义，实则词约义丰。鲁迅强调的是唯有血管里出来的才是血，言外之意那些从喷泉中出来的只能是水，而不可能变成别的什么东西。鲁迅此言是对彼时所谓"革命文学"的不满而发的，对于文艺创作来说，这一点尤为重要。没有切身的体验，便无法真正写出感人至深的文字，即使努力作革命状，终不免是无病呻吟的"水货"。如果将鲁迅此言放在叶紫身上，我们发现叶紫的怀旧正是从血管里喷薄而出的热血。

纵观叶紫具有代表性的小说创作，短篇小说有16篇，中篇小说2篇，长篇小说《太阳从西边出来》没有完成。其中涉及故乡洞庭湖边农民生活的就有14篇：《丰收》《火》《电网外》《向导》②《偷莲》《鱼》《刀手费》《懒捐》《杨七公公过年》《夜哨线》《山村一夜》《湖上》《星》《菱》③。显然，对故乡的想象是作家主要的题材选择。那么，如果我们以"乡愁"的视角审视叶紫的小说，可能会更接近于作家的创作意图。我们知道，叶紫"童年时代是一个小官吏家中的独生娇子……整天整夜像做梦般的过了两年最幸福的中学生生活"④，但是北伐军攻克益阳后，叶紫

---

① 鲁迅：《革命文学》，载《鲁迅全集》（第3卷），人民文学出版社2005年版，第568页。
② 叶紫：《向导》，《现代》（12月号）1933年第4卷第2期。目录为"向导"，正文为"乡导"。
③ 初刊于香港《大公报》副刊《文艺》1940年3月20日。编者按："叶紫先生的长篇小说《菱》原稿仅成一章，就因了种种缘故而搁笔，现在则业已成了绝笔了。"
④ 叶紫：《我怎样与文学发生关系》，《文学》1937年一周年纪念特刊——《我与文学》。

的满叔余璜担任县农民协会会长,也把整个余氏家族拉进了革命的旋涡。叶紫的父亲当了农民协会秘书长,大姐出任当地女子联合会会长,二姐出任县女子联合会会长、共青团负责人,叶紫则在满叔劝说下前往黄埔军校武汉分校读书。1927年长沙发生"马日事变",52岁的父亲和19岁的二姐被残杀示众,母亲则因"陪斩"精神失常,其他亲人亡命天涯不知去向。可见,叶紫对故乡的记忆更多的是家破人亡的血泪与仇恨,在他看来:"天,天是空的;水,水辽远得使人望不到它的涯际;故乡,故乡满地的血肉;自己,自己粉碎似的心灵!……"① 因此他自问:"故乡有什么值得我的留恋呢?要是它永远没有光明,要是我的妈妈能永远健在,我情愿不再回来。"② 虽然他不愿再次踏上故乡的土地,但是故乡恰如梦魇,总会强行进入作家的创作。譬如《刀手费》就是叶紫读金满城《裤子掉下来了》中打人还要"手续费"后的应和之作。③

逃离故乡、蜗居上海的叶紫生活极其贫困。在一九三九年二月八日写给张天翼的信中,他自嘲:"早晨摸米看空桶,中午寻柴想劫灰;讨厌偏逢天大雨,不能山后探新梅。"④ 写作是叶紫获得经济收入与谋生的重要手段,即使他不愿"多写"⑤,但是迫于生计不得不写,加之叶紫夫妇不睦⑥,这种寂寞的痛苦感就更加强烈了。"一壁跟残酷的病魔相搏,一壁跟困厄的境遇苦斗:这,便是作家叶紫在这一时期的生活的全部!"⑦ 从主观上来讲,叶紫对异乡也是排斥和拒绝的。异乡的繁华喧嚣并没有给叶紫带来多大的新鲜愉悦,反倒让这个外乡人感到颇不如意甚至厌恶。在《电车上》胖妇人与基督徒的争执漫骂,使"我的心里只有一阵阵的麻木的感觉……"在胖妇人"最后和最有力量的一句'只有菩萨……'

---

① 叶紫:《我怎样与文学发生关系》,《文学》1937年一周年纪念特刊——《我与文学》。
② 叶紫:《还乡杂记》,载胡从经编《叶紫文集》(下),湖南人民出版社1983年版,第416页。
③ 叶紫:《"手续费"与"刀手费"——读〈裤子掉下来了〉以后》,载胡从经编《叶紫文集》(下),湖南人民出版社1983年版,第534—535页。
④ 叶紫:《致张天翼书》,《观察日报》(副刊《观察台》)1939年2月22日。
⑤ 参见叶紫《我为什么不多写》,载胡从经编《叶紫文集》(下),湖南人民出版社1983年版。
⑥ 参见胡从经编《叶紫文集》(下),湖南人民出版社1983年版,第635—636页。
⑦ 任钧:《忆叶紫——略记他在上海时的一段生活》,《文艺春秋》1946年第3卷第1期。

才是真正能够救我们中国的！……"中"我"只有"拼命咬着牙门"逃走了。① 都市并没有让叶紫心驰神往，都市人也同故乡中的百姓一样愚昧麻木，这就是中国的现实。

故乡的血泪、他乡的冷漠共同夹击着叶紫，这促使他要"更细心地，更进一步地，去刻划着这不平的人世，刻划着我自家的遍体的创痕！……一直到，一直到人类永远没有了不平！我自家内心的郁积，也统统愤发的干干净净了之后……"② 可见，命运多蹇、客居他乡的叶紫将文学想象集中于故乡，不仅是时事所迫，也是作家诉诸自身文学理想使然。1933 年"无名青年"叶紫凭借小说《丰收》而一举成名③ 恐怕并不是偶然，除却"左翼"的扶掖，《丰收》的成功也与作品本身的艺术感染力密切相关。

二 "一篇精心结构的佳作"

在《几种纯文艺的刊物》一文中，茅盾指出《丰收》"在两万数千言中，它展开了农事的全场面，老农的落后意识和青年农民的前进意识，'谷贱伤农'与地主的剥削，奇（苛）捐杂税的压迫。这是一篇精心结构的佳作"④。茅盾对《丰收》中老农的落后意识和青年农民的前进意识的发现是切中肯綮的洞见。

从《丰收》来看，我们发现，无论是全场面的农事描写，还是"谷贱伤农"与地主盘剥、苛捐杂税无不贯穿着老农与青年农民的代际冲突。首先，在《丰收》中整个农事描写贯穿着父子隔阂。从播种到田间管理，从躲过旱魃到担心水患，云普叔希望田里的黄金能实现他的无数美丽的幻想。而儿子立秋却对田间劳作并不上心。在立秋看来"现在已经不全是要下死力做功夫的时候了；谁也没有方法能够保证这种工作，会有良

---

① 叶紫：《电车上》，载胡从经编《叶紫文集》（上），湖南人民出版社 1983 年版，第 281—282 页。
② 叶紫：《我怎样与文学发生关系》，《文学》1937 年一周年纪念特刊——《我与文学》。
③ 叶紫：《丰收》，《无名文艺》1933 年第 1 卷第 1 期。作品一经发表迅速得到文坛关注。《现代》《第一线》《清华周刊》《申报·自由谈》《时事新报·青光》等竞相登载相关评论。
④ 茅盾：《几种纯文艺的刊物》，《文学》1933 年第 1 卷第 3 号。

好的效果"①。而"近来云普叔常常会觉得自己的儿子变差了，什么事情都欢喜和他抬杠。为了家中的一些琐事，不知道发生过多少次龃龉。儿子总是那样懒懒地不肯做事，有时候简直是个忤逆的，不孝的东西！"②其次，对于地主何八爷的态度，父子同样差异明显。在云普叔办"打租饭"和缴租两件事情上父子隔阂甚至演化为尖锐的冲突。纵观叶紫的小说创作，这种父子冲突都有不同程度的体现，譬如王伯伯与福佑（《电网外》）、杨七公公和福生（《杨七公公过年》）、亲家公和汉生（《山村一夜》）等。

那么父子思想矛盾的焦点在哪里呢？首先，我们发现在父子之间，父亲对儿子的抗争行为构成阻碍力量。譬如，在《杨七公公过年》中，当杨七公公得知福生做了工人纠察队长后，

> 七公公吓得不知道如何处置才好！他拼命地拖住着福生的衣袖，流着眼泪地向着福生说了许多好话："使不得的！你，你不要害我们！你，你做做好事！……"
>
> （叶紫：《杨七公公过年》③）

父子矛盾的焦点是顺从还是抗争的不同选择，是阶级意识的是否觉醒，父子间的代沟实则是妥协者与革命者的分野。而这一矛盾也大都以"父"逐步认同"子"的观念主张并最终觉悟而解决。诚然，这一过程往往并不轻松。《丰收》中的云普叔直到在《火》中才不再"迟疑"；在家园被毁，亲人罹难之后，王伯伯才"朝着有太阳的那边走去了！"④ 由此，我们可以看到叶紫正是借助父子冲突来凸显阶级斗争的尖锐与复杂，以及被压迫阶级最终的觉醒。

---

① 叶紫：《丰收》，载胡从经编《叶紫文集》（上），湖南人民出版社1983年版，第58页。
② 同上书，第55页。
③ 叶紫：《杨七公公过年》，载胡从经编《叶紫文集》（上），湖南人民出版社1983年版，第191页。
④ 叶紫：《夜哨线》，载胡从经编《叶紫文集》（上），湖南人民出版社1983年版，第145页。

其次，就叶紫文学创作的全貌来说，我们发现在父子冲突中尖锐的阶级矛盾渐趋式微。在《山村一夜》中，"父子"冲突变得复杂多义。父子思想观念的交锋在"亲家公"（生父）和汉生（子）、桂公公（义父）和汉生（子）之间展开。如果说前者的矛盾还是阶级意识的觉醒与否的话，那么后者的冲突就是革命者的成熟与幼稚了。生父至死都未觉醒，汉生则在义父的启蒙下逐步走向成熟。值得注意的是，生父与义父之间的矛盾同样也很尖锐，这显然已经不局限在父子矛盾的范畴了。行文至此，我们不禁要问："父子矛盾最终的指向是父的觉醒呢，还是子的觉醒呢？"换言之，父子冲突仅仅指向阶级意识，还是在阶级意识冲突的外衣包裹之下，隐藏着更为深切却不欲明说的隐忧？我们再来看《星》，梅春姐的觉醒是在与两个男人的婚恋关系中逐步展开的，黄启蒙了她作为女人的权利，丈夫陈德隆的压迫促使她走向反抗觉醒的道路。而在《菱》的第一章中，尤洛书与育材叔乡邻关系的恶化则成为"故"事的序幕。以上事实提醒我们：叶紫的乡愁并未停留在父子矛盾的代际关系范畴，而是逐步进入了普遍人际关系的领域。梅春姐的觉醒最终归宿不是走上无产阶级革命道路或者投身于水深火热的战斗中去，而是真正走向了人的自觉。她大胆地接受了黄的求爱，勇敢地说出了作为一个女人的权利与自由。

> 女人们从今以后，通统要"自由"起来：出嫁、改嫁都要由自己做主，男人是决不能在这方面来压制和强迫女人们的！
>
> （叶紫：《星》[①]）

在这里，压迫者不仅是梅春姐的丈夫陈德隆，像老黄瓜、麻子婶、柳大娘等村人的舆论同样对梅春姐造成了精神压迫。在《菱》中，尤洛书发了财便不愿与育材叔这个穷亲戚做儿女姻亲，并多次不顾情面和亲谊将育材叔投进县城大牢，育材叔气愤地将草纸包了牛粪和红纸庚书扔进了尤洛书家，致使官保和玉兰的青梅竹马的爱情出现危机。而这种危机正是人的经济地位改变给故乡社会关系带来的冲击使然。但令人感到

[①] 叶紫：《星》，载胡从经编《叶紫文集》（上），湖南人民出版社1983年版，第344页。

痛惜的是，作品并未完成，"死确实带走了最好的部分"①。纵观叶紫的小说创作，我们发现叶紫自父子矛盾而至夫妻关系、世系矛盾，都始终关注着人及其复杂的人际关系。从叶紫在1939年2月至6月26日节录的57篇日记资料看，其中涉及人性的有16篇，且所记甚为翔实。②他赞叹陀思妥耶夫斯基和安特列夫对人类内心解剖的深刻而无情，认为"人类的'夸大狂'最发达的地方，怕要算是中国了……农民中的'夸大'比任何人都厉害……因此罗士特莱夫的子孙，在中国农村，真是数不尽，发达得很"，并计划将人类最普遍、最悲惨的劣根性"报复欲"写入《太阳从西边出来》，表示"我必须用全力在我的作品里反对人类的'报复欲'，刻画其罪恶而攻击之。这也是我的主要工作之一"③。

  由此来看，叶紫早期《丰收》中呈现的父子代沟的实质是，在二元对立框架中，压迫性力量对人的自觉意识的阻碍甚至戕害。叶紫的怀旧虽指向父子差异，但不限于代沟。这种压迫性的力量起初表现在"父"的一方，随着叶紫创作的深入，这种压迫性力量变得多元，不仅是父也可以是子，甚至是夫妻、乡邻等。叶紫的怀旧注目于人际差异，正是对故乡农村深层的精神文化制度危机的忧思。尤其可贵的是，叶紫的思维已经敏锐地触及了生命个体自身的心理压迫，换言之，构成人的解放的更大阻碍是人自身，是自身主体意识的不觉醒！就此而言，有学者认为三十年代"丰收成灾"类作品"很难找到真正有艺术感染力的作品和有生命力的人物形象，所谓的'父子冲突'模式更是受人诟病"④ 恐怕有失偏颇。

---

  ① 李健吾（刘西渭）：《叶紫的小说》，载李健吾《咀华集·咀华二集》，复旦大学出版社2005年版，第134页。

  ② 叶紫论及人及其关系的日记分别为：二月一、二、三日；四月十、十一、十二、十六、十七日；五月二、廿、廿二、廿四、廿五日；六月二、十五、十六日。参见叶雪芬编《叶紫研究资料》，湖南人民出版社1985年版。

  ③ 分别参见叶紫四月十日、五月廿四日、五月廿日、六月二日的日记资料。参见叶雪芬编《叶紫研究资料》，湖南人民出版社1985年版。

  ④ 参见贺仲明《责任与偏向——论20世纪30年代农村灾难题材文学》，《人文杂志》2008年第3期。

三 "对压迫者的答复，文学是战斗的"

二十世纪三十年代"丰收成灾"、"抗捐抗租"是左翼作家普遍的怀旧对象，譬如，蒋牧良的《高定祥》与《南山村》、荒煤的《秋》、赖和的《丰收》、罗洪的《丰灾》、沙汀的《兽道》和《凶手》及《在祠堂里》、张天翼的《清明时节》、夏征农的《禾场上》、叶圣陶的《多收了三五斗》以及茅盾的《春蚕》等。这与三十年代社会矛盾的激化显然有着密切关系。在南京国民政府统治的十年时期（1927—1937年），中国农村经济已经大规模萧条，1928年暂时的政治稳定以及农业的丰收并没有给农民带来生活水平的改善，农民抗捐抗税愈演愈烈。[①] 据一份调查显示：

> 在 1922—1931 年这 10 年间，从上海的两家报纸《申报》和《新闻报》上，总共记录了 197 起与地租有关的事件。在前 3 年（1922—1924），所记录的时间次数每年是 9—11 起。在第二个 3 年，即动荡不安的 1925—1927 年，每年的次数从未低于 20 起。因而，骚动似乎稍有加剧。此外，暴力行为（如侵入地主的住宅和宰杀、分食地主的猪）和风潮及骚乱的比例都有上升的趋势：从前 5 年（1922—1926）占有记录的事件的 33%，上升到后 5 年（1927—1931）的 39%。
>
> （《剑桥中华民国史 1912—1949》[②]）

但值得注意的是，以上作品除了《春蚕》外，作家并未采用代沟的方式来书写对故乡的忧郁，或者代沟的痕迹并不明显。那么，叶紫乡愁的言说方式为何钟情此道，或者说叶紫以"代沟"言说乡愁是否存在某种必然性？我们再看叶紫以下一段意味深长的文字：

[①] 参见［美］费正清、［美］费维恺编《剑桥中华民国史 1912—1949》（下卷），刘敬坤等译，中国社会科学出版社 1994 年版，第 230—272 页。

[②] 同上书，第 281 页。

不料一九二六年的春天，时代的洪流，把我的封建的、古旧的故乡，激荡得洗涤得成了一个畸形的簇新的世界。我的一位顶小的叔叔，便在这一个簇新世界的洪流激荡里，做了一个主要的人。爸爸也便没有再做小官儿了，就在叔叔的不住的恫吓和"引导"之下，跟着卷入了这一个新的时代的潮流；痛苦地，茫然地跟着一些年轻人干着和他自己本来志愿完全相违反的事。

（叶紫：《我怎样与文学发生关系》①）

在以往的研究成果中，此段文字较少被征引，是论者不见，还是此文有伤作家革命者的形象？在这段文字中几处措辞颇耐人寻味，分别是"畸形"、"恫吓"、"引导"（文中加引号）、"痛苦"、"茫然"、"完全相违反"。这些文字所表达的弦外之音或许是：叶紫并不完全认同父亲参与革命的行为，并对革命的方式与成果有所保留。叶紫对革命的失败有着切肤体认，试问还有什么比杀父之仇更令人刻骨铭心？在巨大的悲哀面前，叶紫的思想深处除了与压迫者不共戴天的仇恨外，更深切的也许是对这一失败的反省——不仅是革命的对象，更应该是革命者本身。也就是说，叶紫对故乡故事的怀旧是具有反思色彩的。这得益于故乡给作家留下的悲惨记忆，它使得作家在心理上对故乡有意排斥，并始终保持着一定的距离，从而能够冷静而客观地去看待革命失败的原因——人的未觉醒。也正因此，在叶紫的心里，集体的苦难超越了个人的苦难。在得知杀父仇人曹明阵因汉奸罪而被枪毙后，叶紫显得格外冷静，他说："与其说，我看到了一个大仇人的死而高兴，倒不如说看到替国家民众除了一个大害而高兴，还恰当得多……即使他是我的杀父之仇，只要他是在前线杀敌，为国家民族的生存受了苦难，只要我的力量能救助他，我一定会去救他的！"② 叶紫并不是忘记了杀父之仇，而是国家民族的命运更让他忧郁。诚如作家在《星》的后记中所说："因了自己全家浴血着一九二七年底大革命的缘故，在我的作品里，是无论如何都脱不了那个时候底影响

---

① 叶紫：《我怎样与文学发生关系》，《文学》1937 年一周年纪念特刊——《我与文学》。
② 胡从经编：《叶紫文集》（下），湖南人民出版社 1983 年版，第 679 页。

和教训的。"① 而"人与人之间的关系，必须在寂寞时，在苦恼时，在互相安慰时，才现得亲密。一个作家在作品里所表现得最能引起读者的同情和共鸣的，也就是这些场面。"②（着重号为原文所加）所以，"代沟"或曰人际关系就成了叶紫怀想故乡、反思民族国家的一种得体而有效的艺术形式。

而反观同期某些左翼作家对故乡的想当然虚构则多有隔靴搔痒、矫揉造作之感。因为他们对故乡百姓的生存实际没有感同身受，因为他们对故乡的想象缺乏必要的反思，所以他们言说的乡愁往往"以概念的向往代替了对人民大众的苦难与斗争生活的真实的肉搏及带血带肉的塑像，以站在岸上似的兴奋的热情和赞颂代替了那真正的在水深火热的生死斗争中的痛苦和愤怒的感觉和感情；……这些作品是有些公式化的，同时也显见作者的生活和斗争经验都还远远地不深不广"③。既然一些左翼作家由于生活与战斗的经验的肤浅与隔膜导致了作品中的乡愁有图解政治和公式化、概念化之嫌，那么作为肩荷启蒙重担的知识分子能否为故乡代言？鲁迅对此也不无忧虑：

> 但现存的左翼作家，能写出好的无产阶级文学来么？我想，也很难。这是因为现在的左翼作家还都是读书人——智识阶级，他们要写出革命的实际来，是很不容易的"缘故"。日本的厨川白村曾经提出过一个问题，说作家之所描写，必得是自己经验过的么？他自答道，不必，因为他能够体察……但我以为这是因为作家生长在旧社会里，熟悉了旧社会的情形，看惯了旧社会的人物的缘故，所以他能够体察；对于和他没有关系的无产阶级的情形和人物，他就会无能，或者弄成错误的描写了。

（鲁迅：《上海文艺之一瞥》④）

---

① 叶紫：《星·后记》，载胡从经编《叶紫文集》（下），湖南人民出版社1983年版，第546页。
② 胡从经编：《叶紫文集》（下），湖南人民出版社1983年版，第627页。
③ 冯雪峰：《从〈梦柯〉到〈夜〉》，载《冯雪峰论文集》（中卷），人民文学出版社1981年版，第156页。
④ 鲁迅：《上海文艺之一瞥》，载《鲁迅全集》（第4卷），人民文学出版社2005年版，第307页。

在《论现在我们的文学运动》中,鲁迅更是认为左翼批评

> 常流于标准太狭窄,看法太肤浅;我们的创作也常现出近于出题目做八股的弱点……民族革命战争的大众文学决不是只局限于写义勇军打仗,学生请愿示威……等等的作品。这些当然是最好的,但不应这样狭窄。它广泛得多,广泛到包括描写现在中国各种生活和斗争的意识的一切文学。因为现在中国最大的问题,人人所共的问题,是民族生存的问题。
>
> (鲁迅:《论我们现在的文学活动——病中答访问者》①)

如果说此文是在鲁迅病重期间,由冯雪峰执笔,再以鲁迅名义发表,是否为鲁迅作品尚存争议的话,那么在与沙汀、艾芜的通信中,鲁迅则语重心长地告诫青年作家:"现在能写什么,就写什么,不必趋时,自然更不必硬造一个突变式的革命英雄,自称'革命文学';但也不可苟安于这一点,没有改革,以致沉没了自己——也就是消灭了对于时代的助力和贡献。"② 而在《丰收·序》中,鲁迅不仅时隔多年依旧对太阳社、创造社强调革命意识的指导作用,文学要超越时代的观点不能释怀,而且针对"第三种人"的论调予以批驳,并在篇末指出:"这就是作者已经尽了当前的任务,也是对于压迫者的答复:文学是战斗的!"③ 如此看来,鲁迅的用意显然是认为叶紫的创作为1928年"革命文学"论争后的左翼创作指明了方向。叶紫并没有机械地演绎左翼批评的标准,他既体现了文学的阶级性又显示了文学创作的自由,叶紫的创作是有着生活实感的、真正对于时代有助力和贡献的作品。

叶紫对故乡的怀旧没有故意给往事披上阶级斗争的"虎皮",而是发

---

① 鲁迅:《论我们现在的文学活动——病中答访问者》,(O. V. 笔录),原载于1936年7月1日《现实文学》月刊第1期和7月10日《文学界》月刊第1卷第2号。关于此文争议参见周楠本《这两篇文章不应再算作鲁迅的作品》,《博览群书》2009年第9期。

② 鲁迅:《关于小说题材的通信》,《十字街头》1932年第3期。来信署"T_{s-c}. Y. 及 Y-f. T."。Y为扬子青(沙汀),T为汤道耕(艾芜)。

③ 鲁迅:《叶紫作〈丰收〉序》,载叶紫《丰收》,上海容光书局1935年版。

自内心地、真诚而自觉地反思故乡的人、事乃至民族与国家的命运。诚如林岗在《论丘东平》中所说:"文学是一个绝对需要个人秉赋和才华的领域,革命者而兼诗人,不仅需要认同革命的信念,参与革命的运动,还需要有诗的感觉、诗的才华。革命和文学在本然的意义上并不是相互排斥的,也没有必然的冲突。但是若要成就真正的左翼文学,就要建立在这样的前提条件之下:对革命的信念和认识必须从诗人生命的内部流出,而不是由外部灌输进去。革命激情只在属于诗人生命主体的欲求时,才是真实的,否则它只是空洞的教条。革命与文学的关系,不能是革命去驾驭文学这样简单。左翼文学必须是诗人本身意识到、体验到革命而产生出文学欲求的产物;诗人必须是革命的发光体,须是光芒从自身生命发散出去,才能照亮大地,感染时代。诗人所写也只能是自己所领悟到的生命感觉和体验,而作品就是诗人自己生命感觉和体验的文学结晶。诗人纵然革命,但如果没有可以点染为诗的生命感觉和体验,那也写不出革命的诗。即便写出,大概也如同口号诗、宣传诗一般,不能长久。"①

第二节 "内讧"中的焦虑:《一千八百担》中的故乡伦理危机

1924年26岁的吴组缃应郑振铎的约稿和催促,作短篇小说《一千八百担——七月十五日宋氏大宗祠速写》,发表于《文学季刊》1934年第1卷第1期。与叶紫的《丰收》相似,初试牛刀的吴组缃同样得到了茅盾的激赏。茅盾在评论其短篇小说集《西柳集》时即认为:"这样长,这样包罗万象似的,这样有力地写出了十多个典型人物的'速写',似乎还没有见过。"② 通过上节的论述,我们看到叶紫的"乡愁小说"为怀旧与革命的关系提供了积极的范例,那么同样得到茅盾赞赏的吴组缃对此问题又有着怎样的思考呢?

---

① 林岗:《论丘东平》,《学术研究》2011年第12期。
② 惕若(茅盾):《西柳集》(书评),《文学》1934年第3卷第5期。

一 "精密地组织故事的能力"

在茅盾看来,吴组缃是有着"精密地组织故事的能力"的,而这主要是因为"作者吴先生把二万多字差不多完全给了'人物'的典型描写"①。依茅盾看来,"一篇作品产生的过程,总得是先有'人',——这是生活体验观察的结果,'人'在作家心中成熟而定型的时候,'故事'的轮廓也就构成;即使是把某一历史事件作为背景的作品,也不能不先有'人'"②。对此,吴组缃也认为:

> 若问我喜欢或是佩服什么样的小说,我可以回答:我喜欢《金瓶梅》、《水浒》一类,不喜欢《今古奇观》或《三言二拍》一类;我喜欢托尔斯泰、巴尔扎克一类,不喜欢司汤达、柯南道尔一类。这就是说,我看小说,喜欢看人物。我认为写小说的中心就在写人物(他的人和他的生活);为了表现人物,故用故事。那种专讲故事,没有写出人物的,我私心甚至不承认它是真正的小说。只要人物写得好,我就评量它是好小说。
>
> (吴组缃:《介绍短篇小说四篇》③)

茅盾与吴组缃看似"英雄所见略同",但是依笔者看来,二人对"故事"、"人物"关系的看法实则是有细微差异的。就茅盾的观点来说,人物形象的成熟与故事轮廓的形成是同步的,即"故事"是"人"的"故事";而在吴组缃看来,故事中如果没有鲜明生动的人物形象,便不是好故事(小说),其强调的是人在故事(小说)中的重要作用,即"人"是"故事"中的"人"。二者表述的细微辨析,促使我们重审吴组缃的"乡愁小说"创作。就茅盾的观点反观其创作不难发现,人物的心理发展、性格命运等构成了整个故事的轮廓或曰结构;而吴组缃的作品因为强调的是人物之于故事的重要性,所以人物是诉诸作家文字背后的思想

---

① 惕若(茅盾):《西柳集》(书评),《文学》1934 年第 3 卷第 5 期。
② 茅盾:《八月的感想——抗战文艺一年的回顾》,《文艺阵地》1938 年第 1 卷第 9 期。
③ 吴组缃:《介绍短篇小说四篇》,《国文月刊》1941 年第 11 期。

批判的载体。在他的作品里往往人物较多,那么,着力于人物之间复杂关系的描写就成为他结构故事的重要手段。从这一点来说,茅盾感到"为什么'速写'体写得那么好的吴先生对于'非速写的'——连绵发展的故事,弄弄就会碰壁呢"① 的疑问恐怕就不难理解了。因为,"连绵发展的故事"往往对应的是人物(特别是主要人物)性格的充分发展,而非仅仅瞩目于人物关系对故事的叙事主旨的影响。既如此,吴组缃是如何在"速写体"中将诸色人等纳入他"精心组织的故事"之中的呢?

我们先来看《一千八百担》中的人物设置:

> 有把持"宋氏义庄"的义庄值年管事柏堂,(还有个不登场的"族中专制皇帝"月斋老,)有恒昌祥京广洋货布店老板,商会会长的子寿;有"上海什么专门学校毕业生,如今是在家里专门当少爷"的浮浪青年松龄;有"五十多岁胡子已经花白,辫子是民国十七年割的,而今留着个鸭尾股在头上,豆腐店老板"的步青;有"满口野话,爱哈哈大笑,会做呈子状子会打官司"的子渔;有"北京什么大学毕业,二十七八岁,如今是在省城中学当教员"的叔鸿;有"中学二年级就辍学的,在家乡干反日运动露天讲演的青年"云川;有"一脸烟色,是个落魄的小政客,曾在安武军里当过司书"的石堂;有"穿一身月白竹布褂,腰上系一根'通海',胯下拖着络须,快近三十岁,'三江党'同志"的逸生;有"苦心经营着每文斋改良私塾"的五十多岁的敏斋;有"民国三年江南师范毕业生"的义庄办的小学校长翰芝;还有"五十多岁,镶个金牙齿在口里,脸上有几点黑麻子"的四区区长绍轩:——这是五光十色的一大群,吴先生还他们各人一个身份,各人是一个"典型",不但各人的形容思想各如其人,连各人的"用语"也很富于"典型"的色调,这是一幅看不厌的"百面图"!
>
> (惕若:《西柳集》)②

---

① 惕若(茅盾):《西柳集》(书评),《文学》1934 年第 3 卷第 5 期。
② 同上。

以上的人物可谓士、农、工、商、学一应俱全，并且每人各是一种职业的"典型代表"。同时他们还都有着一个共同的身份：宋氏大家族的子孙。但是以上典型的人物并不因彼此职业的不同而给读者留下什么深刻的印象，他们自私龌龊，实则一丘之貉，反倒是人物之间的言辞交锋和钩心斗角的冲突更为突出一些。我们知道，将诸种复杂人物串联结构的主要方式有两种：一是靠人物之间外在的伦理关系来建立人物关系链；二是靠彼此之间细微的心理交锋来勾连。而我们再看吴组缃结构人物的方式，恰恰正是这两种方式的结合，从外在的关系来讲，人物都是宋氏大家族的成员，彼此之间都有着一定的伦理关系，从内在的心理关联来说，他们又彼此利益攸关，并为了各自的私利在心里猜忌、试探、较劲。这样一来，作品不仅能够从内、外两个方面来丰富人物的形象，而且推进了故事的发展，我们所阅读的故事也就成了一个看似没有主角，但似乎人人都是主角，众声喧哗的精彩故事。因此，吴组缃对故乡的怀旧与其说"怀"的是"故事"，毋宁说"念"的是"故人"。作家正是通过"故人"的罗织来讲述"故事"的，人物在社会阶层中各具典型意义，同时又统一于宗族的伦理关系中，这样就由典型人物而生成了一个家族、国家的典型微缩景观。而这又都仰仗于典型人物之间的复杂关系展现，从而使得作品生成了一种典型意义。打个比方说，吴组缃的创作仿佛是在布置一盘棋局，人物就是棋子，车、马、炮各具其能、各司其职。各个棋子（人物）之间有着紧密的关联，不仅相互制约，而且在整体上服务于"对弈者"的"战略"需要，恰恰正是这种复杂的关联最终生成了整盘棋局的意义。也就是说，吴组缃是通过故人的关联（冲突）来书写自己浓郁的乡愁的，即通过典型人物之间的冲突，尤其是内在心理的冲突作为勾连人物、推进叙事，进而揭橥作品主题思想的主要结构方式。

如果说上一节我们谈到叶紫是以"代沟"的代际关系来展示自己对故乡独有的忧愤的话，那么客居在北平西柳村的吴组缃则是以宗族的"内讧"来寄寓自我对故乡的深沉忧思。我们注意到：无论是"代沟"还是"内讧"，其实触及的都是故乡中的人际关系问题。也就是说，叶紫对代际关系的忧虑，在吴组缃这里得到了延续。所不同的是，这种乡愁已经逐步蔓延到整个故乡宗族内部的人伦关系范畴，这其实已经触及了乡土中国精神文化的腹地，这对社会转型期的乡土中国而言是个不容忽视的、意义重大的问题。

二 宗族的内讧

从中国宗法制度的滋生与发展来看，"中国古代家庭制度和家庭组织在历史上曾发生过种种变异，但建立在农业经济基础之上的家长制家庭和夫权制婚姻制度则一直是中国宗法制社会的基础，它成为中国文化发展中的极其稳定的因素并延续数千年之久"[①]。家是以夫妻共同组成的、具有一定经济、情感意义的最小的社会单位，而"族者何也，族者，凑也聚也。谓恩爱相流凑也。上凑高祖，下至玄孙，一家有吉，百家聚之，合而为亲"[②]。可见血缘关系是家族构成的基础，家族就是通过血缘关系而聚集成的紧密的父系群体，并且这一群体还共同将"宗"（祖宗）作为本家族共同尊奉的精神意念。在《白虎通义》中就有"宗者尊也，为先祖主也，宗人之所尊也"[③]的说法。那么，以"宗"作为最高精神统摄，世代相袭的家族则自然构成了外在组织形式和内在道德伦理上的主从关系，即"宗法"，宗法制度是宗族的重要表现形式。从宗法制度的历史流变来看，宗法制度一度是中国古代政治体制的重要构成方式和依据，但是其在西周末年已经瓦解了。然而宗法制度并没有随着分封制等政治制度的消亡而退出历史的舞台，尤其是到了宋代，政治意义上的宗法制度开始在民间获得了长足的发展。

> 自北宋开始重建的宗族组织，是民间自发组织的、以男系血统为中心的宗族共同体。它在唐中叶以后已经出现，到宋代才成为社会结构中具有普遍性的主要社会组织。在宗族共同体内，逐渐形成以族长权力为核心，以家谱、族规、祠堂、族田为手段的宗族制度。家谱是家族的档案，记载家族世系源流、祖宗墓地、族规家法等。

---

① 姚伟钧：《宗法制度的兴亡及其对中国社会的影响》，《华中师范大学学报》（人文社会科学版）2002年第3期。
② （汉）班固：《白虎通义·宗族》（中），陈立疏证，商务印书馆1937年版，第333页。
③ 同上书，第330页。

族规是族人必须恪守的行为规则,是宗族制度的支柱,是族长统治族人的工具。祠堂又称家庙,是供奉祖先牌位、祭祀祖先的地方,也是向族人灌输族规家法和处理族中事务的场所。族田是家族公共田产,由族中富人捐赠,用以开支祭祀祖先、救济族人、设义学教育子弟的费用。可见,家族制度得以维系,主要是依赖家谱、族规、祠堂和族田这些要素。

(姚伟钧:《宗法制度的兴亡及其对中国社会的影响》[1])

吴组缃的故乡皖南山区的泾县茂林村就是一个民间宗法制社会的典型标本。此地自清代乾嘉朝以来,民初时已有两千多户人家。古代徽州下辖今安徽黄山市、绩溪县及江西婺源县,而位于黄山脚下的泾县正是这一独具地方特色的徽文化的中心。徽文化内容广博、深邃,有整体系列性的特点,全息包容了中国后期封建社会民间经济、社会、生活与文化的基本内容,是后期中国封建社会的代表。由于地域所限,历代政治动荡、战争灾荒等对于徽州的影响相对较小。这里经年累月积淀下来的伦理道德、文化价值具有延续性与稳定性的特点,但同时也显得相对保守、自足。譬如,新安理学的"修内政"、"攘夷狄"的思想,徽州朴学的考据之风等。吴组缃的《一千八百担》正是对这一极具乡土中国特色的范本的解剖。

那么,吴组缃如何切入沉疴难起的故乡呢?题目中"一千八百担"和"七月十五日"给出了答案。对于一个封建伦理道德根深蒂固,但已然岌岌可危的故乡而言,来自内部的分崩瓦解显然是致命的。吴组缃敏锐地察觉到了故乡道德伦理危机的根源:宗族内部经济的破产。族田作为整个宗族的公共财产,不仅是江南宗族社会的经济基础,其原本的目的不仅是"生利",而且有着在道德伦理上的"瞻族",从而起到"收族"效果的作用,也是对贫富不均的农业收入二次分配的调节手段。[2] 但是,在这个年谷不登的荒年里,作为宗族公产的一千八百担义庄租谷成

---

[1] 姚伟钧:《宗法制度的兴亡及其对中国社会的影响》,《华中师范大学学报》(人文社会科学版) 2002 年第 3 期。

[2] 参见徐扬杰《中国家族制度史》,人民出版社 1992 年版,第 329—331 页。

为人人垂涎的肥肉。义庄管事宋柏堂和其主子义斋妄图自肥私囊，却因"稻价跌得这样子，政府里还借大批美国麦"① 而搁浅。于是各种宋氏家族曾经风光无限，而今山穷水尽的人物都蜂拥而至。诸色人等无不是各揣心事：商会会长子寿借败家子松龄要安葬先人骨殖为由，希望以松龄的田产抵押义谷，实际上是为了填补自家生意上的债务；省城教书的叔鸿经营油坊破产，又无力还债，也想以田产典质义谷。而讼师子渔则更是直接要求公分义庄。同时，培英校长翰芝打着办培英小学的幌子想捞一把；区长绍轩也以办保甲壮丁队为名，想从中捞一笔"开办费"。作为族产的一千八百担存谷，本来是用以祭祀祖先、救济族人、设义学教育子弟的，可如今这些宗族内的权势人物人人都想中饱私囊。围绕着"一千八百担"义谷，这些宋氏子孙笑面酬对、结伙倾轧、密谋算计，甚至破口大骂。在财产利益面前，宗族成员之间的血缘亲情早已荡然无存。

然而，宗族经济的破产不过是当时整个中国农村经济破产的一个缩影罢了，"这年头，田是个倒霉东西，是个瘟神，谁见了，谁怕"②。加之外来商品输入对中国民族资本的冲击，即使是那些从事商业经营的宋氏子孙也大多债台高筑、生意惨淡。即便如此，仍然还嘴硬，说什么中国的藿香正气丸比日本的仁丹强。在二十世纪三十年代的经济大萧条中，深处皖南的泾县与相隔并不遥远的现代都市上海构成了一个极富张力的想象空间。上海的徽商以及那些到现代都市谋生的贫苦农民，共同带来了异域他乡的物质现代性及城市新鲜的生活方式，这对于以小农经济为主要经济形态、封建守旧的故乡而言，显然是巨大的冲击。"丰收成灾"已是当时农村经济破产的生动写照，甚至连作为族产的一千八百担义谷都成了族人明争暗斗的标的，可见中国农村经济的破产已经深入到了乡土中国的腹地。这不仅动摇了民间宗法制的经济基础，而且势必给这一带有父权政治色彩的道德伦理制度以本质性的伤害。

小说的副题"七月十五日宋氏大宗祠速写"则为我们隐喻了宗法制度下道德伦理的危机。七月十五日本是皖南农村极其重视的中元鬼节，每年都要在此日举行盛大的祭祀祖先的仪式，这对于民间宗法制度而言

---

① 吴组缃：《一千八百担》，载吴组缃《西柳集》，生活书店1934年版，第320页。
② 同上书，第265页。

其重要性不言而喻。但这一天，祠堂没有祭祀祖宗，倒是一群"孝子贤孙"在争吵。只有周边的三溪镇上演了作为节庆标志的目连戏。传统而静穆的盂兰会，也只有下层宋氏子孙和客家佃户还在组织举行。宗族仪式的废弛表征着族人对共同祖先的认同感的弱化以及纲常伦理的约束力的降低。无怪乎，鑫樵老不无感慨：

> 从前姓宋的走出一个人来，都是像模像样，有貌有礼的。……那时候祠堂里是每月三小祭，每年二大祭。子孙走进来，按辈分，坐的坐，站的站：尊卑有次，长幼有序。老辈子不开口，小辈子那（哪）个敢哼一口气？而今是个什么样子？——简直是个放牛场了！……
>
> （吴组缃：《一千八百担——七月十五日宋氏大宗祠速写》①）

忠孝节义无从谈起，义庄管事柏堂根本没有忠心为宗族工作，他把持族产，挪用资金，做茶叶、蜜枣生意，还放高利贷；松龄安葬先人骨殖的孝行也不过是谋求义谷的借口。倒是一个名义上的、居于幕后的、类似于族长般的人物——月斋老叔还有点余威。但是月斋老叔不露面，倒不是他不能轻易现身，要讲究点派头，而是已经多少有些心力不足了。试问，即便他出面就能够平息眼下棘手的家族内讧吗？作为宗法制的实权者实际上已经失去了对宗族的控制，他们已经感到宋氏宗族日薄西山、气数已尽了。正如想从一千八百担中分沾"古稀俸"的耆老们所哀叹的："五世同堂，百岁齐眉，科甲齐全"的宋氏家族，"不想五十年来，一败至于此极！"②

维系民间宗法制度的家谱、族规、祠堂和族田这些要素，都遭遇到了前所未有的毁坏。族田公产要被公分，祠堂成了"放牛场"，族规更是无从谈起。三纲五常、仁义道德在利益的面前成为最后被撕下来的遮羞布。上至宗族权势人物，下到底层族人间的内讧，折射了三十年代中国农村社会宗族制度的分崩离析和以农为本的立国根基的风雨飘摇。

---

① 吴组缃：《一千八百担》，载吴组缃《西柳集》，生活书店 1934 年版，第 302 页。
② 同上。

三 "向内转"的革命解读

《一千八百担》虽是"速写",但是其以宗族内讧的视角来解剖时下的乡土中国不能不说是切中肯綮的,这与叶紫从"代沟"的角度来重审故乡的精神文化气质实有共通之处。不过叶紫更倚重于从人性、人格的内在维度来透视乡土中国的病灶,而吴组缃更倾向于以理性的社会阶层的宏观视角来剖析病入膏肓的故乡。旅居上海的叶紫与客居北平的吴组缃在三十年代的创作共同指向了自己的故乡,也许正是异域他乡的孤寂促发了他们对故乡的回眸。但是想来更为重要的是,二十世纪三十年代的时代语境无形中对他们的创作提出了要求。他们需要以手中之笔来回应这个时代、社会以及作为一个知识分子的良心。于是,怀旧就不是单纯地记录下那些曾经散落的记忆,而是要写出自己对于"故"人、"故"事的认知与价值评判。

就《一千八百担》而言,作者显然是受到了茅盾《子夜》的影响,吴组缃在《评茅盾〈子夜〉》中说:

> 中国自新文学运动以来,小说方面有两位杰出的作家:鲁迅在前,茅盾在后。茅盾之所以被人重视,最大原(缘)故是在他能抓住巨大的题目来反映当时的时代和社会;他能懂得我们这个时代,能懂得我们这个社会。他的最大的特点便是在此。有人这样说:"中国之有茅盾,犹如美国之有辛克莱,世界之有俄国文学。"这话在《子夜》出版之后说,是没有什么毛病的。
>
> (吴组缃:《评茅盾〈子夜〉》[1])

吴组缃对茅盾及其《子夜》是否过誉暂且不说,其褒扬是心悦诚服定然无疑。对于当时仅是清华大学研究生的吴组缃而言,茅盾及其创作仿佛让他找到了一种之于时代的发言方式。不过与茅盾注目十里洋场的都市上海不同,他择选了自己最为熟稔的故乡皖南作为创作的素材。因为他是"在一个宗法社会生长的,廿余年中,眼望着那社会塌台,也很

---

[1] 吴组缃:《评茅盾〈子夜〉》,《文艺月报》1933年创刊号。

明白它是怎么塌台的"①，而他的故乡恰恰是自晚清以降中国农村宗法社会的典型代表。因此，对于吴组缃来说，效法《子夜》，以典型的阶层代表之间的内讧来条分缕析农村宗法社会，即是一种呼应时代的便宜之策。这种真挚而不乏深刻的创作方式，不仅可以为郁结的乡愁寻找一个抒情的窗口，而且更重要的是它能够最大限度地揭示乡土中国千百年来沉滞委顿的因由，进而试图探寻疗救的门径。在《一千八百担》的分析中，我们可以看到，那些极具典型意义的宋氏子孙们不仅秉性各异，而且是社会各个阶层的代表。他们或为宗族中的权势人物，或是破产的工商业者，或是教育界中人，或是政府行政官员。一个人一个身份，一个人就是一个阶层的代表。吴组缃的安排很明白，那就是要把中国农村社会的现状分门别类地来个剖析。诚然，吴组缃的社会剖析并不能仅归因于茅盾的示范作用，其自身对社会经济相关学科的研读，以及其兄吴半农的影响也是不容忽视的。②

社会剖析的创作法对吴组缃的影响是深远的，1985年在《答美国进修生彭佳玲问》时，吴组缃在谈到《一千八百担》的创作时仍说："我写的《一千八百担》，一个个的人物个性是写出来了，是通过对话写出来的，同时更要紧的呢，就是刚才讲的，解剖那个社会，指出那个社会没有出路。老百姓不管是哪个阶级、哪个阶层的，都穷得要死，没有路子可走，所以必须革命。"③从这些话里，我们仍可感到"阶级"、"阶层"依旧是吴组缃"解剖那个社会"的不二法门。然而茅盾对这位吴先生的创作方式，多少还是觉得有些美中不足，总感到人物的描写还是过于"客观"了一些：

> 我们对于吴先生那种一点也不隐瞒的至诚，感谢，而且敬重；然而我们感到美中不足的，是吴先生自己不参加意见。吴先生的写

---

① 惕若（茅盾）：《西柳集》（书评），《文学》1934年第3卷第5期。

② 吴组缃于1931年间在清华大学曾参加"反帝大同盟"和"社会科学研究会"，并经常参加这两个团体组织的马克思主义理论学习和讨论。其兄曲林（吴半农）所写的《中国经济蜕变中的绝大底危机底到临》一文对吴组缃的影响很大。参见方锡德《吴组缃生平年表》，《新文学史料》1995年第1期。

③ 吴组缃：《苑外集》，北京大学出版社1988年版，第136—137页。

作态度是非常客观的，然而有时太客观，差不多就同《黄昏》里那个"我"似的，看见了家庆膏子那种寒酸，听见了天香娘寻猪的锣声，三太太的叫魂，桂花嫂子砍刀板，"觉得是在一个坟墓中"，那个"我"只说了一句。家乡变成这样了？……"

（惕若（茅盾）：《西柳集》①）

吴组缃果真没有参加意见吗？如果就作品中的人物而言，他们对于时局、对于故事确实少有鲜明的表态，少有带有作者色彩的"局外人"的见解。然而就作品所讲述的故事来说，吴组缃的意见实际上还是若隐若现地"参加"到作品中来了。在《一千八百担》的结尾，抢粮的饥民与趴在门口头阶上，边哭鼻子边喊着"太祖爷爷"的双喜构成了一幅颇具张力的画面，那"打着哈哈的两只大石狮"还是向读者隐晦地传递出了作家的"意见"。但不可否认，这种"意见"确实还不够鲜明突出。然而有必要指出的是，这也许并不是作家没有意识到或不愿将自己的意见"参加"进作品，而是他确实在当时也很迷茫，并没有形成明确的意见。李长之在《孩子的礼赞——赠组缃女孩小鸠子》中就曾说："孩子的爸爸组缃，真是如我们几个朋友所加的徽号，是一位感伤主义者，他看一件什么事物，无往而没有感伤的色彩。连他的声调也是感伤主义的，虽然在锐利的幽默中，甚而哪怕是讥笑的态度，也有悯怜的伤感的同情在。"②吴组缃的伤感其实是一种忧虑，这里既有对故乡，乃至整个国家前途命运的迷茫，当然也有着在特定的历史语境中对于创作方式、表现形式的困惑。1984年5月4日，在给林非《关于〈樊家铺〉的时代背景》的信中，吴组缃谈到与《一千八百担》同期创作的《樊家铺》，他说："我写下此稿时，正是我党'左'倾路线当令，蒋军'围剿'得势，长征未开始之时，当时各地的动乱都是自发的。在此革命低潮时期，人们的悲观情绪是很普遍的。丢开此一时代背景，此篇主旨也就失掉意义了。"③吴组缃所说的"悲观情绪"其实也是他的自况。曹禺后来在私信中，也直

---

① 惕若（茅盾）：《西柳集》（书评），《文学》1934年第3卷第5期。
② 李长之：《孩子的礼赞——赠组缃女孩小鸠子》，《文艺风景》1934年第1卷第2期。
③ 吴组缃：《苑外集》，北京大学出版社1988年版，第131页。

言不讳地批评道:"我感觉你故意拉紧住你那可以'天马行空'的笔意;我深切相信你的材料的幅员博大到可以任你驰骋,毫不蹈空,却不知何故你有些踟蹰,只缘着一片小小的池沼徘徊。"① "踟蹰"、"徘徊"本身就是犹疑心理品质的表现,这在创作中也一定程度地影响到吴组缃对故事情节的安排与主旨的树立。

由此我们发现,发表于 1934 年 1 月 1 日《文学季刊》的《一千八百担——七月十五日宋氏大宗祠速写》在收入 1934 年 8 月上海生活书店出版的《西柳集》时,以下文字被作者删除了:

> 人丛里蹿出来一个穿污秽衬衫的年轻小伙子,跳到龙王(台)上,"打倒封建地主!""劳苦农民一致罢佃!"……什么的,像一个戏台上武小生那神气嚷喊起来。
>
> (吴组缃:《一千八百担——七月十五日宋氏大宗祠速写》②)

作者为什么要删除?我们不必非要找到作者的相关论述加以佐证,因为即便有作者的"说明",但由于具体的历史语境,也未必可信。但可以推测的是,吴组缃对当时带有强烈"左"倾色彩的中国共产党的农村土地革命是有所保留的,对于类似"打倒封建地主"、"劳苦农民一致罢佃"的口号式宣传似乎并不满意。从上述分析来看,吴组缃没有或难以"参加"到作品中来,实有着不能不如此这般的,或不可与外人道,也是他自己不知道怎样才能"言"的隐衷。这是吴组缃在特定时代语境下自我两难心境的写照。而当他带着怀旧的情绪重述故乡的过往经验时,他的乡愁也便有了欲言又止、矛盾犹疑的特点。这一点和叶紫在创作上的遭遇颇为类似。那就是,当个人化的怀旧遭遇到集体性的、普遍性的阶级情感时,在内心是取舍还是熔炼?这不仅需要艺术的技巧,更需要时间(时代)的催化。二十世纪五十年代中期,重印《山洪》时,吴组缃

---

① 见曹禺在 1948 年 8 月 3 日致吴组缃的信,曹禺:《曹禺致吴组缃的三封信》,《新文学史料》2008 年第 1 期。

② 吴组缃:《一千八百担——七月十五日宋氏大宗祠速写》,《文学季刊》(北平)1934 年第 1 卷第 1 期。

在其《后记》中就说:"建国初期,关心的同志建议重印此书。我拿出来从头看了一遍,一边迟疑着,一边对有些过意不去的地方还尽量作了修改。"① 而在《谈〈春蚕〉——兼谈茅盾的创作方法及其艺术特点》一文中,吴组缃则更是指出:"当时一般的现实主义作家采用的都是批判现实主义创作方法。他们以为艺术文学的任务只止于反映现实、暴露现实。从思想上说,他们只停留于对现实的不满和否定,而未想到他的理想和应该肯定的前途。"② 从1934年《西柳集》收录《一千八百担——七月十五日宋氏大宗祠速写》时的删改,到新中国成立后《鸭嘴涝》到《山洪》版本的修改时的"迟疑",以及就《春蚕》而对茅盾创作的评析,都无不使我们感到作者"乡愁"书写的艰难。

与吴组缃同样注目于故乡宗族制度,在当时的"乡愁小说"创作中并没有成为怀旧的主题,较有代表性的乡愁小说也只有沙汀的《在祠堂里》和张天翼的《脊背和奶子》等不多的几篇,这也从另一方面反映了吴组缃创作视角的独特与深刻。然而值得我们深思的是,作者在个人怀旧中面对阶级情感的处理方式:叶紫因为自身对故乡的切肤体认,所以他的怀旧往往更多地聚焦在人性本身以及代际关系;而吴组缃则走得更远,他的怀旧不仅是个人对故乡的真切体验,而且是力图在社会经济的层面去剖析故乡的现实。二者怀旧的情感倾向一内一外、各有倚重,当然吴组缃的"乡愁小说"同样也有着对于人性本身的批判,其故人形象也大都是矛盾、复杂的。譬如,《离家的前夜》中"欲离难离"的蝶女士、《菉竹山房》中守寡的二姑、《天下太平》中变成"小偷"的王小福等。如果借用朱晓进对于三十年代乡土小说主要有"鲁迅式范型"和"茅盾式范型"的说法③,我们发现,无论是叶紫还是吴组缃,他们的怀旧(乡愁)也往往是在"鲁迅式"的忧郁与"茅盾式"的焦虑中徘徊。

---

① 吴组湘:《山洪·后记》,人民文学出版社1982年版。
② 吴组缃:《谈〈春蚕〉——兼谈茅盾的创作方法及其艺术特点》,《中国现代文学研究丛刊》1984年第1期。
③ 朱晓进在其执笔的第三章"现代乡土小说的长足发展"中认为:"30年代乡土小说大致可以概括为两种范型:一是鲁迅式范型,一是茅盾式范型。"参见陈继会等《中国乡土小说史》,安徽教育出版社1999年版,第114页。

"鲁迅式"的忧郁着力于国民性批判,即人本身的深切反思;"茅盾式"的焦虑用意在对社会的深切叩问,即对社会本身的理性解剖。然而可贵的是,他们最终都将这两种愁绪熔铸为自我对故乡的独特解读,并在特定的时代与历史语境中,借由故乡的怀旧情绪而自然催生出"反抗压迫"、"揭露批判"等意念,进而使得他们的创作相应地呈现出"革命"的色彩。究其原因还是在于:无论是叶紫还是吴组缃,他们的怀旧本身就包含对革命的理性认知,它源自作家生命内部的真切体验,这保证了怀旧情绪与革命激情的相得益彰。于是我们看到,个人化的怀旧就这样"自自然然地"与公共意义上的"革命"相融合,从而形成一种带有革命色彩的"怀旧",同时作家也正是通过"怀旧"的途径使作品呈现出了较为突出的革命色彩。

第三节 怀旧的消解:从苦难意识到革命乐观主义

一 怀旧中的苦难意识

虽然叶紫与吴组缃能够将私密性的个人怀旧与公共性的阶级情感熔为一炉,但不可否认,哀婉的怀旧基调与昂扬的革命激情之间的差异总还是难以弥合。尤其是当作者不具备丰富、真实的故乡经验或碍于强大的政治话语压迫时,怀旧与革命就难以"和谐相处"。因为忧郁的情绪对革命的自信心显然是一种破坏,个人化情感的扩张会挤占集体(阶级)情感的"戏份"。然而,正如勒庞在分析法国大革命中各色人群的心路历程时所说的那样:"尽管革命的起源可能是纯粹理性的,但我们千万不能忘记,除非理性转变为情感,否则革命酝酿过程中的理性不会对大众有什么影响。"[1] 也就是说,革命作为一种激进的社会思潮总还是需要依靠大众的社会行为来实现,而将革命理性转化为大众普遍认同的情感力量则是鼓动大众形成统一、强大的社会行为的关键。

那么,就人类情感而言,身体、心灵的苦难感显然对人来说更为刻

---

[1] [法]古斯塔夫·勒庞(Gustave Le Bon):《革命心理学》,佟德志、刘训练译,广东人民出版社2012年版,第41页。

骨铭心。这种身心的疼痛感将压迫与被压迫的二元差异结构有效地构建起来。对苦难根源的追索逐渐靠近革命的理性范畴，而苦难感的共鸣则最大限度地激发了大众的热情。可以说，苦难的倾诉成为一种普遍的叙述方式，并逐步上升为具有意识形态性质的情感、价值取向。这在上一章谈到怀旧中主体意识的建构时，我们其实已经有所涉猎。在此，笔者所进一步关注的是，这种苦难意识是如何从个体而上升为集体性的情感倾向的？三四十年代田涛的创作或许可以给我们一些启发。

田涛（1916年①—2002年4月11日），原名田德裕，河北省望都县人。小学毕业后考入北平市立师范学校，1935年3月18日在《国闻周报》上发表处女作《利息》，步入文坛。对于"一个从偏僻乡村来到大城市的乡土孩子，语言行止，都会受到城市人的讥嘲，何况衣服被褥又都是乡土老粗布"②的外乡人，田涛客居于北平公寓的创作总是不离他的故乡，然而我们在田涛的"乡愁小说"中却鲜有明朗欢快或恬静幽美的田园趣味，反倒是始终贯彻着一种深沉的苦难意识。《利息》是一个卖儿鬻女的悲苦故事；1936年在王统照主编的《文学》上发表短篇《荒》（后收入巴金主编的"文学丛刊"）写的也是农村的破败与荒凉；还有描写1942年黄泛之灾的《灾魂》，长篇小说《沃土》《流亡图》等都不离故乡的苦难。可以说，在田涛的记忆中，故乡总是交织着天灾、战乱、饥荒、死亡，从而给人一种恐惧、压抑，甚至令人战栗的痛楚感。正如杨义所说："当沈从文在原始蒙茸的山水中发现神性的时候，田涛在荒野阴凉的泥塘草丛中发现了鬼趣。在兵祸连绵的北方原野，没有远离尘嚣的沅水

---

① 就笔者所见的史料来说，田涛的出生日期存在疑义：在中国作协官方网站"现代作家词典"一栏下标示为1916年3月9日，见 http：//www.chinawriter.com.cn/xdzj/489.shtml；而同时该网站的中国作协会员辞典则标示为"（1915—2002）"，见 http：//www.chinawriter.com.cn/zxhy/member/4090.shtml。就田涛2002年逝世时，中国作协和河北作协的追悼文字"享年87岁"来推断，当为1915年生人，杨义在《中国现代小说史》专章介绍时，也标示为1915年；但曾经采访过田涛的赵朕在《以为不应忘却的作家——著名作家田涛传略》（《唐山高等专科学校学报》1999年第3期）一文中则说"田涛1916年出生于河北"，且文末有"注：此文已经田涛先生校正"字样，而笔者经查阅民国《望都县志》也没有田涛出生日期的信息，只说作者是北合村人。因此，本文暂且以1916年作为出生日期，尚需日后考证，在此存疑。

② 田涛：《记北平公寓生活》，《新文学史料》1990年第1期。

桃源，他在这里找到的不是隐逸，而是隐忧。"① 从作家的人生履历来看，故乡确实并没有给他留下多少安宁而温馨的记忆，尤其在抗战爆发后，他随着平津学生流亡于冀、豫、鄂、皖等地，过着居无定所、颠沛流离的生活。沿途所见尽是冻饿倒毙的逃荒的人、狼藉刺目的战场、横七竖八的尸体、被砍伐的树木、被践踏的庄稼②。在《荒》中故乡的景象更是令人触目惊心：生长在荒草路旁坡岗上虫蚀的古柳、阴魂鬼灵出没的荒沟、睡在荒草丛里的一具被陷害腐烂的女尸，以及被两个顽童掏出摔在地上，被路过的农夫踩碎，又被苍蝇、蚂蚁蛀蚀了的雏雀……这些对荒凉的故乡的描写读来使人窒息。我们不能妄自揣度，这是作家故意罗织些残破的生命形态以印证作品的题中之义，但是从古柳、荒沟、腐尸所隐含的象征意义来看，我们分明还是可以感觉到，作家对这些现实的选择多少还是有主观倾向的。作家的写作是现实而非写实的视角，即通过表现而非再现客观存在，这与自然主义的写作方式有别。对故乡客观现实的表现，不仅忠实于现实的真实，而且萃取、浓缩了故乡的苦难意识。也正因为它来源于真实，并且相当集中地铺排了故乡的苦难，所以也就很容易激起有着相同经历的读者的共鸣。

更为重要的是，田涛对苦难的真切刻画不仅是客观物质存在的真实，更是推己及人般的情感真实，这一点更能打动读者。1940年，司徒珂就发现田涛1936年在北平公寓里创作的《荒》的艺术成就恰恰在于："作者渲染在作品中的情感是通过了人性的仁爱和同情，这种感情是和平的而非斗争的。"③这一点在小说《离》中表达得尤其突出。小说通过管姐的孩童视角向我们展现了成人世界中寄人篱下的辛酸。管姐是不幸的，她在家忍受父亲狠毒的巴掌，寄居姥姥家又因孩童的顽皮而受到大舅母的呵斥，甚至气得怀着寄人篱下的谨慎心的母亲也威吓她："看你再哭，再哭，我使这剪刀一下子扎死你。"④ 她被卖给邻村财主老婆当丫头却不自知，虽然在这里生活无忧，还有玩伴儿，但是"望着老婆儿的白头发，

---

① 杨义：《中国现代小说史》，人民文学出版社2001年版，第112页。
② 参见田涛《田涛小说选·序》，人民文学出版社1985年版，第1—2页。
③ 司徒珂（李汝琳）：《评〈荒〉》，《中国文艺》1940年第2卷第6期。
④ 田涛：《离》，《文季月刊》1936年第1卷第6期。

她虽然和蔼，慈善，管姐现在并不感觉兴味，仿佛她有许多不及母亲和姥姥的缺点"①。直到父亲接她回来奔母丧，她才感到自己失去了什么，号啕痛哭起来。作品如果从卖儿鬻女的社会罪恶来解读，显然是简单化地图解了作品的苦难意识。田涛所努力呈现的苦难意识其实是母爱失落的人之常情。而田涛也正是通过人之常情在贫病交迫的苦难社会中的扭曲、变异，来寄寓社会本身的不合理甚至非法。这种来自于普通人的痛苦经验成为了沸点较低的"审美阈"，极易唤醒有着同样苦难经验的受众的审美储备，② 对于积重难返的乡土中国而言，这并不难以理解。

二 从个人苦难到集体苦难

田涛对苦难意识的自觉虽是个案，但是对于苦难真实感的表达方式在文学史叙述中有着不容忽视的重要意义。特别是在中国现代"乡愁小说"的发展谱系中，我们越来越觉得苦难真实性的可贵，因为苦难是来自于个人真切的情绪体验，它很容易蔓延为一种集体化的情感认知。一旦苦难成为一个群体，甚至上升到集体的情绪认同的话，苦难的真实感就面临着是个人真实还是阶级真实的问题。这不仅是创作的问题也是历史语境对作家的客观要求。有时二者或许可以兼顾，但作家时常感到的却是创作的个性与集体性的内在龃龉。如何破解这一难题？典型化创作在这时就显示出了它的优越性，因为典型的人物塑造，不仅可以代表集体性的诉求，也能彰显作家个人的艺术创造。

于是，在怀旧中大量苦大仇深的故乡故事中，类似叶紫或吴组缃关注的人与人、人与宗族、宗族内的人际关系不断萎缩，鲜有深入而持久的表现，倒是个人的悲惨命运、苦难遭遇不断得到放大。尤其在1930年前后左翼作家的"乡愁小说"中，我们发现，作家对故乡的怀旧逐步脱离故乡人与人之间复杂关系的追索，而聚焦在个人苦难的书写。但是这种聚焦方式并不是走向个人的心灵深处，而是力图外在地重塑一个更为高大、坚忍、果敢的苦难典型，他肩负着陈述阶级苦难，并最终反抗苦

---

① 田涛：《离》，《文季月刊》1936年第1卷第6期。
② "预备情绪"、"审美阈"与"心理唤醒"，参见金元浦主编《当代文艺心理学》，中国人民大学出版社2009年版，第179—183页。

难的历史使命。其实在苦难典型树立的同时已经隐含着个人英雄化倾向的危险,因为很重要的一点是,人与人关系的展现本身并不仅是以阶级来划分人群的归属,它同样包括受压迫者之间的冲突,这也是苦难的根源之一。但是苦难典型本身即是对压迫阶级的排他性选择,个人苦难的聚焦也就孤立、默认了被压迫者的阶级归属。这在早期带有革命倾向的乡愁小说中已见端倪。譬如王统照《山雨》中的奚大有就是一个被压迫者的典型化塑造。他对于故乡苦难起初隐忍、犹疑最终走向了反抗、革命的心路历程,较为真实地再现了个人苦难如何上升为阶级苦难的过程。这其中纱厂工人杜烈对农民奚大有进行"启蒙",并使之最终走向"阶级觉悟"的情节不容忽视,"工农联盟"的创作意图虽不能断定是作者的刻意为之,但是我们发现奚大有对故乡的苦难意识的确是逐步脱离了个人而走向了整个阶级和社会的层面。诚如作者所言,《山雨》即"意在写出北方农村崩溃的几种原因与现象"①。不过,起草于 1932 年 9 月的《山雨》对奚大有的英雄化塑造并不充分。作品在"洋油一筒筒的从远处运到县城,到各大镇市,即时如血流般灌满了许许多多乡村的脉管"②的现代性侵入故乡的背景中展开,奚大有的成长历程也不脱"乡下人进城"的叙事套路,由此我们可以感到:着力塑造一个血液里注满阶级苦难、有着高蹈的革命理想的领路人并非作者创作的主要意图。从《山雨·跋》中作者的陈述来看,这篇"乡愁小说"多少还是带有点"问题小说"的痕迹,但是其中闪现的革命意识的自觉已经显示了怀旧中苦难意识的某种发酵、质变。萧军《鳏夫》③ 中,那个飘落在满洲的异乡青年金合也是个逐步走向自觉反抗的典型。懦弱的金合不敢接受五嫂的爱,还因为与五嫂之事而受到责罚。在日本侵略满洲时,他当上了义勇军,最终走上了反抗的道路。《鳏夫》是"一个孤独者的故事"④,五嫂的爱是对异乡者孤独的怜悯,促使金合走向斗争的并不是五嫂的死去,而是日本的侵略。与《山雨》中奚大有进城受到杜烈的启蒙相较,金合的斗争之路已

---

① 王统照:《山雨·跋》,开明书店 1933 年版,第 311 页。
② 同上书,第 8 页。
③ 萧军:《鳏夫》,《文学季刊》1935 年第 2 卷第 4 期。
④ 鲁原:《读萧军的〈鳏夫〉》,《青年作家》1936 年创刊号。

经与民族国家的命运有了对接。而且作者通过金合来陈述的苦难已经不满足于故乡崩溃的原因，而是更努力地要论证个人苦难与阶级苦难、民族国家苦难的同质、同构性，于是一个能够匡扶社稷的英雄人物呼之欲出就成为了必然。

那么，这个英雄必然应当是承载着革命理想的典型。艾芜的《乡愁》①借陈酉生的遭遇，为这些身陷苦难的故乡苦人昭示了一条生存的活路。从国民党部队逃回家乡的陈酉生，受伤的身体不仅不能供家养口，反倒成了家庭的累赘。母亲为借粮而摔死、妻子打算卖掉女儿。一出出的悲剧接踵而至。而无论是"自愿"顶替当壮丁或是以逃兵之名被抓回去，他都难免成为内战的牺牲品。走投无路的陈酉生最终选择了中国的北方，选择了共产党领导的革命之路。虽然陈酉生的觉醒多少还有点"逼上梁山"的味道，但《乡愁》已经不满足或不执着于探究故乡崩溃的原因，而更乐意、更急迫地为苦难的故乡百姓指点迷津。如果我们把作品的名称与其创作意图联系起来，就不免感到，或许作者试图告诉我们的正是：走上革命道路才是治愈乡愁的良方。循此路径，我们发现，一部分"乡愁小说"中典型人物的塑造越来越游离了苦难意识，而凸显出反抗意识。并且这种反抗显得异乎寻常的决绝而坚定，即便遇到再大的艰难险阻也都能够迎刃而解。同时人物本身的苦难意识则变得淡薄，面对苦难的从容、乐观逐渐浓郁起来，苦难的典型人物也悄然被典型的英雄化人物所取代，因为面对苦难的怯懦对英雄形象是有损害的。而更为重要的恰恰是，因为走上了革命的道路，才使得他们摆脱了乡愁（怀旧）中的苦难意识。

魏金枝笔下杀掉地主弟弟为革命同志报仇的焦大哥；戴夫的《古镇的愤怒》②中看到乡邻和自己的母亲遭受日寇蹂躏之后，复仇反抗、壮烈牺牲的邓狗蛋；一人仍坚守阵地，与高萨克周旋并突围，虽不幸被捕惨遭酷刑却严守机密，宁死不屈的俄国长工阿弓（列躬射：《阿弓》③）；反抗官府压迫和西方宗教毒害的少数民族英雄格一普（伯超：《萨尔温江的

---

① 艾芜：《乡愁》，《文艺复兴》1947 年第 3 卷第 1、2 期。
② 戴夫：《古镇的愤怒》，《东北文艺》1947 年第 1 卷第 6 期。
③ 列躬射（李从心）：《阿弓》，《东方文艺》1936 年创刊号。

格一普》①）；戴平万《激怒》中的桂叔；王统照《五十元》中的伍德；林淡秋《活路》中的独眼龙；等等。② 这些典型的英雄化人物就像农民革命者陆阿六那样"躯干壮健、容貌纯朴"，性格"勇敢而率直"，"他的生命就是斗争的本体"③（戴平万：《陆阿六》）。在英雄化的典型人物的感召下，集体性的英雄群体典型的塑造更进一步将革命理性转化为一种激进的阶级情感。集体意味更浓的苦难叙事已经逐步淹没了个体典型人物的苦难意识，相当程度上已经脱离了个体的情绪范畴，而成为具有意识形态性质的情感认同。白朗的《依瓦鲁河畔》中的农民们，草明的《大涌围的农妇》，端木蕻良《浑河的急流》中的猎手们，易巩的《杉寮村》中过着痛苦生活的潮汕人民，碧野的《没有花的春天》和《湛蓝的海》中的海陆丰地区农民和渔民，甚至包括蒋弼的《多多村》中民革小学的学生们，都成为展现人民群众觉醒与力量的有力证明。④ 这一创作模式在二十世纪四十年代末得到了多数作家的青睐，并进而形成一种"翻身话语"。譬如赵树理的《孟祥英翻身》、荒草的《米二婶伸冤》、丁玲的《翻身大爷》等。而《东北文艺》在1940年末更是集中刊出了一系列描写农民翻身的作品。譬如，董速的《孙大娘的新日月》、西虹的《英雄的父亲》等。

三　革命乐观主义对怀旧的消解

但是，笔者所质疑的是，个人或集体英雄化典型的塑造还能否代言故乡百姓的苦难？换言之，当个人化的苦难意识升格为阶级化、集体性的苦难认同时，还是否是一种"苦难叙事"？在对"乡愁小说"的阅读中，我们发现：在集体化的"苦难认同"面前，个人化苦难意识则转义

---

① 伯超：《萨尔温江的格一普》，《文艺杂志》（桂林）1943年第2卷第5期。
② 参见戴万叶（戴平万）《激怒》，《我们》1928年创刊号；王统照《五十元》，《文学》1933年第1卷第1期；林淡秋《活路》，《文学界》1936年创刊号。
③ 戴平万：《陆阿六》，《拓荒者》1930年第1卷第1期。
④ 参见白朗《依瓦鲁河畔》，《文学界》1936年第1卷第3期；草明《大涌围的农妇》，《作家》1936年第1卷第1期；端木蕻良《浑河的急流》，《文学》1937年第8卷第2期；易巩《杉寮村》（连载），《文艺杂志》（桂林）1942年第1卷第4—6期；碧野《没有花的春天》，上海建国书店1946年版；碧野《湛蓝的海》，《文学创作》1944年第1、2期；蒋弼《多多村》，《抗战文艺》1940年第6卷第2期。

为懦弱的人格缺陷,反观集体化苦难叙事也与苦难渐行渐远。从这个层面上来说,英雄化的苦难叙事与其说写的是苦难意识,毋宁说是反抗意识更为恰当。进一步讲,当作家或文中的人物怀想过去的故乡时光时,记忆中的苦难意识逐渐稀释,并最终被革命的乐观主义所消解,而这种消解的过程仍与个体与集体化英雄典型的榜样效应相关。

个体或集体的英雄典型所代言的都是一种普遍的、阶级化的情感认同,其真实性是由不容辩驳的政治正确所维护的。英雄化的典型人物所要告诉人们的是:不要耽溺于苦难而不可自拔,而应该像这些典型人物一样奋起反抗,走向革命。而一旦个人进入群体中,个性便容易被湮没,进而表现为无异议、情绪化和低智商的盲从。① 就个体对故乡的忧郁情绪而言,当它逐渐被阶级情感所感染时,自我的情感认知是很容易被阶级情感所同化的。"从革命心理学的角度来看,这很容易解释。一旦受到某种持续的刺激,大众的情感强度就会像不受控制的惯性运动一样,不断攀升。"② 于是我们看到,文本内的群体在领袖的指引下,慷慨赴义,一往无前;文本外的读者同样在阶级性情感认同的感染下,心潮澎湃,感同身受。文本内外的感性共鸣一并将革命理性建构成作家思乡怀旧的主题。源于个体真切的苦难感受逐步被日渐扩容的、恣肆蔓延的阶级苦难意识所消解,这看似令人费解,其实正印证了中国现代"乡愁小说"在三四十年代越来越意识形态化的客观事实。而常常现身于这些"乡愁小说"中的"引路人"则进一步将集体化的苦难认同导向革命理性的认知。譬如《山雨》中的杜烈、洪灵菲《大海》中的阿九、鲁彦《愤怒的乡村》中的秋琴等。③ 在遇到困难时,他们往往以一种异乎寻常的冷静、果敢,坚定地指引在反抗斗争中动摇的农民,而这些推心置腹的开导内容又往往与革命路线、方针等息息相关。譬如,在戴平万《村中的早晨》

---

① 勒庞的这一观点虽有偏颇,但笔者以为就个人与群体、群体之间的情感共鸣而言,不无道理。参见 [法] 古斯塔夫·勒庞(Gustave Le Bon)《乌合之众》,冯克利译,中央编译出版社 2004 年版,第 21—41 页。

② [法] 古斯塔夫·勒庞(Gustave Le Bon):《革命心理学》,佟德志、刘训练译,广东人民出版社 2012 年版,第 4—5 页。

③ 参见王统照《山雨》,开明书店 1933 年版;洪灵菲《大海》,《拓荒者》1930 年第 1 卷第 2 期;鲁彦《愤怒的乡村》,中兴出版社 1948 年版。

中，当老魏失去了亲人感到无比悲伤时，简同志的开导可以说就是革命思想的灌输。

> 像你所遭受，所目击的一切无理的压迫，都是叫做白色恐怖。这是不可避免的一个时期，除了用血冲破白色恐怖之外，实在是没有别的办法了……
>
> （戴平万：《村中的早晨》①）

革命的说教不仅阐明了暂时苦难的合理与摆脱苦难的途径，而且以英雄典型的超自然的抗争能力、完满的道德形象以及令人仰止的丰功伟绩，论证其政治行为的合理合法性。并且将这一革命理性已经深入到了故乡百姓的日常生活方式的层面，使得革命本身即成为一种生活的需要，革命与实现未来的幸福生活是并行不悖的。譬如在洪灵菲的《大海》中，当阿九的父亲锦成叔无理地打骂老婆时，阿九严肃地阻止了父亲的错误行为。

> 喝酒和打老婆，这是农民的旧的生活方式，也是一切被压迫的人们旧的生活方式。……现在在我们面前已经开拓了新的道路，我们已经有了新的生活方式。我们应该把我们所有的精力都拿来镇压反动和建设我们的事业了……
>
> （洪灵菲：《大海》②）

阿九的话虽然只是对"被压迫的人们旧的生活方式"的批判，但其实已经暗含着将来文明、平等的崭新生活图景。苦难只是属于过去，明天必然是幸福的，这成为一种必然的革命逻辑。而那些曾经饱经苦难的故乡百姓对此也是笃信无疑，他们没有也不愿予以质疑。因为现代心理学的研究表明，"多数人缺乏自我实现的强烈意识。他们不知道一生中想要些什么，在追寻什么。于是，他们常易受别人影响，宁愿追随一个自

---

① 戴平万：《村中的早晨》，《拓荒者》1930 年第 1 卷第 2 期（特大号）。
② 洪灵菲：《大海》，《拓荒者》1930 年第 1 卷第 3 期。

信的领导者，而不愿意自己决定自己的命运"①。而乐观—悲观倾向也称为一般结果期待倾向（generalized outcome expectancies）或一般认知评价倾向，"指个体对于与自己有关的事件的发展趋势、后果的信念和评价倾向"②。那么，当革命的必胜信念预言了故乡未来的幸福前景时，也就消解了受众对发展后果负面、消极的评价倾向，即悲观的、忧郁的心理、情感品质，转而逐步形成对于未来的积极、乐观期待，而这种乐观的期待又是建立在革命的基础之上的。于是，故乡的怀旧中的苦难意识逐步超越单个对象，上升为普遍性的情感认同，并由"同情"而"移情"至对整个故乡予以情感判读，并最终在特定的时代语境中、在政治意识形态的有意导向下，滑向反抗、革命的意念中。譬如，早在革命文学兴起之初，从事理论批评的钱杏邨、成仿吾、李初梨等人就曾一度把作家意识的进化作为区分新旧作家的唯一标准。而他们所说的作家意识很大程度上指的就是革命意识。譬如钱杏邨在充分肯定戴平万的短篇小说所凸显出的革命倾向的同时，仍然觉得作品还有不少缺陷，"如感觉情绪的不能无产阶级化，如意识形态的不能完全无产阶级化，如在技术上的动的，力学的力量的缺乏"③。1944 年 9 月 8 日，毛泽东在中央警备团追悼张思德的会上进行讲演时更是指出："我们都是来自五湖四海，为了一个共同的革命目标，走到一起来了……我们的同志在困难的时候，要看到成绩，要看到光明，要提高我们的勇气。中国人民正在受难，我们有责任解救他们，我们要努力奋斗。要奋斗就会有牺牲，死人的事是经常发生的。"④毛泽东将"来自五湖四海"与"一个共同的革命目标"建立起因果的逻辑关联。其意不在"五湖四海"而是"一个共同的革命目标"（"新中国"），家国意识完成了故乡时空经验的覆盖。既然连死人都是经常的事

---

① ［美］马斯洛：《领导、下属以及权力——致亨利·盖格的信》，载［美］爱德华·霍夫曼（Edward Hoffman）编《洞察未来 马斯洛未发表过的文章》，许金声译，华夏出版社 2004 年版，第 215—216 页。

② Scheier M F, Carver C. S., "Dispositional optimism and physical wellbeing: the influence of generalized outcome expectancies on health", *Journal of Personality*, No. 55, 1987. 转引自陶沙《乐观、悲观倾向与抑郁的关系及压力、性别的调节作用》，《心理学报》2006 年第 6 期。

③ 钱杏邨：《关于"都市之夜"及其他——介绍戴平万的短篇的两个主要的描写对象》，《拓荒者》1930 年第 1 卷第 2 期。

④ 毛泽东：《毛泽东选集》（第 3 卷），人民出版社 1991 年版，第 1004—1006 页。

儿,那个人对于故乡还有什么感伤可言?在二十世纪三四十年代带有强烈革命色彩的故乡想象中,我们几乎已经难以觅见乡愁。个人化的怀旧情愫被不断压缩,而公共性的革命意识则得到了最大化。就连家信,这种私人化的情感交流形式,都被作家拿来当作文学体裁,以期更有效地向群众宣传革命(洪灵菲:《家信》①)。

诚然,革命对怀旧的忧郁气质不能一味容忍,但是故乡的苦难指向的不仅是故乡的现状,同时也是对故乡未来的担忧,而革命的目的也是着眼于故乡的重建。二者虽然是对过去、当下的故乡的主动与被动的不同处理方式,但是在其未来的终极目的上却取得了共识。因此,四十年代前后,怀旧与革命尚且还能暂时相容,但是随着革命意念的不断强化,怀旧最终还是无法避免被革命乐观主义消解的命运。

令人遗憾的是,在怀旧被革命乐观主义消解的心理路径上,我们发现故乡、革命都没有在相应的逻辑链条上得到充分的反思。革命乐观主义在坚定信念、鼓舞人心的同时,也遮蔽了现实中不容回避的隐忧,甚至于走向幼稚的自我陶醉。就像阳翰笙的《深入》②中的汪森那样,只要振臂一呼,群众蜂拥而起,地主的庄园就被拿下。反观叶紫和吴组缃能够将个人化的怀旧情绪与集体性的阶级情感熔铸为具有革命意义的乡愁,很大一部分原因在于:他们对于故乡的情感是从其生命内部流出的,而不是外在革命说教所强加的、"听将令"般的无病呻吟。也唯有如此,他们对于革命的吁求才显得格外真切。而更为重要的,恰是怀旧本身所含蕴的"忧郁"情愫的反思效应,能够使得他们不致盲目乐观,并且对故乡、革命作出冷静辩证的解读。正如西格蒙特·弗洛伊德(Sigmund Freud)所说:"忧郁情结就像一个没有愈合的伤口,一直在吸吮着自我,直到把它吸干。"③

---

① 洪灵菲:《家信》,《拓荒者》1930 年第 1 卷第 1 期。
② 参见华汉《深入》,天一出版社 1940 年版。
③ [奥地利] 西格蒙特·弗洛伊德:"清晨与忧郁",见于 Freud, Sigmund, *General Psychological Theory*, New York, Macmillan, 1963, pp. 164 – 180, 转引自 [美] 斯维特兰娜·博伊姆(Boym. S.)《怀旧的未来》,杨德友译,译林出版社 2010 年版,第 62 页。

小　结

　　从整个中国现代"乡愁小说"的创作来看，乡愁（怀旧）的书写大致经历了如下三个阶段：一是自发、朴素、印象化、感性的，充满生命活力的乡愁；二是现实、自觉、思辨、理性的，建立在揭露黑暗、向往自由的民主意识之上的乡愁；三是附着强烈的反帝爱国的民族情感或政治色彩的乡愁。需要指出的是，对以上乡愁（怀旧）的现代面向的理解与其放在时间流程的脉络中，毋宁将之纳入历史语境中考察更为妥帖。因为怀旧作为乡愁的情感内核，其本质并不一定与时间的先后次序构成必然的对应关系，而其所受具体历史语境的影响显然更为深刻些。并且在同一历史语境中，不同的作家基于不同的艺术观念，对怀旧的处理方式与表现形式也不尽相同。具体来说：自发、朴素、印象化、感性的，充满生命活力的怀旧书写偶现于二十年代的"乡愁小说"中，它承继中国传统乡愁的情调，并一直延续到三十年代京、海派等作家的"乡愁小说"中，变化不大。但是现实、自觉、思辨、理性的，建立在揭露黑暗、向往自由的民主意识之上的怀旧书写则发轫于"文学革命"前后，荣臻于二十年代。并在"文学革命"至"革命文学"的嬗变中出现了两种流变：在一部分"乡愁小说"中，怀旧逐渐被赋予强烈的反帝爱国的民族情感或政治色彩，并在四十年代末走向式微，最终被革命乐观主义消解。而在另一部分"乡愁小说"中，怀旧依旧秉持二十年代富有启蒙意味的书写方式并最终在四十年代再度成为创作的主流。

　　就怀旧的本体意义而言，怀旧本身即是一种差异性的情感，换句话说怀旧正是在"新"与"旧"的对比中产生的。试想如若没有了"旧"，也自然没有了怀想的必要。而在怀旧发生之时，其实现代人的情感指向就已经出现了分歧。这一差异的根结还在于对于"旧"的不同态度，譬如，"念旧"其实是试图恢复或重新获得曾经失去的东西；反之，"厌旧"可能是"喜新厌旧"，但也许是"除旧布新"。但不管怎么说，怀旧其实是将作家之于故乡的情感引发到了一个差异然而同一的话语场域，这一点在中国社会新旧更替的现代转型期尤其显得意义重大。正因为这种差异的存在，才使我们得以一瞥中国现代知识分子在历史境遇中的心灵挣扎，从而能够直观而生动地再现古老乡土中国的现代蜕变过程。同时，怀旧基于"旧"的差异情感态度，使得我们能够将中国现代"乡愁小说"中的怀旧书写大致分为"修复型怀旧"和"反思型怀旧"两种范式。"修复型的怀旧强调'怀旧'中的'旧'，提出重建失去的家园和弥补记忆中的缺失。反思型的怀旧注重'怀旧'的'怀'，亦即怀想与遗失，记忆的不完备的过程。"① 怀旧的现代书写中所呈现出来的原乡意识、性别意识、主体意识都可视为"修复型怀旧"，而具有革命意义的怀旧想象更接近于"反思型怀旧"。现代意义上的"修复型怀旧"是在现代性冲击之下的修复，修复的也正是在现代性冲击下失落的东西；而政治意识形态意义上的"反思型怀旧"，反思的是民族与国家，其媒介是苦难，并经由苦难而上升为具有政治意识形态意义的集体情感，这是近代中国独特的历史遭遇所决定的。当然二者并非完全割裂，而是同时共存于中国现代"乡愁小说"之中，只是就乡愁的情感面貌来说，"修复型"与"反思型"呈现得孰轻孰重罢了。于是我们便可粗略地将中国现代"乡愁小说"的创作分为：侧重在"修复"的现代"乡愁小说"和倚重于"反思"的现代"乡愁小说"。

怀旧是中国现代"乡愁小说"以文学的艺术形式之于时代的情感温度。怀旧的差异情感指向（怀乡与厌乡），也在修复与反思的视角下，被赋予了不同的时代意义。

---

① ［美］斯维特兰娜·博伊姆（Boym. S.）：《怀旧的未来》，杨德友译，译林出版社2010年版，第46页。

第 五 章

中国现代"乡愁小说"的互文观察

> 在天下事物总不外一情字。作文亦然,不情之创论,虽有理有据,终觉杀风景。
>
> ——周作人:《旧日记抄》

前面我们对中国现代"乡愁小说"的时空、怀旧问题的探讨,主要还是从内部来勾勒这一文学形式的特点。然而我们知道,中国文学的现代化过程并不是一个孤立的、封闭的话语场域。文学形式及其内容的现代性实际是一个内部自我更新、外部渗透影响的过程。尤其是中国社会独特的政治文化气质及审美特点,更使得这种内外交互的生成过程显得丰富而复杂,并且极具中国特色。这并不是仅靠西方抑或中国的文论就能解释清楚的,因为中国社会的政治、经济、文化的转型本身就是一个全球化的问题。因此,从中西文化的互文角度来审视中国现代"乡愁小说"的文质、文体,即是本章论述的缘起。

不可否认,中西文化的差异性状是无法回避的事实。就"乡愁"来说,虽然同是人类社会恒定的情感诉求,但是中西文化对此解读的角度、侧重点有颇多不同。然而,在二十世纪全球现代化浪潮的冲击之下,中西文学中的乡愁书写却呈现出了同样的现代焦虑,这无疑为二者的互文观察提供了一个更切近乡愁内核的视角,这对中国现代"乡愁小说"文体的生成过程不无启迪。当然从中西小说文体的角度来说,"西方小说从史诗发展为中古传奇(Romance)再发展为长篇小说;中国小说则从大量历史叙事文体发展为稗史、民间演义,加上佛经故事和市井短篇小说逐步演化为长篇小说。但是中西小说始终保持着一种同步发展的过程"①。并且乡愁作为将个人兴会诉诸社会寄托的情感形式，在人与社会的本体意义上来说是相通的。仍旧以前述时空以及怀旧的角度切入中西现代"乡愁小说"，就避开了文化、宗教、社会主流意识形态的差别，从而在故乡与他乡的时空经纬网格内，在怀乡与厌乡的差异情感中捕捉到本土乡愁与异域乡愁彼此呼应的现代嬗变讯息。

另一方面，中国自古便是一个抒情的国度，风骚传统在中国文学中绵延不绝，而"情"在中国文学中的重要地位更是毋庸置言。周作人在《旧日记抄》中就曾说："在天下事物总不外一情字。作文亦然，不情之创论，虽有理有据，终觉杀风景。"② 因此，我们不应忽视中国本土知识分子有意或无意间将传统抒情方式渗入中国现代"乡愁小说"的蛛丝马迹。任何试图斩断"乡愁小说"与"抒情传统"关系的做法，不仅不符合中国文学现代转型的事实，同时也是徒劳的。追溯中国现代"乡愁小说"传统抒情方式的根脉经络，并不是泥古不化的保守视角，而是尝试对中国抒情传统的现代表达程式有所管窥。

第一节 "抒情传统"与中国现代"乡愁小说"

中国现代"乡愁小说"是一种情感艺术形式。那么，"情"的美学话语对于中国现代文学发生、转型、生成有着怎样的方法论意义？二十世纪五十年代陈世骧首倡"中国抒情传统"概念，为中国现代"乡愁小说"的情感形式研究无疑提供了别一路径。陈世骧在《中国的抒情传统》中认为："中国文学的荣耀并不在史诗；它的荣耀在别处，在抒情的传统里。……就整体而论，我们说中国文学的道统是一种抒情传统并不算过分。"③ 此后，高友工在《文学研究的理论基础：试论"知"与"言"》《文学研究的美学问题（上）：美感经验的定义与结构》《文学研究的美学问题（下）：经验材料的意义与解释》等文中，系统地阐扬他的

---

① 乐黛云：《比较文学原理》，湖南文艺出版社 1988 年版，第 137 页。
② 周作人：《旧日记抄》，载《周作人自编文集》，河北教育出版社 2002 年版，第 160 页。
③ 陈世骧：《陈世骧文存》，志文出版社 1972 年版，第 32—34 页。

"抒情美典"论，进一步完善了"抒情传统"的论述谱系。① 陈、高的"抒情传统"理论，在台湾地区学界的发展完善与该地区的历史文化语境不无关系，在得到广泛认同的同时，当然也不乏质疑。② 然而作为中国古典美学的现代学术新思维，"中国抒情传统"无疑为中国现代文学的研究提供了新的视角。尤其是王德威循普实克"抒情与史诗"的论述，将"抒情传统"当作审视现代文学史的一个"界面"。其中对于传统诗学"兴与怨"、"情与物"、"诗与史"在现代语境中相互关联的勘探，为中国现代"乡愁小说"这一情感艺术形式的研究提供了一个很好的参照。笔者以为，中国现代"乡愁小说"的本质是一种抒情的艺术形式，"作为方法"的中国"抒情传统"没有也不可能在现代文学的形式中消亡。其中同样深植着诸如"意象"、"比兴"以及"诗笔"化的叙事方式，而这正是由于故乡的时空经验为"抒情传统"提供的丰沃土壤使然。

一 "意象"

所谓"意象"，就是客观物象经过创作主体独特的情感活动而创造出来的一种艺术形象。简单地说，意象就是寓"意"于"象"，换言之，"意象"就是用来寄托主观情思的客观物象。刘勰在《文心雕龙·神思》中说："积学以储宝，酌理以富才，研阅以穷照，驯致以绎辞。然后使玄解之宰，寻声律而定墨；独照之匠，窥意象而运斤。此盖驭文之首术，谋篇之大端。"③ 在艾布拉姆斯的《文学术语词典》中，"意象"被认为"是文艺评论最常见而意义又最为广泛的术语之一。它的适用范围可以包括有时候所说的读者从一首诗中领悟到的'精神画面'到构成一首诗的

---

① 参见高友工《美典：中国文学研究论集》，生活·读书·新知三联书店2008年版，第1—90页。

② 陈、高理论的提出与当时台湾学界乾嘉考据学派的沉闷气氛，夏志清、颜元叔、叶嘉莹等人之间学术研究方法的论争不无关系，中国"抒情传统"理论的比较文学视野为学界提供了新的思路。而质疑这一理论的具有代表性的论文主要有龚鹏程《不存在的中国文学抒情传统》，《延河》2010年第8期。

③ （南朝梁）刘勰：《文心雕龙》，（清）黄叔琳注，（清）纪昀评，刘咸炘阐说，戚良德辑校，上海古籍出版社2015年版，第173页。

全部组成部分"①。可见,"意象"是承载作者情思的有效艺术手段。那么,在中国现代"乡愁小说"中的意象设置又寄寓着作者怎样的乡愁呢?

从对中国文学中寄托的乡愁意象谱系来看,土地、家园、明月等意象时常出现在中国古典的怀乡诗中。这些意象本身所包含的"故乡"、"家"、"离别"、"团圆"等意念成为传统乡愁不断言说的主题。"五四"文学革命对中国现代小说的影响在一定程度上说,主要还是在文学形式的方面,虽然他们的主张有对于文学表现内容"新鲜"、"立诚"的倡言,但是总还是无法真正彻底洗脱中国传统文化的浸染。加之,中国现代知识分子对中国传统文化的熏染之深,也客观上决定了他们不可能完全以西洋文学的图式来书写中国人的情感。因此,这些深蕴传统文化的意象资源,同样在中国现代"乡愁小说"中得到了承继。不过,准确地说,继承的是传统乡愁意象的情感内核,其形式则是多样的,并与西方象征的意念有黏合的倾向。

中国现代"乡愁小说"中的意象设置大多具有一以贯之的形式,这与诗歌中意象的跳跃、意象间频繁地转换不同。譬如,土地意象多数具有这样的特点。在农耕文明为主的乡土中国,多数现代知识分子的故乡在乡下,土地无论在物质与精神上都是中国老百姓的依靠与寄托。正所谓"天地长不没,山川无改时"②(陶潜:《形影神·形赠影》)。这种集体无意识的制约作用是强大的。此外,在农耕文明发达的社会中,土地的惊人产出能力与人类的繁衍生息天然地构成隐喻的修辞关系。因此,土地的意象在"乡愁小说"中的层出不穷并不难以理解。前面我们在谈到怀旧中的精神原乡时,对此已有阐述。然而在此,仍有必要重提一下端木蕻良"乡愁小说"中的土地意象,这不仅因为土地在端木蕻良的"乡愁小说"中是个恒久的意象,而且我们由此还可进一步探讨具有原乡意义的土地意象在"乡愁小说"中逐步显现出的现代意义。端木蕻良对于土地的感情很复杂,土地在作家的眼里绝不仅仅是原型意义上的崇拜

---

① [美]艾布拉姆斯(Abrams, M. H.):《文学术语词典》(第7版)(中英对照),吴松江等译,北京大学出版社2009年版,第243页。

② (晋)陶渊明:《陶渊明全集》,(清)陶澍集注,龚斌点校,上海古籍出版社2015年版,第21页。

对象，还是一个具有阶级意义的符号。在《科尔沁旗草原》中，端木蕻良阐明了土地作为生产资料的属性：

> 这里，最崇高的财富，是土地。土地可以支配一切。官吏也要向土地飞眼的，因为土地是征收的财源。于是土地的握有者，便作了这社会的重心。
>
> （端木蕻良：《科尔沁旗草原》①）

在《大地的海》的后记中，作者又表达了对于土地既敬畏又恐惧的复杂心态，并进而表明了面对土地决绝的斗争姿态：

> 跟着生的苦辛，我的生命，是降落在伟大的关东草原上。那万里的广漠，无比的荒凉，那红胡子粗犷的大脸，哥萨克式的顽健的雇农，蒙古狗的深夜的惨阴的吠号，胡三仙姑的荒诞的传说……这一切奇异的怪诞的草原的构图，在儿时，常常在深夜的梦寐里闯进我幼小的灵魂。在那残酷的幻想底下，安排下血饼一样凝固的恐惧和疑问。
>
> ……
>
> 我看见大地主无厌足的苛索，佃农的悲苦的命运，纯良的心……我对我故乡的理解一切都是惨阴的，这样惨阴的影子永远没有在我眼前拂去，而现在尤其被敌人用我兄弟的血涂得显明了。
>
> （端木蕻良：《大地的海》②）

从端木蕻良对土地的述说来看，土地意象已经并非传统"故土难离"的情愫所能涵盖，而是在不同的时代被寄托了具有政治意识形态色彩的集体情感，不过，这种情感越来越显示出客观化的倾向，并呈现出强烈的象征意味。因为"象征尽管具有意义，但它是不及物的……象征是一个事物，但当它是事物时又不是事物……（不及物性还是同综合性并驾

---

① 端木蕻良：《科尔沁旗草原》（后记），人民文学出版社1997年版，第404页。
② 端木蕻良：《大地的海》（后记），《中流》1937年第2卷第3期。

齐驱）"①。端木蕻良的土地意象已经不仅是"寓意于象"，而且是"象而征之"。王西彦的《眷恋土地的人》中的黄淮大平原、东北流亡作家群笔下的黑土地，这些作品中的"土地"已经不再是土地，而成为了象征民族斗争精神的化身。

  与土地亘古不变的集体无意识文化心理不同，明月的意象从来都是饱含着浓郁的乡思。譬如，王安石的"春风又绿江南岸，明月何时照我还"②、白居易的"共看明月应垂泪，一夜乡心五处同"③等。月亮阴晴圆缺与人的悲欢离合所产生的寓意同构，使得月亮的意象成为乡愁书写的不二选择。在"乡愁小说"中的月亮意象也同样不乏此类寓意，譬如，倪贻德的《海上中秋》、刘大杰的《月圆之夜》等。不过，月亮意象在"乡愁小说"中大都若隐若现、或明或暗。除却寄托着传统团圆的美好期望外，月亮的意象还营造了一种"象征的灵境"。对此梁宗岱解释说："所谓象征是藉有形寓无形，藉有限表无限，藉刹那抓住永恒，使我们只在梦中或出神底瞬间瞥见的遥遥的宇宙变成近在咫尺的现实世界，正如一个蓓蕾蓄着炫熳芳菲的春信，一张落叶预奏那弥天漫地的秋声一样。所以，它所赋形的，蕴藏的，不是兴味索然的抽象观念，而是丰富，复杂，深邃，真实的灵境。"④鲁迅写故乡的月亮时，带着阴冷的寒气："潮湿的路极其分明，仰看天空，浓云已经散去，挂着一轮圆月，散出冷静的光辉。"⑤"故乡月"始终是明而清冷的："强烈的银白色的月光，照得纸窗发白。"⑥鲁迅笔下的月光所"赋形的"、"蕴藏的"正是作者"哀"、"冷"的灵境，其象征的正是作者强烈的孤独感，而张爱玲点染的月光意象同样映照了一个苍凉的地理原乡：

---

  ① ［法］茨维坦·托多罗夫（Tzvetan Todorov）：《象征理论》，王国卿译，商务印书馆2004年版，第259页。
  ② 王兆鹏、黄崇浩编选：《王安石集》，凤凰出版社2014年版，第72页。
  ③ （唐）白居易：《白居易诗选》，顾学颉、周汝昌选注，人民文学出版社1963年版，第7页。
  ④ 梁宗岱：《象征主义》，载刘志侠、罗岚编《梁宗岱选集》，中央编译出版社2006年版，第87页。
  ⑤ 鲁迅：《孤独者》，载《鲁迅全集》（第2卷），人民文学出版社2005年版，第110页。
  ⑥ 鲁迅：《弟兄》，载《鲁迅全集》（第2卷），人民文学出版社2005年版，第139页。

三十年前的上海,一个有月亮的晚上……我们也许没赶上看见三十年前的月亮。年轻的人想着三十年前的月亮该是铜钱大的一个红黄的湿晕,像朵云轩信笺上落了一滴泪珠,陈旧而迷糊。老年人回忆中的三十年前的月亮是欢愉的,比眼前的月亮大,圆,白;然而隔着三十年的辛苦路望回看,再好的月色也不免带点凄凉。

(张爱玲:《金锁记》[①])

从传统团圆思乡的意义出发,月亮意象在"乡愁小说"中呈现出不同的情感诉求,"托物"所言更与一种更为广泛、普遍的生命意识,甚至宗教意识产生了紧密的关联,而这便更接近于西方的"象征"的概念范畴了。黑格尔曾说:"象征一般是直接呈现于感性观照的一种现成的外在事物,对这种外在事物并不是直接就它本身来看,而是就它所暗示的一种较广泛较普遍的意义来看。"[②] 而梅列日科夫斯基也认为象征主义的"立足点与其说是在美学方面,不如说是在宗教方面"[③]。

除了以上的土地、月亮意象之外,一些传统意象在"乡愁小说"中同样也被赋予了这种象征的意味。萧红的《生死场》中"羊"的意象就是一个典型的象征。作品的开篇写二里半寻找丢失的羊,结尾以二里半与"羊"告别作结,"羊"成了贯穿故乡众生精神世界的重要意象。作为故乡极普通的一种牲畜,"羊"不但是二里半们赖以生存的物质保障,更是他们的精神寄托:对祖先、故土无法斩断的"根"性。"羊"的意象成为这一思想、理念或精神意义的对象化形式。二里半与"羊"作别使得乡愁成为带有宗教意味的仪式,寻"羊"、别"羊"也就是故乡众生面对故土痛苦而纠结的寓言。在"羊"的象征隐喻下,作者的乡愁开启了一个超拔于故土情怀的哲理思辨空间。

中国现代"乡愁小说"中意象设置的意义与作品所力求呈现的思想

[①] 张爱玲:《金锁记》,载《张爱玲全集·倾城之恋》,北京十月文艺出版社2009年版,第216页。

[②] [德] 黑格尔:《美学》(第二卷),商务印书馆1982年版,第13页。

[③] [俄] 德·梅列日科夫斯基:《叛教者罗马大帝尤里安》,刁绍华、赵静男译,黑龙江人民出版社1998年版,第372页。

内容相关，如果从意象的艺术机理去探究，我们发现意象或者说象征主要还是"拟人"、"托物"以"言志"，而这又与中国传统抒情方式的"比兴"颇近似。

二 "比兴"

传统的"比兴"常见于中国古典诗歌。《诗大序》说："诗有六义焉：一曰风，二曰赋，三曰比，四曰兴，五曰雅，六曰颂。"[①] 钟嵘的《诗品序》中又将赋、比、兴单称为"诗三义"[②]，其中"比兴"的意义一直以来都夹缠较多。后世以"比兴"说诗也多是歧解纷然，归趣难求。从朱自清对《毛诗》、《郑笺》中"兴"的考证来看，《毛诗》所言"兴也"主要有两个意义，"一是发端，一是譬喻；这两个意义合在一块儿才是'兴'"。如果只是单独的譬喻，不是出现在诗歌发端的位置，就不能算"兴"而是"比"。而"比兴"作为一种譬喻，又"不止于是修辞，而且是'谲谏'"[③]。朱自清的判断可谓要言不烦、切中肯綮。可见，"比兴"作为一种诗歌的艺术手法和政治道德观念是黏合在一起的。以此看来，"风骚"传统是与中国古代"士"之"仁以为己任"、"明道救世"的使命感和合相应的。那么，"比兴"因何能成为诗家乐此不疲的艺术创作手法呢？笔者以为，诗歌的灵魂在于抒情，而抒情是否到位，能否动之以情，进而晓之以理是创作成败的关键。诗歌往往语句凝练，篇幅较短，如何短、平、快地将读者引入情境就显得格外重要。而位于诗歌发端的"比兴"恰好具有情感唤醒的功能，不仅能够迅速使读者快速"动情"，而且其譬喻的功能又不至直白而无蕴藉，从而能更有效地达到"政教"的目的。

"乡愁"即是情感，诗歌中的乡愁书写以"比兴"发端者不胜枚举。而延至现代，当乡愁越来越多地活跃在小说中时，我们发现原本在诗歌中屡见不鲜的"比兴"手法同样得到了移植，就其发生机制、功能来说，

[①] （汉）毛公传，（汉）郑玄笺，（唐）孔颖达等正义：《毛诗正义》，上海古籍出版社1990年版，第17页。

[②] 参见《诗品序》，载（南朝梁）钟嵘《诗品笺注》，曹旭笺注，人民文学出版社2009年版。

[③] 参见朱自清《诗言志辨》，凤凰出版社2008年版，第52—104页。

可谓有着异曲同工之妙。萧红《小城三月》的开篇即是一个"比兴"手法的典范。小城中鳞次栉比的房舍、纵横交错的街道显然没有成为萧红先验的虚构资源,萧红接近故乡的路径是循着外围而逐步接近故乡内部的。萧红想象故乡的起点是小城郊外的原野,在飞舞的"杨花"的指引下,我们得以一下子略去城郭而进入故乡内部,以俯视的姿态将故乡尽收眼底。故乡的空间也被"杨花"修饰成为一个颇具象征意味的空间符号。

杨花满天照地飞,象棉花似的。人们出门都是用手捉着,杨花挂着他了。

……

小城里被杨花给装满了,在榆树还没变黄之前,大街小巷到处飞着,象纷纷落下的雪块……

(萧红:《小城三月》①)

但是,作品中的"杨花"并没有给故乡小城带来多少春意,"杨花"如雪、三月飞"雪"的譬喻,暗喻着作者对于"春"的隐忧。"杨花"既是乡愁的发端,又是譬喻。而在中国古典诗词中"杨花"往往是女性的喻指。花本是女儿妩媚婀娜的传统喻指,但是"杨花"非花,实为柳絮。"杨花"非但没有多少褒义情感的附着,倒是因随风起舞的外在物象姿态,与某些女性轻浮的人格品行形成意义的暗在滑动,所谓"水性杨花"即是女性他者化的书写。于是,在"比兴"的策动下的乡愁就一下子超越了故乡时空的阈限而进入人性冷暖的层面。这与苏轼的《水龙吟·次韵章质夫杨花词》形成了一个有意思的古今对照。

似花还似非花,也无人惜从教坠。抛家傍路,思量却是:无情有思。萦损柔肠,困酣娇眼,欲开还闭。梦随风万里,寻郎去处,

---

① 萧红:《小城三月》,载《萧红全集:小城三月——短篇小说》,凤凰出版社2010年版,第342页。

又还被，莺呼起。　　不恨此花飞尽，恨西园落红难缀。晓来雨过，遗踪何在？一池萍碎。春色三分：二分尘土，一分流水。细看来不是杨花，点点是：离人泪。

（苏轼：《水龙吟·次韵章质夫杨花词》①）

但是，杨花所开启的爱情空间绝不限于一己私情的儿女情长。开篇纷飞的杨花"比兴"的情爱空间具有一种生命的爆发力！"春来了。人人象久久等待着一个大暴动，今天夜里就要举行，人人带着犯罪的心情，想参加到解放的尝试……春吹到每个人的心坎，带着呼唤，带着蛊惑……"② 三月的故乡小城到处"桃之夭夭"，正是杨花"兴也"。周作人在《〈扬鞭集〉序》里曾说：

> 新诗的手法我不很佩服白描，……我只认为抒情是诗的本分，而写法则觉得所谓"兴"最有意思，用新名词来讲或可以说是象征。……我们上观《国风》，下察民谣，便可以知道中国的诗多用兴体，较赋与比要更普通而成就亦更好。譬如《桃之夭夭》一诗，既未必是将桃子去比新娘子，也不是指定桃花开时或是种桃子的家里有女儿出嫁，实在是因为桃花的浓艳的气氛与婚姻有点共通的地方，所以用来起兴，但起兴云者，并不是陪衬，乃是也在发表正意，不过用别一说法罢了。中国的文学革命……正当的道路恐怕还是浪漫主义，——凡诗差不多无不是浪漫主义的，而象征实在是其精意。这是外国的新潮流，同时也是中国的旧手法。
> ……

（周作人：《〈扬鞭集〉序》③）

杨花纷飞不仅是在草的萌动与爱情的蛊惑间找到共通的地方，而且

---

① （宋）苏轼：《苏轼词选》，陈迩冬选注，人民文学出版社1998年版，第89页。
② 萧红：《小城三月》，载《萧红全集：小城三月——短篇小说》，凤凰出版社2010年版，第342页。
③ 周作人：《〈扬鞭集〉序》，载《谈龙集》（周作人自编文集），河北教育出版社2002年版，第41页。

其"发表的正意"与其说是翠姨对于爱情的向往,毋宁说是人们对于生命自由的渴望。尤其是作品结尾再度飞扬的"杨花"就"不止于是修辞,而且是'谲谏'"① 了。"接着杨花飞起来了,榆钱飘满了一地。"② 此处的杨花(柳絮)与榆钱同现,就不再是意在"比兴"爱情的生机盎然,而是暗喻着爱情与生命的短暂,一种"天上人间"的世事沧桑之感油然而生。

> 帘外雨潺潺,春意阑珊。罗衾不耐五更寒。梦里不知身是客,一晌贪欢。 独自莫凭栏,无限江山。别时容易见时难。流水落花春去也,天上人间。
>
> (李煜:《浪淘沙令·帘外雨潺潺》③)

水自长流、花自飘落,春天自要归去,人生的春天也已完结,"春,好像它并不知道多么忙迫,好像无论什么地方都在招呼它,假若它晚到一刻,阳光会变色的,大地会干成石头,尤其是树木,那真是好像再多一刻工夫也不能忍耐,假若春天稍稍在什么地方留连了一下,就会误了不少生命"④。凄凉绝望的"生命"成为"落花"映照下的倒影。《小城三月》以"飞花""兴"起书写乡愁的情感动力,以"落花"作结"谲谏"故乡窒息人性的悲剧。翠姨反抗包办婚姻的行为不仅仅是争取自身幸福,更是试图挣脱命运程式的努力。但不"安分"的翠姨只能以一堆荒冢为命运画上一个无奈的"句号"。而反观萧红也不过是一个从书本中走出的翠姨罢了。颠沛流离、婚姻坎坷、疾病缠身、命运多舛的萧红不愿在故乡庸常的日常生活方式中麻痹,也无法在异乡找到精神的彼岸。肉体逃离了窒息的故乡,心灵却逃离不了命运的摆布。

在春的剪影中勾勒女性春萌/春梦的艰难;以"杨花""年年岁岁花

---

① 朱自清:《诗言志辩》,凤凰出版社2008年版,第53页。
② 萧红:《小城三月》,载《萧红全集:小城三月——短篇小说》,凤凰出版社2010年版,第363页。
③ (南唐)李煜:《李煜词集》,王兆鹏导读,上海古籍出版社2009年版,第68页。
④ 萧红:《小城三月》,载《萧红全集:小城三月——短篇小说》,凤凰出版社2010年版,第364页。

相似"的传统时空经验暗喻女性周而复始的悲剧命运；将飞舞的杨花与女性漂泊无着的精神困境相对应，赋予"杨花"正面的价值意涵。《小城三月》以飞花"起兴"，以落花"象征"，吟唱了一出故乡生命凄凉绝望的人生悲剧。"比兴"为抒情提供了有感而发的动力，"象征"将抒情引向了哲理性的沉思。在"比兴"与"象征"交叉的美学观照中，萧红的乡愁书写正是立足于二者交叉的共性领域。

三 "诗笔"化的叙事

如果说"意象"、"比兴"使得"乡愁小说"在作品的含义、结构呈现为寓言性的艺术效果，那么以"诗笔"来叙事则是作家对于故乡的主观感知与情绪体验的独特反映方式。那么这种传统的"诗笔"化叙事到底是如何将叙述与抒情恰当合理整合，进而形成一种特殊的"文体"样式的呢？三十年代所谓"京派"的创作可作范例。

汪曾祺曾为我们讲述他的老师沈从文创作小说的一段颇有意思的往事。他回忆道，沈从文曾把写好的小说剪成一条一条的，重新拼合，以便发现小说的最佳结构。[1] 这似乎听起来有些不可思议，但是当我们去细心品读沈从文的作品时就会觉得这并不夸张。原因就在于沈从文的小说在语言和小说结构上的相对独立，句子、段落乃至篇章之间的线性逻辑关系并不是十分紧密。那么，这是否可以说明沈从文的小说的句法和结构是松散的呢？显然这一判断还是不够严谨。在汪曾祺看来，"《边城》的结构异常完美。二十一节，一气呵成；而各节又自成起讫，是一首首圆满的散文诗。这不是长卷，是二十一开连续性的册页"[2]。汪曾祺所言不虚，《边城》确有散文诗的美感，然而笔者需要提醒读者注意的是，汪曾祺着意强调老师的作品不是长卷，而是册页！那么何为"长卷"，什么又是"册页"呢？长卷画面连续不断，而册页尺幅不大，独立成篇装订成册，虽然每幅册页内容相对独立，但在整体上服从于整

---

[1] 汪曾祺：《沈从文和他的〈边城〉》，载《汪曾祺全集》（第3卷），北京师范大学出版社1998年版，第162页。

[2] 汪曾祺：《又读〈边城〉》，载《汪曾祺全集》（第5卷），北京师范大学出版社1998年版，第450页。

本画册的风格与主题。汪曾祺在这里想说的是，《边城》的各节并不是首尾相衔、不可分割的，而是各节相对独立，在整体风格、主题上讲究统一，并带有散文化倾向。那么，如何处理叙事情节才能做到相对独立呢？沈从文的做法是让每一节"自成起迄"，这有点类似传统小说"珠花式"的叙事结构。那么要做到"自成起迄"就需要在小说整体的叙事脉络上有意分割出若干独立的叙述单元。这就遇到了一个叙事上的两难，既要将每一节形成相对独立的叙事模块，又要照顾到小说整体的叙述线索，这个难度确实不小。而沈从文解决这个难题的方法确实十分巧妙，那就是以景带人，形成幻灯片切换的效果，这不仅切分了叙事单元，而且也放缓了叙事节奏，具有了诗意的表达效果。

　　此外，叙事单元之间的空白也构成一种艺术的"留白"，这不仅增加了读者阅读想象的空间，而且在促使读者想象的同时，作品也完成了二度抒情。譬如《边城》的第一节类似"举要"地将故乡湘西的风土人情来了个全景扫描，并将焦点逐渐集中在小说的女主人公翠翠身上。第二节则是在水的引导下，逐步将茶峒城中的街巷、风物一一呈现，并顺带引出掌水码头顺顺的两个儿子：天保和傩送。从叙事的角度说，这两节之间似乎关联不太大，但是从整体上来看，翠翠、天保、傩送又都是生活在茶峒的居民，并且都因为茶峒城中这条河流有了某种隐在的联系。翠翠摆渡的小溪汇入了茶峒大河，而天保、傩送又是掌水码头的儿子，二者同源同流。小说的这两节看似"形断"，实则"意连"。那么，两节间叙事的"空白"自然会引发读者想象：男女主人公是否会顺流而下或溯源而上，从而邂逅，进而发生什么故事呢？于是，我们看到在第三、四节中，端阳节赛船就为他们的相遇提供了一个很好的机会，读者的阅读期待得到了满足。而从四节的内容看，每节似乎都可独立成篇。譬如第四节本身就是一个"看赛船祖孙走散，遇傩送翠翠心乱"的回目，从叙事上说，有起因、经过、结果，完全可以单独成立。但是如果设想，没有第一、二节之间的"留白"，翠翠与傩送"偶遇"所要表达的机缘巧合之趣，显然就要打不少折扣。这种小说整体叙事结构上的"留白"艺术也许和中国绘画艺术对沈从文的影响不无关系。在沈从文看来，"从宋元以来中国人所作小幅绘画上注意。我们也可就那些优美作品设计中，见出短篇小说所不可少的慧心和匠心……什么地方着墨，什么地方敷粉施彩，什么地方竟留下一大片空白，不加过问。有些作品尤其重要处，便是那些空白处不著笔墨处，因比例上具有无言之美，产生无言之教"①。

这种叙事艺术并不限于沈从文，也为同期其他京派作家通常所采用。譬如灌婴（余冠英）就注意到废名的《桥》的结构"没有可注意的技巧，故事没有充分的发展。两篇都是分段的叙事和描写，章与章之间无显然的联络贯串，几乎每章都可以独立成篇。上篇渡到下篇，亦如自序所云，是'跳过'的"②。此外，这种叙事的"留白"不仅常现于章节之间，而且还大量存在于小说的段落之间，我们再看废名客居北平时追忆故乡的《桃园》：

这是指西山的**落日**，这里正是西城。阿毛每每因了这一个日头再看一看照墙上画的**那天狗要吃的一个**，也是红的。

当那春天，桃花遍树，阿毛高高的望着园里的爸爸道："爸爸，我们桃园**两个日头**。"

话这样说，小小的**心儿实是满了一个红字**。

你这**日头**，阿毛消瘦得多了，你一点也不减你的颜色！

秋深的**黄昏**。阿毛病了也坐在门槛上玩，望着爸爸取水。……**天狗真个把日头吃了怎么办呢？**……

阿毛看见天上的半个**月亮**了。天狗的日头，吃不掉的，到了这个时分格外的照彻她的天，——这是说她的心儿。

秋天的天实在是高哩。这个地方太空旷吗？不，阿毛睁大了的**眼睛叫月亮装满了**，连爸爸已经走到了园的尽头她也没有去理会。**月亮**这么早就出来！有的时候清早也有**月亮**！

古旧的城墙同瓦一般黑，墙砖上青苔阴阴的绿，——

这个也逗引阿毛。阿毛似乎看见自己的**眼睛是亮晶晶的**！……

---

① 沈从文：《短篇小说》，载张兆和编《沈从文全集》（第16卷），北岳文艺出版社2002年版，第505页。

② 灌婴：《评废名著〈桥〉》，《新月》1932年第4卷第5期。

橘树的浓荫俨然就遮映了阿毛了！但小姑娘的**眼睛里立刻又是一园的桃叶。**

（废名：《桃园》①）

就以上这段文字而言，我们感到小说的叙事意味并不强烈。然而我们确实感到小说在讲述阿毛姑娘的生活，这种叙述很从容，显得不蔓不枝，并传达出一种恬静、凄清的抒情意味。如果我们将每一段话单独拿出来看，就会发现每一段总是将景与人并置于一个画面之中，并以富有象征意味的景来修饰人的精神肖像。这一点与沈从文所谈到的"屠格涅夫《猎人笔记》，把人和景物相错综在一起，有独到好处。我认为现代作家必须懂这种人事在一定背景中发生"②的观点是一致的。请注意这段文字中的加粗斜体字（注：此为笔者所加），从这些重点标示的语句的复现的间隔和频率看，我们分明可以感到画面与画面之间有时会形成看似毫无关联，实则隐含着共同美感经验的隐在结构，这就形成了意义的跳跃，成为一种诗意般的抒情化叙事。譬如倒数第三段与倒数第二段之间似乎很难看到有什么必然的联系，然而城墙的"古旧"、青苔的"阴绿"所构成的压抑、沉滞的氛围是阿毛姑娘逼仄、窒息的生活境况的写照，但阿毛姑娘"亮晶晶的眼睛"所闪烁出的纯净、美好的人性，则与之构成鲜明的反差，于是，在"阴绿"与亮晶晶的光色对比中作品实现了意义的跳跃，废名的乡愁即是在这种段落之间的"留白"中得到了诗意般的书写。正所谓，"半叙景物，半涉人事，安置人事爱憎取予。于特具鲜明性格景物习惯背景中，让它从两相对照中形成一种特别空气，必然容易产生动人效果"③。

京派作家不仅在篇章结构、段落上讲究"留白"，延伸、开拓乡愁的情感空间，而且在语言上也颇费功夫力求呈现诗意化的抒情效果。这主要是通过意象（词语）的跳跃性来突破叙述逻辑的束缚，以类似意识流

---

① 废名：《桃园》，开明书店1930年版，第112—115页。
② 沈从文：《答凌宇问》，载张兆和编《沈从文全集》（第16卷），北岳文艺出版社2002年版，第526页。
③ 沈从文：《致周定一先生》，载张兆和编《沈从文全集》（第17卷），北岳文艺出版社2002年版，第470页。

的方式呈现出情感流动的脉络,通过句子的粘连性,刻意造成叙述的黏滞感,从而产生缓慢、婉转的抒情效果。

譬如废名的《桥》中的语言就比较明显地呈现出这样的特点。在灌婴看来,"序中虽称此本书是小说,但读者仅看这一卷,并不觉其为小说,因为读者在这里仅见几个不具首尾小故事,而不见一个整个的,完全的大故事。读者从本书所得的印象,有时像读一首诗,有时像看一幅画,很少的时候觉得是在'听故事',所以有人说这本书里诗的成分多于小说的成分,是不错的"①。批评者敏锐地觉察到了《桥》的"诗画"感,但令人遗憾的是,他并没有详细地在语言的层面予以阐析。但是毋庸置疑,语言之于文体、风格是非常重要的。废名曾在《说梦》中说:"字与字,句与句,互相生长,有如梦之不可捉摸。"② 废名之论显得有些玄妙,更令笔者不解的是,既然字句都是彼此联系,甚至是"互相生长"的,焉有不可捉摸之理?按图索骥总能找出个所以然来。是废名自相矛盾,还是我们并没有真正理解作家此言深意?我们来看下面这段文字:

> 穿着夹衣,太阳照得脸发汗。今天的衣服系著色的。ⁱ 遇着一个两个人,对他们看。细竹,人家看她,她也看人家,她的脸上也格外的现着日光强。一路多杨柳,两人没有一个是绿的。杨柳因她们失了颜色,行人不觉得是在树行里,只远远的来了两个女人,——一个像豹皮,一个橘红。ⁱⁱ
>
> (废名:《桥·路上》③)
> (原载1928年3月19日《语丝》第4卷第12期,题为《上花红山(一)(无题之十六)》,署名废名)注:ⅰ原刊作"是着了颜色的";ⅱ原刊作"一个象橘红"。

曾有学者对此做过分析,并认为此段"真正的奇妙之处不止于此,

---

① 灌婴:《评废名著〈桥〉》,《新月》1932年第4卷第5期。
② 废名:《说梦》,《语丝》1927年第133期。
③ 废名:《桥》,载王风编《废名集》(第一卷),北京大学出版社2009年版,第502页。

第五章　中国现代"乡愁小说"的互文观察 / 211

由于大量使用句号分隔，句子又极为短促有力，从而带来一种简洁、明快的叙事节奏，似乎我们从句子本身的节奏中就能感受到两位少女轻快的步伐，以及愉快惬意的心情"①。对此我不敢苟同，文中确实用了不少短句，但是我并没有多少明快的感觉，反倒觉得整段文意有拧巴之感，总感觉并不那么通畅。当然，不同的读者阅读经验是有差异的，但我要追问的是因为什么造成了句意的扭结？让我们把这段文字以"诗"的形式重新排列：

穿着夹**衣**，
太阳照得脸发汗。
今天的**衣**服系著色的。
遇着一个两个人，
对他们看。
细竹，
人家看**她**，
她也看人家，
她的脸上也格外的现着**日光**强。
一路多**杨柳**，
两人没有一个绿的。
杨柳因**她们**失了颜色，
行人不觉得是在树行里，
只远远的来了**两个女人**，
——一个像豹皮，一个橘红。

以上笔者以加粗斜体字标示的词语值得玩味，譬如"衣"、"杨柳"分别重复了两次，并且是间隔一句，形成了一种"跳跃"；"人家看**她**/**她**也看人家/**她**的脸上也格外的现着日光强"，三个短句有比较强的依存关系，也就是废名所谓的"互相生长"。就整个段落来说有一种克莫德所说的"微妙的重复"，一些琐碎的细节不断积累和组合，就会在循环往复中

---

① 格非：《废名的意义》，载格非《塞壬的歌声》，上海文艺出版社2001年版，第293页。

产生暗示功能，产生意义的陡然增殖。① 但更值得注意的是，这些重复是"跳跃性"的，这就好比婉约词"顾盼流连"般的抒情姿态。词语的回环往复拖慢了叙事的节奏，并造成叙述的黏滞感，从而产生舒缓、婉转的抒情效果。因此在我看来，废名所着意写出的并非是这两个少女步伐的"轻快"，而是意在写出她们行走姿态的婉约之感。废名所谓的"不可捉摸"实际上是作家不断流动变化的情感，而非是拘泥于词序的排列所形成的叙事动向，而词句不过是服从于情感表达的需要"相互生长"罢了。这有些类似于苏轼所说的"在平地滔滔汩汩，虽一日千里无难。及其与山石曲折，随物赋形而不可知也"②。也就是说，在创作过程中出于作品的情、景、义、理的表达需要，必然会冲破语言运用的一般规律，毫不做作地用"随物赋形"的方式给人以自然流动的美感。即谓之"文法自然"。

瞩目于中国现代"乡愁小说"中"意象"、"比兴"的抒情方式及其"诗笔"化的叙事策略，并不是要涵括所有"乡愁小说"的文体特征，而是意在提醒我们，不要忽视"乡愁小说"在现代生成中所借助中国传统抒情资源的内在驱动力。清末民初，当小说强大的"新民"功效逼迫"雅正"的诗歌让位，成为文学的主流后，抒情是否还能成为强烈现实吁求的有效途径，是摆在作家面前必须回答的问题。而大量"诗化小说"的创作实绩则宣示了中国古典文学的情脉没有也不可能在现代中断。取法古典，融化新知，中国现代知识分子找到了书写"乡愁"这种独特的东方情调的恰当方式。无论是自觉为之，抑或无心插柳，我们发现，中国古典美学在中国文学的现代化过程中都不可能真正退场。这种来自古典的现代性不仅丰富了我们对中国文学现代转型的理解，也促发了我们对中国文学现代性的反思。诚然，中国文学的现代质素很大程

---

① 克莫德从福斯特手里接过"节奏"这一概念，把它重新界定为"微妙的重复"。他认为节奏具有发射信号（暗示秘密）的功能，更重要的是，它暗示的是一种更大的存在。参见殷企平、高奋、童燕萍《英国小说批评史》，上海外语教育出版社2001年版，第239—240页。

② （宋）苏轼：《自评文》，载《苏轼文集》（全六册），孔凡礼点校，中华书局1986年版，第2069页。

度上还是和域外现代文学的影响相关。中国现代"乡愁小说"同样概莫能外，譬如，三十年代前后，日本和欧洲的"乡愁小说"的译介就不容忽视。

第二节 日本"乡愁小说"在二十世纪三十年代前后的译介[①]

所谓日本的"乡愁小说"主要指的是日本作家以故乡为描写对象，作品字里行间隐现着"乡愁"的小说创作。民国二十年前后，有着留日、旅日经历的翻译家，如周作人、谢六逸等，将加藤武雄、国木田独步、明石铁也、佐藤春夫等日本作家的"乡愁小说"介绍到中国。这些译作主要发表在《小说世界》《小说月报》《乐群》（月刊）等刊物上，另有结集出版的专集，也有个别篇什散见于相关小说选集。虽然从总体上看，译作数量并不太多，但是对中国现代"乡愁小说"的影响不容忽视。这种影响/接受主要体现在乡愁中的人道主义诉求与对于现代城乡关系的思考，这两个方面。

一 日本"乡愁小说"译介概况

从以往学界对日本文学的译介研究来看，主要集中在三个方面：一是鲁迅与日本文学关系研究。这一研究成果丰硕，如刘柏青、蒋锡金、林焕平、戈宝权、温儒敏等都有代表论作，譬如刘柏青的《鲁迅与日本文学》、彭定安的《鲁迅：在中日文化交流的坐标上》。[②] 二是对日本自然主义、新浪漫主义、日本普罗文艺等思潮与中国现代文学创作之间关系的阐析。例如，孟庆枢的《日本近代文学思潮与中国现代文学》、刘立善的《日本白桦派与中国作家》、秦弓的《觉醒与挣扎——二十世纪初中

[①] 本节内容，笔者曾以《日本"乡愁小说"在1930年代前后的译介》为题，发表于《中国现代文学研究丛刊》2012年第11期。

[②] 参见刘柏青《鲁迅与日本文学》，《社会科学阵线》1981年第3期；彭定安《鲁迅：在中日文化交流的坐标上》，春风文艺出版社1994年版。

日"人的文学"比较》，以及王向远的《中日现代文学比较论》。① 三是从中日文学/文化的互文角度来审视中国现代文学的发生发展。譬如贾植芳的《中国留日学生与中国现代文学》、李怡的《"日本体验"与中国文学的发生》② 等。

　　以上研究或从宏观上鸟瞰中日文学的传播与接受，或着眼于具体文艺思潮、作家作品深入探讨，相关研究已然十分丰富。但是对于那些日本作家创作的，以故乡为描写对象，具有"乡愁"的共同情感倾向的小说的译介情况及其在中国的影响与接受，并没有得到学界足够的重视。这其中缘由颇为复杂，依我看来，有三点事实是不容忽视的。一是相关译著数量较少，似乎并没有形成大的"气候"，因而并没有引起研究者关注。二是由于二十世纪三四十年代爆发的中日战争使得两国民族矛盾激化，对日本小说的译介甚为寥落，自然也不可能有突出的研究成果。三是与学界长期以来约定俗成的批评视角相关。这在第一章已有论述，这种执念于"乡土"的现实主义的傲慢与偏见，同样出现在日本"乡愁小说"的研究中。具体地说，就是学界对于"乡土小说"这一概念的理论核心与批评范畴并不清晰。"乡土小说"大都指向文学创作题材的选择，作家判定作品的标准虽然讲的是"乡土"，可在具体的批评实践中往往滑向了"土"——农村。于是日本"乡土小说"与日本的"农村小说"、"农民小说"的概念边界是模糊的，甚至出于艺术功利性的具体要求，有时是有意误读的。譬如民国二十一年七月，在上海神州国光社出版的《农民小说集》中，译者朱云影就在序言中说："中国还没有所谓农民文学。有的，都不过是田园文学或乡土文学。那些，诚然是诗人的书斋、小姐的闺房所必备的上品的装饰，及为怀着旧感伤主义的周作人教授等欣赏咀嚼的好资料，然而却不是我们的时代所需要的。……田园文学或乡土文学是向'土'去，是田园生活隔绝者的解渴的清凉剂；盖疲于骚

---

① 参见孟庆枢《日本近代文学思潮与中国现代文学》，时代文艺出版1992年版；刘立善《日本白桦派与中国作家》，辽宁大学出版社1995年版；秦弓《觉醒与挣扎——二十世纪初中日"人的文学"比较》，东方出版社1995年版；王向远《中日现代文学比较论》，宁夏出版社2007年版。
② 参见贾植芳《中国留日学生与中国现代文学》，《中国比较文学》1991年第1期；李怡《"日本体验"与中国文学的发生》，《中国社会科学》2004年第1期。

音，彩色，人与人间的应酬的他们，有时自不能不想起茅舍，清溪，绿光的田野。农民文学却是从'土'来，欲使生自土的纯真的生命有意义地育长于土，是农民自身所要求的日常面包。"① 从这段话中，我们可以看到译者将农民小说与田园文学、乡土文学对立起来，肯定的是农民小说，否定的是田园、乡土文学。可实际上农民与田园、乡土又怎能撇清关系呢？然而出于对农民残酷的生存现实反映的需要，出于唤起农民反抗意识的需要，农民小说就需要与所谓士大夫的田园、乡土文学划清界限。这种有意的误读从另一个侧面也反映了这一批评标准本身的狭隘，并因这种狭隘而遮蔽了一些聚焦于故乡然而对农民苦难、反抗意识不甚强烈的作品，这是一个方面。另一方面有些作品即使描写的是故乡，但是因为故乡并非农村，所以仍被视为非乡土小说。这里野口雨情在谈及乡土童谣的话，可以给我们一些启发。他说："关于'乡土童谣'，我有以下的意见。我把这'乡土童谣'不当作'乡下的童谣'去解，乃是故乡的童谣的意思。比如说在长陆生长的，那么长陆国就是故乡，在青森或福冈生长的，青森福冈便是故乡了。唱诵这些故乡的风土歌谣，我即称他为'乡土童谣'。"② 套用野口雨情的话，我们也可以将那些描写故乡，在作品中表达着共同乡愁情感倾向的作品以"乡愁小说"的概念来予以观察，而不必纠结于作家所描写的故乡是否一定是乡下。从"乡愁"的情感角度来看待这些作品，我们就可以在一定程度上避免拘泥于现实摹写的乡土审美视角，并从生命与政治历史的交互对话方式来看待生命本身的现代化过程。这也是笔者以"乡愁小说"来命名并研究二十世纪二三十年代日本作家故乡想象的缘起。

基于以上的理解认识，我们发现日本"乡愁小说"的译介主要集中在民国二十年前后。就笔者所查阅的有限资料来看，译者大都是一批有着留日、旅日背景的翻译家，比如周作人、谢六逸等。译介的主要是加藤武雄、国木田独步、石川啄木、佐藤春夫、明石铁也、藤森成吉等人的作品。翻译的作品大多相对集中地发表在《小说世界》《小说月报》

---

① 朱云影：《译者序》，载朱云影编译《农民小说集》，神州国光社1932年版。
② [日]野口雨情：《"乡土童谣"与"乡土民谣"》，周丰一译，《歌谣》1936年第2卷第24期。

《乐群》（月刊）以及相关作家的专集和日本小说选集上。[①]这些小说一方面是日本白桦派作家以及自然主义、唯美作家的创作。如周作人在1921年翻译的加藤武雄的《乡愁》，发表在《小说月报》第12卷第1号，后被收入其编译的《现代日本小说集》（上海商务印书馆1923年6月版）。另外，周作人还翻译了石川啄木的《两条的血痕》，收入东方杂志社编的《近代日本小说集》（上海商务印书馆1924年4月版）。国木田独步的《负骨还乡日记》由稼夫翻译，发表在《小说世界》1924年第6卷第12期，该小说后又在1928年8月由颖父翻译为《入乡记》发表在《山雨》（半月刊）第1卷第1期。另外，唯美派作家佐藤春夫的《阿绢兄妹》由高明翻译收入《佐藤春夫集》（上海现代书局1933年版），《田园之忧郁》最早由谢六逸译为《呵呵，蔷薇你病了》，发表在1928年11月15日出版的《大江》月刊第11号上，后收入其编译的《近代日本小品文选》（大江书铺刊行1929年5月版）。1934年李漱泉译出《田园之忧郁》单行本由中华书局出版。另一方面，一些带有革命进步倾向的作家作品得到了一定程度的重视。其中明石铁也的《故乡》由春树翻译，发表于1929年11月《乐群》（月刊）第2卷第11期。黑岛传治的《电报》、立野信之的《沟洫》、小林多喜二的《战》由朱云影翻译收入其编译的《农民小说集》，1932年由上海神州国光社出版。藤森成吉的《马车》由张资平翻译，1928年5月发表于《流沙》第5期。从以上译介的情况来看，"乡愁小说"译介的数量并不多，但是这一译介所呈现的特点是我们不容忽视的。首先，译介活动较为集中地出现在民国二十年前后，即二十世纪二三十年代，而这一时期也正是中国现代"乡愁小说"创作的高峰期。日本"乡愁小说"的译介与中国"乡愁小说"的创作同在民国二十年前后走向高峰，这仅仅是一种巧合，还是其中有着内在的关联？

---

① 此处所搜集资料主要依据中国社会科学院文学研究所总纂《中国现代文学期刊目录汇编》（一至五卷），知识产权出版社2010年版；王向远《20世纪中国的日本文学译本目录》，载《王向远著作集·第三卷》（《日本文学汉译史》附录二），宁夏人民出版社2007年版。然而其目录也有错讹，譬如列躬射的《岛上落霞》即被错认为是日本文学译作。列躬射原名李从心，1912年出生，曾用名李望如，笔名列躬射、辛尔。他旧时常为多家报刊撰文，《申报·自由谈》《国闻周报》《天下文章》《高原》《抗战文艺》等可寻找到其文章，李从心写作颇有天赋，其作品《喜酒》还被选入《中国新文学大系》。

其次，作为日本"乡愁小说"译介先行者的周作人是需要尤其重视的，这不仅是因为周作人本身是中国现代文学的大家，对中国现代文学的发生影响深远，更为重要的是周作人最早提倡"乡土文学"，那么这一概念与日本"乡愁小说"的译介是否又有着密切的关系呢？

二 人道主义诉求

我们先来看周作人对加藤武雄的《乡愁》的翻译，该小说1921年发表在《小说月报》第12卷第1号。从译者后记来看，不仅周氏对作品赞赏有加，即使在日本国内，加藤武雄也被给予很高的评价。中村白叶在杂志《新潮》（Shincho. No. 190）上曾说道："外国人如问现代日本作品中间，有什么可以翻译，我们有几篇可以立刻推举出去么？有一回，一个俄国的朋友问我的时候我一时迷惑了不能回答；但是随即想到，有了，这就是加藤氏的一篇《乡愁》。我当时觉得对于日本与外国的文坛全体，负了责任，可以这样宣言。……这篇里贯彻的悲哀，就是纵横的深深的贯彻人生的悲哀；无论是俄国人，或是印度人，是太古的初民，或是人类的远孙，这篇著作翻译了给他们看，都是无所不宜的。我也想能够写这样的作品，便是一生只写得一篇也满足了。"[①] 中村白叶的评价也许有些言过其实，然而不可否认的是加藤氏在日本国内着实有着很高的知名度。就加藤武雄作品的译介而言，其大多数作品由唐小圃翻译并发表于《小说世界》，如《出发》（改译）、《母性》、《赝物》、《偶像》（一、二）[②]、《五平翁的失策》[③]，另一个对加藤武雄作品译介较多的翻译家是谢六逸，继周作人在《小说月报》上翻译了《乡愁》之后，谢六逸还翻译了《接吻》与《爱犬故事》，分别发表在第18卷第12号和第19卷第1号。在《青年界》1931年第1卷第1期，谢六逸还翻译了加藤武雄两篇小品，即《饭盒》和《离别》，后收入《范某的犯罪》（上海现代书局

---

① ［日］加藤武雄：《乡愁》，周作人译，《小说月报》1921年第12卷第1号。
② 加藤武雄的《偶像》（一、二）由唐小圃翻译，发表在《小说世界》第15卷第23、24期，其与叶作舟翻译的《我的肖像》是否是加藤武雄的同篇小说，因笔者未见到相关资料，只能在此存疑。
③ 以上译作分别发表于《小说世界》第8卷第2期，第15卷第1、3、23、24期，第18卷第1期。该期刊对加藤武雄的译介从1924年至1929年持续关注。

1929年版)。其中《饭盒》还被谢六逸翻译发表在《复旦实中季刊》1927年第3期。另外，谢六逸还以"宏徒"为笔名翻译了加藤武雄的《一篇稿子》发表于1929年《文学周报》第7辑第351—375期。此外，黎烈文翻译了《祭夜的意外》，发表于《东方杂志》1927年第24号。上海开华书店1931年还出版叶作舟翻译的长篇小说《她的肖象（像）》作为新时代文艺丛书之一。

  虽然以上所列作品除《乡愁》外，大都并非"乡愁小说"，但是足以见到译界对其作品的重视。但是这种"重视"还是大都集中在二十年代，到三十年代后就很少再能见到加藤武雄的作品了。另外，加藤武雄的作品主要还是被译介在《小说世界》这类以所谓鸳鸯蝴蝶派作家主笔的刊物上，而该刊物更多地被研究者视为休闲娱乐类的杂志。在新文学的阵地《小说月报》上，虽然有周作人的"力荐"，但是其作品的译介与芥川龙之介、武者小路实笃等作品的热译相比，还是显得相对"冷清"了一些，而且到三十年代中期基本上可谓鲜有译作了。此外，从相关史料的信息来看，作者的生平、著作信息也是比较少的。那么加藤武雄的作品为何得到周作人的"热捧"，却又为何在三十年代被"冷落"？我们先来看谢六逸编的《日本文学史》（下）中对加藤武雄的评价，著者将加藤氏归入"自然主义的旁系"一章予以介绍："他（加藤）是一个善于将体验展开的作家，作品里多感伤的色调。《爱犬故事》、《呜咽》、《出发》、《到都会去》、《土的香味》、《离开土地》等作，都足以表现他的个性。"①从谢著的短评中，我们注意到如下信息：其一，加藤武雄的作品注重体验，多书写感伤的情绪；其二，从加藤武雄的代表作来看，"乡土"、"都会"是他常见的题材。也就是说，这种体验（情绪）常常与"城乡"这样一个写作题材相关。换言之，加藤武雄是一个着意以"乡愁"诉诸文学艺术形式的作家。这在周作人对其"乡愁小说"《乡愁》的译后记中也有类似的表述。"加藤氏常被称为乡土艺术家，实在他还是人道主义思想的作家，不过他的艺术材料是就最接近的世界中取来罢了。他的《乡愁》是人类对于他的故土与同伴的眷恋，不只是单纯的怀乡病（Nostalgia）了。"②

---

  ① 谢六逸：《日本文学史》（下），北新书局1929年版，第99页。
  ② ［日］加藤武雄：《乡愁》，周作人译，《小说月报》1921年第12卷第1号。

显然，周作人肯定了加藤武雄写作的题材趋向于乡土，之所以认为其作品并非"怀乡病（Nostalgia）"，是因为"实在他还是人道主义思想的作家"。在此，"人道主义"是一个需要特别强调的关键词，周作人所言的"人道主义"与作品中呈现出的人道主义思想是否有共同的理论背景，是否又存在着彼此对于"人道主义"不同的思想诉求，在此，我们就需要回到作品本身去一探究竟。《乡愁》的故事近乎家常，讲的是芳姑、里姑与凸哥三个玩伴儿的童年友谊，而芳姑因搬家与里姑、凸哥的别离又增加了她的忧郁，一次次思念同伴、期待团聚玩耍的希望与失望，即是一种浓郁的乡愁，然而芳姑因失去母亲的悲哀成为她永恒的乡愁，芳姑因病早夭便成为一种回"乡"之旅。三个年轻母亲幸福地抱着孩子的剪影、芳姑的父亲甚至没有勇气脱掉靴子的颓唐悲伤、芳姑放在门口台上的三个大而红的苹果，这些虽是瞬间的影像，然而却是永远挥之不去的心灵颤动。小说就是在不可逆的时间之流中，留下生命的写真，从而唤起读者对生命的尊重。由此而观，加藤武雄的作品中的"人道主义"更多地指向生命本身，强调的是"人性"，这与早期自然主义作家永井荷风所说"我的意愿就是专门把那些因祖先遗传和环境造成的种种情欲、殴斗和暴行毫无顾忌地描写出来"[1]的主张不同。加藤武雄的"人性"是"灵"的真实而非"肉"的客观，这也许是谢六逸将加藤武雄归入"自然主义旁系"的一个原因吧。循着这一研究思路，我们发现在石川啄木的《两条的血痕》中对人性的思考走得更远。小说是对两件童年往事的追忆，儿时伙伴藤野姑娘雪白的左脚流下的血痕、丐妇额头流下的血痕成为"我"挥之不去的梦魇。"我"所感到悲哀的不仅是藤野姑娘的早夭与丐妇的不知所踪，"想到人是偶然的生来的，那么世间更没有比人更为可痛，也没有比人更为可哀的东西了。这个偶然或者正是远及永劫的必然之一连锁也未可定，这样想来，人就愈觉可痛，愈觉可哀了。倘若是非生不可的东西，那么生了也是无聊。最早死了的人岂不便是最幸福

---

[1]［日］永井荷风：《地狱之花》（序跋），谭晶华、郭洁敏译，上海译文出版社1994年版。

的人吗"①？对于生与死的意义的叩问即是对生命意义的追索。从这里我们可以看到，石川啄木的作品中涌动的乡愁已然触及了生命的起源与归宿这个终极问题。如果说，以上关乎人性的"愁绪"可以称得上是一种"人道主义"的话，那么这种人道主义的核心就在于维护人的尊严、体现人的价值。那么，在"五四"这个"人"的价值尊严被发现与肯定的时代，加藤武雄、石川啄木得到新文学的倡导者周作人的赞赏也就不难理解了。但是周作人对加藤武雄《乡愁》中"人道主义"的肯定，是否仅限定于"人性"的层面呢？在周作人对"乡土文学"的阐述中，我们看到周作人是将"乡土文学"视为"国民性、地方性与个性"的统一，"风土"、"地方"并"不限于描写地方生活的'乡土文艺'，一切的文艺都是如此"②。"人性"被放置于国家/民族这样一个背景之下予以阐释，即具有意识形态性质的"国民性"。在这个意义上可以说，日本"乡愁小说"中立足于人/人类的"人道主义"，被改造为侧重于社会意义层面的"人道主义"。这种"人道主义"要求建立制度伦理的人道原则和人际交往的道义原则来共同维护人的权利与义务。这一点我们从周作人对武者小路实笃"新村主义"的激赏，可以窥豹一斑。

在中国现代"乡愁小说"的创作中，我们不难看到周氏门生对于这种"人道主义"不同程度的实践。譬如沈从文"湘西世界"的乌托邦想象及其改造"湘西"的现实诉求，废名耽溺于佛禅的人生追问等，这些"乡愁"之中都可隐约看到周作人之于人道主义的倚重。但是这种"乡愁"的书写在"五四"的语境之中，显然显得相对"迟钝"而不够明朗，这也使得这些"乡愁小说"的创作始终处于文坛的边缘。反观其兄周树人所推崇的则是"人间性"，即将"人道主义"体现为现实对"人性"的压迫，以及因之而起的反抗精神。以现实主义的笔触摹写乡土的凋敝与农民的苦难，这种乡愁书写方式显然更有批判性，更利于启蒙。二十年代在鲁迅影响下出现的"乡土小说群"丰硕的创作成果大都是此

---

① ［日］石川啄木：《两条的血痕》，周作人译，载东方杂志社编《近代日本小说集》，商务印书馆1924年版，第75—76页。

② 参见周作人《地方与文艺》，载周作人《谈龙集》（周作人自编文集），河北教育出版社2002年版，第10—14页。

类"乡愁小说"。对日本"乡愁小说"中人道主义的吸收最终成为中国现代"乡愁小说"创作之一脉，然而毕竟周作人提倡的"人道主义"还是带有了过多的理想化色彩，加之自然主义本身无法克服的理论缺陷，使得新文学作家愈加感到加藤武雄等执着于个人性灵书写的哀伤、迂缓的情调显然已不能呼应时代的召唤，感到这些译作之于启蒙革命的乏力。于是，日本"乡愁小说"中带有自然主义、唯美主义等创作倾向的译介走向萧条也就在情理之中了。

三 城乡关系的思考

如果说，周作人对加藤武雄、石川啄木的"乡愁小说"的译介，是有意地将"人道主义"本土化的话，那么译者对日本"乡愁小说"中关涉城乡关系的思考则有意无意地予以忽略了，农村经济的衰败、农民的斗争反抗最终成为选译的标准，并与中国三十年代左翼文学形成呼应。不过由于日本"乡愁小说"的创作背景与民国初年在社会、政治、文化转型期的相似相关性，使得我们仍可在个别译作中，看到译者对于日本"乡愁小说"中呈现的城乡关系隐忧的省察，这种接受情形主要还是在影响的层面。

从笔者所搜集的日本"乡愁小说"看，作家创作的时代与作品中反映的背景大多是日本的"江户时代"。江户时代是德川幕府统治时期，从1603年创立到1867年的大政奉还，是日本封建统治的最后一个时代。这一时期城市得到了迅速的发展，江户、大阪、京都成为国内最大的城市，江户甚至成为世界最繁华的城市之一。可见日本的现代商业性城市在十八世纪已经十分繁荣，而中国直到二十世纪初现代商业城市才逐渐发展起来。城市的繁荣带来市民阶层的兴起，这些读者对于美、生活、人生的感受和体悟的平民化视角，对作品娱情、娱乐的现实消费需求等，都对作家的创作提出了要求。而日本近现代从事"乡愁小说"创作的作家，如国木田独步、佐藤春夫等又大都是明治维新之后登上文坛的作家。他们对城市生活的熟稔，对市民审美情趣和审美理想的较为准确地把握，使得他们在触及城乡问题时往往是立足于城市的角度来看待乡村。因此，他们的"乡愁小说"是一种带有城市文学印记的创作，因为他们大都生活于城市，对于现代性迅速冲击之下的城市文明病有着难得的清醒，现代性所造成的人的物化与价值的旁落，使得他们多呈现出颓废的风格。此时乡村又往往成为他们灵魂的避难所，然而当他们真正接触到乡村的内部时，又感到难以适应乡村的生活，于是他们就成为在城市与乡村徘徊的"边际人"，这种犹豫/忧郁即是一种乡愁——一种现代症候，它生动地将生命的现代化过程呈现出来。然而在中国启蒙救亡的现实语境之下，这种之于城乡关系的思考，并不被译者察觉，或者他们不愿意去将这种思考呈现于读者，而是择取其中可资借鉴中国现实的东西。于是我们发现，这些"乡愁小说"的译作对这种城乡关系（现代性）问题是有意无意忽略的。譬如对国木田独步的一篇描写还乡的小说的翻译即是一例。前面已经提及针对这篇小说的两篇不同译作：稼夫将之翻译为《负骨还乡日记》发表在《小说世界》1924 年第 6 卷第 12 期；而颖父则翻译为《入乡记》发表在《山雨》（半月刊）1928 年第 1 卷第 1 期。比较两篇译作，我们发现除了译者自身的语言风格之外，其中一些微小的差异颇耐人寻味。例如以下两处译文：

例一：
我的家乡究竟是甚么样子呢？她说："村落陈古污秽，道路狭窄，而石砾甚多。与西京、大坂相较，尚相差甚远；何况你久住东京的呢！……"此言实在可笑，她是被西京、大坂所炫惑了。——（稼夫译：《负骨还乡日记》①）

家山究竟怎么样呢？她说："是古旧芜秽的乡村，是多砾难行的道路，不能和京都、大坂相比嗄！何况在住惯了东京的你呢！……可笑！她因留恋着那京都、大坂。"
　　　　　　　　　　　　——（颖父译：《入乡记》②）

例二：
我从今以后，也将加入诸君中间，共谋生活了。我一想到此处，我心中不胜感慨。
　　　　　　　　　　　　——（稼夫译：《负骨还乡日记》③）

---

① ［日］国木田独步：《负骨还乡日记》，稼夫译，《小说世界》1924 年第 6 卷第 12 期。
② ［日］国木田独步：《入乡记》，颖父译，《山雨》（半月刊）1928 年第 1 卷第 1 期。
③ ［日］国木田独步：《负骨还乡日记》，稼夫译，《小说世界》1924 年第 6 卷第 12 期。

我从今天起,也要到你们的队中来了。这样想着时,我心中兀自充满着多少喜悦!

——(颖父译:《入乡记》①)

例一中"我"对于村田老妇谈及故乡的鄙陋并不认可,在稼夫的译文中"我"认为"她"是受到了城市的"炫惑",而在颖父的译文中则说"她"还对这些城市有所"留恋"。"炫惑"是迷乱、困惑的意思,往往含贬义,而"留恋"的感情色彩则显得中性一些。那么稼夫的译本传递给读者的信息是"我"对于城市文化、文明的某种批评,而颖父的译文则没有这一层意思。再看例二就更为明显了,在稼夫的译文中,当我回到故乡时,面对着故乡的山水,"我"是"不胜感慨"的,这种感情是复杂的,多半是自己原本就在故乡生活,而二十余年之后又回到故乡的沧海桑田之感,同时也不能确信故乡的父老是否"肯容我这心迷意乱,狐疑不定的归人"②,这也流露出"我"对是否还能融入乡村生活、文化的一丝担忧。而在颖父的译文中,归乡的"我"是"充满着多少喜悦"的,情感是明朗的。由此可见,颖父对作品传达出来的对于城乡关系的复杂思考是缺乏自觉的。《入乡记》基本上表达的还是乡愁的传统情感指向,即表达一种较为单纯的怀乡之感;而《负骨还乡日记》则有意或无意地将这种传统乡愁置于城乡批评框架之中,呈现出生命在现代性冲击之下的身份寻找的两难,乡愁也因之获得了一种"现代"意味。

当然,以上的比较只是个案,并不能就此判定所有译者对日本"乡愁小说"中城乡关系的思考都是迟钝的。譬如李漱泉翻译佐藤春夫的《田园之忧郁》这样一篇"准乡愁小说"③ 时,就注意到作家及其作品反映的现代人在城乡之间无所适从的紧张与无奈。在书前的《佐藤春夫评

---

① [日]国木田独步:《入乡记》,颖父译,《山雨》(半月刊)1928年第1卷第1期。
② [日]国木田独步:《负骨还乡日记》,稼夫译,《小说世界》1924年第6卷第12期。
③ 之所以将佐藤春夫的《田园之忧郁》视为一篇"准乡愁小说",是因为小说中的武藏野虽然并非主人公的故乡,但是这个偏僻的村庄同样给予他一种故乡的情感。主人公"他"将自己视为"回头的浪子",故事隐现着他乡(东京)与"准故乡"(武藏野)的叙事框架,而且作品中始终贯穿着一种浓郁的"乡"愁。

传》中，李漱泉说，

> 日本的资本主义正在一帆风顺地夸它的繁荣的时候，无奈发达到高度的西洋资本主义已经发生了内部和外部的致命的冲突促进它们急速地走向破灭的路。工业的物质的西方文明乎？农业的精神的东方文明乎？这样的疑问便开始弥漫于文明人底脑里，这样的疑问使人们陷入无法解脱的矛盾，觉得一切都走到了尽端，厌倦，疲劳，不能再有前此那种朝着一点勇往迈进的气力。……
> ……
> 因此使作者佐藤氏和许多同时代的青年一样，一时彷徨在都会，一时想逃避在田园。……
> ……
> 所以作者的叹声同时又是忧郁的日本的叹声，所以作者的田园的都会的忧郁，实在相当忠实，丰富而有力地象征了近代日本社会的忧郁。
>
> （李漱泉：《佐藤春夫评传》[1]）

而作为读者的郁达夫对于《田园之忧郁》的接受还是更多地注目于佐藤小说忧郁的色泽和唯美的境界这个层面，这与译者李漱泉所着重强调的"日本社会的忧郁"是不同的。1923年郁达夫在写给好友的信中表示："在日本现代的小说家中，我最崇拜的是佐藤春夫"，他的最大的杰作"当然要推他的出世作《病了的蔷薇》，即《田园的忧郁》了……依我看来，这一篇《被剪的花儿》也可说是他近来最大的收获，书中描写主人公失恋的地方，真是无微不至，我每想学到他的地步，但是终于画虎不成"[2]。由此可见作家与翻译家对于作品接受的不同视角选择。

上述涉及城乡关系思考的"乡愁小说"的译介，虽然得到了译者一

---

[1] 李漱泉：《佐藤春夫评传》，载［日］佐藤春夫《田园之忧郁》，李漱泉译，中华书局1934年版，第24—29页。

[2] 郁达夫：《海上通信》，载《郁达夫文集》（第3卷），花城出版社、生活·读书·新知三联书店1984年版，第73页。

定程度的关注，然而由于其往往杂糅于颓废、哀伤的唯美情调之中，不免使人产生误读，并最终在中国文坛摒弃自然主义、唯美主义之时，也一并被忽略了，取而代之的是以表现农村苦难生活与尖锐复杂斗争为主题的作品。春树翻译的明石铁也的《故乡》[①] 就是个典型的例子。《故乡》中"社会主义者"恭二因探望病重的母亲而回到故乡，但是恭二的回乡之旅成为组织缫丝工人罢工、建立农会组织的革命之路。在亲人的劝阻与故乡革命需要之间，恭二内心进行着激烈的思想斗争。最终恭二迫于形势压力，再次离开故乡，然而故乡已经播下了革命的火种，这让他感到欣慰。在此，城市东京已然隐居幕后，农村（故乡）百姓苦难的生活与尖锐的矛盾被推至前台。故乡已不是"乡愁"的所在，正如恭二所言，"故乡已经不能当做（作）怀古的摇篮地去追忆，却是应当做（作）斗争的一战野去看了"[②]。同样，朱云影翻译的黑岛传治的《电报》、立野信之的《沟洫》、小林多喜二的《战》以及张资平翻译藤森成吉的《马车》都已然难以见到多少"乡愁"，这与三十年代中国左翼文学的兴起形成了颇有意味的呼应，想来日本"乡愁小说"的内在转向并非是无意之举吧。

　　日本"乡愁小说"在二十世纪三十年代前后的译介是一个十分复杂的跨文化语言实践活动。笔者从人道主义的本土化与现代城乡关系思考的层面审视这一接受过程，也只是试图在影响与相应创作之间找到一些内在的关联，然而这并不是说一定要梳理一个必然的逻辑关系。但是，不可否认的是二者确实存在着这种若隐若现的关联。实际上，日本"乡愁小说"其本质上还是着眼于城市，而中国现代"乡愁小说"却立足在乡村，二者之间可以通融的难度可想而知，然而恰恰也就是城市与乡村的时空差异造成的乡愁为二者的传播与接受搭起了桥梁，使得我们能从中日两国作家共通的情感——乡愁去考察中国现代"乡愁小说"的发生发展之路。

---

① ［日］明石铁也：《故乡》，春树译，《乐群》1929 年第 2 卷第 11 期。
② 同上。

第三节　欧洲"乡愁小说"在二十世纪三十年代前后的译介

  与日本"乡愁小说"在 1930 年前后的译介相似，欧洲"乡愁小说"本身所隐现的乡愁同样没有得到译者的足够注意。将乡愁等同于乡土意念甚至直接将其中的革命、阶级意识拿来作为译著的主题是常见的现象。当然，这与中国广大农村普遍的苦难生活以及特定历史时期知识分子对启蒙身份的强调有着密切的关系。学界对欧洲文学译介的关注多集中在具体作家作品，这里有两种情况，一是对欧洲作家作品的译介者的研究，二是译者对欧洲"乡愁小说"作品的研究。这方面尤以东欧弱小民族文学的翻译最有代表性。诸如此类的翻译研究已经比较深入，相应的研究成果也较为突出。然而，学界对于欧洲"乡愁小说"在二十世纪三十年代前后的译介却一直少有宏观深入的探讨。就与之毗邻的民国时期"乡土小说"的译介研究来看，乡土的意念也多被农民的苦难生活以及相应的反抗斗争意念所覆盖。这也使得该研究往往容易拘囿于意识形态意念的阐发，从而忽略了在中西互文的语境中人的现代化生成过程。

一　欧洲"乡愁小说"译介概况

  与日本"乡愁小说"的研究类似，如果不以"农村"作为"故乡"的代指，那么遴选所谓"乡土小说"的范畴就要广阔得多。以"乡愁"作为小说共同书写的情感倾向，以故乡与他乡作为显在/隐在的叙事框架，我们发现在二十世纪三十年代前后，在中国社会现代转型之初，时空的暌违造成的情感不适、精神困厄与价值冲突更易拨动作家的心弦。正如永井荷风在《美利坚物语》和《法兰西物语》中发现了他的故乡日本那样，中国作家笔下的故乡也有着这种跨文化语境的催发。换言之，假如没有异乡，也就没有现代意义上的故乡。在卷帙浩繁的欧洲小说译本中，"乡愁小说"的译介正是这一现代性焦虑的佐证。

  从笔者查阅有限资料来看，欧洲"乡愁小说"的译介多集中在二十世纪二三十年代。所涉及的作家作品大多是苏俄、英、法、匈牙利等国作家的小说创作，这些作品相对分散地发表在《小说月报》《小说世界》

《前锋月刊》《文讯》《新时代》《未名》《沉钟》等刊物上，此外部分译作以单行本刊行。译介的作家作品除了高尔基、托尔斯泰、哈代等文豪的名著外，尚有匈牙利的密克萨斯、保加利亚的岳夫可夫、希腊的 A. 蔼夫达利哇谛斯、芬兰的 Madame Aino Kallas（爱罗·考内斯）等并不太知名的作家的创作，这也从侧面反映了当时欧洲"乡愁小说"译介的广度与深度。

从译作的内容来看，重述故乡成为较集中的叙事趋向，这主要表现为作家对故乡的重新感知，以及对故人、故事的忆述/想象。譬如：林疑今翻译了苏联作家高尔基的《故乡》刊发于 1932 年 7 月 1 日出版的《新时代》第 2 卷第 4、5 期合刊；保加利亚的岳夫可夫的《故乡》由叶灵凤翻译发表在《前锋月刊》1931 年第 5 期；柔石翻译的丹麦作家凯儿·拉杉的《农人》发表于《语丝》第 5 卷第 7 期；苏联作家赛甫琳娜的《乡下佬的故事》由曹靖华翻译发表于《未名》（半月刊）第 1 卷第 1 期，在 1928 年 1 月 10 日出版；行简翻译希腊作家 A. Papadiomonty 的《思乡》（一至二）发表在《小说世界》第 2 卷第 11 期；王剑三翻译波兰作家高米里克基的《农夫》刊发在《小说月报》1921 年第 12 卷第 1 号；上海启智书局在 1929 年出版了王谷君翻译的俄国作家托尔斯泰的《乡间的韵事》；等等。而尤其值得注意的是，在一些译作中，著者将故乡与他乡的叙事框架置于城市与乡村的现代语境之中，传递着城乡差异性状之下现代人的讶异、沮丧以及无法挣脱的焦虑感。譬如，王抗夫重译了芬兰 Madame Aino Kallas（爱罗·考内斯）的《到城里去》，并由上海南强书局在 1929 年 11 月出版。匈牙利作家 K. 密克萨斯的《旅行到别一世界》[①]与希腊作家 A. 蔼夫达利哇谛斯的《安琪吕珈》[②]都由茅盾翻译，并被收入翻译小说集《桃园》，由文化生活出版社 1935 年出版。

[①] 本篇初刊于《小说月报》第 12 卷第 9 号（1921 年 9 月 10 日），署匈牙利弥克柴斯著，沈雁冰译，后收入译文集《桃园》（文化生活出版社 1935 年 11 月版），译者将作者译为 K. 密克萨斯。本文采用 1935 年的译文。

[②] 本篇初刊名《安琪立加》，刊于《小说月报》1921 年第 12 卷第 9 号，署新希腊蔼夫达利阿谛斯作，孔常译。1934 年译者重译，改名《安琪吕珈》，刊于 1934 年《译文》第 1 卷第 4 期，署新希腊 A. 蔼夫达利哇谛斯作，茅盾译。后收入译文集《桃园》，文化生活出版社 1935 年版。本文采用 1935 年的译文。

从译作的叙事策略来讲,"还乡"成为欧洲"乡愁小说"主要采取的叙事方式。诚然,这些还乡译作大多已非惯常的荣归故里的传统叙事桥段,它的现代意义恰恰是在他乡的情感经验基础上的回溯视角。回溯所带来的故乡与他乡隐在的情感落差,以及难得的距离给予了著者相对客观理性的价值立场。这种立场不仅是针对故乡,同时也是关乎他乡的。在这种故乡与他乡的双向审视中,处于现代社会转型中的现代人的情感微澜得到了更为便捷、高效的传递。因此,二十世纪三十年代前后欧洲"乡愁小说"的还乡叙事以及对这些作品的译介,就成为一个颇值得深究的跨文化实践活动。它不仅是译者对舶来的还乡冲动产生的某种共振,同时也是一种内在的文化内省。简言之,对于译者而言,它既是补偿性的,又是反思性的。譬如林如稷翻译的 L. leonov 的《哥比里夫的还乡》就是一篇颇有代表性的译作,该作品先后分上、下两部分,发表于《沉钟》第 23、24 期。而张谷若翻译英国作家哈代的名作《还乡》更值得重视,这不仅因为哈代及其《还乡》在世界文学长廊中的巨大影响力,更在于该作品的译介在跨文化实践中复杂而深远的意义。该作品由叶维之校对,由商务印书馆 1936 年出版。此外,顾仲彝还翻译了哈代的《同乡朋友》发表于《东方杂志》第 26 卷第 13、14 号。拉兹古的《重回故乡》由蒋怀青翻译,并由上海复兴书局在 1936 年 12 月出版。成都复兴书局在 1942 年 12 月出版了徐霞村翻译的《她的情人》,其中意大利作家魏而嘉的《乡村的武士》讲述的也是还乡的士兵突利杜在故乡与旧情人丈夫阿尔斐欧决斗而被杀死的故事。

二 欧洲"乡愁小说"的还乡叙事

欧洲"乡愁小说"瞩目于还乡叙事其实并非是一种偶然。从古希腊史诗《奥德修纪》以降,灵魂的皈依对欧洲人的精神世界而言,向来都是极重要与急迫的。然而对于传统乡土中国而言,对于故乡/家的情感认同并不能简单地看成是宗教性的。中国传统的家园、故乡概念更接近于世俗的层面,譬如,家庭团聚、老友重逢等日常的现实期待。而在西方文化中,故乡的宗教意义显然要更为浓重,故乡在某种程度上已被解读为人类的终极归宿。中国不是一个具有宗教传统的国度,西方的"两希传统"所蕴含的宗教感情也不是我们所能感同身受的。因此,对于乡土中国的普通百姓而言，对现世幸福的渴求是超越了对彼岸天国世界的向往的。那么，在跨文化的文本旅行中，译者对故土情怀的书写会有着怎样的文化履痕，从中我们又可窥得怎样的乡土意念的现代生成呢？

总览欧洲"乡愁小说"的还乡叙事不难发现，还乡与其说是生存所迫，毋宁说是个人的情感归宿的内在需要。譬如，林如稷翻译的苏俄作家 L. leonov 的《哥比里夫的还乡》就是一篇很有代表性的译作。这篇很有意思的"乡愁小说"分为上、下两部分，连载于《沉钟》第 23、24 期。作品主要讲的是一个叫米其加·哥比里夫的农民的还乡遭遇。哥比里夫曾经在"大潮流"的裹挟下，带着他的军队镇压了自己故乡农民的反叛，并放火烧掉了故乡的村子。但是时过境迁，当他再次潦倒地踏上故乡的土地时，他"打着寒颤"、"赤着双脚"、"身上穿着破旧衣服"，他甚至"希望由这种穿着可以使他得到农民们对于他的赦免"[①]。哥比里夫被聋哑兄弟暂时收留，被发现后，为了逃避惩罚，哥比里夫终日装死，因为他觉得一个死人是应该得到赦免的。但是以村民波鲁其金为首的复仇者们想尽了各种办法试图让他"活过来"，以实现对他的惩罚，但是无论采取什么办法，都失败了。然而毕竟纸包不住火，哥比里夫在去洗热水澡的时候还是被村民发现了。人们将他捆绑起来，并在全村进行公开审判。哥比里夫受到了严厉的惩罚，但是他非但没有被处死，受伤的他反倒还得到了救治，哥比里夫最终得到了乡亲们的宽恕，在故乡又开始了平静的生活。小说设计了一个伤害故乡而又被故乡宽恕的张力结构，作者力图彰显的正是故乡作为一种本源性的灵魂庇护之所的强大容纳功能，即便是故乡的"逆子"也同样能在其博大的胸怀里得到宽恕。哥比里夫的还乡就是一次灵魂的皈依之旅。马外依·古色夫在对哥比里夫是处死还是惩戒的问题上的观点则清晰地表达了对个人与故乡关系的思考。

> 你一个农民，可以这样说，生于农民的家庭，你起而反叛农民：村落共同决定与叛逆者从此了结。你犯了罪过，你逃跑了，然而土地仍把做坏事的人引诱回来。……土地，它比一个情人的动作还厉害！我，我以为，给罪人一个致命的教训是不好的。这是一个强壮

---

① ［苏俄］L. leonov：《哥比里夫的还乡》（上），林如稷译，《沉钟》1933 年第 23 期。

的农村孩子，能坚忍的，我们中的一个，……为了他的愚蠢行为把他弄死有什么好处呢：就是蚂蚁也不毁坏他的蚁巢的。……兄弟们，我们所应该做的，就是给他受一种惩戒。

（［苏俄］L. leonov：《哥比里夫的还乡》（下）①）

做了坏事的哥比里夫因"土地的引诱"而归乡，同时他的罪过也在故土中得到忏悔，故土除了稀释、溶解了他原罪般的羞愧，还给予了他本真的、童贞般的母爱抚慰——受到惩罚的哥比里夫重获了前女友娴灵加的爱情：

娴灵加跑着来了；并不注意医病者在侧，她哭泣，并且摸抚米其加的被一种死汗所黏结住的头发。失败和被强迫屈服了，米其加现在对于她是比他在他的野蛮统治时代更要亲近许多；在现在，她爱他，而且用一种几乎全没有童贞样子的爱抚，她请他从他的可怕的昏瘴（瘴）状态中出来。

（［苏俄］L. leonov：《哥比里夫的还乡》（下）②）

《哥比里夫的还乡》由浅草—沉钟社的林如稷翻译，译者对于故乡的追思早在1925年发表于《浅草》第1卷第4期的《故乡的唱道情者》中已经有所显现。但是与《哥比里夫的还乡》中一致而强烈的故乡认同感不同，作品中"我"与耿生关于是否想念故乡的谈话，为我们管窥乡土意念的跨文化差异提供了颇有意味的对照。在这部作品中，"我"认为"自己的故乡，只有自己才知道爱"③。而在耿生看来故乡已经没有什么可留恋的了。耿生对多舛的人生遭际的哀叹，"我"对自己"一日思乡十二时，愚哉"④的自责，都是这些"不安定的灵魂"的写真。选择翻译苏俄 L. leonov 的《哥比里夫的还乡》，并将之刊登于《沉钟》，林如稷对著

---

① ［苏俄］L. leonov：《哥比里夫的还乡》（下），林如稷译，《沉钟》1933年第24期。
② 同上。
③ 林如稷：《故乡的唱道情者》，《浅草》1925年第4期。
④ 同上。

者所传达的"归乡"心音显然有着某种认同。这其实并不难理解,在革命激情消退后,因迷茫、无助而诉诸故乡以安放自己受伤的灵魂成为了大多数知识分子的无奈选择。譬如,在黎锦明的《乡途》中,"他的脚踏在地上时,好似一切罪恶都解除了"①。倪贻德在《玄武湖之秋·致读者诸君》中也以一只"藏在败叶中待毙的秋蝉"自嘲。

但是,当启蒙成为中国文学现代价值标尺时,故乡大都却成了一种他者化的存在,蜷缩于故乡的襁褓更是令人感到羞耻的事。故乡不过是"三天半的梦",要紧的是"我们还是努力于赎身罢"②。在郁达夫对好乌斯曼的诗的译介中,我们也可找到这样的回音:

Wide is the world, to rest or roam,
And early'tis for turning home;
Plant your heel on earth and stand,
And let's forget our native land.

        Form A. E. Housman's Last Poems

任你安居,任你飘泊,这世界是广大无极,
回返故乡故土,这还不是这时节,
把你的脚根儿站直,挺身站直,
让我们忘掉了故乡吧,暂且把故乡抛撇。③

因此,故乡给林如稷们带来的只是暂时的归属感,却未能给予他们永恒的心灵慰藉。是去,是留?对这个问题本身的纠结已然表明译者的原乡意识发生了动摇。彼时中国残酷的社会现实迫使他们重估故乡之于个人的情感、价值。从客观上说,他们无法摆脱,从主观上讲,他们也不愿偏安一隅、苟且偷安。于是我们看到,译者并未在译著中找到安定灵魂的路径,他们依旧在这一心路上跋涉!林如稷就像其笔下那不倦地"狂奔"(同名小说《狂奔》)的 C 君一样,在 P 城永远寻找不到心中的

---

① 黎锦明:《乡途》,载黎锦明《雹》,光华书局 1926 年版,第 56 页。
② 张天翼:《三天半的梦》,《奔流》1929 年第 10 期。
③ 此文原载《洪水》1927 年第 3 卷第 28 期,未署名。

乐园,一心向往着"在沙漠中垦植一种新的乐园"①。正如伽达默尔所说,"理解是一个我们卷入其中却不能支配它的事件;它是一件落在我们身上的事情。我们从不空着手进入认识的境界,而总是携带着一大堆熟悉的信仰和期望。解释学的理解既包含了我们突然遭遇的陌生的世界,又包含了我们所拥有的那个熟悉的世界"②。二十世纪三十年代前后欧洲"乡愁小说"译介中译者对原乡意识的悖反式体验其实正是伽达默尔对于跨文化实践中"融合"理论的特殊体现。对于打破了乡土地缘结构以后的中国现代人的情感而言,乡土意念的跨文化译介差异恰恰折射了传统乡土意念向现代乡愁生成的中间形态。传统的"乡土"已经不能充分与现代人的意识空间吻合,传统乡"愁"中的文化之根不再仅仅是单向度的回观,而是一种既是回观的,更是自我反思的现代忧思,并且这种转变/生成正是从原乡意识的动摇开始的。

三 "舶来的"现代忧思

译者对原乡意识的悖反体验其实是他们对自我未来归宿不确定性的矛盾反映。这种对未来命运的担忧不仅是对故乡文化根性认同的动摇,更有着东亚现代性畸形演绎所带来的不安与焦灼。匈牙利作家密克萨斯的《旅行到别一世界》和新希腊作家 A. 蔼夫达利哇谛斯的《安琪吕珈》的译介正是著者与译者同病相怜的现代症候。两篇"乡愁小说"均发表于茅盾翻译的《桃园》一书,并于 1935 年由文化生活出版社出版发行。

《旅行到别一世界》将城市现代性对乡村的入侵展示得颇为生动。当火车驶入这个被青山环抱的世界时,平静的生活被打破了。像"一簇矮小房屋的村落"的火车给这些乡人带来新奇的同时,也带来了莫名的恐惧。在这些乡绅的眼里,如下关于火车的滑稽议论也便成了乡愚的注脚。

> 这时被邀请来的乡绅们也到齐了。他们爬上车子,于是那个硕

---

① 林如稷:《狂奔》,载张铁荣编选《浅草—沉钟社作品选》,人民文学出版社 2011 年版,第 28 页。

② [德]耀斯:《审美经验与文学解释学》,顾建光译,上海译文出版社 1997 年版,第 7 页。

大的呆相的机器就开始啵啵的喷气，又鼓起鼾声，又吼起来，像一只野马，同时放出烟煤四散开去，横穿过可爱的田野。一声哨子响了，这一场列的小波兰房屋就移动，有雷一般的大声，愈动愈快起来，直到后来像箭离了弦一般的去了。

茄布尔·库伐市恭恭敬敬一遍又一遍的举指画十字，心神颠倒，口里吃吃的说："那不是上帝的工作，众位啊！恶鬼在后面呢。"

"让那些笨伯这样想罢。"伊斯脱文·土脱反驳他。

"我告诉你，有马在这东西的内部呢。"

"内部那（哪）里？我们总应该看得见的。"

"我情愿拿我的灵魂和你赌。一定有马躲着呢！大概每隔一间小房就有两排马戏院里来的好马藏着，它们就拉着后面的小房子走呢。"

（［匈牙利］K. 密克萨斯：《旅行到别一世界》①）

乡绅们对火车的热议令人捧腹，但可笑之余是其内心巨大恐惧的浮现。火车硕大的机身、如雷般的轰鸣，都让他们感到这个家伙有如恶鬼，仿佛预示着厄运的不期而至。但令人遗憾，期盼火车到来的乡绅保罗·莱迪基并没有机会看到这一切，因为九点钟，就是那班火车进入这个村子时，他咽了气。然而颇为吊诡的是，由于尸体被装错了车，他最终去了生前最不愿意去的维也纳，就这样，他的灵魂"旅行到了别一世界"。应该说，保罗·莱迪基对现代化是欢迎的，但其内心并不情愿接受现代化所带来的生活方式的改变。或者说他根本没有料到物的现代性对传统日常生活方式的巨大冲击，以及这种冲击所产生的无法预见的结果。保罗·莱迪基的心口不一，正是工业文明侵入之初，大多数现代人内心矛盾而真实的写照。密克萨斯想告诉我们的无非是，现代化似乎成了拯救老旧、颓败的乡土世界的"还魂丹"，但是其药效却往往与那些渴望变革者的期望事与愿违！

如果说，《旅行到别一世界》多少还有些隐喻色彩，那么《桃园》中

---

① ［匈牙利］K. 密克萨斯：《旅行到别一世界》，载 R. 哈里德等《桃园》，茅盾译，文化生活出版社 1935 年版，第 65—66 页。

的另一篇译作，新希腊作家 A. 蔼夫达利哇谛斯的《安琪吕珈》则更是直接、深入地触及了现代化对人的心理冲击的层面。小说开篇就将城乡日常生活方式的差异推至读者面前：

> 安琪吕珈在这村子里第一次出现的时候，惹起了大大的惊怪。看惯了村里姑娘们那种腼腆畏缩态度的村里人，蓦地见有一个像女神似的女人下凡到他们中间来了。第一样，她是白得来就同从没晒过太阳；再则她又是惹人欢喜的，兴致很好的，活泼泼的，而且她有一口美丽的白牙齿，露齿一笑的时候，会叫任何人发狂。第三样，她从不穿乡下的服装，她的衣衫全是城里式样。她就是你们所谓见了不能不看，看了永远不厌的那样的一种女郎。
>
> （［新希腊］A. 蔼夫达利哇谛斯：《安琪吕珈》①）

安琪吕珈一出场就显示出与农村姑娘的不同，皮肤白皙、唇红齿白、打扮时尚，仿佛仙女下凡。城里的风习被乡村女教员安琪吕珈带到了乡村，这让村里的父母们开始感到担心，因为他们害怕这股生活方式的"革命风"影响到了他们的子女。于是，聪明的乡长指使一名水泥匠去追求安琪吕珈，自己旁敲侧击促成好事。不久，安琪吕珈嫁给了这个水泥匠，于是乡村的日常生活又恢复了正常。安琪吕珈最终被乡下日常生活方式同化的结尾设计，显示了作者对于乡下根深蒂固的日常生活方式、文化心理难以撼动的无奈。从这一点上说，《安琪吕珈》的译介在古老的乡土中国的读者中并不难找到回音。时隔多年，莫名奇在《乡野的哀愁》中还不无感慨：

> 最好的一篇作品是希腊作家，蔼夫达利哇谛斯的《安琪吕珈》，这是一篇对于"青年们到乡村去"一口号的幽默讽刺，也是真实的。
> ［……］
> 法国革命式的一切作派的也就随着安琪作为泥水工的主妇消失

---

① ［新希腊］A. 蔼夫达利哇谛斯：《安琪吕珈》，载 R. 哈里德等《桃园》，茅盾译，文化生活出版社 1935 年版，第 157 页。

了，乡村里大姑娘们想学法国女人派头的痴心也医治好了。

这就看出乡野，古老的乡野，不仅自然把人吸进去不再吐出来，就是那沉淀的乡村社会也是无法动摇盘根远巨的古树呢！这更说明了，支支（枝枝）节节想改造乡村总归是被它收编而消失在广漠不变的荒野里，或死或生而无人知晓。

(莫名奇：《乡野的哀愁)①》

《旅行到别一世界》与《安琪吕珈》的译者都是茅盾。茅盾对中国经济、社会制度的敏锐洞察在《春蚕》《秋收》《残冬》中已有充分的体现。在评论王鲁彦的乡愁小说《黄金》和《许是不至于罢》时，茅盾就颇有见地地指出史伯伯、王阿虞财主与鲁迅作品人物的不同：

我总觉得他们和鲁迅作品里的人物有些差别：后者是本色的老中国的儿女，而前者却是多少已经感受着外来工业文明的波动。或者这正是我的偏见，但是我总觉得两者的色味有些不同；有一些本色中国人的天经地义的人生观念，曾是强烈的表现在鲁迅的乡村生活描写里的，我们在王鲁彦的作品里就看见已经褪落了。原始的悲哀，和 humble 生活着而仍又是极泰然自得的鲁迅的人物，为我们所热忱地同情而又忍痛地憎恨着的，在王鲁彦的作品里是没有的；他的是成了危疑扰乱的被物质欲支配着的人物（虽然也只是浅淡的痕迹），似乎正是工业文明打碎了乡村经济时应有的人们的心理状况。

(方璧：《王鲁彦论》②)

然而值得注意的是，与欧洲"乡愁小说"作家同样关注城乡现代差异之下现代人内心的惶恐与挣扎不同，译者茅盾对乡土中国百姓"危疑扰乱"心理的洞察，则是放置在东亚现代性这个特殊的语境中予以考察的。乡土中国伴随着民族屈辱的被动的现代化过程，使得茅盾在瞩目于小农经济面对西方现代工业文明入侵的经济阵痛之余，又附加了更为浓

---

① 莫名奇：《乡野的哀愁》，《论语》（半月刊）1947 年第 122 期。
② 方璧（茅盾）：《王鲁彦论》，《小说月报》1928 年第 1 期。

重的阶级与民族的情感。在《桃园》的封面明白地标示着"弱小民族短篇集（一）"，在前言中，茅盾还不厌其烦地讲述自己与弱小民族文学翻译的渊源。唐弢在《读〈桃园〉》中也认为茅盾是译介弱小民族文学很努力的一个。"他的《桃园》正是想把绅士们认为卑贱的，弱小的人们的声音引到圈子外来的一本书。"① 因此，茅盾的译介期待的是唤醒中国民众的阶级、民族意识，而非仅仅是对现代性的感知，这恐怕与欧洲"乡愁小说"原本的主旨是有差异的。沿着这一理路，我们不难发现茅盾对乡下百姓"在物质的生活的鞭迫下，被'命生定的'格言所卖"② 的深沉忧虑，即基于同情之上的批判与反思。正如赵景深同样在康斯坦丁诺夫（Aleko Constantinoff）的《葛礼吾叔叔》（Bai Ganio）和《到支加哥去了回来》（To Chicago and Back）中所发现的，"前者写十足的保加利亚乡下人游历欧洲，事事惊奇不置，把那人的愚蠢和纯朴都用幽默的笔法刻画了出来。这并不像我国乡愚游沪趣史这样的恶劣卑下而无意义，他是深刻地看透了保加利亚人的国民性，籍讽刺而痛下针砭的"③。

  茅盾对《旅行到别一世界》与《安琪吕珈》的译介将个人面对现代化的焦虑升华至民族、国家"命运"的意识形态化并不是翻译现代性的唯一表现方式。直面现代化带来的个人价值旁落并努力挣脱这一"命运"束缚，力图重建现代人的心灵世界，更是成为一种带有前瞻性的现代乡土意念。1936 年对哈代的经典之作《还乡》的译介便是对这一舶来的"乡愁"的深入垦殖。除了《还乡》外，译者张谷若还翻译了哈代的《德伯家的苔丝》和《无名的裘德》。《还乡》的关键词是"命运"，这与 1929 年顾仲彝翻译哈代的《同乡朋友》有着同样的关注。从巴黎回乡的克林厌倦了城市里闹嚷喧嚣的生活，充满了对故乡宁静安逸的田野情趣的向往；而游苔莎厌恶家乡的阴郁荒凉，一心梦想到大城市过荣华富贵的日子。英国海滨小城商人白纳脱为追求财富不惜抛弃恋人而与巴黎富家女子结婚，却深陷在没有爱情生活的痛苦中不可自拔。二十多年后，当孑然一身的白纳脱回到家乡，再一次遭到寡居已久的昔日恋人的拒绝。

---

① 唐弢：《唐弢文集》（第一卷杂文卷上），社会科学文献出版社 1995 年版，第 329 页。
② 田言（潘训）：《雨点集》，上海亚东图书馆 1929 年版，第 1 页。
③ 赵景深：《现代世界文坛鸟瞰》，现代书局 1930 年版，第 135 页。

然而当他昔日的恋人已经开始回心转意时,白纳脱却从此消失了。哈代不是要确认孰对孰错,而是试图展现城乡差异性状之下,物质环境对立与人格差异的关系。哈代对于命运的不可捉摸的忧郁,其实是西方人在冲破了中世纪的漫漫黑夜之际,"人把自己从极权主义教会的权威下、从传统观念的重压下、从半封闭的地理条件的限制下解放出来。他发现了自然和个体,他意识到了他自己的力量和使他成为自然与传统既定环境之主宰的能力"① 的一种确认与展示。诚然,中国的读者也许体会不到西方中世纪极权主义教会的威压,但是乡土中国的宗法伦理同样是一种虽来自民间,但具有极权主义色彩的政治伦理。而这恰恰是译介能够跨越不同文化而达到心灵契合的关键所在。为此郁达夫翻译了《哈提的意见三条》②,以哈代的自述来提醒中国读者"作者的目的是在描写人物和他们的性格,并不在描写俗语的格式,所以会话者的真意义,当然是最为重要"③。郁达夫对《哈提的意见三条》的译介,是对中国读者可能沉醉于作品语言的预警,更是对"会话者的真意义"——人对命运的无奈与抗争——的强调。东方的译者虽没有中世纪极权主义教会威压下的经验,但是乡土中国沉重苦难的灵魂的哀鸣同样在他们的心底回响。于是我们看到,在现代性冲击之下,人的重新发现与觉醒使得中西跨文化的交流沟通仿佛心有灵犀。诚如多年之后,"张谷若发现了自己与哈代之间的许多相似之处,二人虽非同代,又处异国,但在心灵上,他觉得自己和哈代之间有了一种契合"④。

如果说,在欧洲"乡愁小说"译介中,译者对故乡根性认同的动摇是以一种回顾的方式激发了现代人的乡土意念,那么,对城乡差异性状之下现代人焦虑的彰显则是前瞻性的。这两个不同的情感维度实际上有

---

① [美]弗洛姆:《人的呼唤——弗洛姆人道主义文集》,王泽应等译,上海三联书店1991年版,第76页。
② "三条系自美国 Greenberg Publisher 印行之《Life And Art》,By Thomas Hardy 一书中译出。"第一、二条原载一九二七年十二月十七日《语丝》第四卷第一期,第三条原载同年十二月三十一日《语丝》第四卷第三期。参见郁达夫《郁达夫文集》(第11卷译文),花城出版社、生活·读书·新知三联书店1984年版,第46页。
③ 同上书,第44页。
④ 孙迎春:《张谷若翻译艺术研究》,中国对外翻译出版公司2004年版,第3页。

着内在的一致性，前者是后者的基础，而后者则是前者的深入与延伸。现代乡土意念在中国本土转化/生成就是这样一个在共鸣里有乡音、谐振中含自省的矛盾而统一的过程。异域乡愁的跨文化旅行是乡土中国百姓的情感写真，昌然在二十世纪三十年代中国启蒙与革命的语境中，大多译作显得并不那么"进步"，但是却是真正回到了人的现代化本身，这是中国社会现代转型中不容回避的现实。在欧洲"乡愁小说"译介的跨文化实践的催发下，现代乡愁以对故乡与他乡的双重审视，垂注于人的现代转型的艰难，应该说，这是对中国文学现代性的重新赋值。它对于中国现代文学的价值标准、体例架构的冲击更值得我们深入反思。

小　结

中国文学唯"情"是问的诗学传统是中国现代"乡愁小说"的情感内核。"意象"、"比兴"以及"诗笔化的叙事"使得作品中的乡愁表达别有一种情感的节奏，或迂缓，或婉约，或急切，或沉郁。这种内在的情感功能形成了较为稳定的话语模式，进而成为一种对社会政治想象的独特观照方式，即"诗言志"。

譬如《尚书·尧典》就有"诗言志，歌永言，声依永，律和声"[①]，《礼记》中有"情动于中，故形于声"[②]。汉代《毛诗序》："诗者，志之所之也，在心为志，发言为诗，情动于中而形于言。"[③] 随着诗歌创作的不断深入，至六朝时，裴子野重"志"，陆机重"情"，刘勰、钟嵘则"情志并举"。后世论者如唐代孔颖达、白居易，清代的王夫之、叶燮，也都奉刘、钟二人为主流。潘大道在《何谓诗》一文中也认为："古人所谓志，不惟不离乎情，（近世心理学家依然说这三种作用不能完全分离）并且即以情为志，所以我们把诗言志这句话，改作诗言情，也无不可。"[④]

[①] 《尚书·尧典》，载（清）阮元《十三经注疏》，中华书局1980年版，第131页。
[②] （汉）郑玄注，（唐）孔颖达等正义：《礼记正义》（下），上海古籍出版社1990年版，第661页。
[③] （汉）毛公传，（汉）郑玄笺，（唐）孔颖达等正义：《毛诗正义》，上海古籍出版社1990年版，第15页。
[④] 潘大道：《何谓诗》，《诗论》，商务印书馆1924年版，第2页。

而朱自清在《诗言志辨》中讲得更明白:"言志"即是"抒情"。① 在中国现代文学发生期,梁启超在《论小说与群治之关系》中强调新小说应具有"熏、浸、提、刺"② 功能,而"熏"、"浸"的目的还是为了"提"、"刺"。梁氏还乐道"笔锋常带感情"的"新文体""对于读者,别有一种魔力焉"③。而鲁迅更是将"抒情"看作是个体精神独立,彰显生命"意力"的表现。在《文化偏至论》中他指出:"骛外者渐转而趣内,渊思冥想之风作,自省抒情之意苏,去现实物质与自然之樊,以就其本有心灵之域,知精神现象实人类生活之极颠,非发挥其辉光,于人生为无当。"④ 梁启超倚重的是"情"的"新民"功能,鲁迅意在通过"情"来"树人",而周作人更看重"作文"章法。梁启超、周氏兄弟这些新文学的先驱者的"情"有独钟,都不仅是"抒情"更是"言志"。简言之,中国现代"乡愁小说"在某种程度上可以看作是一种"诗言志"的创作范型。

而另一方面,日本与欧洲"乡愁小说"在二十世纪三十年代前后的译介又为中国现代"乡愁小说"提供了一个互文的观察视角。异域乡愁中的城乡关系、人道主义诉求以及人类终极归宿的追问,都在中国特定的历史语境中得到了本土化的改造。这里有误读,也有正解,而无论正误都是中国现代"乡愁小说"发生发展的生动写照。需要指出的是,在译介的跨文化语境中,乡愁再次破除了政治意识形态和民族文化差异的藩篱,使得中外作家能够在乡愁这个层面来一次心灵交流。不可否认,在近代中国启蒙与救亡的双重变奏下,更多基于个人化的乡愁无数次被译者淹没于集体化、政治化的国族想象中,然而这些从心底流出的乡愁所体现的人性光彩还是得到了译者的察觉。虽然"乡愁小说"的译介在当时并没有形成热潮,然而这些难得的译作却给我们留下了作家之于故乡的冷静思考。而将欧洲与日本"乡愁小说"锱铢相较,更可发现西方现代性与东亚现代性对中国现代"乡愁小说"影响的差异。譬如,在儒

---

① 参见朱自清《诗言志辨》,凤凰出版社 2008 年版,第 7—52 页。
② 梁启超:《论小说与群治之关系》,《新小说》1902 年第 1 号。
③ 梁启超:《清代学术概论》,中华书局 1954 年版,第 62 页。
④ 鲁迅:《文化偏至论》,载《鲁迅全集》(第 1 卷),人民文学出版社 1981 年版,第 54 页。

学背景之下的东亚在面对现代工业文明对故乡的冲击时，生命个体内心的纠结就显得相对强烈一些，而有着宗教传统的西方人在面对现代性带来的人的"物化"焦虑时，乡愁的焦点则更多地集中在人性以及人的终极关怀层面。此外，东亚具有儒学传统的人道主义与现代西方主流社会中的理性主义、个人主义也是不可以道里计。然而这种种差异都集中于现代乡土中国的发生、发展语境之中，并在与传统中国的乡土认知取舍、磨合抑或重新改造中得到诠释。诚然，由于搜集文献有限，尚不能全面而深入地对此问题展开论述，在此权作余论。

结　　论

> 极致的和谐来自方向相悖之物，万物皆从争斗出。
> ——［古希腊］赫拉克利特：《著作残篇》

　　全然写实的"乡土"不能充分与现代人的意识空间吻合，"乡土"其实说的主要是"土"，"土"之执着于泥实，是为局限。"土"为情之根苗的寄托，"乡"在现代乃有多重方向，"乡"之渺不可寻是现代人更大的悲剧。现代"乡愁"是打破传统乡土地缘结构以后的中国现代人的情感特点。作为中国乡土地缘结构中的重要文化因子，它折射了中国人一个世纪的漫长的精神蜕变过程，这个过程至今没有终结。从抒情上说，它和传统中国抒情方式一脉相承；从现代人的生活空间和意识内容看，它不拘于乡土、农村；从创作方法上说，它不受现实主义一家之约束。愁中的文化之根，其现代忧思既是前瞻的，又是回观的，更是自我反思的。

　　中国现代"乡愁小说"遵循的是一种差异叙述。故乡与他乡的时空差异是作品显在/隐在的叙事结构。以今朝与往昔的时序差异来预设故乡的时态，是传统乡愁的表达与现代启蒙的诉求。故乡的剧场化空间设置体现的主次差异将乡愁聚焦；"对位"虚构呈现的多重差异的并置、对比与杂糅则丰富了乡愁的多重意蕴。在城乡差异的映照下，乡愁成为一种现代症候。京派作家神游故里时理想与现实的差异，见证了现代知识分子自我身份认同的艰难。而东北作家群在战争中的流亡所带来的时空更迭、语境变迁则使得作品呈现为一种"双语"的特殊文本形态。

　　如果说"乡"因时空差异而显，那么"愁"则因情感差异而浓。作为乡愁情感内核的怀旧本身即是对过去与现在的双重映现，对故乡今昔差异的怀旧体现为"恋乡"/"厌乡"的情感落差。在精神原乡的慰藉与陈年旧事的反思中，乡愁中的怀旧逐步彰显出性别意识觉醒与主体意识自觉的现代因子。而修复性怀旧与反思性怀旧的抵牾则反映了生命自我感性与理性差异的纠葛、挣扎，见证了生命直观、生动的现代化历程，作家乡愁言说的窘涩也折射了中国文学现代转型的艰难。随着怀旧中的反思逐步嬗变为革命意识，怀旧的个人性、主观性与革命的公共性、集体性间的龃龉最终将乡愁消解，并完成了国家民族共同想象的建构。

而中国现代"乡愁小说"对于传统意象、比兴以及"诗笔"化叙事方式的移植，对于二十世纪三十年代前后日本与欧洲乡愁小说译作中城乡关系、人道主义、人类终极命运的误读与正解，也同样为中国现代"乡愁小说"的发生发展提供了更为广阔的视角。

中国现代"乡愁小说"是以乡愁的情感功能实现作家社会政治想象的一种话语模式，其内在的理性批判与感性关怀体现为崇高的悲剧美感与强烈的艺术感染力，即一种"差异"之美，这种美的本质就是对生命价值的肯定。生命个体的复杂与丰满在显在/隐在的时空差异叙事框架与"恋乡"/"厌乡"的情感落差的抒情框架中得以彰显。生命与世界、时代、政治等积极对话时的犹疑且坚定、彷徨而执着的矛盾情态生动而直观地再现了生命现代化的艰辛历程。中国现代"乡愁小说"为中国现代文学的艺术长廊留下了可贵的情感写真与精神影像，这一过程永远不会终结，它必将继续书写着现代中国人的精神史诗。而中国现代"乡愁小说"研究所触及的中国现代文学的抒情形式与现代性问题，将开辟中国现代文学研究的别一路径，并引发建构中国现代文论、重估中国现代文学史等更具深远意义的思考。

第一节　中国现代"乡愁小说"的"差异"之美

中国现代"乡愁小说"遵循的是一种"差异"叙述。故乡与他乡的时空差异是作品显在/隐在的叙事结构，乡愁即是在这一框架之内，生命个体立于他乡、回溯故乡的情感落差，即一种怀乡/厌乡的差异性情感。"乡"因时空差异而显，"愁"因情感差异而浓。在中国现代"乡愁小说"中，作家通过故人重塑、旧情重叙来抒情载道。乡之"愁"折射了生命自我感性与理性差异的纠葛、挣扎，见证了生命直观、生动的现代化历程。伴随着乡土情怀的式微、救亡图存的吁求，现代乡愁终成国家民族想象之一途。而作家乡愁言说的窘涩也映照出中国文学现代转型的艰难。

一　时空差异下的故土重构

自晚清以降，原本在诗歌、散文中层出不穷的乡愁题材开始逐渐在现代小说文类中成为主要表现对象，这与梁任公对小说"新民"作用的鼓吹不无关系。现代乡愁是传统乡土意识与西方科学民主精神发生冲突的产物，与传统"乡愁"对故乡的单纯怀恋不同。显然以往"床前明月光"的诗意象征已经无法完全承载现代人之于故乡的理性思考和文化批判，但是时过境迁所造成的物是人非抑或沧海桑田的诧异之感依旧是古今客居他乡、羁旅天涯者言说"乡愁"的主要情感倾向。无论古今，"乡"都潜匿于人的意识深处，只有"乡"的"缺席"才能凸显"乡"的存在，唯有不可复得的往昔才具有了追忆的必要。时域、场域的差异指向的即是"睽违"：在物质形态上是异域与"故乡"的"距离感"；在情感意识层面是"他乡"与"家乡"的"隔膜感"。十八世纪欧洲工业革命之后，社会生产现代化步伐加快，城市现代文明迅速崛起，人类社会生活也越来越受到深刻的影响。跨地域的人员流动变得更为频繁，不同文化、价值观的碰撞也趋向激烈，这种时空差异造成的"距离感"、"隔膜感"也愈加强烈。"乡愁"再次以原乡之名获得了文本的内在冲动，然而时空差异的不可遽然弥合，使得"乡"也只能成为带有权宜性质的虚构。作家在作品中诉说"乡土"之时，已多少有些言不由衷或言不尽意的味道。作品中的故乡不过就是某种"心像"，"乡愁"在本体论意义上只是带有差异性质的时空经验，即以差异叙述的方式来实现"人类情感符号形式的创造"①。

从小说的叙事结构上说，中国现代"乡愁小说"中的差异叙述往往

---

① ［美］苏珊·朗格（Susanne K. Langer）：《情感与形式》，刘大基等译，中国社会科学出版社1986年版，第51页。

呈现为：作家以时间预设形成往昔与今朝的反差；以虚构空间构成前台与背景的对比。时间预设形成的今昔之别有着传统乡愁"人日思归"的感喟。在前述倪贻德的《黄昏》①中，黄昏是一日时末，新年为一年伊始，始末的差异是时间的流转，日复一日、年复一年，母亲盼儿未归的思念更为强烈，游子浓郁的乡愁也得以在作品中潜隐。在中国现代"乡愁小说"中，乡被"故"化，今昔之别被有意转换为"新"、"旧"差异。老态龙钟的故乡已经入不得新文学作家的法眼，作家开始奉维新之名"做旧故乡"，"古朴"的家乡被凋零鄙陋、破败不堪的"废乡"图景所取代。出嫁前夜的黑暗（许杰：《出嫁的前夜》②）、端阳节"赶韩林"的阴森（艾芜：《端阳节》③）等无不预示着古旧中国的衰老、灭亡。今昔、新旧的差异设置以喻指的方式丰富了乡愁的情感意蕴，而故乡的空间的差异设置则形成叙事的"剧场化效应"。前台搬演的故人故事与位居幕后的背景共同构成"乡愁"的场效应。前者聚焦乡愁，后者是乡愁更为深广的语义延伸，是容纳不同声音的交互场域。鲁迅的《孔乙己》，沙汀的《在其香居茶馆里》《防空——在"堪察加"的一角》，许钦文的《父亲的花园》，蹇先艾的《酒家》等也都是这种差异设置的典范之作。

　　差异叙述不仅使得虚构的时空经验得以凝聚、凸显，还折射了中国人之于现代性的可贵精神影像，这种对于现代性的忧思在很大程度上是通过城乡"凝视"的差异叙述来实现的。在二十世纪初，伴随着中国的被动现代化过程，城市工业文明的勃兴与农村小农经济的破产一并将中国置于经济、政治、文化的重要转型期。韩邦庆的《海上花列传》为我们讲述了乡下女子进入上海租界洋场的妓家故事。阿Q进城满眼是差异："城里人将长凳称为条凳，而且煎鱼用葱丝。城里女人虽走路不好看，但连小乌龟子都能将'麻酱'叉得精熟。"④阿Q对城乡日常生活方式的差异虽只是误读，却足以令听众"报然"。而一条绸裙自"浅闺"至"深闺"的传递路线，则在闺阁深浅的差异中形象地描画出现代性渗入乡下

---

① 倪贻德：《黄昏》，《创造周报》1924年第40期。
② 许杰：《出嫁的前夜》，《小说月报》1927年第18卷第6号。
③ 艾芜：《端阳节》，《文学》1935年第4卷第6期。
④ 鲁迅：《阿Q正传》，载《鲁迅全集》（第1卷），人民文学出版社2005年版，第534页。

的广度与深度。城市的蛊惑已不可遏制，然而进城的乡下人在城市却流离失所、无家可归（艾芜：《流离》①），只能睡着公园的长椅上（张招：《陆家栋》②）。在城中他们无法生活，只能决计再次回到乡下（蒋牧良：《从端午到中秋》③）。乡下人进城的道路是艰险的，乡下人也难以在城市立足，城乡的流动更没有带来城乡生命在精神文化层面的沟通。在城市人的眼中乡下人长的不过是一张"像尿壶的脸"（魏金枝：《校役老刘》④），反过来说，在乡下人眼中，下乡调查的城姑不过就是"洋狗"（老向：《城姑下乡记》⑤）。阿Q对"假洋鬼子"的厌恶、翠姨与会打网球的堂哥无果而终的恋爱，同样在正反两面呈现着城乡间彼此凝视（差异）的难以通融。在三十年代京派作家的笔下，乡下的健康人性是对都市人"阉寺性"的批判。螺蛳谷不过是一个传奇（饶孟侃：《螺蛳谷——一个传奇》⑥），尤楚和眉姐的爱情故事注定只是一场春梦（芦焚：《春梦》⑦），乡下朋友（王西彦：《乡下朋友》⑧）的生活远非庄道耕这个城里人想象得那么诗情画意。诚如杨义在论及京派时说："一种土里土气的幽默洋溢于土腔土调之间，也可以引发人们对城乡差异的哲理沉思。古者，难以翻出新意；土者，难以点化诗情。京派作家却偏偏在古的、土的素材中，施展犯中有避的章法，他们自恃独特的哲理心理体验，是可以点化文体的。"⑨ 套用杨先生的话，中国现代"乡愁小说"也正是在"土"、"洋"的差异之下将城乡彼此凝视的差异多元呈现，其"犯中有避"显示了城乡众生对现代性的不同认知方式。透视这种差异叙述我们发现：乡下人和城里人并非遵循于同质的现代性概念，彼此的凝视指向日常生活、文化价值的分野。其根本原因就是彼此都未建构起反思主体，其主体意识是阙如的。

---

① 艾芜：《流离》，《文讯》1948年第9卷第1期。
② 张招：《陆家栋》，《文学新地》1934年第1期。
③ 蒋牧良：《从端午到中秋》，《文艺春秋》1947年第4卷第6期。
④ 参见魏金枝《七封书信的自传》，湖风书局1931年版，第88页。
⑤ 王向辰（老向）：《城姑下乡记》，《民间》1934年第1卷第2期。
⑥ 饶孟侃：《螺蛳谷——一个传奇》，《新月》1930年第3卷第1期（特大号）。
⑦ 芦焚：《春梦》，载芦焚《野鸟集》，文化生活出版社1938年版，第53—102页。
⑧ 王西彦：《乡下朋友》，《文艺杂志》（桂林）1943年第2卷第5期。
⑨ 杨义：《二十世纪中国小说与文化》，业强出版社1993年版，第317页。

二 情感落差间的生命步履

故乡与他乡的时空差异是作品显在/隐在的叙事结构,乡愁即是在这一框架之内,生命个体立于他乡、回溯故乡的情感落差,即一种怀乡/厌乡的差异性情感。二者"就像弓或竖琴那样,存在一种反弹式的关联",正所谓"极致的和谐来自方向相悖之物,万物皆从争斗出"①。这正好成为作家合理、恰切的抒情方式。

作家回溯故乡,重塑故人是诉说这种差异性情感的便捷之道,故人"变"与"不变"的差异叙述是言说乡愁常见的情节设计。在《故乡》中,"我"与闰土的相遇远没有故友重逢的喜悦。那个原本在月夜刺猹、健康乐观的少年闰土,如今"先前的紫色的圆脸,已经变作灰黄,而且加上了很深的皱纹……那手也不是我所记得的红活圆实的手,却又粗又笨而且开裂,像是松树皮了"②,那一声"老爷"更使"我"与他之间有了一层"可悲的厚障壁"。闰土容貌的变,不仅是岁月剥蚀的结果,更是精神麻木的写照,然而不变的是他走着一条与他的父亲甚至千万中国老百姓同样的人生之路。在《在酒楼上》,"我"走进了一个"很熟识的小酒楼",却也"完全成了生客"。绕道S城的陌生/寂寥之感,已为吕纬甫的锐气尽消、迂缓颓唐埋下伏笔。于是"我"与吕纬甫的偶遇也是一个"变"与"不变"的差异叙述:初见吕纬甫,"细看他相貌,也还是乱蓬蓬的须发;苍白的长方脸,然而衰瘦了。精神很沉静,或者却是颓唐,又浓又黑的眉毛底下的眼睛也失了精采,但当他缓缓的四顾的时候,却对废园忽地闪出我在学校时代常常看见的射人的光来"③。老友的颓唐与射向废园时眼中的神采,是革命激情尚存的写真。苍蝇"飞了一个小圈子,便又回到原地点"的不变,则是对启蒙的理性反思。"变"与"不变"的差异彰显的是作家对故乡、故事的批评和质疑,这已经超越了传统乡愁思乡念故的情感指涉。无论是闰土、吕纬甫还是小团圆媳妇(萧

---

① [古希腊] 赫拉克利特:《赫拉克利特著作残篇》,[加] T. M. 罗宾森英译/评注;楚荷中译,广西师范大学出版社2007年版,第64、18页。

② 鲁迅:《故乡》,载《鲁迅全集》(第1卷),人民文学出版社2005年版,第506—507页。

③ 鲁迅:《在酒楼上》,载《鲁迅全集》(第2卷),人民文学出版社2005年版,第26页。

红:《呼兰河传》)、二姑(吴组缃:《菉竹山房》),回乡者都难以与之重叙旧情,旧情难叙/续是传统乡愁的缺席,却恰是现代乡愁的在场。在现代性的语境中,生命之间的对话已经呈现艰难,这注定了近现代中国人漂泊无着的精神困境:对于故乡是出走还是皈依?是亲近还是疏离?这迫使他们从探索心灵与投身时代的内外维度去认同自我身份。

在中国现代"乡愁小说"中留存着大量离去与归来的生命足迹。在这些作品中,伴随着对他乡稳态的文化心理结构的某种不适,起初作家身居异域他乡的新鲜憧憬被主体的边缘化、精神的虚空与价值的旁落所取代。他乡人语(叶鼎洛同名小说①)中尽是孤寂、冷漠,于是,"精神原乡"的追忆成为现代怀旧的主题之一。在苦闷青年的心中"故乡才真是可爱的地方"(林如稷:《故乡的唱道情者》②),唯有在故乡才能拯救那只"藏在败叶中待毙的秋蝉"(倪贻德:《玄武湖之秋·致读者诸君》③)。对于家园沦陷的东北流亡作家而言,失去的不仅是家园的土地,更是精神的原乡。在京派作家的笔下,沈从文笔下流转的长河,废名的树、竹林,都成了土地意象的嬗变。每一个意象都因为"凝聚着一些人类心理和人类命运的因素,渗透着我们祖先历史中大致按照同样的方式无数次重复产生的欢乐与悲伤的残留物",所以当"大凡碰到有助于原始意象长期储存的特殊环境条件","它就像心理中的一条深深的河床,起先生活之水在其中流淌得既宽且浅,突然间涨起成为一股巨流"④。这种心理的巨流就是乡愁!对精神原乡的追溯实则就是对于现代性冲击下情感落差的补偿。

而精神原乡的不可复归是中国现代知识分子永恒的悲剧,秉持科学民主理念诉诸现实启蒙来确认自我的文化身份同样遭遇阻滞。为了确认"启蒙者"的精英身份,作家的"怀乡"与"厌乡"的情感差异更见轩轾:"怀乡"之意渐趋寡淡,而"厌乡"之感日渐浓重。借由关注故乡(故人)现实苦难的怀旧到反思造成这一悲剧命运的因由,作品中的乡愁

---

① 叶鼎洛:《他乡人语》,《真美善》1929年第4卷第1号。
② 林如稷:《故乡的唱道情者》,《浅草》1925年第1卷第4期。
③ 倪贻德:《玄武湖之秋·致读者诸君》,泰东图书局1924年版,第1—3页。
④ 参见[瑞士]荣格(C. G. Jung)《论分析心理学与诗的关系》,转引自叶舒宪选编《神话—原型批评》,陕西师范大学出版社1987年版,第100页。

逐渐衍射为阶级感情,情感的落差也渐变为阶级的分野。诚然"厌乡"并非真的要抛弃故土,意在反思"引起疗救的注意"。叶紫、吴组缃的创作尚能将怀旧与革命熔铸,而多数对故土苦难的反思最终与革命构建了必然的逻辑关系。阳翰笙、周文等述说的故乡革命故事,使我们已然感到"启蒙者"与"革命者"身份的犹疑与紧张。在赵树理的《孟祥英翻身》、丁玲的《翻身大爷》等无数"翻身话语"中,乡愁已然悄然退场。"启蒙者"终被"被启蒙者"所启蒙,这种颇具戏剧化的吊诡反倒让我们感到作家投身社稷寻找自我身份认同的悲哀。即便三十年代京派作家试图以"反现代性的现代性"确定自我之于现代性的身份定位,也无可避免地遭遇到身份归属的两难,愈是言必称自己是"乡下人",也愈加显示他们自我身份认同的危机感。逝水流年虽然无法剥蚀翠翠清澈的眼神和天保、傩送雄健的体魄,但是当我们将《边城》与《湘行散记》乃至《长河》并置时,沈从文最终还是无法掩饰他作为"乡下人"身份本身的内在矛盾感。师陀肯定的是乡下人的质朴,否定的则是他们安于天命、停滞不前,终于湮没于俗常生活的可悲,这种身份的内在矛盾贯穿于作品始终。

在怀乡与厌乡的情感差异间,在修复型怀旧与反思型怀旧的杂糅并处中,现代主体"情"归何处?这不仅是对现代人身份寻找的叩问,更是在生命主体哀而不伤、馁而复振的乡愁言说中,见证了生命本身的现代化生成过程。

三 感性与理性差异背后的表意焦虑

作家以时空差异形成叙述张力,在情感差异中将生命步履艰辛呈现,都源于创作主体内部的感性意识与理性意识的差异。感性上他们倾向于表达对于故乡的直观感觉,理性上他们又试图透视这一表象背后的本质,对自身存在及超出自身的社会使命负责。而这种差异又是与作家内在的传统文化心理和现代意识搅扰在一起的,并因外部的时代政治语境得以强化,促使作家自省、作出抉择,这使得不同历史时期的中国现代"乡愁小说"创作呈现出相应的时代特点。

经历欧风美雨的中国近现代知识分子已经难以像古代士子大夫那样,将乡愁谱写为田园牧歌的散淡人生。即使所谓"自由主义的知识分子"

在乡土中国的文化根脉上与西方自由主义也有显著的差别。近代以来救亡图存的历史现状容不得知识分子玩味沧海桑田的人生况味,"天下兴亡,匹夫有责"的内在精神自律使得他们并不是那么自由,他们依旧相信"千人诺诺不如一士谔谔"。在《南京与北京》中,陈衡哲说:"我是一个天生的野人,我对于大如巨盆的玫瑰花欣赏,还不过那开在涧边深处的一朵小小野蔷薇;我对于电灯如画,锦绣如花的宴会,也只有躲避的念头,而逢着天高气清时,却又最爱同着几个朋友,到荒林乱坟之中去野食。"① 虽然陈衡哲感性上醉心于田园的优雅,但理性上她注目的却是"巫峡里的一个女子"(陈衡哲:《巫峡里的一个女子》②)垦荒的艰难。从老远的贵州来到北京的蹇先艾,虽然在北京的风沙中感到故乡"像朝雾似的,袅袅的飘失",只剩下"空虚和寂寞"了③,可他却"想在一篇短篇小说里,全面反映贵州地狱似的黑暗"④。对野蔷薇的喜好、对朝雾般即将逝去的童年的追忆都无碍作家启蒙救亡的理性吁求。这种主体意识中感性与理性的矛盾是普遍的,C 在 P 城的"狂奔"即可视为林如稷内心矛盾焦躁的写照。⑤

中国现代知识分子并非服膺于同质的革命概念,而文学领域的左翼组织,其功能主要不在推动创作,而是以各种"公式"规训作家的"左翼"身份,这加剧了他们自我感性与理性意识的内在紧张。虽然"一些没有生活实感的革命文豪果然可以靠这'公式'大卖其野人头,然而另一些真正有生活经验的青年作家在这'公式'的权威下却不得不抛弃了他们'所有的',而虚构着或者摹效着他们那'所无的'"⑥,但是仍有少数作家坚持以自我理性对阶级斗争、革命作出独立解读,叶紫的《丰收》虽然得到鲁迅与茅盾的双重肯定,但是后期的《星》《菱》则逐步疏离了"茅盾范式",滑向了"鲁迅范式"。叶紫的创作

---

① 陈衡哲:《南京与北京》,《现代评论》(第一周年纪念增刊)1926 年第 S 期。
② 陈衡哲:《巫峡里的一个女子》,《努力周报》1922 年第 15 期。
③ 蹇先艾:《朝雾·序》,北新书局 1927 年版,第 2—3 页。
④ 蹇先艾:《也算创作经验——漫话旧作〈在贵州道上〉》,《青春》1983 年 1 月号。
⑤ 林如稷:《狂奔》,《浅草》1923 年第 1 卷第 1 期。
⑥ 茅盾:《〈法律外的航线〉读后感》,载《茅盾选集》(第 19 卷),人民文学出版社 1991 年版,第 347 页。

将作家创作的两难境遇凸显：是及时满足阶级斗争的现实需要，还是立足自身文学理想保持知识分子独立的写作立场？叶紫、吴组缃、艾芜、沙汀等的创作自觉源于"被奠基的（founded）以及派生的自身觉知形式"①。随着反思性怀旧（根本性的自身觉知形式）不断深入，其创作的主体性也愈加突出。从叶紫整个的创作生涯来说，从早期对阶级斗争的展现到后期对人性审视的深切，都反映了叶紫反思的不断深入。这种反思越多越深刻，叶紫的"自身觉知形式"就越显著，主体意识也就越鲜明了。

而时空差异的加剧、外在语境的压迫，则使得作家自我感性与理性的内在差异更为显豁。东北流亡作家群在"流亡"这种特定的时空差异流动中，作家感性与理性的冲突更为激烈。作家群体的松散，作品的"双语"形态，都是内心冲突造成的。而创作主体心理感性与理性的差异/冲突在中国现代"乡愁小说"中是一个普遍存在的现象。废名在尘世与佛禅间的身份彷徨，师陀对守卫还是突围城郭的狐疑，以及三四十年代所谓"左翼"作家在革命与怀旧间的两难，莫不生动地将这种差异彰显。换言之，他们的乡愁实则就是自我感性与理性龃龉的产物。然而也恰恰是浪漫的"乡愁"——这种切合中国传统知识分子气质的抒情方式——给予了他们直面故乡的勇气。诚如查尔斯·泰勒所说："浪漫主义赋予了个人感性表达的能量，凭此能量，主体才得以建立起伦理位置，并进一步形成一个有情的自我。"② 而他们内心自我理性精神的强烈冲动则时时将他们从对故乡的浪漫怀想中抽离出来，从而冷静、客观地将故乡放置在历史、时代的脉搏中，去重构故乡乃至民族、国家的文化品格。从这个角度上讲，中国现代"乡愁小说"是兼具了浪漫主义与现实主义的美学品格。

---

① 胡塞尔区分了奠基性活动（founding）和被奠基活动（founded），也译作基础性活动和依附性活动。被奠基活动只有建立在奠基性活动的基础上才是可能的，在此表明：反思性行为是一种基于更根本的自身觉知类型的活动。参见［丹麦］扎哈维（Zahavi, D.）《主体性和自身性：对第一人称视角的探究》，蔡文菁译，上海译文出版社 2008 年版，第 59 页。

② Charles Taylor, *Sources of the Self : The Making of the Modern Identity*, Cambridge, Mass: Harvard University Press, 1989, p. 371. 转引自王德威《抒情传统与中国现代性：在北大的八堂课》，生活·读书·新知三联书店 2010 年版，第 4 页。

乡愁绝不是对立于启蒙救亡等现代话语之外的一极，相反它恰恰是诉诸启蒙救亡的途径之一，这与中国传统知识分子的抒情气质与强烈的乡土意识密切相关。也正因此，乡愁成为一种现代症候，即所谓中国"现代乡愁"。这种不断得到重复、强化了的生命力的表现，成为现代中国人精神世界中的"强度经验"，并最终被文学艺术化地高度集中与提炼加工，成为相对稳定的文学形式。透过中国现代"乡愁小说"这一有意味的形式，我们看到生命个体的复杂与丰满正是在显在/隐在的时空差异叙事框架与恋乡/厌乡的情感落差的抒情框架之中得以呈现的。生命与世界、时代、政治等积极对话时的犹疑且坚定、彷徨而执着的矛盾情态恰恰生动而直观地再现了生命现代化的艰辛历程。中国现代"乡愁小说"以其内在的理性批判与感性关怀体现为崇高的悲剧美感与强烈的艺术感染力，即一种"差异"之美，这种美的本质就是对生命的肯定。[①] 因此，中国现代"乡愁小说"的实质就是以乡愁这一抒情方式纳入到整个现代文学史脉络中的"一种文类特征，一种美学观照，一种生活方式，甚至一种政治立场"，它应当被看作是"中国文人和知识分子面对现实、建构另类现代视野的重要资源"[②]。中国现代"乡愁小说"为中国现代文学的艺术长廊留下可贵的情感写真与精神影像，这一过程永远不会终结，它必将继续书写着现代中国人的精神史诗。

第二节 "乡愁史诗"：话语模式、情感功能与社会政治想象

至此，对于中国现代"乡愁小说"的论述似乎可以暂时告一段落，然而跳出研究对象本身，我们发现，中国现代"乡愁小说"不过是给我们管窥中国现代文学的发生发展过程提供了一个范例罢了。那么，中国

---

① 参见［日］今道友信《关于美》，鲍显阳、王永丽译，黑龙江人民出版社1983年版，第192页。

② 王德威：《抒情传统于中国现代性——王德威访谈录之四》，转引自季进编《另一种声音：海外汉学访谈录》，复旦大学出版社2011年版，第110页。

现代文学到底是如何现代的？这个学界无数次追问的问题其实本身即隐含着问题意识的某种模糊，是文学艺术形式的现代表征，还是文质内容、思想意识的现代意识？而回过头来再看中国现代"乡愁小说"的差异之美，实则正是文学艺术形式与思想意识现代性的生动诠释。换言之，中国现代"乡愁小说"就是以乡愁的情感功能来诉诸社会政治想象的一种话语模式。

一 传统抒情的现代"型式"

我们都知道，文学本身就是一种情感形式，离开情感谈文学是不现实的。作家写作往往是情之所至，而读者对作品的欣赏也无不是为"情"所动。人常戏言"看古书掉眼泪，替古人担忧"，说的就是这个理儿。然而在七情六欲、五味杂陈的人情世故中总有着一些情感是最能打动人，并且成为一种得到广泛共鸣的经验。这个共有的基础就是在情感之下隐含的、普遍的道德认可。也就是说，当我们谈到文学的情感问题时，其实已经触及了文学的"载道"功能。文学中的情感并不总是吟风弄月、一己悲欢的小资情调，它实际上更多的是以一种更为亲切、自然、内在的方式切入人性以及历史的想象方式。尤其重要的是，不同民族的普遍情感经验显示出与其他民族不同的特质，这是民族精神文化的胎记。将"是民族的也是世界的"这句话改作"是民族的情感也是世界的情感"，笔者以为也无不可。那么这里就面临这样两个问题：一是如何将普遍的感性经验上升为审美经验，二是如何以情感的艺术形式来体现文学的民族性。笔者以为对此问题的回答都无法回避文学艺术经验的话语模式问题。我们知道，作家在创作时，也许并不一定刻意要将作品按照某种形式来加工，但是在他们的意念中其实已经有了大致的轮廓或曰表现的手法。这种意念准确地说就是一种构思，而构思的灵感除了作家自我的天才创造外，古今中外的经典作品都是他们创作的源泉。这些外来艺术资源的熏陶，无形中总会使得作家逐步意识到似乎总是存在一种或几种得心应手的创意模板，而唯有这种而非其他艺术形式能够最大化地实现他们的创作理想。就中国现代"乡愁小说"而言，时空与怀旧似乎就是拓印于作家的创作意图之中的创作"模板"，在他们将感情倾注于故乡时，其实都有意或无意地遵循着这样一种话语模式。他们中有的也许是主题先行，有的也许浑然不觉，但是呈现在读者面前的艺术作品就是这种隐在时空叙事结构，并且包蕴情感落差的复杂乡愁。时空差异对人们内心的磨碾，情感落差之下人们内心的纠结，显然更易激起读者的共鸣。而且差异本身即是一种张力，文本内故乡与他乡的叙事结构、怀旧的修复与反思、怀旧与革命的龃龉都使得文本呈现出巨大的艺术感染力，这是其他艺术形式所无法比拟的。于是，我们看到极具张力与艺术感染力的差异叙述成为了中国现代"乡愁小说"创作的不二选择。

而更应引起我们注意的是，乡愁这一"东方情调"本身就是这个民族的精神资源、文化源泉与日常生活方式，这与所谓"东方主义"无涉。乡愁以一种浪漫的姿态参与了中国文人建构自我以及问诊社会人生的全过程。然而古典诗词中尘封的乡愁如何继续在中国人的现代精神世界中重新焕发光彩，这本身就是一个技术问题。中国现代知识分子敏锐地察觉到了乡愁作为人与社会政治真切、有效的对话效力，但是如何移植乡愁并赋予它新的时代内涵与意义则并没有那么简单。从中国现代"乡愁小说"的创获而言，可以说，中国现代作家对于传统情感的本土艺术化探索不断走向了成熟。从"五四"时期，青年作家将自我感伤、迷茫付诸乡愁的私人化写作，到三四十年代作家越来越将个人兴会与时代风云建立紧密联系，中国现代"乡愁小说"除却自身艺术形式不断现代化以外，思想情感也越来越生动、直观地将人的现代意识生成过程予以呈现，这也从一个侧面折射出中国现代文学已经不断走向了成熟。

二　构建中国现代文论之一维

脱胎于雅正的中国传统诗歌而与屈居末流的小说联姻，乡愁的现代转型还是与现代社会的转型与文学功利性的强调密切相关。留存于传统诗词中的带有精英色彩、文人气质的乡愁情感基因在现代小说中依旧若隐若现，这使得一部分作家在效仿西洋小说样式时，总还是难以洗脱中国传统文化的印迹。在这一过程中，中国现代作家同样也感到了困惑，当长于抒情的传统乡愁书写方式进入旨在"新民"的新文学的小说叙事时，文体内在的紧张与矛盾不可避免。

塞先艾在谈到自己的小说《濛渡》时就对其文体语焉不详。他说："《濛渡》一篇按理应该归入'速写''随笔'一类；不过柴霍甫、曼殊菲尔的小说类似'速写'的也正不少，这中间的界限谁也划不清：这就姑且作为我的辩解吧。"① 塞先艾的困惑可作为大多数现代作家的代表，从中国现代文学期刊中对于作品的分类我们就不难见到这种文体意识的模糊与多义。譬如，我们现在一般将徐懋庸的《故乡一人》视为散文创作，但是就其故事内容来说，它又具有现代小说的基本特征，其叙事方式、人物塑造、环境设置无不具有现代小说的模样，然而在今天看来，它还是更接近于叙事散文的式样。再如，《中流》中将辛劳的《归来》称为速写，而速写是美术中快速写生的素描方法，原本并不是文学独有的文类体裁。以"速写"来指称这类篇幅短小，人物刻画传神，且能以小见大的叙事作品，虽说是中国现代文学的独创，但也多少传达出面对小说与散文意识难以厘清的尴尬。其实就其根源，笔者认为是中国现代作家并未服膺于同质的小说概念。自晚清以降，中国传统的小说概念其实并未随着新文化运动的兴起而退出作家的创作意念，一部分作家对于传统章回体小说与西方小说的概念其实是杂糅的。譬如之前我们已经谈到了胡适、沈从文等就短篇小说概念的不同阐释，在此不再罗列这些论断。笔者感兴趣的是，中国现代文学中出现的文体意识的模糊，是否与中国文学本质的自我更新相关？从这一点来说，普实克认为"现代文学的诞生显然不是一个改造各种外国文学成分，改革传统结构的渐进发展过程，而是一种本质上的突变，是在外部力量的推动下，出现了一种新的结构"② 的观点不无道理。以中国现代"乡愁小说"的研究为例，我们发现中国现代"乡愁小说"之所以多在散文与小说的问题界限上出现模糊，正是因为传统乡愁的抒情感兴对故事叙事造成了一定的"干扰"。确切地说，是传统的抒情方式推进了叙事手段的某种变革，并促使作家去寻找一种更适宜的叙事方式来满足中国读者的阅读与接受。基于这样一种理解，中国现代"乡愁小说"中曾经出现的文体意识的模

---

① 塞先艾：《乡间的悲剧》（序），商务印书馆1937年版，第3页。
② [捷克]亚罗斯拉夫·普实克：《抒情与史诗：中国现代文学论集》，李欧梵编，郭建玲译，上海三联书店2010年版，第106页。

糊则可以看作是中国现代小说在走向成熟的过渡期所必然遇到的文体困惑。同时也是中国现代知识分子力图避免边缘化，试图将风骚传统移植于小说的努力。

那么循此思路前行，我们可以看到，最终成熟的中国现代"乡愁小说"实则为我们思考中国现代文论的建构启发良多。乡愁只是多情的中国现代文人之一面，中国人的"身"、"家"、"性"、"命"是古今知识分子始终书写的对象。中国现代作家对于生命、家族、情爱与命运的注目，构成了一个完整而逻辑谨严的美学体系。它们彼此之间互为因果，一并成为中国人精神文化世界的美学观照对象。其间所透射出的生命意识、家族情感、情爱追求以及命运思考又无不与历史社会的发展息息相关。如果我们能够将中国现代作家的创作纳入"身"、"家"、"性"、"命"的四维诗学空间中去重新审视，我们也许就能逐步构建出中国人的现代意识空间。而在每一"支柱"上努力还原中国人的现代意识生成过程，必将丰富中国现代文学的美感经验，提炼出现代的，而同时也是传统的美学形式。

三　对中国现代文学史的挑战

而中国现代"乡愁小说"研究所触及的情感形式问题，其实已经构成了中国现代文学史本身的挑战。中国现代文学史从某种程度上说，已经成为一种编年史。我们热衷于探讨文学的时代特征，为文学的三十年各自贴上醒目而得体的标签。然而文学本身与社会历史的两相参照问题，自马恩以降质疑声从未间断。那是否说，文学本身与社会的发展是毫无规律可循的呢？这也许又会陷入不可知论的泥淖。笔者以为，如果我们将社会的发展作为一个语境，而非一个参照系，也许我们可以在一定的历史脉络中去把脉中国文学的发生发展之路。社会的进步与文学的发展是否存在着决定关系，本身就是一个形而上学的思维。然而社会语境对文学的影响则为我们开辟了一个重新审视文学的多维视野，这一点并不新鲜，譬如布拉特、蒙特洛斯、多利莫尔、海登·怀特等新历史主义批评即可作如是观。但是新历史主义批评对历史线性发展和历史深度的排斥、强烈的政治意识形态性以及语言对历史的压制作用等并没有真正还原文学发展的历史。文学不避历史，历史的秩序同样不应看作是人类文字言说秩序的再现。文学研究应该将文学内在文质的发展放置在整个社会历史发展的语境中,进而去阐扬文学的主观能动意义以及社会历史事件意义的相对性。文学应当在人类真实精神对历史生活的话语建构中成为一种惯例话语,并将那些被历史阉割的意义再度生发出来。

  譬如就文学的流派而言,本身就是一个难以经受质疑、粗疏的文学史叙事范式。文学之"派"划分的标准何在?京派、海派抑或东北流亡作家群或许还可勉强地将地域作为分门别派的标准,那么荷花淀派、山药蛋派也许就不能简单地以地域来解释。这其中已经隐含着文学风格、话语模式的某些相似与相近。不同流派标准的不一、含混其实都是文质观念的漠然。В·В.维纳格拉多夫在《陀思妥耶夫斯基小说〈穷人〉的情节和结构与"自然派"诗学问题的关系》中就精辟地阐述了他对于文学流派的理解:

> 在文学作品形式的发展过程中,由于美学观点的相互影响,使得一些文学作品联合一起成为一些类型或团体(группа),人们便称之为文学流派(литературная школа)。因此,文学流派这个概念,并不是由其个别成员,也不是指明由其所包括的诗人的文学作品特征来确定的,而是由区分同一系列在时间上相近的研究对象在作品情节、艺术结构和风格方面的一般特征来确定的。按文学起源演变观点所研究的艺术创作的个性,通常会揭示出各种艺术形式的复杂交织和斗争的状况。因此,艺术创作者个人本身不可以纳入这一或另一流派的范围;在一些流派或其自身连续不断的艺术发展过程中,某一流派有时同这个流派有时又同另一个流派接近,因为各个流派是同时并存的。但是,往往在年代相互接近的文学作品现实网络上,可以发现形式主义美学的结合点,这些结合点好像形成了某一类艺术作品团体的基本核心。对以这种方法而区别开来的文学史分析对象的艺术团体,可以确定一个上述团体向往达到的主要艺术顶峰,包括其反映个人看法和其他影响的复杂情况的美学因素。因此,文学史如要研究流派概念,可以从一系列在时间顺序上混合的、向往一个美学中心的艺术作品中,抽出同类本质

特征的方法来确定。

(В·В. 维纳格拉多夫:《陀思妥耶夫斯基的创作道路》①)

维纳格拉多夫对于具有"同类本质特征",并"向往一个美学中心"的观点给了我们不少启发。中国现代文学中是否也存在这样一个或多个向往共同美学中心,或者虽然文学形态各异但都具有同类审美本质的艺术作品呢?毋庸置疑,这在中国现代文学中并不鲜见。那么,再看以地域或者政治意识形态的视角来对中国现代文学中驳杂的作品归类的方式就有待商榷了。譬如东北流亡作家群中的萧红、端木蕻良等的作品实际上已经逐步超越了战争叙事本身,而是更为深切地关注到了人类或民族的生存、归宿问题。如果将其依旧放在抗战的语境中解读,恐怕会遮蔽其艺术的深度与广度。

另一方面,以同一的现代性为核心理念的文学史写作也许并不能将现代性的真切面目呈现,诚如吴晓东所说:"尽管现代性的理念自身可能涵容着矛盾、悖论、差异等复杂的因素,但借助现代性的理念建立起来的文学史观念,却表现出一种本质主义倾向,即把同质性、整一性看作文学史的内在景观,文学史家也总想为文学历史寻找一种一元化的解释框架,每一种研究都想把握到某种本质,概括出某种规律,每一种研究视野都太有整合能力。但是复杂化的甚至充满矛盾和悖论的文学史的原初景观就轻而易举地被抽象掉,整合掉了。"② 而笔者更为担心的是,我们在对现代性投入无限热情的同时,却往往对于现代性生成的过程与方式忽略不见,而这恰恰是中国文学现代转型研究的关键所在。

中国现代"乡愁小说"与其说是一种文学"话语模式",毋宁将之看作是一种探究文学发生发展的视角或曰方法。作为中国现代人文主义思

---

① 本文系节译,全文原文载《陀思妥耶夫斯基的创作道路》(Творческий путь Достоевского, Ленинград, 1924)。[俄] В·В. 维纳格拉多夫:《陀思妥耶夫斯基小说〈穷人〉的情节和结构与"自然派"诗学问题的关系》,转引自[爱沙尼亚]扎娜·明茨、[爱沙尼亚]伊·切尔诺夫原编,王薇生编译《俄国形式主义文论选》,郑州大学出版社2005年版,第49页。
② 吴晓东:《中国现代文学中的审美主义与现代性问题》,《文艺理论研究》1999年第1期。

潮一脉的中国现代"乡愁小说",正是以乡愁的情感功能实现作家社会政治想象的文学形式。也正因此,中国现代文学中的"乡愁小说"最终成为中国现代人文主义思潮中具有崇高悲剧美的"史诗"。而中国现代"乡愁小说"研究所触及的中国文学的抒情形式与现代性问题,将开辟中国现代文学研究的别一路径,并引发建构中国现代文论、重估中国现代文学史等更具深远意义的思考。

主要参考文献

一 著作类

[1] 马克思、恩格斯:《马克思恩格斯选集》,人民出版社1995年版。

[2] 毛泽东:《毛泽东选集》,人民出版社1991年版。

[3] 邓小平:《邓小平文选》,人民出版社1994年版。

[4] 赵宪章主编:《20世纪外国美学文艺学名著精义》(增订版),北京大学出版社2008年版。

[5] [美]勒内·韦勒克、[美]奥斯汀·沃伦:《文学理论》,刘象愚等译,江苏教育出版社2005年版。

[6] [美]艾布拉姆斯:《文学术语词典》(第7版),吴松江等译,北京大学出版社2009年版。

[7] [美]费正清编:《剑桥中华民国史(1912—1949)》(上卷),杨品泉等译,中国社会科学出版社1994年版。

[8] [美]费正清、[美]费维恺编:《剑桥中华民国史(1912—1949)》(下卷),刘敬坤等译,中国社会科学出版社1994年版。

[9] [美]苏珊·朗格(Susanne K. Langer):《情感与形式》,刘大基等译,中国社会科学出版社1986年版。

[10] [美]斯维特兰娜·博伊姆(Boym. S.):《怀旧的未来》,杨德友译,译林出版社2010年版。

[11] [古希腊]赫拉克利特:《赫拉克利特著作残篇》,[加]T. M. 罗宾森英译/评注,楚荷中译,广西师范大学出版社2007年版。

[12] [英]马丁·艾思林(M. Esslin):《戏剧剖析》,罗婉华译,中国戏剧出版社1981年版。

[13] [瑞士] 荣格（C. G. Jung）：《心理学与文学》，冯川、苏克译，译林出版社 2011 年版。

[14] 叶舒宪选编：《神话—原型批评》，陕西师范大学出版社 1987 年版。

[15] [美] 王德威：《抒情传统与中国现代性：在北大的八堂课》，生活·读书·新知三联书店 2010 年版。

[16] [俄] 别林斯基（В. Г. Белинский）：《别林斯基选集》（第 1 卷），满涛译，时代出版社 1953 年版。

[17] [爱沙尼亚] 扎娜·明茨、[爱沙尼亚] 伊·切尔诺夫编：《俄国形式主义文论选》，王薇生编译，郑州大学出版社 2005 年版。

[18] 钱中文主编：《巴赫金全集》（第 3 卷），白春仁、晓河译，河北教育出版社 1998 年版。

[19] [美] 约翰·克罗·兰色姆：《新批评》，王腊宝、张哲译，江苏教育出版社 2006 年版。

[20] [意] 安贝托·艾柯（Umberto Eco）等著，[英] 斯特凡·柯里尼（Stefan Collini）编：《诠释与过度诠释》，王宇根译，生活·读书·新知三联书店 2005 年版。

[21] [德] H. R. 姚斯、[美] R. C. 霍拉勃：《接受美学与接受理论》，周宁、金元浦译，辽宁人民出版社 1987 年版。

[22] [英] 雷蒙德·威廉斯：《马克思主义与文学》，王尔勃、周莉译，河南大学出版社 2008 年版。

[23] [美] 约瑟夫·弗兰克等：《现代小说中的空间形式》，秦林芳译，北京大学出版社 1991 年版。

[24] [法] 罗兰·巴尔特（Roland Barthes）：《写作的零度》，李幼蒸译，中国人民大学出版社 2008 年版。

[25] [保] 基·瓦西列夫（К. Василев）：《情爱论》，赵永穆、范国恩、陈行慧译，生活·读书·新知三联书店 1998 年版。

[26] [美] 安德森（Anderson, B.）：《想象的共同体：民族主义的起源与散布》，吴叡人译，上海人民出版社 2011 年版。

[27] [斯洛文尼亚] 斯拉沃热·齐泽克（Slavoj Zizek）、[斯洛文尼亚] 泰奥德·阿多尔诺等：《图绘意识形态》，方杰译，南京大学出版社 2002 年版。

[28] [美] 卡林内库斯:《现代性的五副面孔》, 顾爱彬、李瑞华译, 商务印书馆 2002 年版。

[29] [美] 马歇尔·伯曼 (Marshall Berman):《一切坚固的东西都烟消云散了》, 徐大建、张辑译, 商务印书馆 2003 年版。

[30] 沈志明、艾珉主编:《萨特文集》(第 7 卷), 人民文学出版社 2005 年版。

[31] [法] 保尔·利科:《虚构叙事中时间的塑形》, 王文融译, 生活·读书·新知三联书店 2003 年版。

[32] [英] 达比 (Darby, W. J.):《风景与认同:英国民族与阶级地理》, 张箭飞、赵红英译, 译林出版社 2011 年版。

[33] [德] 海德格尔:《存在与时间》, 陈嘉映、王庆节译, 生活·读书·新知三联书店 2006 年版。

[34] [英] 基思·特斯特:《后现代性下的生命与多重时间》, 李康译, 北京大学出版社 2010 年版。

[35] [意] 葛兰西:《论文学》, 人民文学出版社 1983 年版。

[36] [英] 迈克·克朗:《文化地理学》, 杨淑华等译, 南京大学出版社 2005 年版。

[37] [美] 哈罗德·伊罗生:《群氓之族:群体认同与政治变迁》, 邓伯宸译, 广西师范大学出版社 2008 年版。

[38] [美] 王德威:《写实主义小说的虚构:茅盾, 老舍, 沈从文》, 复旦大学出版社 2011 年版。

[39] [英] 伊丽莎白·威尔逊 (Wilson, E.):《波希米亚:迷人的放逐》, 杜冬冬、施依秀、李莉译, 译林出版社 2009 年版。

[40] [法] H. 孟德拉斯:《农民的终结》, 李培林译, 社会科学文献出版社 2005 年版。

[41] [法] 阿尔都塞:《黑格尔的幽灵:政治哲学论文集》, 唐正东、吴静译, 南京大学出版社 2005 年版。

[42] [法] 茨维坦·托多罗夫 (Tzvetan Todorov):《象征理论》, 王国卿译, 商务印书馆 2004 年版。

[43] [丹] 扎哈维 (Zahavi, D.):《主体性和自身性:对第一人称视角的探究》, 蔡文菁译, 上海译文出版社 2008 年版。

[44] [法] 古斯塔夫·勒庞（Gustave Le Bon）：《革命心理学》，佟德志、刘训练译，广东人民出版社2012年版。

[45] [美] 杰罗姆·B·格里德尔：《知识分子与现代中国：他们与国家关系的历史叙述》，单正平译，南开大学出版社2002年版。

[46] [法] 米歇尔·福柯：《规训与惩罚》，刘远缨、刘北成译，生活·读书·新知三联书店1999年版。

[47] [法] 尚·布希亚（Jean Baudrillard）：《物体系》，林志明译，上海人民出版社2001年版。

[48] [捷克] 亚罗斯拉夫·普实克：《抒情与史诗：中国现代文学论集》，郭建玲译，上海三联书店2010年版。

[49] [日] 藤井省三：《鲁迅〈故乡〉阅读史：近代中国的文化空间》，董炳月译，新世界出版社2002年版。

[50] [日] 实藤惠秀：《中国人留学日本史》，谭汝谦、林启彦译，生活·读书·新知三联书店1983年版。

[51] 张京媛编：《当代女性主义批评》，北京大学出版社1992年版。

[52] 费孝通：《乡土中国 生育制度》，北京大学出版社1998年版。

[53] 何俊编：《余英时学术思想文选》，上海古籍出版社2010年版。

[54] 程歗：《晚清乡土意识》，中国人民大学出版社1990年版。

[55] 吕正惠：《抒情传统与政治现实》，华中师范大学出版社2011年版。

[56] 陈世骧：《陈世骧文存》，志文出版社1972年版。

[57] 陈平原：《中国小说叙事模式的转变》，北京大学出版社2003年版。

[58] 陶东风：《社会转型与当代知识分子》，上海三联书店1999年版。

[59] 周作人：《周作人自编文集》，河北教育出版社2002年版。

[60] 乐黛云：《比较文学原理》，湖南文艺出版社1988年版。

[61] 刘绍棠、宋志明编：《中国乡土文学大系》，农村读物出版社1996年版。

[62] 刘绍棠：《乡土与创作》，吉林人民出版社1982年版。

[63] 丁帆：《中国乡土小说史论》，江苏文艺出版社1992年版。

[64] 丁帆：《文学的玄览：1979—1997》，北京出版社1998年版。

[65] 庄汉新、邵明波主编：《中国20世纪乡土小说论评》，学苑出版社1997年版。

[66] 范家进：《现代乡土小说三家论》，上海三联书店2002年版。
[67] 袁国兴：《中国现代文学型式批评》，人民出版社2010年版。
[68] 袁国兴：《1898—1948中国文学场态》，广东人民出版社2005年版。
[69] 杨联芬：《中国现代小说中的抒情倾向》，北京师范大学出版社1996年版。
[70] 赵园：《地之子》，北京大学出版社2007年版。
[71] 沈卫威：《东北流亡文学史论》，河南人民出版社1992年版。
[72] 逄增玉：《黑土地文化与东北作家群》，湖南教育出版社1995年版。
[73] 禹建湘：《乡土想象：现代性与表意的焦虑》，湖南人民出版社2008年版。
[74] 马相武主编：《吾城：文化名人眼中的乡土之城》，中国华侨出版社2008年版。
[75] 徐德明：《图本老舍传》，舒济供图，长春出版社2012年版。
[76] 季进编：《另一种声音：海外汉学访谈录》，复旦大学出版社2011年版。
[77] 王向远：《王向远著作集》，宁夏人民出版社2007年版。
[78] 赵园：《艰难的选择》，上海文艺出版社1986年版。
[79] 杨剑龙：《放逐与回归：中国现代乡土文学论》，上海书店出版社1995年版。
[80] 罗关德：《乡土记忆的审美视阈——20世纪文化乡土小说八家》，天津社会科学出版社2005年版。
[81] 赵静蓉：《怀旧：永恒的文化乡愁》，商务印书馆2009年版。
[82] 谢六逸：《日本文学史》（下），北新书局1929年版。
[83] 钱理群、温儒敏、吴福辉：《中国现代文学三十年》（修订本），北京大学出版社1998年版。
[84] 吴福辉：《中国现代文学发展史》，北京大学出版社2010年版。
[85] 许志英、邹恬主编：《中国现代文学主潮》（上、下），南京大学出版社2008年版。
[86] 杨义：《中国现代小说史》，人民文学出版社1988年版。
[87] 陈继会：《中国乡土小说史》，安徽教育出版社1999年版。
[88] 丁帆：《中国乡土小说史》，北京大学出版社2007年版。

[89] 鲁迅：《鲁迅全集》，人民文学出版社2005年版。
[90] 沈从文：《沈从文全集》，北岳文艺出版社2002年版。
[91] 茅盾：《茅盾全集》，人民文学出版社1997年版。
[92] 老舍：《老舍全集》，人民文学出版社1999年版。
[93] 胡从经编：《叶紫文集》（上、下），湖南人民出版社1983年版。
[94] 刘勇强编选：《吴组缃文选》，北京大学出版社2010年版。
[95] 吴组缃：《吴组缃小说散文集》，人民文学出版社1954年版。
[96] 吴组缃：《苑外集》，北京大学出版社1988年版。
[97] 王风编：《废名集》，北京大学出版社2009年版。
[98] 师陀：《师陀全集》，刘增杰编校，河南大学出版社2004年版。
[99] 萧红：《萧红全集》，凤凰出版社2010年版。
[100] 谢挺宇：《雾夜紫灯》，人民文学出版社1983年版。
[101] 许钦文：《故乡》，人民文学出版社1963年版。
[102] 蒋光慈：《丽莎的哀怨》，人民文学出版社1987年版。
[103] 张爱玲：《张爱玲全集》，北京十月文艺出版社2009年版。
[104] 端木蕻良：《端木蕻良文集》（第3卷），北京出版社1999年版。
[105] 草明：《草明选集》，人民文学出版社1959年版。
[106] 茅盾选编：《中国新文学大系小说一集》，良友图书印刷公司1935年版。
[107] 艾芜：《芭蕉谷》，商务印书馆1937年版。
[108] 艾芜：《丰饶的原野》，今日文艺社1942年版。
[109] 艾芜：《故乡》（上、下），自强出版社1947年版。
[110] 艾芜：《漂泊杂记》，上海生活书店1935年版。
[111] 艾芜：《秋收》，读书出版社1942年版。
[112] 艾芜：《山中牧歌》，天马书店1935年版。
[113] 艾芜：《逃荒》，文化生活出版社1942年版。
[114] 艾芜：《我的青年时代》，开明书店1948年版。
[115] 艾芜：《烟雾》，中原出版社1948年版。
[116] 艾芜：《夜景》，文化生活出版社1936年版。
[117] 艾芜：《杂草集》，改进出版社1940年版。
[118] 艾芜：《乡愁》，中兴出版社1948年版。

[119] 鲁彦：《愤怒的乡村》，中兴出版社 1948 年版。

[120] 鲁彦：《河边》，良友图书印刷公司 1937 年版。

[121] 鲁彦：《雀鼠集》，文化生活出版社 1935 年版。

[122] 王鲁彦：《柚子》，北新书局 1936 年版。

[123] 端木蕻良：《新都花絮》，知识出版社 1946 年版。

[124] 端木蕻良：《憎恨》，文化生活出版社 1937 年版。

[125] 端木蕻良：《风陵渡》，上海杂志公司 1939 年版。

[126] 蹇先艾：《酒家》，万光书局 1945 年版。

[127] 蹇先艾：《乡谈集》，文通书局 1942 年版。

[128] 蹇先艾：《盐的故事》，文化生活出版社 1937 年版。

[129] 蹇先艾：《乡间的悲剧》，商务印书馆 1937 年版。

[130] 蒋光慈：《异邦与故国》，现代书局 1930 年版。

[131] 蒋光慈：《哭诉》，春野书店 1928 年版。

[132] 蒋光慈：《乡情集》，北新书局 1930 年版。

[133] 丁玲：《自杀日记》，光华书局 1933 年版。

[134] 老向：《民间集》，民间社 1937 年版。

[135] 老向：《黄土泥》，人间书屋 1936 年版。

[136] 陈㐰竹（陈瘦竹）：《灿烂的火花》，上海励群书店 1928 年版。

[137] 黎锦明：《烈火》，开明书店 1927 年版。

[138] 芦焚：《谷》，文化生活出版社 1937 年版。

[139] 芦焚：《黄花台》，良友图书印刷公司 1937 年版。

[140] 芦焚：《里门拾记》，文化生活出版社 1937 年版。

[141] 师陀：《果园城记》，上海出版公司 1946 年版。

[142] 罗烽：《故乡集》，光华书店 1947 年版。

[143] 罗烽：《呼兰河边》，北新书局 1937 年版。

[144] 沙汀：《播种者》，华夏书店 1946 年版。

[145] 沙汀：《还乡记》，文化生活出版社 1948 年版。

[146] 沙汀：《困兽记》，新地出版社 1946 年版。

[147] 沙汀：《土饼》，文化生活出版社 1936 年版。

[148] 王西彦：《乡井》，三户图书社 1942 年版。

[149] 王西彦：《还乡》，中华书局 1948 年版。

[150] 王西彦:《夜宿集》,商务印书馆 1940 年版。

[151] 张天翼:《追》,开明书店 1947 年版。

[152] 王统照:《山雨》,开明书店 1933 年版。

[153] 徐转蓬:《下乡集》,商务印书馆 1940 年版。

[154] 吴组缃:《饭余集》,文化生活出版社 1936 年版。

[155] 吴组缃:《西柳集》,生活书店 1934 年版。

[156] 萧乾:《梦之谷》,文化生活出版社 1948 年版。

[157] 萧乾:《篱下集》,商务印书馆 1936 年版。

[158] 萧乾:《小树叶》,商务印书馆 1937 年版。

[159] 许钦文:《鼻涕阿二》,北新书局 1927 年版。

[160] 端木蕻良:《大地的海》,生活书店 1938 年版。

[161] 高植:《树下集》,中华书局 1936 年版。

[162] 高植:《后方集》,正中书局 1943 年版。

[163] 彭家煌:《怂恿》,开明书店 1930 年版。

[164] 废名:《桃园》,开明书店 1930 年版。

[165] 魏金枝:《七封书信的自传》,湖风书局 1931 年版。

[166] 倪贻德:《画人行脚》,良友图书公司 1934 年版。

[167] 少侯编:《现代小说选》,上海仿古书店 1936 年版。

[168] 韩侍桁:《浅见集》,中华书局 1939 年版。

[169] 孙席珍:《女人的心》,真美善书店 1929 年版。

[170] 何德明:《陋巷》,辛垦书店 1935 年版。

[171] 巴人:《乡长先生》,良友图书印刷公司 1936 年版。

[172] 刘大杰等:《爱的象征》,中国文化服务社 1936 年版。

二 期刊论文类

[1] 蔡元培:《劳工神圣》,《新青年》1918 年第 5 卷第 5 号。

[2] 茅盾:《关于乡土文学》,《文学》1936 年第 6 卷第 2 期。

[3] 张定璜:《鲁迅先生》(上),《现代评论》1925 年第 1 卷第 7 期。

[4] 苏雪林:《〈阿 Q 正传〉及鲁迅的创作艺术》,《国闻周报》1934 年第 11 卷第 4 期。

[5] 郭慕鸿:《论"怀乡文艺"》,《宇宙风》1941 年第 112 期(祝胜利

年特大号)。

[6] 黎锦明:《乡绅文学》,《青年界》1948年新第5卷第2期。

[7] 孔琳:《表现城市与表现乡村》,《小说》1949年第2卷第1期。

[8] 穆木天:《小说之随笔化》,《小说》1934年第3期。

[9] 孙犁:《关于乡土文学》,《北京文学》1981年第5期。

[10] 吴组缃:《谈〈春蚕〉——兼谈茅盾的创作方法及其艺术特点》,《中国现代文学研究丛刊》1984年第1期。

[11] 蹇先艾:《我所理解的"乡土文学"》(摘要),《文艺报》1984年第1期。

[12] 凌宇:《二三十年代乡土小说中的乡土意识》,《文学评论》2000年第4期。

[13] 杨剑龙:《论二十年代"乡土文学"的悲剧风格》,《中国现代文学研究丛刊》1988年第4期。

[14] 赵学勇:《二十年代乡土文学与现代意识》,《兰州大学学报》(社会科学版)1990年第3期。

[15] 倪婷婷:《"名士气":传统文人气度在"五四"的投影》,《文学评论》1999年第6期。

[16] 徐菊凤:《"乡土文学"中的人道主义和启蒙主义》,《文学评论》1990年第1期。

[17] 夏济安:《蒋光慈现象》,庄信正译,《现代中文学刊》2010年第1期。

[18] 陈洁仪:《论萧红〈马伯乐〉对"抗战文艺"的消解方式》,《中国现代文学研究丛刊》1999年第2期。

[19] 吕正惠:《三十年后反思"乡土文学"运动》,《读书》2007年第8期。

[20] 鲁枢元:《国民性改造与乡土文学反思》,《文艺争鸣》2011年第13期。

[21] 陈继会:《乡土文学研究的甲子之辩——兼及20世纪乡土文学研究历史的学术考察》,《深圳大学学报》2009年第6期。

[22] 严家炎:《救亡与启蒙的二重奏——对抗战文学的一点认识》,《河北学刊》2005年第5期。

[23] 杨剑龙：《二十年代乡土文学的悲剧风格》，《中国现代文学丛刊》1988年第4期。

[24] 袁国兴：《乡土文学？鲁迅风？——对中国现代文学初期一个小说群体创作倾向的再认识》，《文学评论》2006年第5期。

[25] 陈继会：《五四乡土小说的历史风貌》，《郑州大学学报》（哲学社会科学版）1999年第6期。

[26] 南帆：《启蒙与大地崇拜：文学的乡村》，《文学评论》2005年第1期。

[27] 王一川：《断零体验、乡愁与现代中国的身份认同》，《甘肃社会科学》2002年第1期。

[28] 罗关德：《二三十年代倡导乡土文学的三种理论视角》，《中国现代文学研究丛刊》2004年第4期。

[29] 关纪新：《满族伦理观念赋予老舍作品的精神烙印》，《中央民族大学学报》2007年第5期。

[30] 袁国兴：《乡愁小说的"做旧故乡"与"城里想象"》，《中国现代文学研究丛刊》2010年第5期。

[31] 王光东：《"乡土世界"文学表达的新因素》，《文学评论》2007年第4期。

[32] 丁帆：《"乡土文学派"小说主题与技巧的再认识》，《江苏社会科学》1992年第4期。

[33] 吴晓东：《中国文学的乡土乌托邦的幻灭》，《北京大学学报》（哲学社会科学版）2006年第1期。

[34] 袁国兴：《沈从文散文化小说的写作策略》，《小说评论》2008年第1期。

[35] 袁国兴：《老舍小说的话语方式》，《广东社会科学》2011年第5期。

[36] 丁帆：《论沈从文小说超越文化和悲剧的乡土抒情诗美学追求》，《江苏社会科学》2007年第6期。

[37] 严家炎：《救亡与启蒙的二重奏——对抗战文学的一点认识》，《河北学刊》2005年第5期。

[38] 摩罗：《〈生死场〉的文本断裂及萧红的文学贡献》，《社会科学论坛》2003年第10期。

[39] 丁帆、李兴阳：《论"七月派"的乡土小说》，《河南社会科学》2007年第2期。

[40] 沈卫威：《现实的矛盾与理想的冲突——"东北流亡文学"的局限和不足》，《河南大学学报》（哲学社会科学版）1989年第2期。

[41] 白春超：《视角选择与乡村社会相——中国现代乡土文学文本分析》，《江汉论坛》1994年第5期。

[42] 黄万华：《乡愁是一种美学》，《广东社会科学》2007年第4期。

[43] 颜昆阳：《从反思中国文学"抒情传统"之建构以论"诗美典"的多面向变迁与丛聚状结构》，《东华汉学》2009年第9期。

[44] 叶朗：《儒家美学对当代的启示》，《北京大学学报》（哲学社会科学版）1995年第1期。

[45] 徐德明：《"乡下人进城"的文学叙述》，《文学评论》2005年第1期。

[46] 林岗：《论丘东平》，《学术研究》2011年第12期。

[47] 吴晓东：《中国现代文学中的审美主义与现代性问题》，《文艺理论研究》1999年第1期。

[48] 王桂妹：《〈骆驼祥子〉：虚假的城乡结构》，《文艺争鸣》2011年第15期。

[49] 姚伟钧：《宗法制度的兴亡及其对中国社会的影响》，《华中师范大学学报》（人文社会科学版）2002年第3期。

[50] 余荣虎：《〈故乡〉与乡土文学中还乡情怀的现代变迁》，《鲁迅研究月刊》2007年第1期。

[51] 王嘉良：《民俗风情：透视"乡土中国"的生存本貌——"风俗文化"视阈中的现代中国文学》，《天津社会科学》2007年第5期。

[52] 格非：《文体与意识形态》，《当代作家评论》2001年第5期。

[53] 陈超：《"乡愁"的当代阐释与意蕴嬗变——中国当代文学乡土情结的心态寻踪》，《当代文坛》2011年第2期。

[54] 罗关德：《生成、繁荣与变迁——现代化进程中的大陆与台湾乡土文学》，《华文文学》2011年第3期。

[55] 熊权：《论叶紫创作"无产阶级文学"的意义及启示》，《文学理论与批评》2010年第4期。

附　　录

中国现代"乡愁小说"目录：

期　刊：（此处所列期刊刊发的中国现代"乡愁小说"目录，所涉期刊以 1915—1948 年间，有影响、有代表性的 276 种期刊为主。期刊目录根据中国社会科学院文学研究所总纂：《中国现代文学期刊目录汇编》（一至五卷）（知识产权出版社 2010 年 3 月版）拟定，由于笔者考察文献所限，尚不能完全涵括中国现代"乡愁小说"的刊发情况，有待今后不断补充。

［1］吴闻天：《故乡重返》，《新上海》1926 年第 2 期。

［2］陈红叔：《还乡记》，《新上海》1926 年第 12 期。

［3］范烟桥：《归来》，《红玫瑰》1924 年第 19 期。

［4］范烟桥：《归来》，《消闲月刊》1921 年第 1 期。

［5］陈霭麓：《故乡》（上、下）（连载），《红玫瑰》1926 年第 2 卷第 24、25 期。

［6］张秋虫：《回家》，《红玫瑰》1926 年第 2 卷第 23 期。

［7］申钦：《回家第一夜》，《紫罗兰》1927 年第 2 卷第 9 期。

［8］俞慕古：《故乡人的面孔》，《紫罗兰》1930 年第 4 卷第 20 号。

［9］顾明道：《故乡》，《紫罗兰》1927 年第 2 卷第 24 期。

［10］六士：《还乡》，《世界月刊》1930 年第 3 卷第 1 期。

［11］沈文鸿：《还乡》，《青年进步》1930 年第 129 册。

［12］耿式之：《火车里一个乡下老》，《文学周报》1922 年第 31 期。

［13］杨鸿杰：《荣归》，《文学周报》1922 年第 56 期。

［14］葛有华：《小小的乡愁》，《文学周报》1926 年第 4 卷第 6 期。

［15］穆罗茶：《回家》，《文学周报》1927年第4卷第7期。

［16］彭家煌：《喜期》，《文学周报》1927年第286、287期合刊。

［17］杨振声：《渔家》，《新潮》1919年第1卷第3号。

［18］杨振声：《磨面的老王》，《新潮》1921年第3卷第1号。

［19］潘垂统：《贵生与他的牛》，《新潮》1921年第3卷第1号。

［20］俍工（孙俍工）：《故乡带来的礼物》，《东方杂志》1923年第20卷第1号。

［21］梦雷（孙梦雷）：《麦秋》，《东方杂志》1923年第20卷第19号。

［22］鲁彦：《阿卓呆子》，《东方杂志》1925年第22卷第6号。

［23］许杰：《赌徒吉顺》，《东方杂志》1925年第22卷第23号。

［24］李健吾：《坛子》，《东方杂志》1931年第28卷第1号。

［25］蹇先艾：《到镇溪去》，《东方杂志》1931年第28卷第3号。

［26］魏金枝：《白旗手》（连载），《东方杂志》1933年第30卷第16、17号。

［27］前羽：《乡村一妇人》，《东方杂志》1934年第31卷第14号。

［28］赵俪：《异域的故乡》（上、下）（连载），《现代青年》1937年第7卷第1、2期。

［29］田涛：《利息》，《国闻周报》1935年第12卷第10期。

［30］叶鼎洛：《归家》，《良友画报》1928年第27期。

［31］俍工：《看禾》，《小说月报》1921年第12卷第11号。

［32］潘训：《乡心》，《小说月报》1922年第13卷第7号。

［33］李勋刚：《故乡》，《小说月报》1923年第14卷第1号。

［34］徐玉诺：《一只破鞋》，《小说月报》1923年第14卷第6号。

［35］徐玉诺：《在摇篮里》（连载），《小说月报》1923年第14卷第7、8、12号。（题目分别为《在摇篮里》《到何处去》《祖父的故事》。）

［36］潘训：《人间》，《小说月报》1923年第14卷第8号。

［37］高歌：《中秋月》，《小说月报》1924年第15卷第1号。

［38］许杰：《惨雾》，《小说月报》1924年第15卷第8号。

［39］许杰：《台下的喜剧》，《小说月报》1925年第16卷第2号。

［40］孙俍工：《归家》（上、下），《小说月报》1925年第16卷第

10、11号。

［41］王任叔：《疲惫者》，《小说月报》1925年第16卷第11号。

［42］王以仁：《还乡》，《小说月报》1926年第17卷第3号。

［43］林守庄：《扫墓》，《小说月报》1926年第17卷第11号。

［44］许杰：《改嫁》，《小说月报》1927年第18卷第2号。

［45］许杰：《出嫁的前夜》，《小说月报》1927年第18卷第6号。

［46］鲁彦：《黄金》，《小说月报》1927年第18卷第7号。

［47］王统照：《沉船》，《小说月报》1927年第18卷第11号。

［48］许杰：《到家》，《小说月报》1928年第19卷第3号。

［49］丁玲：《阿毛姑娘》，《小说月报》1928年第19卷第7号。

［50］姚方仁：《胡子阿五》，《小说月报》1928年第19卷第12号。

［51］田言（潘漠华）：《冷泉岩》，《小说月报》1929年第20卷第6号。

［52］鲁彦：《童年的悲哀》，《小说月报》1929年第20卷第11号。

［53］丁玲：《田家冲》，《小说月报》1931年第22卷第7号。

［54］范烟桥：《故乡》，《小说世界》1923年第3卷第2期。

［55］冯六：《游子梦》，《小说世界》1923年第3卷第10期。

［56］梅南岭：《乡人梅悦》，《小说世界》1923年第4卷第3期。

［57］杨小仲：《故乡》，《小说世界》1923年第4卷第4期。

［58］雨棠：《归途》，《小说世界》1924年第8卷第4期。

［59］求幸福斋主（何海鸣）：《乡党之光》，《小说世界》1925年第10卷第1期。

［60］李澹村：《归田三日记》，《小说世界》1925年第10卷第8期。

［61］西巫瘦铁：《温梦记》，《小说世界》1925年第12卷第7期。

［62］魂影：《客泪》，《小说世界》1925年第12卷第11期。

［63］赵吟秋：《故乡》，《小说世界》1926年第14卷第19期。

［64］彭家煌：《活鬼》，《小说世界》1927年第15卷第19期。

［65］张碧梧：《别了十年后的故乡》，《小说世界》1927年第15卷第20期。

［66］马鹃魂：《到城里去》，《小说世界》1927年第16卷第21期。

［67］许钦文：《元正的死》，《语丝》1926年第103期。

[68] 林如稷：《狂奔》，《浅草》1923年第1卷第1期。

[69] 高世华：《沉自己的船》，《浅草》1923年第1卷第3期。

[70] 林如稷：《故乡的唱道情者》，《浅草》1925年第1卷第4期。

[71] 滕固：《乡愁》，《创造周报》1923年第25、26期。

[72] 倪贻德：《玄武湖之秋》，《创造周报》1923年第31、32期。

[73] 倪贻德：《归乡》（连载），《创造周报》1924年第37、38期。

[74] 倪贻德：《黄昏》，《创造周报》1924年第40期。

[75] 倪贻德：《花影》，《创造》1924年第2卷第2号。

[76] 黎锦明：《乡途》，《洪水》1926年第2卷第23、24期合刊。

[77] 严良才：《黄叶》，《洪水》1926年周年增刊。

[78] 陆定一：《飘零》，《洪水》1926年周年增刊。

[79] 汪敬熙：《瘸子王二的驴》，《现代评论》1925年第1卷第23期。

[80] 贺扬灵：《归来》，《现代评论》1925年第2卷第47期。

[81] 许君远：《今昔》，《现代评论》1926年第3卷第57期。

[82] 杨振声：《瑞麦》，《现代评论》1926年一周年增刊。

[83] 蹇先艾：《水葬》，《现代评论》1926年第3卷第59期。

[84] 王向辰：《棚匠》，《现代评论》1926年第3卷第64期。

[85] 胡也频：《械斗》，《现代评论》1927年第5卷第116期。

[86] 王向辰：《瞎林之死》，《现代评论》1927年第5卷第120期。

[87] 许君远：《童时的伙伴》，《现代评论》1927年第6卷第134期。

[88] 魏金枝：《沉郁的乡思》，《支那二月》1925年第1卷第2期。

[89] 钦文（许钦文）：《表弟的花园》，《莽原》1926年第6期。

[90] 魏金枝：《留下镇上的黄昏》，《莽原》1926年第12期。

[91] 钦文（许钦文）：《石宕》，《莽原》1926年第13期。

[92] 台静农：《天二哥》，《莽原》1926年第18期。

[93] 卫萍菽：《归来》，《莽原》1926年第20期。

[94] 台静农：《新坟》，《莽原》1927年第2卷第3期。

[95] 台静农：《烛焰》，《莽原》1927年第2卷第4期。

[96] 台静农：《弃婴》，《莽原》1927年第2卷第6期。

[97] 台静农：《拜堂》，《莽原》1927年第2卷第11期。

[98] 台静农：《吴老爹》，《莽原》1927年第2卷第14期。

[99] 台静农:《蚯蚓们》,《莽原》1927 年第 2 卷第 20 期。

[100] 台静农:《红灯》,《莽原》1927 年第 2 卷第 20 期。

[101] 台静农:《负伤者》,《莽原》1927 年第 2 卷第 23、24 期合刊。

[102] 郁达夫:《怀乡病者》,《创造月刊》1926 年第 1 卷第 2 期。

[103] 实味:《陈老田的故事》,《创造月刊》1929 年第 2 卷第 6 期。

[104] 陈炜谟:《寨堡》,《沉钟》1927 年第 11 期。

[105] 修古藩:《钟家坝上》,《沉钟》1933 年第 29 期。

[106] 绍虞（钟绍虞）:《"不如归去!"》,《泰东》1927 年第 1 卷第 4 期。

[107] 虚白（曾虚白）:《回家》,《真美善》1927 年第 1 卷第 4 期。

[108] 顾志筠:《故家》,《真美善》1929 年女作家纪念号外。

[109] 邵宗汉:《归乡录》,《真美善》1929 年第 3 卷第 6 期。

[110] 叶鼎洛:《他乡人语》,《真美善》1929 年第 4 卷第 1 期。

[111] 公木:《还家》,《真美善》1930 年第 5 卷第 6 期。

[112] 佃潮痕:《酒徒阿胡》,《真美善》1930 年第 6 卷第 6 期。

[113] 晴光（庄晴光）:《江北阿二》,《真美善》1930 年第 7 卷第 2 期。

[114] 罗西:《中秋节》,《现代小说》1929 年第 2 卷第 2 期。

[115] 徐苏灵:《倦飞的征鸟》,《现代小说》1929 年第 2 卷第 5 期。

[116] 杨正宗:《鄱阳湖中》,《现代小说》1929 年第 2 卷第 5 期。

[117] 周全平:《荣归》,《现代小说》1929 年第 3 卷第 2 期。

[118] 倪贻德:《海上中秋》,《现代小说》1929 年第 3 卷第 3 期。

[119] 沈从文:《旅店》,《新月》1929 年第 1 卷第 12 期。

[120] 冷西:《观音花》,《新月》1929 年第 2 卷第 1 期。

[121] 饶孟侃:《螺丝谷——一个传奇》,《新月》1930 年第 3 卷第 1 期（特大号）。

[122] 徐转蓬:《女店主》,《新月》1932 年第 3 卷第 9 号。

[123] 徐转蓬:《磨坊》,《新月》1933 年第 4 卷第 7 期。

[124] 罗澜:《去家》,《我们》1928 年创刊号。

[125] 戴平万:《激怒》,《我们》1928 年创刊号。

[126] 黎锦明:《命运》,《奔流》1928 年第 1 卷第 5 期。

［127］柔石：《人鬼和他的妻的故事》，《奔流》1928 年第 1 卷第 5 期。

［128］张天翼：《三天半的梦》，《奔流》1929 年第 1 卷第 10 号。

［129］缪崇群：《归客与鸟》，《奔流》1929 年第 2 卷第 1 期。

［130］蒋光慈：《丽莎的哀怨》（连载），《新流月报》1929 年第 1—3 期。

［131］洪灵菲：《在洪流中》，《新流月报》1929 年第 2 期。

［132］洪灵菲：《归家》，《新流月报》1929 年第 3 期。

［133］吴似鸿女士：《还乡记》，《南国月刊》1930 年第 1 卷第 5、6 期合刊。

［134］英予：《回乡去》，《妇女共鸣》1930 年第 35 期。

［135］柔石：《为奴隶的母亲》，《萌芽》1930 年第 1 卷第 3 期。

［136］魏金枝：《焦大哥》，《萌芽》1930 年第 1 卷第 5 期。

［137］戴平万：《陆阿六》，《拓荒者》1930 年第 1 卷第 1 期（特大号）。

［138］戴平万：《村中的早晨》，《拓荒者》1930 年第 1 卷第 2 期（特大号）。

［139］洪灵菲：《大海》，《拓荒者》1930 年第 1 卷第 2、3 期。

［140］洪灵菲：《家信》，《拓荒者》1930 年第 1 卷第 1、2 期。

［141］蒋光慈：《咆哮了的土地》，《拓荒者》1930 年第 3—5 期。

［142］孙席珍：《进城》，《现代文学》1930 年第 1 卷第 6 期。

［143］高植：《漂流》，《北斗》1931 年第 1 卷第 4 期。

［144］黄英：《故乡》，《文艺月刊》1931 年第 2 卷第 1 期。

［145］袁牧之：《奶妈》（连载），《文艺月刊》1931 年第 2 卷第 7、8 期。

［146］高植：《还乡》，《文艺月刊》1933 年第 3 卷第 10 期。

［147］蹇先艾：《盐巴客》，《文艺月刊》1933 年第 3 卷第 11 期。

［148］鲁彦：《贱人》，《文艺月刊》1933 年第 4 卷第 4 期。

［149］徐转蓬：《乡下医生》，《文艺月刊》1933 年第 4 卷第 4 期。

［150］鲁彦：《李妈》，《文艺月刊》1933 年第 4 卷第 5 期。

［151］何德明：《跛子李》，《文艺月刊》1933 年第 4 卷第 6 期。

［152］何德明：《研房庄》，《文艺月刊》1934 年第 6 卷第 1 期。

[153] 唐锡如：《归航》，《文艺月刊》1934 年第 6 卷第 5、6 期合刊。
[154] 凌叔华：《奶妈》，《文艺月刊》1936 年第 8 卷第 4 期。
[155] 丁伯骝：《还乡》，《文艺月刊》1936 年第 9 卷第 3 期。
[156] 寒谷：《黄栗村》，《文艺月刊》1936 年第 9 卷第 5 期。
[157] 艾芜：《田园的忧郁》，《文艺丛刊》1947 年第 1 集（脚印）。
[158] 王余杞：《都市里的乡下人》，《星火》1935 年第 1 卷第 3 期。
[159] 赵慧深：《乡下小姑娘的春天》，《青年界》1936 年第 9 卷第 3 期。
[160] 杜衡：《怀乡病》，《现代》1932 年第 1 卷第 2 期。
[161] 巴金：《五十多个》，《现代》1933 年第 2 卷第 5 期。
[162] 彭家煌：《喜讯》，《现代》1933 年第 2 卷第 6 期。
[163] 张天翼：《丰年》，《现代》1933 年第 2 卷第 6 期。
[164] 杜衡：《荒村》，《现代》1933 年第 3 卷第 2 期。
[165] 沙汀：《土饼》，《现代》1933 年第 3 卷第 2 期。
[166] 巴金：《还乡》，《现代》1933 年第 3 卷第 5 期。
[167] 蒋牧良：《高定祥》，《现代》1933 年第 4 卷第 1 期（十一月狂大号）。
[168] 林俪琴：《刘二姑娘》，《现代》1934 年第 4 卷第 3 期（新年号）。
[169] 冰莹：《一个乡下女人》，《现代》1934 年第 5 卷第 4 期。
[170] 林希隽：《归家》，《现代》1934 年第 6 卷第 1 期。
[171] 汪雪湄：《洋雀子又叫了》，《现代》1934 年第 5 卷第 3 期。
[172] 艾芜：《崇宁溪上》，《艺术新闻》1933 年第 1 期。
[173] 艾芜：《在茅草地》，《文学杂志》（北平文学杂志社）1933 年第 1 卷第 3、4 合刊。
[174] 张天翼：《万仞约》，《文学杂志》1934 年第 3 卷第 5 期。
[175] 沈从文：《贵生》，《文学杂志》（朱光潜主编）1937 年创刊号。
[176] 叶圣陶：《多收了三五斗》，《文学》1933 年第 1 卷第 1 期。
[177] 郁达夫：《迟暮》，《文学》1933 年第 1 卷第 1 期。
[178] 艾芜：《咆哮的许家屯》，《文学》1933 年第 1 卷第 1 期。

[179] 王统照：《乡谈》，《文学》1933年第1卷第1期。

[180] 王统照：《祈雨》，《文学》1933年第1卷第3期。

[181] 王统照：《五十元》，《文学》1933年第1卷第4期。

[182] 艾芜：《乡下人》，《文学》1933年第1卷第5期。

[183] 王统照：《父子》，《文学》1933年第1卷第6期。

[184] 墨沙（陈白尘）：《马棚湾》，《文学》1934年第2卷第2期。

[185] 陈瘦竹：《奈何天》，《文学》1934年第2卷第2期。

[186] 张天翼：《包氏父子》，《文学》1934年第2卷第4期。

[187] 盛焕明：《贵发叔》，《文学》1934年第2卷第4期。

[188] 蒋牧良：《赈米》，《文学》1934年第3卷第2期。

[189] 蹇先艾：《乡间的悲剧》，《文学》1934年第3卷第3期。

[190] 芦焚：《归客》，《文学》1935年第4卷第1期。

[191] 芦焚：《鸟的归来》，《文学》1935年第4卷第4期。

[192] 褚雅鸣（草明）：《进城日记》，《文学》1935年第4卷第5期。

[193] 艾芜：《端阳节》，《文学》1935年第4卷第6期。

[194] 许杰：《贼》，《文学》1935年第5卷第3号。

[195] 萧军：《羊》，《文学》1935年第5卷第4期。

[196] 艾芜：《饿死鬼》，《文学》1935年第5卷第4期。

[197] 林淡秋：《散荒》，《文学》1936年第6卷第1期。

[198] 鲁彦：《乡下》，《文学》1936年第6卷第2期。

[199] 舒群：《没有祖国的孩子》，《文学》1936年第6卷第5期。

[200] 蹇先艾：《盐》，《文学》1936年第6卷第5期。

[201] 端木蕻良：《鹭鹭湖的忧郁》，《文学》1936年第7卷第2期。

[202] 田涛：《荒》，《文学》1936年第7卷第4号。

[203] 艾芜：《荣归》，《文学》1936年第7卷第6期。

[204] 端木蕻良：《浑河的急流》，《文学》1937年第8卷第2期。

[205] 黑丁：《回家》，《文学》1937年第8卷第6期。

[206] 叶圣陶：《乡里善人》，《文学》1937年第9卷第1期。

[207] 草明女士：《倾跌》，《文艺》1933年第1卷第2期。

[208] 冰心：《冬儿姑娘》，《文学季刊》1934年创刊号。

[209] 吴组缃：《一千八百担》，《文学季刊》1934年创刊号。

[210] 叔文（张兆和）：《费家的二小》，《文学季刊》1934年创刊号。

[211] 蒋牧良：《懒捐》，《文学季刊》1934年第1卷第3期。

[212] 萧军：《鳏夫》，《文学季刊》1935年第2卷第4期。

[213] 王西彦：《村野恋人》，《改进》1944年第8卷第5期。

[214] 王西彦：《眷恋土地的人》，《现代文艺》1940年第2卷第1期。

[215] 蹇先艾：《变》，《现代文艺》1941年第2卷第4期。

[216] 蹇先艾：《重逢》，《现代文艺》1941年第3卷第3期。

[217] 碧野：《春天的故事》，《现代文艺》1941年第3卷第3期。

[218] 施稔（王西彦）：《鱼鬼》，《现代文艺》1941年第3卷第6期。

[219] 王西彦：《山村》，《现代青年》1939年新第1卷第2期。

[220] 余慕陶：《春蚕》，《中国文学》1934年第2卷第1期。

[221] 慎先女士：《归来》，《春光》1934年第1卷第2期。

[222] 李辉英：《松花江上》，《春光》1934年第1卷第3期。

[223] 张招：《陆家栋》，《文学新地》1934年创刊号。

[224] 周文：《荒村》，《现实文学》1936年第1卷第2期。

[225] 何家槐：《怀旧》，《新小说》1935年创刊号。

[226] 李辉英：《东山里》（连载），《芒种》1935年第4、5、7、9、10期。

[227] 列躬射（李从心）：《阿弓》，《东方文艺》1936年创刊号。

[228] 荒煤：《长江上》，《作家》1936年第1卷第1期。

[229] 草明：《大涌围的农妇》，《作家》1936年第1卷第1期。

[230] 芦焚：《村中喜剧》，《作家》1936年第1卷第2期。

[231] 萧军：《第三代》（连载），《作家》1936年第1卷第3期—第2卷第2期。

[232] 谢挺宇：《魂的乡愁》，《作家》1936年第1卷第6期。

[233] 鲁彦：《野火》（连载），《文季月刊》1936年第1卷第1期—第2卷第1期。

[234] 草明：《和平的果园》，《文季月刊》1936年第1卷第1期。

[235] 路丁：《江南的村景》，《文季月刊》1936年第1卷第2期。

[236] 毕焕午：《村中》，《文季月刊》1936年第1卷第3期。

[237] 罗淑：《生人妻》，《文季月刊》1936 年第 1 卷第 4 期。

[238] 丁玲：《团聚》，《文季月刊》1936 年第 1 卷第 4 期。

[239] 田涛：《离》，《文季月刊》1936 年第 1 卷第 6 号。

[240] 沙汀：《在祠堂里》，《文学界》1936 年创刊号。

[241] 林淡秋：《活路》，《文学界》1936 年创刊号。

[242] 白朗：《依瓦鲁河畔》，《文学界》1936 年第 1 卷第 3 期。

[243] 罗烽：《呼兰河边》，《光明》1936 年第 1 卷第 2 期。

[244] 魏金枝：《想挂朝珠的三老爷》，《光明》1936 年第 1 卷第 5 期。

[245] 王任叔：《故居》，《光明》1936 年第 1 卷第 8 期。

[246] 周钢鸣：《回乡》，《光明》1936 年第 1 卷第 8 期。

[247] 田涛：《乡村》，《光明》1937 年第 2 卷第 5 期。

[248] 碧野：《燕红江畔》，《光明》1937 年第 3 卷第 4 期。

[249] 陆蠡：《嫁衣》，《中流》1936 年创刊号。

[250] 端木蕻良：《万岁钱》，《中流》1936 年第 1 卷第 7 期。

[251] 辛劳：《归来》，《中流》1937 年第 2 卷第 1 期。

[252] 罗烽：《荒村》，《中流》1934 年第 2 卷第 3 期。

[253] 田涛：《农家》，《中流》1937 年第 2 卷第 6 期。

[254] 葛琴：《磨》，《中流》1937 年第 2 卷第 8 期。

[255] 张天翼：《同乡们》，《文丛》1937 年第 1 卷第 3 期。

[256] 芦焚：《还乡》（连载），《文丛》1937 年第 1 卷第 3 期。

[257] 莎寨：《四月的苜蓿风》，《文丛》1937 年第 1 卷第 5 期。

[258] 蔡天心：《东北之谷》，《文丛》1937 年第 1 卷第 5 期。

[259] 萧乾：《梦之谷》，《文丛》1937 年第 1 卷第 1—5 期。

[260] 田涛：《一人》，《新中华》1937 年第 5 卷第 7 期。

[261] 舒新城：《故乡》（连载），《新中华》1933 年第 1 卷第 3、7、11 期。

[262] 萧军：《第三代》（第三部）（连载），《七月》1937 年第 1 卷第 3—5 期。

萧军：《第三代》（第三部）（连载），《七月》1938 年第 1 卷第 6 期。

[263] 罗烽：《满洲的囚徒》（连载），《战地》1938 年第 1 卷第 4、5 期。

[264] 彭慧：《还家》，《自由中国》（汉口）1941 年新第 1 卷第 2 期。

[265] 骆宾基：《吴非有》（连载），《自由中国》（汉口）1941 年新第 1 卷第 2—4 期。

骆宾基：《吴非有》（连载），《自由中国》（汉口）1942 年新第 1 卷第 5、6 期合刊。

[266] 艾芜：《山野》（连载），《自由中国》（汉口）1941 年新第 1 卷第 3、4 期。

艾芜：《山野》（连载），《自由中国》（汉口）1942 年新第 1 卷第 5、6 期。

艾芜：《山野》（连载），《自由中国》（汉口）1942 年新第 2 卷第 1、2 期合刊。

[267] 沙汀：《防空——在"堪察加"的一角》，《文艺阵地》1938 年第 1 卷第 5 期。

[268] 骆宾基：《东战场的别动队》，《文艺阵地》1938 年第 2 卷第 5 期。

[269] 艾芜：《回家后》，《文艺阵地》1939 年第 3 卷第 4 期。

[270] 王西彦：《玉蜀黍的悲剧》，《文艺阵地》1940 年第 4 卷第 5 期。

[271] 周正仪：《归来后》，《文艺阵地》1940 年第 4 卷第 6 期。

[272] 锡金：《市镇风景》，《文艺阵地》1942 年第 6 卷第 5 期。

[273] 陶雄：《张二姑娘》，《抗战文艺》1938 年第 2 卷第 7 期。

[274] 艾芜：《秋收》，《抗战文艺》1940 年第 6 卷第 1 期。

[275] 蒋弼：《多多村》，《抗战文艺》1940 年第 6 卷第 2 期。

[276] 曹卣：《他乡的向晚》，《抗战文艺》1944 年第 9 卷第 3、4 期合刊。

[277] 王西彦：《命运》，《文艺新潮》1940 年第 2 卷第 7 期。

[278] 碧野：《乌兰不浪的夜祭》，《文学月报》1941 年第 3 卷第 2、3 期合刊。

［279］骆宾基：《幼年》，《文艺生活》1941 年第 1 卷第 3 期。

［280］骆宾基：《贺大杰的家宅》，《文讯》1946 年第 6 卷第 3 期。

［281］沙汀：《怀旧》，《文讯》1948 年第 8 卷第 2 期。

［282］艾芜：《胆小的汉子》，《文讯》1948 年第 8 卷第 2 期。

［283］艾芜：《流离》，《文讯》1948 年第 9 卷第 1 期。

［284］魏金枝：《报复》，《文讯》1948 年第 9 卷第 5 期。

［285］沙汀：《模范县长》，《文艺杂志》（桂林）1942 年第 1 卷第 1 期。

［286］鲁彦：《陈老奶》，《文艺杂志》（桂林）1942 年第 1 卷第 1 期。

［287］沙汀：《合和乡的第一场电影》，《文艺杂志》（桂林）1942 年第 1 卷第 3 期。

［288］易巩：《杉寮村》（连载），《文艺杂志》（桂林）1942 年第 1 卷第 4—6 期。

［289］鲁彦：《千家村》，《文艺杂志》（桂林）1942 年第 1 卷第 4 期。

［290］艾芜：《故乡》（连载），《文艺杂志》（桂林）1942 年第 2 卷第 1 期。

艾芜：《故乡》（连载），《文艺杂志》（桂林）1943 年第 2 卷第 2—6 期。

［291］端木蕻良：《雕鹗堡》，《文艺杂志》（桂林）1942 年第 2 卷第 1 期。

［292］端木蕻良：《科尔沁旗草原》（连载），《文艺杂志》（桂林）1943 年第 2 卷第 3—6 期。

端木蕻良：《科尔沁旗草原》（连载），《文艺杂志》（桂林）1943 年第 3 卷第 1 期。

［293］伯超：《萨尔温江的格一普》，《文艺杂志》（桂林）1943 年第 2 卷第 5 期。

［294］王西彦：《乡下朋友》，《文艺杂志》（桂林）1943 年第 2 卷第 5 期。

［295］田涛：《麦穗》，《文艺杂志》（桂林）1943 年第 2 卷第 6 期。

[296] 骆宾基：《少年》，《文艺杂志》（桂林）1945年新第1卷第1—3期。

[297] 沙汀：《北斗镇》（《淘金记》之一部），《文学创作》1943年第1卷第5期。

[298] 艾芜：《回家》，《文学创作》1943年第2卷第3期。

[299] 骆宾基：《北望园的春天》，《文学创作》1943年第2卷第4期。

[300] 徐达：《衣锦还乡》，《万象》1943年第2卷第11期。

[301] 王平陵：《进城》，《文艺先锋》1942年第1卷第3期。

[302] 杨群奋：《农村的风景》，《文艺先锋》1945年第7卷第2期。

[303] 宜建人：《衣锦还乡》，《文艺先锋》1946年第8卷第4期。

[304] 丁伯骝：《梦里南归人》，《文艺先锋》1944年第4卷第5期。

[305] 艾芜：《花落时节》，《青年文艺》（桂林）1944年第6期。

[306] 骆宾基：《红旗河上的新年》，《青年文艺》（桂林）1944年新第1卷第2期。

[307] 沙汀：《堪察加小景》，《青年文艺》（桂林）1945年新第1卷第6期。

[308] 沙汀：《小城风波》，《天下文章》1944年第2卷第3期（文艺专号）。

[309] 沙汀：《愁雾》，《天下文章》1945年第2卷第5、6期合刊。

[310] 艾芜：《村夜》，《天下文章》1945年第2卷第5、6期合刊。

[311] 田涛：《归来》，《时与潮文艺》1944年第3卷第1期。

[312] 周而复：《麦秋》，《时与潮文艺》1945年第5卷第3期。

[313] 艾芜：《归来》，《漫画漫话》1935年第1卷第1期。

[314] 魏金枝：《死灰》，《文坛月报》1946年第1卷第3期。

[315] 艾芜：《山村》，《文学集林》1941年第5辑（殖荒者）。

[316] 魏金枝：《竹节命》，《中国作家》1948年第1卷第2期。

[317] 柳青：《在故乡》，《谷雨》1942年第1卷第5期。

[318] 魏金枝：《坟亲》，《文艺春秋》1946年第3卷第5期。

[319] 骆宾基：《姜仰山的农舍》，《文艺春秋》1947年第4卷第2期。

[320] 蒋牧良：《从端午到中秋》，《文艺春秋》1947年第4卷第

6 期。

［321］碧野：《被损害的白凤英》，《文艺春秋》1947 年第 5 卷第 1 期。

［322］艾芜：《都市的忧郁》，《文艺春秋》1947 年第 5 卷第 1 期。

［323］魏金枝：《蜓蚰》，《文艺春秋》1947 年第 5 卷第 4 期。

［324］艾芜：《我的幼年时代》（连载），《文艺春秋》1948 年第 6 卷第 1—6 期。

［325］魏金枝：《客气》，《文艺春秋》1948 年第 6 卷第 2 期。

［326］巴波：《王洪顺进城》，《文艺春秋》1948 年第 6 卷第 3 期。

［327］骆宾基：《窝棚》，《文哨》1945 年第 1 卷第 1 期。

［328］蹇先艾：《老实人》，《文艺复兴》1946 年第 2 卷第 1 期。

［329］艾芜：《乡愁》，《文艺复兴》1947 年第 3 卷第 1、2 期。

［330］林兰（林蓝）：《桂屯的沉默》，《东北文化》1946 年第 1 卷第 3 期。

［331］戴夫：《古镇的愤怒》，《东北文艺》1947 年第 1 卷第 6 期。

［332］陈隈：《歪歪屯的春天》，《东北文艺》1947 年第 1 卷第 6 期。

［333］荒煤：《秋》，《小说》1934 年第 10 期。

［334］方之中：《花家冲》，《小说》1935 年第 17 期。

［335］蒋牧良：《老秀才》，《小说》1948 年第 1 卷第 1 期。

［336］适夷（楼适夷）：《山村》，《小说》1948 年第 1 卷第 1 期。

［337］艾芜：《一个女人的悲剧》，《小说》（香港）1949 年第 2 卷第 1—3 期。

［338］于臧：《故乡鬼话》，《小说》1949 年第 2 卷第 4 期。

［339］旗开：《别》，《半月文艺》（国立四川大学文艺研究会编）1941 年第 7 期。

［340］艾芜：《乡镇小景》，《半月文艺》（重庆《大公报》副刊）1946 年第 2 期。

［341］路翎：《王兴发夫妇》，《希望》1946 年第 2 集第 1 期。

［342］悄吟（萧红）：《夜风》，《夜哨》（伪满《大同报》副刊）1933 年第 719 期。

［343］叶鼎洛：《归家》，《良友画报》1928 年第 27 期。

［344］许钦文：《父亲的花园》，《晨报》1923 年五周年纪念增刊。

[345] 懋琳（沈从文）：《槐化镇》，《晨报副镌》1926年第56期。

[346] 许钦文：《疯妇》（连载），《晨报副刊》1923年第293、295期。

期刊刊发或单行本译介的国外"乡愁小说"：

[1]［日］加藤武雄：《乡愁》，周作人译，《小说月报》1921年第12卷第1号。

[2]［日］国木田独步：《负骨还乡日记》，稼夫译，《小说世界》1924年第6卷第12期。

[3]［日］国木田独步：《入乡记》，颖父译，《山雨》（半月刊）1928年第1卷第1期。

[4]［日］明石铁也：《故乡》，春树译，《乐群》1929年第2卷第11期。

[5]［日］佐藤春夫：《田园之忧郁》，谢六逸译，《大江》（月刊）1928年第11号。

[6]［日］藤森成吉：《马车》，张资平译，《流沙》1928年第5期。

[7]［日］佐藤春夫：《阿绢兄妹》，高明译，载《佐藤春夫集》，现代书局1933年版。

[8]［日］石川啄木：《两条的血痕》，周作人译，载东方杂志社编《近代日本小说集》，商务印书馆1924年版。

[9] 朱云影编译：《农民小说集》，神州国光社1932年版。

[10]［波兰］高米里克基：《农夫》，王剑三译，《小说月报》1921年第12卷第1号。

[11]［希腊］A. Papadiomonty：《思乡》，行简译，《小说世界》1923年第2卷第11期。

[12]［保加利亚］岳夫可夫：《故乡》，叶灵凤译，《前锋月刊》1931年第1卷第5期。

[13]［苏俄］L. leonov：《哥比里夫的还乡》（上、下）（连载），林如稷译，《沉钟》1933年第23、24期。

[14]［苏］赛甫琳娜：《乡下佬的故事》，曹靖华译，《未名》1928年第1卷第1期。

[15]［苏］高尔基：《故乡》，林疑今译，《新时代》1932年第2卷

第 4、5 期合刊。

　　[16] [匈牙利] 萨卡锡慈：《回家》，大木译，《文讯》1948 年第 9 卷第 5 期。

　　[17] [丹麦] 凯儿·拉杉：《农人》，柔石译，《语丝》1929 年第 5 卷第 7 期。

　　[18] [英] 哈代：《同乡朋友》，顾仲彝译，《东方杂志》1929 年第 26 卷第 13、14 号。

　　[19] [新希腊] A. 蔼夫达利哇谛斯：《安琪吕珈》，茅盾译，载《桃园》，文化生活出版社 1935 年版。

　　[20] [匈牙利] 密克萨斯：《旅行到别一世界》，茅盾译，载《桃园》，文化生活出版社 1935 年版。

　　[21] [意大利] 魏而嘉：《乡村的武士》，徐霞村译，载《她的情人》，复兴书局 1942 年版。

　　[22] [俄] 托尔斯泰：《乡间的韵事》，王谷君译，启智书局 1929 年版。

　　[23] [英] 哈代：《还乡》，张谷若译、叶维之校，商务印书馆 1936 年版。

　　[24] [匈牙利] 拉兹古：《重回故乡》，蒋怀青译，复兴书局 1936 年版。

　　[25] [芬兰] Madame Aino Kallas：《到城里去》，王抗夫重译，南强书局 1929 年版。

后　　记

　　按理说，我不该有那么浓重的乡愁。这四十年正应了那句歌词儿"漂流已久，在每个港口只能稍作停留"。从小到大，我"漂流"的地儿可不少：从河南至浙江，再返河南，再安徽、广东，而今在山西为稻粱谋。到了如今还是"两地分居"。妻戏言："咱这是两岸三地。"因为，我在山西，妻在安徽，而我还要经常回河南看望父母。所以啊，我就在山西、河南、安徽三省穿梭，这些年要说对铁道部、中国移动贡献最大，应该差不离儿。不过，这里面的无奈、辛酸也懒得跟人说，说也白说。反倒成了谈资，引来讪笑，让人感到无趣、凉薄。

　　说起研究乡愁，实在是一种缘分。十一年前，我辞去小学教师的工作来到芜湖读书。而那时徐德明先生也从扬大到安徽师大，就这样，在先生的引领下，我加入了他的课题组，研究对象就是"乡下人进城"。徐老师常说："大学教授的工作不见得比木匠高明多少。"他也确实干过木匠，但我知道那是因为他对那些乡下人的艰辛无法释怀。于是，"乡下人进城"就一下子把我的目光聚焦在了城乡。到了去广州读博的时候，袁国兴先生也建议我继续在城乡叙事上下下功夫。于是，这个"乡愁"的命题似乎成了与我生命紧密关联的存在，或者说一种"宿命"的存在吧。

　　要想在汗牛充栋般的"乡土文学"领域有所开掘，这不是件容易的事儿。记得刚开始做文献梳理的时候，一下子整个人都蒙了，足足有两三个月才有点眉目，然后就是旷日持久的阅读文本和思考。要说到"突破"，还是苏珊·朗格的那句"艺术，是人类情感的符号形式的创造"给我带来了灵感。于是，在大量文本细读的基础上，我逐步将"时空"与"怀旧"作为了论述的主要框架。如今看来，这不但是可行的，也是更能凸显"乡愁小说"艺术特质的。接下来更艰巨的工作就是资料的搜集了。要搜集第一手的资料，就必须读原刊、文献，这真没少费事儿。当时也没啥研究经费，上北京、下上海，全靠自己代课挣的仨核桃俩枣。能够搜集到文献资料，有时靠运气，譬如春树翻译的日本作家明石铁也的《故乡》发表在《乐群》1929 年第 2 卷第 11 期。当时查到只有北大和人大图书馆有，可是北大的已经难以看清真面目了，恰巧表妹的朋友在人大，于是托了人，才拍了照片。当时的兴奋劲就好像是和心仪已久、未曾谋面的梦中情人约会一样，现在想来真是难忘。后来，我对于日本"乡愁小说"的研究文章也在《中国现代文学研究丛刊》发表，按当时的规定，顺利毕业，心里也一下子轻松了不少。另一件搜集资料时难忘的事儿是母校华南师大图书馆的那位忘了名字的图书管理员的帮助。人家跟咱非亲非故，为了给我找资料，又是打电话，又是找熟人，记得到中午了，人家还请我在教工餐厅吃了顿饭，现在想起来真是温暖。通过两年多的搜集整理，也就有了这本书后面的附录。当然，这里面免不了有不少纰漏，还需补正。

　　上面说的就是当时博士论文写作的大致情况，这也成了现在这本小书的基础。2015 年到山西师大工作后，我又在原有研究的基础上，展开"乡愁小说"译介与中国现代文学乡土意念发生的研究，并成功立项为国家社科基金一般项目。关注的不仅是乡愁的"土滋味"，还有它的"洋气息"，这对我是又一个挑战，我有信心继续钻研下去。如今毕业五年了，再把这篇博士读书时的"作业"拿出来，实在没有多少信心。一来，研究的理论深度不足；二来，研究方法还是接近于一种形式主义的研究路数。但是"丑媳妇总得见公婆"啊，于是我也就只能厚脸皮地把它交予诸位，恳请大家批评、斧正。

　　照例，最后还是要有感谢。其实我觉得在我这十来年的求学路上，感谢是不够的，应该是感恩。我要感恩我的父母、兄长在我最困难的时候给予了我最无私的支持。感恩我的岳父母，孩子出生一直是他们在帮我们带孩子，作为一个"一人吃饱全家不饿"的主儿，我的心里唯有惭愧。感恩我的妻子，这么多年我们一直两地分居，聚少离多，可是她从来没有抱怨，默默地支持我，还帮助我校对这本小书，她是我的第一位读者，也是我最忠实的读者。此外，我还要感谢徐德明老师、袁国兴老师，作为我学术道路的引路人，他们于我是有恩的，这不仅关涉学术，更关乎我的人生道路。此外，陈少华教授、金岱教授、柯汉琳教授、吴敏教授、姚玳玫教授、陈剑晖教授、王列耀教授、姚新勇教授，这些前辈师长都对论文的选题、写作提出了中肯的建议，在此唯有感念。师姐陈斯拉、亓丽、叶晓青，师妹李思瑾，师弟郑应峰，还有同届的刘儒、罗冠华、任家贤、刘伟云、余艳的帮助也令人动容。当然还少不了"散步协会"的诸位仁兄，那段令人难忘的美好时光，我会在心底珍藏。最后还要感谢山西师范大学文学院学术著作出版基金和学科攀升计划专项的支持，感谢中国社会科学出版社刘艳编辑的辛勤劳动，她为这本不起眼的小书的出版付出了很多。

最后，说到为啥要以"雅努斯的面孔"为题，其实这是我对乡愁最直接的感触，或者说精神的面相吧，一面向着过去，一面朝着未来，挣扎、犹疑、彷徨，希望这个名字不会让读者诸君感到矫情。就像鲁迅先生的《人与时》：

一人说，将来胜过现在。
一人说，现在远不及从前。
一人说，什么？
时道，你们都侮辱我的现在。
从前好的，自己回去。
将来好的，跟我前去。

是为后记！

2018 年春分，于山西临汾五一路学校内师大宿舍